Die Erinnerungen
des Meistertänzers Juan Martínez,
der dabei war

Manuel Chaves Nogales

Die Erinnerungen des Meistertänzers Juan Martínez, der dabei war

Herausgegeben, aus dem Spanischen und
mit einem Nachwort von Frank Henseleit

Matthes & Seitz Berlin

1.
Paris 1914

Im geisterhaften Schatten des Moulin de la Galette, eingehüllt in die Permanganat- und Terpentingerüche der Malerquartiere, wo die Rue Lepic einem steinigen Kreuzweg glich und vorbei an staubigen Gemüsegärten steil anstieg; eingenistet in dieser mondbeschienenen Landschaft, irgendwo zwischen den baufälligen Häuschen um den berühmten Place du Tertre, der heute das Herz des Montmartre ist, hat sich mein Freund Martínez zur Ruhe gesetzt.

Martínez ist Berufstänzer, ein Flame aus Burgos. Er ist 43 Jahre alt, hat eine unverhohlen jüdische Nase, die großen schwarzen Augen eines Kartäusers aus Jerez, eine leicht fliehende Stirn, die seine flämische Herkunft verrät, peinlichst genau gestriegeltes, wie Klavierlack glänzendes Haar, ungewöhnlich querstehende Schädelknochen, weil sie fraglos von unterschiedlichster Herkunft sind – arischer, semitischer, mongolischer – und eine straffe Haut, glatt wie Corduanleder.

Vor zwanzig Jahren, als Martínez an den Montmartre kam, war er ein auffällig hübscher Junge mit seidenem Halstuch, Melone und Karottenhose. Zuvor hatte er, ganz Tänzer, Sohn eines Tänzers, Kreuzung eines Madrider Straßenköters mit allem, im Sonntagswichs eines andalusischen Strandräubers, durchaus fein herausgeputzt, in einer Mischung aus vom Sockel hauender Strotzigkeit und hochkomplexer Unmoral die Schönheit eines Dorfes, *Sole*, wie eine Unze Gold geraubt, und war mit ihr nach Paris durchgebrannt.

Er lehrte sie den liturgischen Flamenco tanzen, so, wie er aus dem Salón Burrero und dem Café Silverio überliefert wurde, mit dem Schleppenrock und den weiten, geschichteten Unterröcken, den *enaguas almidonadas*. Besser tanzte sie eindeutig den Trepidante aus einem keltiberischen Dorf, dessen Schlussspurt ihre ebenmäßigen Wangen erröten und ihre Brüste – wie ein Taubenkropf zwischen den Fingern – aufblähen ließ, die sie sehr hoch in ein Korsett aus echten Barten schnürte.

Unter dem pompösen Namenszug »Los Martínez« verdienten sie sich durch die Cabarets des Montmartre tanzend ihren Lebensunterhalt. Im Pigalle, im Moulin Rouge und einer Reihe Varietés, die damals unter dem Eiffelturm aus dem Boden sprossen, feierten sie große Erfolge. Er bekam die Züge eines jungen Mannes, der gewieft durch die Syrten des Montmartre der Cabarets eines Jahres wie 1914 zu navigieren wusste, zwischen den *Makrelen*, so hießen die Zuhälter am Montmartre, den schrägen Vögeln, den Scharlatanen, den Mädchenhändlern des *Chemin de Buenos Aires*, den Päderasten und Schmugglern, die den *Schnee* ranschafften, den Polypen, die sie alle erpressten, den ehrenwerten und bescheidenen Dieben. In diesem Mikrokosmos der Pariser Unterwelt findet jeder Spanier leicht den zuverlässigen Schutz illustrer wie wohlverdienter Landesgenossen.

Sole war einfach gestrickt, sehr vergnügt und herzensgut. Ohne lange zu überlegen, war sie mit diesem sympathischen Jüngling durchgebrannt und hatte für alle Zeiten das heimische Schürzlein abgelegt. Mit einer grobgliedrigen Goldkette an der Weste und immer ein paar Louisdors in der Tasche, selbst geschmückt wie ein Esel, wollte er sie auf den neuesten Stand der Mode bringen und schleppte sie in die Läden der Rue de la Paix, wo man den Frauen lange *Roben* aus aufreizendem Tüll schneiderte, mit äußerst ausladenden Silhouetten und raffinierten Dekolletés und Säumen aus Fell oder Federn. Es war die Epoche der monumentalen Hüte. *Sole*, die arme, wusste nicht, wie sich derartige Hüte überhaupt aufsetzen. Die Kämmerin eilte herbei und rückte ihn stilvoll zurecht, aber kaum ein paar Schritte auf dem Gehsteig ausgeführt, bewirkte eine brüske Kopfbewegung oder ein Stolperer beim Einsteigen in den *fiacre* – noch gab es Fiaker in Paris –, dass sich der Hut verschob, und so fuhr *Sole*, ihr lammfrommstes Gesicht dabei aufgesetzt, diese verunglückte Halbinsel auf ihrem Kopf spazieren, dass sich ganz Paris nach ihr umschaute.

Sie lernten Tango Argentino zu tanzen, und da sie sich begehrten, erkannte man die perfekte Verzahnung dieses Tanzpaares. Auf einem in diesen Tagen in Paris stattfindenden internationalen Wettkampf wurden sie zu den besten Tangotänzern der Welt erkoren. Man überreichte ihnen eine Gedenkmedaille, die Sole heute noch wie ihren Augapfel hütet.

Obwohl sie sich dem europäischen Tanzstil anpassten und sofort für die Institución Libre de Enseñanza hätten arbeiten können, basierte der kontinuierliche Siegeszug allein auf seinem liturgischen und authentischen Flamenco, und Sole, die weder lesen noch schreiben konnte, hätte ohne jede Scham weiter bei den Prunys Austern essen und sich würdig mit betagten *royalistischen* Damen, berühmten russischen Herzoginnen und edlen Kokotten austauschen können. Eines Tages wartete ihnen ein Impresario aus Konstantinopel auf. Er wollte Martínez unter Vertrag nehmen, damit er in der Türkei Flamenco tanze, als Solist, auf dem Tisch. Ohne Frau und ohne Laster. Die Türken seien ein tugendhaftes Volk. Er offerierte eine exorbitante Summe. Juan und Sole ließen sich von diesem Konstantinopel berichten, fragten, bis wohin die Türkei reiche, prüften den Wert der Piaster und schifften sich in Marseille in Richtung Orient ein. Es war der 26. Juni 1914.

Vierzig Tage bevor der Große Krieg entflammte.

Martínez und die Türken

Erzählt von Martínez selbst:

Wir stolperten direkt in ein Cabaret beim Cassim hinein, eine Art Bois de Boulogne auf Türkisch mit Theatern, Cabarets, Vergnügungsparks und *dancings*. Ganz Istanbul traf dort aufeinander: reiche Türken, die ihre Sandalen abstreiften, sich in den Schneidersitz begaben, ihre Wasserpfeife anzündeten und viele leere Stunden unbeweglich und mit glasigen Augen verbrachten; skandalträchtige Griechen, Geldverprasser und Flamen, die aus purer Freude am Flamenco ihr geleertes Glas in der Hand zerdrückten oder den Rand abbissen, auch wenn die Glassplitter ihre Lippen bluten ließen; bedeutende und wohlhabende Juden spanischer Herkunft, die, wenn ihre Gebetsstunde gekommen war, das Gelage kurz unterbrachen, ein Brevier zückten und geziemend inmitten aller zu beten begannen; französische Industrielle und Attachés, die durch ihren Missmut und ihre Knauserigkeit auffielen, im Kern aber ganz feine Kerle waren; aalglatte und durchtriebene Italiener, besoffene Russen …

Ich hatte bei den Muselmanen einen überwältigenden Erfolg mit dem *Garrotín*, mit der *Farruca* und mit einem Tanz, der sich an *mora, morita, mora* anlehnte.

Feines Land, die Türkei, feine Leute, die Türken! Die Ausländer scherten sich nicht viel um sie. Sie störten sie nur, waren lästig. Alles war aufgeteilt: eine Seite die Türken, andere Seite die Ausländer. Wir kamen natürlich gut mit ihnen aus. Schauen Sie! Ich komme aus Burgos. Abgesehen davon fühlte ich mich in Istanbul wie zu Hause. Ich achtete ihre Sitten, respektierte ihre Allüren, und sie bewunderten meinen Tanz, applaudierten mir, luden mich in ihr Haus und mochten mich. Ich verstand mich mit den Türken, wie kein Franzose oder Deutscher sich je mit ihnen verstehen konnte. Ich meine, das hat bestimmt mit unserem, dem spanischen Charakter zu tun. Der Türke ist zuvorkommend und angenehm. Solange man ihn nicht herausfordert. Streng religiös. Man betritt das Geschäft eines Türken während er betet, dahingekniet auf seinem Teppich, und hat keine Chance, bedient oder eines Blickes gewürdigt zu werden. Damals schwelten in Konstantinopel große Dispute. Sie schieden sich in »Alttürken« und »Jungtürken«, aber diese Dispute waren rein politische Fragen, und ich habe mich nie in Politik einmischen wollen.

(Den letzten Satz sprach Martínez mit einer verächtlichen Handbewegung.)

Vor Mustafa Kemal

Das Leben war günstig: zwei Hühner fünf Piaster; das Hundert Eier vier Piaster. Massenweise Gold, massenweise Champagner. Alles aufgeteilt. Pera und Galata gehörten den Ausländern. Istanbul allein den Türken und spanischen Juden, den Sepharden. Sie lebten dort in großer Zahl. Sie sprachen ein recht seltsames Spanisch. Auf Istanbuls Bazaren besaßen sie enorme Reichtümer in Pelzen und Juwelen. Sie waren auch sehr angesehen. Die Franzosen spielten trotzdem die wichtigste Rolle. Im europäischen Viertel hingen an allen Etablissements Schilder auf Französisch. In Pera lebten mehr als zehntausend Griechen, sämtlich Besitzer von Restaurants und dergleichen. Dort verbrachten die Ausländer ihre freie Zeit. Die prächtigen Cabarets und die luxuriösen Damen fand man dort. Der Türke ist großzügig, und die schönen Frauen ließen sie verschwenderisch prassen. Ana Mac Kanzie war so eine, man nannte sie *La reina del champagne*, weil sie keinen Tag verstreichen ließ, ohne wenigstens zwanzig Flaschen Champagner zu entkorken, die ihre Bewunderer bezahlen durften. Sie war Tänzerin und hatte bereits mehrere hohe türkische Beamte ruiniert. Sie hatte einen amerikanischen Pass und war derart einflussreich, dass sie jeden aus einer Laune heraus aus der Türkei ausweisen lassen konnte. Sie war die Mieze des obersten Polizeichefs, eines Barbaren armenischer Herkunft, er erlitt einen Totalschaden. Ihretwegen wurde er degradiert, man versetzte ihn auf einen Strafposten. Als ich ihn kennenlernte, irrte er durch die Cabarets und besoff sich wegen Ana. Später habe ich erfahren, dass sie ihn, als Mustafa Kemal antrat, einen Kopf kürzer gemacht haben.

Türkische Galanterie

Der Türke – fährt Martínez mit seiner Schilderung fort – scherte sich weder viel noch wenig um die Frauen. Er nahm sie sich, wenn er sie brauchte, so als greife er zur Wasserpfeife, und er entließ sie, wenn er ihrer überdrüssig war. Wohlgemerkt: er entließ sie als aufmerksamer, galanter Beschützer. Haben Sie mit einer türkischen Frau schon einmal Artigkeiten ausgetauscht – nun, ich habe das Süßholzraspeln noch nicht verlernt –, aber aufpassen, obwohl sie kein Sterbenswörtchen versteht, stehen Sie mit einem Bein im Gefängnis. Die Frauen gehen in Schwarz auf die Straße. In den Straßenbahnen gab es für sie reservierte Bereiche. Gingen sie zu Fuß, lief der Mann zwei, drei Meter hinter ihnen, so als liefe er allein. Den Schleier trugen sie offen, und wenn sie einem Ausländer über den Weg liefen, ließen sie ihn vor das Gesicht fallen. Die jungen warteten kürzer oder länger damit, je nach Liebreiz. Die Alten und Hässlichen gingen immer verschleiert. Ihnen war es untersagt, sich europäisch zu kleiden. Lediglich einige Damen aus der Aristokratie wagten dies, allerdings gingen sie so nicht auf die Straße. Keine, ob arm oder reich, ließ sich an den Fenstern blicken oder trat auch nur vor die Tür. Die Alten rauchten wie Schlote. Ich betrat regelmäßig viele Häuser von reichen Türken, denn ich unterrichtete ihre Frauen und Töchter in Flamenco. Die Stunden gab ich stets in Anwesenheit zweier furchterregender Eunuchen, die mit gekreuzten Armen alles beobachteten und mit einem breiten Grinsen meine Sorge vertrieben, ich möge bloß keine Hand auf die Schülerinnen legen, während ich ihnen den *Jaleíllo* der Hüften beibrachte, der im Flamenco die Freude ausdrückt. Ich hatte brisante Momente dabei durchzustehen, denn die Schülerinnen wechselten irrtümlich in die Kreisbewegung des sogenannten *molinete oriental*, die, wie jedermann weiß, nichts mit Flamenco zu tun hat, aber sie hat ihren Reiz. Die Türken haben zweierlei Arten Tanz: den schicklichen und den pikanten. Den schicklichen führt man in den großen Sälen als Spektakel auf; den pikanten tanzt man nur verborgen, in den kleinen Cabarets und in den Privathäusern. Die Türkin tanzt eine Art Rumba mit bebenden Schultern und dem Spiel der Hüften. In den Cabarets nähert sie sich langsam dem Tisch, an dem ihr *Freund* sitzt, und in einer gewissen gesteigerten Anspannung wirft sie ihren Oberkörper nach hinten, bis ihr *Freund* eine Silbermünze hervorholt und sie ihr ins Bustier steckt. Sie nimmt alsdann die Münze und wirft sie den Musikern zu. In Konstantinopel war es Brauch, den Musikern Geld zuzuwerfen. Gewisse »Trottel« warfen ihnen sogar Gläser und Flaschen zu. Sie fanden es belustigend, die Instrumente der Musiker zu zerschlagen und sie ihnen hernach teuer zu erstatten. Wenn sich eine türkische Tänzerin Schritt für Schritt dem Tisch eines ausgeguckten Prachtkerls näherte, erhob sich der Glückliche, ergriff ein Tüchlein bei der Spitze, trat hinzu, und tanzte vor ihr im gleichen Rhythmus. Der Mann tanzte nach und nach auf sie zu, und sie wich kokett tanzend zurück. Ein amüsantes Pantomimenspiel. Die türkischen Tänzerinnen waren bauchfrei, damit man, wie es heißt, die Makellosigkeit ihrer Bewegungen erkannte.

Das Verhältnis zwischen Männern und Frauen war von reichlich Heuchelei geprägt, mehr will ich nicht sagen. Wenn du dich mit ihnen verständigen wolltest, musstest du mit aller Vorsicht zu Werke gehen. Die galanten Damen machten ihre Eroberungen am Nachmittag, in den öffentlichen Parks. Die Dame und der Herr verständigten sich dank eines ausgeklügelten Sprachsystems der Sonnenschirme, der Spazierstöcke und der Tücher wortlos über die Distanz.

Der Pfarrer am Flügelhorn

Wenige Tage nach unserer Ankunft gab es die Kriegserklärungen. Ich schenkte dem keine Beachtung, bis unsere Theaterdirektoren, Franzosen, uns mitteilten, dass sie uns nicht auszahlen könnten, dass sie schließen und abhauen würden. Wir machten uns auf den Weg zum spanischen Konsul. Wie allen Konsuln der Welt erging es auch unserem, er konnte nichts machen. Ich ging runter zum Hafen. Lediglich drei Kähne standen für Tausende Franzosen bereit, die innerhalb von drei

Stunden eingeschifft werden sollten. Für Frauen gab es keine Plätze. Nach vielem Hin und Her besorgte mir die diplomatische Vertretung von Frankreich eine Überfahrt, aber ich lehnte ab, da mir die Säcke keine zweite für Sole geben wollten. Überfüllt liefen die Schiffe aus. Bis in die Masten waren die Leute geklettert. Viele Franzosen, vornehmlich Frauen, blieben ohne Passage. Als sie mit ansehen mussten, wie sich die Schiffe entfernten, schrien die Frauen gellend vor Schmerz, zerkratzten sich die Gesichter und warfen sich vor Verzweiflung auf den Boden. Der Krieg überrannte uns abermals, und wir machten uns heftige Vorwürfe. Wir begriffen gleich, dass wir die Situation mit mehr Anstand zu meistern hatten. Ich stand am Rand der Mole und sah zu, wie das letzte französische Schiff verschwand. Am Heck, direkt unterhalb der *Tricolore* stand ein französischer Geistlicher, in Sutane und Priesterhut, und als das Schiff die Leinen loslegte, zog er ein Flügelhorn hervor und blies mit geblähten Pausbacken die *Marseillaise*. Mit hochrotem Gesicht und herzergriffen blies er sie, bis wir ihn nicht mehr sahen oder hörten.

2.
Du bist ein Spion

Krieg und dancings

Zu Beginn des Krieges spürte man nicht viel davon, aber nach und nach wandelte sich alles. Die Gesichter der Leute wurden schmaler, verzerrter. Breite, offene, lachende Gesichter sollten wir nicht vor Ablauf vieler Jahre wiedersehen. Und die Wahrheit ist, so fröhliche Gesichter wie vor dem Krieg hat man auf den Straßen Europas nie wieder gesehen.

Die Cabarets schlossen nicht. Im Gegenteil, es schien, als hätten die Leute noch mehr Lust am Betrinken und Geldrauswerfen. Sole und ich versanken in einem erbärmlichen Cabaret, dem Kataclun, wo ein raufsüchtiges und prassendes Klientel auflief: Matrosen. Der Besitzer war ein Halunke, ein Grieche, der seinen eigenen Vater beschiss. Fünf Monate blieben wir dort, und wegen der ständigen Skandale, Anfeindungen und dem viehischen Betragen dieser widerlichen Kerle hing unser Leben täglich am seidenen Faden. Damals lernte ich die miese Kehrseite Konstantinopels von Grund auf kennen, diese aufgeblasenen Türken mit dem notorisch abgeschnittenen Ohr, jene besonders schönen Tänzerinnen, fett und verroht, dieses griechische Gesindel, das aus jedem Loch dieser Welt gekrochen kam, Armenier, Bulgaren, Hirnlose, denen Gott nicht mehr als drei Worte gegeben hat, Diebe durch die Bank, Zänker vor dem Herrn, die, wie es schien, alle wie die Motten von Konstantinopel angezogen wurden. Aber schon damals kamen die ersten Deutschen, und sie machten sich daran, diesen Drecksstall Unerwünschter auszumisten.

Es gab in Konstantinopel furchterregende Bezirke. Die »Hühnerställe« von Galata waren ein Klumpen aus ebenerdigen, aufgepappten Lehmhütten, in denen verstoßene Frauen hausten. Diese ärmlichen Behausungen bestanden aus einem Raum mit so niedrigem Dach, dass man sich in ihnen nur liegend aufhalten konnte, und dort, wo sonst eine Tür gewesen wäre, hing ein Kettenvorhang herab, durch den hindurch man genau ein Elendsbett erkennen konnte und darauf liegend, vollständig nackt, eine Frau. Die Passanten lugten durch die metallischen Vorhänge, die einzig verhinderten, dass man diesen Ausgestoßenen etwas an den Kopf warf. Ein Betrag um eine Pesete gestattete eine Flasche Bier und alles Weitere. Die Frauen aus den »Hühnerställen« von Galata waren in der Regel keine Türkinnen. Viele Griechinnen, ja sogar Spanierinnen, die, was weiß ich wie, dort hingelangt sind. Ihre Kundschaft waren Seeleute, Soldaten, Boxer, Ringer im griechisch-römischen Stil, Lastenträger aus dem Hafen. Die Muselmanen gingen fast nie zu den »Hühnerställen« von Galata. Wer aber in die Vergnügungshäuser reinwollte, musste einen Fes tragen und irgendjemand musste dein Gesicht kennen. Bevor sie die Tür öffneten, musste man mit der Chefin debattieren, als handle es sich um den Eintritt in ein Ordenshaus. Viele Höflichkeiten und Nettigkeiten wurden ausgetauscht. Der ganze Laden war zugehängt mit Jalousien und Vorhängen. Hübsch und bizarr zugleich. Bedaure, dass ich nicht alles erzählen kann, aber Sole würde es mir nicht verzeihen.

Nach fünf Monaten Schreckenszeit mit der ekstatischen Kundschaft des Kataclun schafften wir den Absprung in den Zirkus Pera, wo wir eine Vorstellung zu Ehren der zwei Frauen des Sultans gaben, der neuen und der scheidenden. Den Frauen des Sultans gefiel unsere Darbietung, sie beschenkten uns mit fünfundzwanzig türkischen Libras und einer Blume.

Zum Schluss tanzten wir im Parisiana, einem Cabaret, das ein bisschen mehr hermachte, in das bessere Leute gingen. Die Deutschen, die dabei waren, Konstantinopel zu übernehmen, frequentierten es. Dort lernte ich zahlreiche deutsche Offiziere kennen.

Und dort machte ich die Bekanntschaft des Baron Stettin. Des Baron Stettin, der beinahe meinen Ruin bedeutete.

Seit dem Tag, an dem die Deutschen kamen, war Konstantinopel nicht mehr, was es war.

Und das Brot war ausgegangen.

Sie räumten mit den Halunken auf, knebelten die Türken, aber es fand sich kein Krumen Weißbrot – in der ganzen Türkei. Das behielten sie für sich. Die Deutschen brachten alles, was sie für den Fortgang des Krieges benötigten, nach Deutschland. In den Läden wurden die Lebensmittel langsam knapp; dennoch bewundernswert, ihr Ordnungssinn blieb ungebremst. Mit Gründlichkeit, Starrsinn, Fleiß übernahmen die deutschen Offiziere erfolgreich die türkische Verwaltung, einen einzigen feigen Waschlappen. Ich erinnere mich noch an einen türkischen Hauptmann mit beeindruckendem Schnäuzer, Leiter der dortigen Polizeistation, der immer umringt von sechs oder sieben hübschen Jungs durch die Cabarets zog, mit denen er sich betrank. Dies unterbanden die Deutschen um jeden Preis. Nicht, dass die Deutschen nicht auch ins Cabaret gingen, sich nicht auch betranken, sie hatten nur andere Manieren. Mit reichlich Tam-Tam, Steifheit, Schicklichkeit küssten sie die Hände der Künstlerinnen, überschütteten sie mit Blumensträußen. Mir warf einer eine Münze aus Gold zu, als mein Tango endete.

Die deutsche Polizei drückte die türkische an den Rand und machte dem das Leben schwer, der seine Sachen nicht in Ordnung hatte. Von den Artisten warfen sie die Paare raus, die keine Heiratspapiere vorweisen konnten, und viele Getränke durften nicht mehr ausgeschenkt werden – wenn es sich dabei nicht um Deutsche handelte, klar –, und weil sie Angst vor Spionen hatten, hielten sie jeden an. Die armen Franzosen zum Beispiel, die in Konstantinopel geblieben waren, belegten sie mit einer Ausgangssperre nach sieben Uhr, unter Androhung der Erschießung. Einzig an einem Abend, dem Heiligabend, lockerten sie die Sperre, sodass sie ihn feiern konnten. Trotzdem sympathisierten viele mit den Alliierten, und irgendwann planten sie eine Demonstration, sie versuchten es. Die türkische Polizei schnitt ihnen den Weg mit fetten Salven, direkt in sie hinein, ab. Am nächsten Tag sah ich mit eigenen Augen mitten im Cassim ein halbes Dutzend dieser Leute am Galgen hängen. Die Einzigen, die sich hartnäckig gegen die Deutschen halten konnten, waren die Matrosen der nordamerikanischen Großyacht *Scorpion*, die im Hafen vor Anker lag. Die Yankees hatten ständig Reibereien mit den deutschen Patrouillen. Die anderen, ob Türken oder Ausländer, wagten nicht einmal zu flüstern. Die Drangsalierungen nahmen von Tag zu Tag zu. Und heftiger war nur noch die allgemeine Knappheit an allem.

Ich stellte mich gut mit ihnen, versuchte es. Man ist Cabaret-Künstler und zu allererst müssen wir uns mit denen arrangieren, die das Kommando haben und die dich am Leben lassen. Ich kam schließlich sehr gut mit den Deutschen aus. Eines Tages wurde ich dem Grafen Spee vorgestellt, der hier das Sagen hatte, eine Art Vizekönig. Damals gab ich dem österreichischen Konsul und der Baronin von Gooten Tanzstunden, einer deutschen *Gran'dame* mit reichlichem Einfluss, promoviert, die sich in der Türkei aufhielt, um Krankenschwestern anzuwerben. Ich machte auch Bekanntschaft mit Hans Radsmusen, einem berühmten deutschen Flieger. Und mit Baron Stettin.

»Du bist ein Spion«

Der Baron Stettin klemmte sein Monokel besonders fest, stützte seine Ellenbogen auf den Tisch und sagte mir eiskalt:

»Du bist ein Spion.«

Mir schoss das Blut aus den Adern. Ich wusste nur zu gut, wie der Baron Spione zu handhaben pflegte. Mit seiner manierlichen und eiskalten Stimme hatte er mehr ins Jenseits befördern lassen, als er Haare auf dem Kopf hatte. Der Baron war ein Hauptmann des deutschen Militärs, zudem Oberst der

Kavallerie des Sultans und, wie es hieß, einer der Chefs der Gegenspionage. Mir war durchaus aufgefallen, wie er jedes Mal, wenn er ins Cabaret kam, und das tat er regelmäßig, nach mir rief, wie er zu plaudern begann und mich dabei übermäßig charmant abfüllte. In jener Nacht, wir beendeten gerade unser Programm auf der Bühne, ließ er mich wissen, dass ich ein Glas Champagner mit ihm trinken möge. Und während Sole sich umzog, ging ich in seine Loge. Er empfing mich mit einem Lächeln, bot mir einen Platz an und füllte mein Glas. Kaum hatte ich es geleert, eröffnete er mir Folgendes:

»Du bist ein Spion.«

Ich überlegte, ob ich mich nicht sofort entschuldigen, ihm haarklein mein Leben schildern, ihm beweisen sollte, dass er sich irrte; aber der Baron beäugte mich durch sein Monokel mit seinem eisigsten Blick, derart ausdruckslos, dass mir der Atem stockte. Ohne seinen Blick von meinen Augen zu wenden, schenkte er mir übertrieben knauserig nach, mit einer Handbewegung forderte er mich zum Trinken auf.

Als ich die ekelige Pfütze heruntergeschluckt hatte und gerade innerlich zerbrach, betrat Sole die Loge, der Baron erhob sich förmlich, küsste ihr die Hand und begann, ihr mit dem verfänglichsten Humor der Welt auf Französisch zu schmeicheln. Ich war außer mir. Denn die hocherfreute Sole lachte über die Scherze des Barons, schwatzte und beklagte die Übergriffe der Deutschen. »Wenn sie weiter so quasselt und säuft – dachte ich – erschießen sie uns.« Ich machte ihr unmissverständliche Zeichen, den Mund zu halten, aber Sole, die schon drei oder vier Gläser Champagner intus hatte, beachtete mich nicht, und als ihr mein Kontra doch auffiel, begann sie sich über meine Säuerlichkeit lustig zu machen in der Annahme, ich sei eifersüchtig wegen der Galanterien des Barons. Ich sah rot und hatte Lust, Sole den Hals umzudrehen, damit sie still sei. Das Techtelmechtel schien aber kein Ende zu nehmen. Bei den zwei, drei Gelegenheiten, die ich ihn bat, mich zurückziehen zu dürfen, forderte er mich auf, sitzenzubleiben und noch einen zu trinken. Sole hatte weiterhin ihren Spaß an den

Tändeleien des Barons und ließ ihn gewähren, und der Typ, er hatte auch schon schwer einen im Kahn, amüsierte sich aufs Feinste. Es gab einen Moment, da er über die Stränge schlug und noch abwägend, ob ich es sein lassen sollte, postierte ich mich trotz der in den Knochen steckenden Angst vor ihm:

»Herr Baron …«

Er schaute mich von der Seite an. Ich musste ebenfalls ein Gesicht aufgesetzt haben, das ihm ein Schluss mit lustig bedeutete, jedenfalls versuchte er, seine stramme Haltung und seine eisige Aura zurückzugewinnen. Doch er hatte zu viel geladen, und sofort kehrte er auf seine Schleimspur zurück. Sole hatte inzwischen begriffen, dass dies der falsche Ort dafür war und ließ ihre Scherze. Der Baron wollte die Sache wieder in Schwung bringen, und da er feststellte, dass dafür das Ambiente fehlte, setzte er eine Flasche oben drauf. Er forderte uns auf, mit ihm zu trinken; aber ich halte mir zugute, mich sowieso nie bis zur Besinnungslosigkeit besoffen zu haben, und Sole passte auf, dass sie sich nicht weiter mit Champagner abfüllte. Eine halbe Stunde später war der Baron voll wie eine Haubitze.

Einmal noch musste ich verärgert dazwischengehen, aber er, mehr schlecht als recht auf die Beine gekommen, drohte in meine Richtung:

»Du erinnerst dich, was ich dir gesagt habe.«

Es gab keinen anderen Ausweg, als ihm die Puste ausgehen zu lassen. Sei es, weil er wirklich überzeugt war, dass ich ein Spion war, sei es, weil er einfach drohte, um mich zu erschrecken, fest stand, dass seine bloße Bezichtigung genügt hätte, mir den Garaus zu machen. Als sie das Cabaret schlossen und wir – endlich – gehen durften, bestand er darauf, uns zu begleiten. Es gab nichts, was ihm dies hätte austreiben können. Während er zur Garderobe ging, informierte ich Sole in Kurzfassung:

»Gib acht, er glaubt, wir seien Spione, er kann unser Verderben sein.«

Sole war ebenfalls ein wenig beschwipst.

»Wer? Dieser Transack? Dieses stinkende Fass Fischöl weiß, dass wir zu den Guten gehören, dass wir rein gar nichts mit Spionage am Hut haben. Er wollte dir etwas Angst einjagen, damit du ihn nicht störst. Begreifst du? Alberner Kerl, du! Der will, dass ich ihm die Krallen zeige! ... Nun hat er mir das nicht direkt gesagt, aber ja!«

Mir sind alle Sicherungen durchgebrannt. Den ganzen Abend hatte ich was geahnt; doch die Wahrheit ist, er hatte mir derart viel Angst eingejagt mit der Spionage, dass ich weder ein noch aus wusste. Klar dachte Sole an nichts anderes, sie hatte keine Vorstellung von der Macht dieses Mannes und mit welch leichtem Federstrich er einen bei Verdacht auf Spionage, ob zu Recht oder zu Unrecht, auszulöschen vermochte, wenn ihm nur der Sinn danach stand.

Wir traten auf die Straße. Es wurde bald hell. Der Baron stolperte ein paar Schritte neben uns her und scheuerte an der Fassade entlang, mit entglittenem Gesicht schlug er nach mir:

»Du bist ein Spion, ein Spionenschwein. Dich mache ich einen Kopf kürzer.«

Ich duckte mich, so gut ich konnte, und herrschte Sole an, sie solle einen Zahn zulegen, ob wir ihn nicht abhängen könnten; aber mit zwei Sätzen war er wieder an uns dran, hakte sich unter und ließ sich hin und her wankend von uns beiden mitschleppen.

Fast zuhause angekommen, fiel ihm ein:

»Ich komme mit euch rauf.«

»Nein, Baron; Sie gehen schnurstracks schlafen, dringend.«

»Ich habe gesagt, dass ich mit raufkomme.«

»Nein; das ist nicht möglich.«

»Für mich ist nichts unmöglich, weißt du?«

Und er stützte sich mit seinem ganzen Gewicht auf mich. Mir wurde schwarz vor Augen. Als er glaubte, mich niedergerungen zu haben, drehte er sich zu Sole, schnappte sie sich, legte ihr einen Arm um die Hüften und wollte mit ihr weitergehen.

Ich sprang katzengleich hinter ihn und versetzte ihm mit

aller Kraft einen Stoß und schleuderte ihn gegen die Wand. Die Straße war menschenleer. In ganz Konstantinopel vernahm man kein Knistern. Der Baron war von stattlicher Statur und kräftig, aber er war besoffen wie ein Kutscher, ich hingegen war behände wie ein Äffchen. Als ich ihn schnaubend und gekrümmt an der Wand stehen sah, wie er versuchte, breitbeinig Halt zu finden, und etwas in seinem Mantel suchte, dachte ich: »Der Typ wird dich wie einen Hund totschlagen. Du musst alles auf eine Karte setzen«.

Ich griff nach dem Messer und verharrte vor ihm. Eine Klinge aus Toledo-Stahl mit einem Knauf aus Ziegenhorn, die ich in Burgos ein paar Schäfern abgekauft hatte und immer bei mir trug. Als der Baron mit seinen Katzenaugen die Klinge in meiner Hand aufblitzen sah, war er einen Moment lang verblüfft.

»Messer!«, hörte ich ihn überrascht brabbeln. Augenscheinlich hatte er damit nicht gerechnet.

Aber bevor ich schalten konnte, sah ich zwischen seinen Lippen die Reflexion eines silbernen Gegenstands und eine Sekunde später gellte ein helles Trillern, das mich zusammenzucken ließ. Er hatte mit der Trillerpfeife, die jeder Offizier bei sich trug, der durch Konstantinopel lief, Alarm geschlagen. Mir gefror das Blut in den Adern. In wenigen Sekunden würde die erste deutsche Patrouille eintreffen, sie würden mich mit der Waffe in der Hand ergreifen und gnade Gott, was dieser besoffene Sack gegen mich aussagen würde ... Wie gelähmt und ratlos, was jetzt zu tun sei, hörten wir ganz aus der Nähe ein anderes Trillern, das auf den Alarm des Barons antwortete. Der blies wie tobsüchtig in seine Trillerpfeife, und ich, wahnsinnig vor Angst, zog Sole am Handgelenk fort. Wie bei einer Jagd, das Messer gezückt, rannten wir die Straße hinunter, eilten in unsere vier Wände. Als wir an unserer Kreuzung ankamen, durchkämmten schon drei oder vier dieser Trupps die Nacht von allen Richtungen her. Während wir mit zittrigen Händen das Haupttor aufsperrten, begannen uns die Hunde, die in alle Ewigkeit verdammten Köter Konstantinopels, zu verraten und sich zuzubellen, was los war. Wir konnten uns gerade noch in den Eingang stellen und die Tür von innen zudrücken. Schlotternd vor Angst, drückten wir sie immer noch zu, als wir das dumpfe Trommeln der Stiefel einer deutschen Patrouille auf den Pflastersteinen hörten, die dem Baron zu Hilfe eilte.

3.
Das Gespenst des Krieges verfolgt uns

Die Stadt der Toten

Der Schreck saß tief! Tagelang wagten wir nicht einmal, uns zu bewegen; jeden Augenblick erwarteten wir das Eintreffen der deutschen Patrouille, die käme, uns in Arrest zu nehmen. Jeder wusste, dass den Baron Stettin nach seinen Gelagen ein wenig die Reue überkam und er wegen des Vorgefallenen entschied, uns nicht zu verfolgen. Wenige Nächte später sah ich ihn wieder. Er grüßte uns übertrieben freundlich. Als sei nichts geschehen. Ein andermal zog er mich beiseite und warnte mich:

»Gib acht, Spanier; ich bleibe dabei, dass du ein Spion der Franzosen bist, ich habe mir vorgenommen, dich zur Strecke zu bringen.«

Ständig suchte er mich auf; er nutzte jede Gelegenheit, die sich ihm bot, mir seine Ansichten mitzuteilen; er zwang mich, mit ihm zu trinken; er schickte mir seine Schnüffler hinterher. Ich wurde zu seiner Obsession. Das Leben wurde schließlich unerträglich, und wir überlegten, aus der Türkei zu verschwinden, damit dieser Alptraum endete. Aber wohin hätten wir gehen sollen? Nach Frankreich konnte man nicht mehr zurückkehren; nach Spanien? Bloß im Traum. Dann fiel uns ein, nach Rumänien zu gehen, wo kein Krieg war. Es musste uns gelingen, aus der Türkei rauszukommen, was schwer umzusetzen war, waren wir doch für die deutsche Gegenspionage verdächtige Subjekte. Hinzu kam, dass wir durch ganz Bulgarien hindurch mussten, das sich auch im Krieg befand.

In Konstantinopel konnten wir indes nicht bleiben. Man spürte den Krieg jeden Tag intensiver. Die Schiffe kamen beladen mit Toten und Verletzten aus Gallipoli, Deutsche wie

Türken, Franzosen, Engländer. Wer verletzt war, starb spätestens auf dem Transport, und die Schiffe spuckten bei ihrer Ankunft ganze Laderäume von Verendeten auf die Mole, die an der Endstation bei Galata in die Waggons umverladen wurden. Oft stapelten sich die Kadaver dort tagelang, ohne beerdigt zu werden.

Konstantinopel glich damals der Stadt der Toten. Wir liefen zwischen ihnen her, als sei es das Normalste der Welt. Im Zentrum gab es überall Friedhöfe. Im Cassim-Park lag einer, der an Größe alles überstieg. In Tatavola lagen sie verstreut zwischen den Häusern. Die fanatischen Türken liefen herbei, um an ihrer Seite zu beten, während die Leute ihren Geschäften nachgingen. Weit verbreitet waren niedrige Bauten, kleine Kapellchen, durch deren Fenster ein Raum zu erkennen war, den eine schlichte Öllampe erleuchtete, die neben einem Sarg flackerte, auf dem immer wieder mal ein Militärmantel und ein Helm lagen. Der karge, stille Schmuck solcherlei Krypten, wenn man von dem Gebimmel der Straßenbahnen, den Rufen der Straßenhändler und dem Gelächter der Kinder absah, die in den Straßen spielten.

Nirgendwo anders habe ich einen Ort gesehen, an dem die Toten derart »lebendig« gehalten an den Lebenden klebten und die Lebenden so sehr an die Nähe der Toten gewöhnt waren. Schließlich wird man eine Art Freund von ihnen. Ich erinnere mich an eines dieser Kapellchen mit dem Sarg auf dem Erdboden, mit dem Mantel und dem Helm, das mich jedes Mal, wenn ich zum Cabaret ging oder zurückkam, ergriff. Was mich besonders beeindruckte, vornehmlich nachts, war, wenn in der Dunkelheit der Straßen dieses traurige Lichtlein in der Krypta brannte; aber schließlich gewöhnte ich mich an die Nachbarschaft dieses Toten, der mir tagein, tagaus über den Weg lief, und schließlich wurden wir gute Freunde. An so manchen späten Abenden, wenn ich gut gelaunt auf dem Weg nach Hause war, schaute ich durch das erleuchtete Fensterchen und es überkam mich die Lust ihm zu sagen:

»Hola, Freund! Mann, da hast du was verpasst, heute nicht ins Parisiana zu kommen!«

Die Leute plagte eine permanente Angst. Die Dünnhäutigkeit der Türken begreift man am ehesten mit der Schilderung der Ereignisse, die ein Alarm bei einer Nachtvorstellung in einem Kino auslöste, der Dutzende Verletzte verursachte, allein weil auf der Leinwand eine Horde deutscher Soldaten auftauchte, die mit Pickelhauben und aufgepflanzten Bajonetten eine Attacke simulierten und auf das Publikum zustürmten, bis ihre reißerischen Gesichter die ganze Leinwand einnahmen, was Angst und Schrecken unter den Zuschauern auslöste. Die Deutschen, die ihre Alliierten mit dem Krieg vertraut machen wollten, setzten diese Propagandafilme ihrer Militärführung auf die Spielpläne und führten sie jeweils am Freitag den türkischen Soldaten vor. Doch resultierte daraus das Gegenteil.

Im Hafen war die Angst nicht zu steigern, die Vorsichtsmaßnahmen waren enorm. Die Meerenge strotzte vor Artillerie, entlang des Bosporus stand aus Furcht vor den Alliierten ein Spalier aus Maschinengewehren und Kanonen. Eines Tages vollbrachte ein französisches U-Boot eine wahre Heldentat und versetzte die Bevölkerung Konstantinopels in Angst und Schrecken. Es gelang ihm, unentdeckt durch die Minen hindurch bis an die erste Brücke vorzudringen. Hier konnten sie nicht weiter, weil das Stahlnetz, das die Durchfahrt versperrte, sie daran hinderte. Die französische Besatzung ging daraufhin an Land. Es war mitten in der Nacht. Sie besaßen die Kühnheit, den Besitzer eines Ladens aus dem Bett zu klingeln, damit sie ihre Einkäufe tätigen konnten, und kehrten still an Bord zurück. Aber bevor sie wieder abtauchten, feuerten sie noch ein Geschoss ab, das die Fassade eines Hotels niederriss. Diese Visitenkarte versetzte die Türken in Panik. Ein anderes, englisches U-Boot gelangte bis an die zweite Brücke und konnte ohne Schaden entkommen. Ein drittes, ebenfalls britisches U-Boot kreuzte in diesen Gewässern und wurde von den Deutschen entdeckt. Um die Geheimnisse der U-Boote verstehen zu können, zwangen Vertreter der deutschen Regierung die eingekerkerte englische Besatzung, ihr Boot auslaufen zu lassen.

Vor den Augen vieler Neugieriger tauchte das U-Boot im Hafen ab und mit ihm die englische Besatzung und die deutschen Ingenieure, die die Steuerung erlernen wollten. Aber es tauchte nie wieder auf. Man fand heraus, dass die Engländer die heldenhafte Entscheidung, es absaufen zu lassen, wahrmachten und es vorzogen, am Grunde der Hafeneinfahrt zusammen mit den deutschen Kommandeuren umzukommen, damit diese nicht in den Besitz der Geheimnisse der britischen U-Boot-Technik kamen.

Kurz darauf liefen die berüchtigten wie sagenumwobenen Schiffe *Goeben* und *Breslau* Konstantinopel als Nothafen an. Ich machte die Bekanntschaft mit einigen ihrer Offiziere, die mehr als einmal ins Cabaret kamen, um mich tanzen zu sehen. Sie waren Jünglinge im Studentenalter. Ihr ungeheurer Ruhm hallte durch ganz Konstantinopel. Die *Goeben-Leute* und *Breslauer* tauchten auf und zogen ab, wie es ihnen gefiel, was die alliierten Kollegen gewaltig foppte.

Ein Unheilverkünder

Die Sache wurde immer unschöner, und wir begannen, unterstützt vom spanischen Konsulat, mit den Vorbereitungen, über die Grenze Bulgariens auszureisen – wenn man uns ließ. Ich bemerkte, wie der Kreis, den die deutschen Spione um mich herum zogen, immer enger wurde. Ich konnte mich nicht frei bewegen. Überall tauchten die Agenten des verhassten Barons Stettin auf.

Ich wagte nicht, mit jemandem zu sprechen. Ich bemerkte, dass selbst meine Kollegen aufmerksam zuhörten, was ich sagte, oder herausfinden wollten, was ich vorhatte, um es gleich der deutschen Kommandantur zu berichten. Das war kein Leben für Sole und mich. Eines späten Abends, die Vorstellung im Cabaret war gerade beendet, saßen wir wirklich wie eingeklemmt in unserem Hotelzimmer. Sole überkam in dieser Nacht eine tiefe Traurigkeit. Sie weinte. Sie wollte um jeden Preis, dass wir von dort fortgingen. Ich wusste nur zu genau, warum sie weinte. Ich wusste, warum sie litt, welche Qual sie plagte, wenn wir abends in die Cabarets gingen, tanzend und Champagner trinkend. Ich tröstete sie, versuchte es, indem ich mit leiser Stimme von »ihr« erzählte; von unserem Glück zu dritt, in unserem Häuschen in Spanien; wie wir es wiederfinden würden, wenn wir heimkehrten ... Plötzlich öffnete sich knarrend die Tür zu unserem Zimmer und es tauchte aus dem Dunkel des Flurs im Türrahmen die verhasste Statur des Baron Stettin auf, Monokel im Gesicht, die Hand in der Hosentasche, in der zweifelsfrei eine Waffe steckte. Als er die weinende Sole sah und mich zu ihren Füßen, schien er etwas irritiert, obwohl sein Gesicht keine Regung verriet. Er stotterte irgendwas, das wie eine Erklärung klingen sollte:

»Tu nicht so erschrocken, Spanier. Du weißt, dass ich dich aus nächster Nähe beobachte. Ich hörte dich wimmern und dachte, du seiest dabei zu ...«

Er warf einen flüchtigen Blick ins Zimmer, schlug die Tür zu und verschwand. Möglicherweise war ich an diesem Abend auch leicht verwirrt.

Dieser unangekündigte Besuch versetzte uns in grenzenlose Panik. Wir entschieden, Konstantinopel am nächsten Tag zu verlassen, komme, was da wolle. Und es gelang uns.

Das Vieh auf dem Weg zum Schlachthof

Wir gelangten ohne große Probleme aus Konstantinopel raus. Da es aber verboten war, Geld in Form von Goldmünzen bei sich zu haben (nicht mehr als fünf türkische Libra pro Person), und ich durch meine Engagements in den Cabarets an die fünfzig Libras in Gold ansparen konnte, musste ich mir was einfallen lassen, wenn ich sie über die Grenze schmuggeln wollte.

Ich versteckte sie in den Absätzen, hinter der Kofferschließe und im Schminkkasten.

Sie filzten uns, bevor sie uns in den Bahnhof hineinließen; sie filzten uns erneut auf dem Bahnsteig; das dritte Filzen begann, nachdem der Zug angefahren war und wir im Gang standen, und das letzte, als wir Rustschuk an der bulgarischen Grenze erreichten. Sie stellten uns komplett auf den Kopf.

Das Paket Tabak, das ich bei mir hatte, zerpflückten sie Blatt für Blatt. Das Messer mit dem Ziegenfuß bereitete mir weitere Scherereien. Sie entdeckten es, und da es absolut untersagt war, Waffen bei sich zu tragen, wollten sie mich aus dem Waggon holen und festsetzen lassen. Die Sache wurde mit etwas Geld geregelt. So, wie sich die Dinge fast immer regeln lassen.

Wir fuhren bereits durch bulgarisches Territorium; aber wir hatten noch keine fünfzig Kilometer zurückgelegt, als der Zug an einer Art Laderampe anhielt, zu der eine Baracke gehörte, die vollgestopft war mit Soldaten. Der Zustand dieser bulgarischen Soldaten war grauenhaft. Sie waren wie Vieh bepackt mit vierzig Kilo Gepäck oder mehr auf den Schultern und schienen derart ermattet, dass sie sich, eingewickelt in ihre Decken, zum Schlafen auf die verschneite Rampe warfen. Welch niederschmetterndes Bild diese bedauernswerten bulgarischen Soldaten bei uns hinterließen! Sie liefen schwerfällig von einem Ende der Rampe zum anderen, angetrieben von den Offizieren wie leidende Viecher, so als würden sie in diesen verdreckten Waggons, buchstäblichen Viehwaggons, zur Schlachtbank gefahren. Sie passten nicht alle hinein, und deshalb fielen sie in unsere Wagen ein. Sie stürmten überfallartig in unsere Abteile und jagten uns, wortlos grunzend und uns verwünschend, mit Tritten und Gewehrkolben auf die Gänge hinaus. Schlotternd standen wir die ganze Reise über auf dem Gang, während die wirklich bedauernswerten Soldaten ineinander verknäult in den Abteilen tief schliefen. Sie waren zerrissene Gestalten, schlammverdreckt, mit tief eingefallenen Wangen und fiebrigen Augen.

Einige unter ihnen, die noch Kraft hatten, durchbrachen plötzlich die Stille und schmetterten im Chor die *Marseillaise*. Ich war perplex.

»Wie können Sie es wagen, die Marseillaise zu singen?«, fragte ich sie.

»Wir singen, worauf wir Lust haben«, gab mir einer zur Antwort. »Niemand kann uns irgendwas verbieten, ob du willst oder nicht. Morgen werden sie uns schlachten. Wer kann uns noch verbieten zu singen, was wir wollen? Die Franzosen sind unsere Feinde; und wenn ich schreie ›Vive la France‹, was dann?«

Der Zug fuhr recht nah hinter der Front entlang, und immer wenn er anhielt, galt es, frische Truppen nachzuführen oder die Rückkehrer aus den Schützengräben aufzunehmen. In diesem Durcheinander näherten wir uns Sofia im Schneckentempo. Die Abteilfenster waren verrammelt oder schwarz getüncht. In jedem Abteil stand eine Wache mit aufgepflanztem Bajonett. Das setzte sich bis in die Toiletten fort, und nicht einmal dort ließen sie einen unbeobachtet. Wir trafen in Sofia ein; doch in der Hauptstadt Bulgariens stand alles so hoffnungslos, dass wir entschieden, am nächsten Morgen Richtung rumänischer Grenze weiterzufahren. Wir fanden kein Hotel für die Nacht. Es gelang mir, eine Handvoll bulgarische Levas gegen etwas Schwarzbrot und ein Stück Dörrfleisch einzutauschen. Nach Anbruch der Dunkelheit erreichten wir die rumänische Grenze. Unsere Reisepässe wurden überprüft, weshalb wir einen weiteren Tag festsaßen.

Die Beute entkommt

Bei klirrender Kälte gingen wir in die Stadt, um Unterkunft und ein Abendessen zu suchen. Orientierungslos, ohne irgendetwas zu finden oder jemanden zu verstehen, irrten wir umher, bis ein junger, freundlicher Kerl auf mich zukam und in feinstem Spanisch unter dem Vorwand, um Feuer zu bitten, eine Unterhaltung lostrat. Ich heftete mich an ihn, wie einer, der nach dem rettenden Ast greift. Er bot mir seine Freundschaft an und erklärte sich bereit, uns zu begleiten. Er besorgte uns eine Unterkunft, aber als wir ihn, nachdem wir das Zimmer bezogen hatten, verabschieden wollten, begann er uns mit sonderbaren Fragen zu löchern und lästig zu werden. Es dauerte nicht lange, bis er mir preisgab, dass er Deutscher sei, und im selben Augenblick erriet ich, was er wirklich suchte. Er war ein Agent des Barons Stettin, der uns bis an die rumänische Grenze verfolgt hatte und der uns, seine Beute, einen Steinwurf entfernt von Rumänien nicht entkommen lassen wollte. Er selbst bestätigte den Verdacht. Er schnüffelte, wie es ihm beliebte, steckte seine Nase in unsere Gepäckstücke und endlich, offenbar weil er entmutigt war oder einfach nur müde wurde, ließ er uns in Ruhe und ging schlafen. Im Morgengrauen überquerten wir die Donau bei Eiseskälte und betraten endlich rumänischen Boden. Nur hatte die Sache für mich einen letzten Haken.

Ich bin gebürtig aus Burgos, so steht es in meinem Pass, aber der rumänische Grenzer las heraus, dass ich Bulgare sei, und wollte mich nicht einreisen lassen.

»Du bist Bulgare; aus Burgas«, sagte er mir ins Gesicht und hielt mir den Pass vor die Augen.

In der Tat, in Bulgarien existiert eine Stadt, die Burgas heißt, und der Grenzer hatte im Leben weder von Spanien noch von Burgos reden hören, geschweige denn von der Figur des Fliegenfressers. Ich musste ihm alles haarklein erklären, damit er mich passieren ließ. Bis hin zur Legende vom Fliegenfresser von Burgos.

Weißbrot! Weißbrot!

Über den Bahnsteig schlendernd, darauf wartend, dass der Zug nach Bukarest abfuhr, warf ich einen Blick in die Kantine. Weißbrot! Gerettet! Niemand versteht, was ein Weißbrot bedeutet, gut durchgebacken, goldfarben, mit seinen luftigen

Krümeln und seiner knisternden Kruste, bis er nicht über mehrere Monate, wie wir es in der Türkei erlitten haben, dieses Schwarzbrot herunterwürgen musste, das die Deutschen backen, weiß Gott mit was alles im Teig! Ich warf mich wie eine Furie auf diese Laibe Weißbrot. Bereits an die Fabelpreise für gutes Brot in kriegsnahen Gebieten gewohnt, schlug ich jeden Skrupel in den Wind, zog eine Goldmünze hervor, legte sie auf die Theke und begann Laib um Laib zum Waggon zu schaffen, und sie Sole durch das Fenster zu reichen. Die Leute lachten über mich. Diese Unglücklichen! Sie hatten nur noch keine Bevölkerung erlebt, die kein Brot hat. Sie würden es in Kürze kennenlernen. In Bukarest kehrten wir im Hotel Central ein, direkt gegenüber dem Postamt. Ich ging in ein Cabaret, das sich Alhambra nannte, und stellte mich vor. Nach fünf Tagen debütierten wir. Es gefiel uns und wir waren vom Glück begünstigt. Es gab Brot und Frieden! Wie oft habe ich später Menschen sich gegenseitig umbringen sehen, die nach diesen beiden Dingen schrien: Brot und Frieden!

Kurz darauf wurden wir vom Casino de Paris unter Vertrag genommen, und nach einiger Zeit dort hatten wir ein kurzes Engagement in Braila, wo wir zwei Wochen im *Paradies* auftraten. Am Abend unseres letzten Auftritts zog ich mir eine Verletzung zu. Beim Tanzen verdrehte ich mir das Bein, und ich musste für lange Zeit aussetzen. Dies war das Zeichen, dass unsere Glückssträhne endete. Sole musste ohne Partner tanzen. Ich spielte zur Begleitung mit den Trommelstöcken. Damit traten wir in anderen, unbedeutenderen Cabarets auf: dem Tango und dem Salata.

Die Welt ist verrückt geworden

Im Großen und Ganzen war ich zufrieden, denn nach allem, was wir in der Türkei erlitten hatten, schien uns Bukarest wie das reinste Gloria. Eines Abends, es lief im Tango beschaulich wie immer, befahl der Besitzer dem Orchester plötzlich: »Aufhören!« Er stellte sich vor das Publikum und schrie wie wahnsinnig vor Begeisterung:

»Der Krieg! Der Krieg! Rumänien hat Deutschland soeben den Krieg erklärt!«

Das Publikum erhob sich von den Plätzen und johlte begeistert:

»Der Krieg! Der Krieg! Es lebe der Krieg!«

Ich saß mit meinem verknacksten Fuß in einer Ecke, traurig und allein, und schaute ihnen sprachlos zu. Mir schien, als seien sie vom einen auf den anderen Moment alle verrückt geworden. Dass die ganze Welt verrückt geworden war. Der Krieg! Wussten diese Trottel, was das ist, der Krieg?!

Der Besitzer des Cabarets brachte Champagner an die Tische. Welcher Beifall! Welche Freude! Alle waren betrunken, vom Jubel wie vom Wein.

Traurig verließ ich das Cabaret. Bei Sole untergehakt, humpelnd, dachte ich bei mir, ich sei vielleicht der letzte vernünftige Mensch.

»Wir müssen fortgehen«, sagte ich zu Sole. »Der Krieg verfolgt uns. Ich möchte das nicht noch einmal durchmachen. Sonst erleben wir hier das Ende der Geschichte.«

»Und wohin gehen wir?«, fragte sie mich.

»Ich weiß nicht. Der Krieg kommt von allen Seiten. Wir können nirgendwo hingehen, wo noch Frieden ist. Ich habe aber gehört, dass man in Russland, obwohl dort Krieg ist, nicht viel davon spürt, weil es so groß ist. Ja, wir könnten nach Russland!«

»Wir gehen, wohin du sagst, Juan«, antwortete sie und schmiegte sich an.

Wenn wir in diesem Moment geahnt hätten, was uns erwartete!

Um Mitternacht wussten alle, dass Rumänien den Mittelmächten den Krieg erklärt hatte. Um halb eins beendete eine gewaltige Detonation abrupt die Ausgelassenheit und den Taumel der Rumänen. Schlappe dreißig Minuten hatte das erste deutsche Flugzeug für die Überquerung des rumänischen Territoriums benötigt, um über dem Himmel von Bukarest aufzutauchen und seine erste Bombe auf die Bevölkerung abzuwerfen, die freudig dem Krieg zujubelte.

Die ganze Stadt erstarrte wie nach einem Zauber. Der patriotische Beifall verstummte, als habe man eine Kerze mit einem Eimer Wasser gelöscht. Die schwindelerregende Schnelligkeit der deutschen Attacke machte die Rumänen sprachlos. Bukarest verwandelte sich augenblicklich in ein dunkles und schweigendes Nest. Man hörte lediglich das um Hilfe schreiende Sturmläuten der Kirchturmglocken.

Vorsichtig mich an den Wänden entlangtastend, mit nicht mehr Licht, als in jener klaren Augustnacht der Himmel hergab, humpelte ich, von Sole mit dem Arm gestützt, durch die schwarzen Straßen Bukarests und grübelte:

»Wohin gehen, wo noch Frieden herrscht?«

»Wohin gehen, wo es noch Brot gibt?«

4.
Der Leichenfledderer

Wir verrammelten Türen und Fenster, und schließlich deckten wir die Ritzen mit Tüchern ab. So verbrachten wir die schlaflosen Nächte, uns gegenseitig in die Augen schauend und starr vor Angst, jederzeit mit von deutschen Granaten aufgeschlitzten Bäuchen zu verenden. Es war das erste Mal in der Geschichte, dass Flugzeuge auf diese Weise eine Stadt bombardierten, und die Panik, die sich unter der Bevölkerung von Bukarest verbreitete, als sie all der Bomben gewahr wurde, die vom Himmel fielen, war unbeschreiblich. Zwischen Abenddämmerung und Sonnenaufgang erblickte man kein Licht in der ganzen Stadt. Nicht einmal mit einer glimmenden Zigarette durfte man über die Straße gehen. Alles glich einem Friedhof. Einzig zuhause, hinter verschlossenen Türen und gardinen- und stoffverhangenen Fenstern trauten sich die Leute, sich unter einer Lampe zu versammeln, aufgeregt horchend, jeden Moment in Erwartung, das dumpfe, wie ein Käsemagen platzende Bum-Bum eines unter einer Zwei-Zentner-Bombe zerberstenden Hauses zu hören.

Es dauerte acht fürchterliche Tage. Die deutschen Flugzeuge bombardierten Bukarest mit gesteigerter Wut, so als habe man sich entschlossen, uns alle auszulöschen. Morgens, tagsüber, nachts kamen sie, ihre monströsesten Bomben auf die Dächer der armen Rumänen zu werfen, die so viele Unschuldige aus dem Leben rissen, ob sie vor ihren wässrigen Suppen saßen oder einfach fest schliefen. In den Hospitälern lagen Hunderte Verletzte. Das Stadtviertel um das Depot herum wurde von den Deutschen bevorzugt angegriffen. Also genau unser Viertel. Niemand traute sich hinaus. Ertönte der Alarm, suchten alle in den Kellern Schutz. Einmal wagte ich mich in einer Nacht raus auf den Hof und schaute in den Himmel. Er war beeindruckend. Vor der dunklen Stadt hob sich der fahle, sternenbehangene Nachthimmel deutlich ab, der hin und wieder von aufblitzenden Reflektoren durchstreift wurde. Man hörte das schwingende Summen der entfernten Motoren. Wenn sie kräftig schnurrten, hatte man nur den einen Gedanken: »Will das mich?« Sole, sterbend vor Angst, kam aus dem Keller hervor und zog mich am Jackett, damit ich in den Unterstand käme, in dem auch alle Nachbarn hockten. Das war eine schöne Geste, wirklich. Die einzige schöne Geste, die ich in diesem elenden Krieg erlebt hatte. Ich nahm mir noch Zeit, im nachtblauen Himmel einen kleinen Punkt wie eine Hummel zu verfolgen. Plötzlich wurde er von aufblitzenden Schrapnellen erleuchtet, die ihn zu entzünden schienen. Ganz weit oben erkannte ich ihn, er flog durch die winzigen, glitzernden Glimmlichter hindurch, die entweder aus ihm herausschossen oder ihn verfolgten. Plötzlich stürzte der Punkt ab. Er war getroffen. Wie ein Stein stürzte er auf die Erde zu, Purzelbaum schlagend, eingehüllt in eine lodernde Flamme, die umso größer wurde, je näher der Aufschlag kam. Armer Drachen! Es tat mir leid, dass sie ihn erwischt hatten. Am nächsten Morgen gingen wir uns den Klumpen anschauen, der übrig geblieben war, verbogenes und beim Aufprall zerschelltes Metall. Am siebten Tag des ununterbrochenen Bombardements tauchte gegen zwei Uhr mittags am Horizont ein Geschwader deutscher Flieger auf und löste Alarm aus; zu erkennen war auch ein französisches Geschwader, das sich dahintersetzte. Die Deutschen waren über zwanzig; die Franzosen einige mehr. Wie sie sich bekämpft haben! Was für ein aufregendes Schauspiel, die Flugzeuge in die Höhe steigen zu sehen, eines über das andere kreuzend, wie sie sich attackierten und ihre Maschinengewehre spucken ließen! Wie viele abstürzen mussten! Überragt wurde die Szenerie herumwirbelnder Flugzeuge von einem sich anschleichenden Zeppelin, der schwarz und mächtig wie eine Wolke in seinem Bauch den Tod brachte.

Hurra, wir sind in Russland!
Jetzt werden wir unbehelligt leben!

Dies war der echte Krieg, nicht von der Tribüne der Nachhut aus, sondern an der vordersten Frontlinie. Man erklärte mir, Bukarest sei, was man eine Etappe nenne, und erklärte weiter, die Kämpfe würden sich hinziehen bis in den Straßenkampf. Diese Aussicht gefiel mir nicht, und wir beschlossen, nach Russland zu gehen.

Seit dem Tag der Kriegserklärung flohen die Leute zu Tausenden aus Bukarest. Wir konnten nicht mal im Traum darauf hoffen, irgendwo weiterzuarbeiten. Bald würde es kein Brot mehr zu essen geben. Ich ging auf das Konsulat. Dort standen alle Spanier, die in Bukarest lebten, so zehn oder zwölf, darunter zwei Künstlerpaare, Los Mendozas, die Standard tanzten, und die Los Gerardos, Exzentriker. Der Konsul zahlte uns das Notgeld in Höhe von fünf Leis pro Kopf aus und überreichte uns Sonderpässe, damit wir in Russland einreisen konnten. Mit Tickets nach Odessa reiste ich mit meiner Frau ohne die anderen einen Tag früher ab. Als wir morgens aufbrachen, sahen wir eine Kolonne rumänischer Fußsoldaten, die von der Front zurückkehrten. Niemals habe ich eine noch erbärmlichere Truppe gesehen. Die armen Hunde, erdrückt vom Gewicht ihrer Tornister, kamen aus dem Umland von Bukarest, ausgelaugt bis auf die Knochen. Es schien, als hätten sie die letzte Kraft aufgebracht, um bis hierhin zu gelangen, und endlich angekommen in den Straßen der Hauptstadt, ließen sie sich ermattet auf die Gehwege niederfallen; die Nachbarn eilten herbei, um denen, die nach Luft japsten, im letzten Augenblick die blaue Kordel ihres Militärumhangs und ihre Riemen zu kappen, damit sie tiefer durchatmen konnten und wieder zu Kräften kamen. Viele dieser verdammten Soldaten, die von der Front zurückkehrten, waren nicht einmal bewaffnet. Es war schrecklich.

Als wir in Jassy ankamen, hielt ich mich einen Tag lang dort auf in der Hoffnung, Arbeit zu finden und zu bleiben. Meine

Hoffnung redete mir ein, dass in Russland die Umstände nicht so unüberwindlich seien, wie man uns glauben machte. In Jassy ging ich deshalb zum Lichtspielhaus, um nach Arbeit zu fragen. Es gab nichts zu tun. Auch dort zeigte der Krieg seine Muskeln. Zu jeder Stunde trafen Züge mit Verletzten von der Front ein. Die Besonderheit: Fast alle hatten Verletzungen am Kopf oder an den Beinen. Wir verließen Jassy am nächsten Morgen, und wenige Stunden später standen wir vor der russischen Grenze. Eine Brücke markierte sie. An einem Ende standen die Rumänen, am anderen Ende die Russen. Die Art und Weise, wie die Russen unsere Sachen durchsuchten, war erniedrigend. Ich glaubte schon, wir würden nie passieren können. Zum Glück fand mich ein junger Posten sympathisch. Später habe ich begriffen, es bedeutet in Russland alles, ob man sympathisch aufgenommen wird oder nicht. Ganz wie in Spanien. Hast du einen Stein im Brett, ist alles einfach. Hat man verschissen, stirbt man, bevor man es merkt. Die Russen sind nicht böswillig, nur sehr gleichgültig, voller Willkür und launisch.

Wir kamen an einem großen russischen Bahnhof an, dessen Namen ich nicht erinnere. Die Bahnsteige waren überfüllt von Elendsgestalten, Typen wie Schafe, in Schafsfell gekleidet, mit Kappen aus Schafsfell, die den Schafsfellen glichen, die man den Rindern über die Nacken wirft, damit die Flöhe sie nicht beißen. Der Bahnhof verfügte über einen Wartesaal eigens für Bettler. So viele gab es von ihnen. Im Speisesaal standen ihre Blechnäpfe auf den Tischen. Ich verwahrte mein Geld im Gepäck, aber den Waggon, in dem es mitreiste, war verschlossen worden, und sie öffneten ihn nicht vor Odessa. Mir blieb nur ein britisches Pfund, und man tauschte es mir gegen ein paar Kilo russischer Geldscheine. Sie hatten Geldscheine im Wert ab einer zehntel Pesete. In Odessa erklärte man uns, der Gepäckwaggon sei umgehängt worden und käme später, und so standen wir ohne Geld vor dieser unabänderlichen Tatsache. Mit den lächerlichen Kopeken, die sie uns für das britische Pfund gaben, brachte man uns bis ins Hotel Rusia, eine Absteige, die polnischen Juden gehörte. Sie verlangten drei Rubel je Nacht mit Küchenbenutzung. Hurra, wir sind in Russland! Jetzt – glaubten wir – werden wir unbehelligt leben.

Der Leichenfledderer

Das Leben war trotz des Krieges unglaublich erschwinglich. Ein Oca Brot (etwa zweihundert Gramm) kostete zwanzig Kopeken. Aber da unser Gepäck noch auf sich warten ließ und niemand wusste, wo – die russischen Behörden waren ein einziger Wust, niemand kümmerte sich um irgendwas –, steckten wir tief in der Klemme. Ich tauschte eine kleine Goldmünze, die ich als Anhänger an der Kette trug. Als mir auch die Rubel ausgingen, die ich für sie bekommen hatte, ging ich zum Konsulat. Der Konsul, ein Millionär aus Cádiz, scherte sich nicht um mich. Er behandelte mich wie einen Hund. Ich wurde aufbrausend und erklärte ihm, dies seien keine Manieren, einen Spanier zu behandeln, er sei ein Versager. Er fasste dies als Beleidigung auf und warf schnippisch zurück, er dulde keine Frechheiten, von niemandem, ich solle das Konsulat verlassen, er sei fertig mit mir.

»Das wiederholen Sie mir auf der Straße, Sie!«, schrie er mit drohender Faust.

Zum Glück schlichtete der Sekretär; noch so ein humorloser Alter, der mir auf dem Weg zur Treppe zusagte, dass ich einen Rubel und fünfundzwanzig Kopeken als tägliche Unterstützung erhalten würde, und er empfahl mir, einen Spanier, der in Odessa lebte, aufzusuchen, einen gewissen Vicente Fernández, der mir vielleicht helfen könnte.

Ich suchte diesen Vicente, den ich im Gran Café Robinat fand. In seiner Jugend war er Künstler gewesen und machte in Schmuck. Feiner Mensch. Obwohl ich rein äußerlich kein anderes Bild als das eines armen Schluckers abgab, empfing er mich freundlich, lieh mir zehn Rubel und erbot sich, mit mir auf Arbeitssuche zu gehen. Vicente begleitete mich zu den

Kunstagenten, übersetzte, und überredete sie schließlich, mich eine knappe Woche später als Tänzer im Alexandrowski-Park anzustellen.

Dann kam endlich das Gepäck mit unserem Geld, und es kamen auch die spanischen Nachzügler aus Bukarest an. Die beiden Pärchen, Los Mendoza und Los Gerard, sahen genauso verloren aus wie wir, als wir ankamen, und ich bot ihnen an, bei der Suche nach einem Engagement behilflich zu sein. Wir wiederholten dieselbe Prozedur. Tags zuvor war ich im Café mit einem schrägen Typen bekannt gemacht worden, der, wie ich hörte, einigen Einfluss in unserem Geschäft hatte. Er war ein alter Zirkusartist, einer von jener Sorte, die alles wieder in den Wind schlagen. Er war Rumäne, sprach aber perfekt Russisch und kannte Odessa wie seine Westentasche.

Wir gingen gemeinsam zum Haus des Rumänen, damit er unseren Landsleuten Engagements verschaffte. Wir müssen allesamt eine bizarre, bunte Formation abgegeben haben. Jedenfalls wurde der Kerl von der Polizei überwacht, und zweifellos mussten wir Verdacht erregen, wie wir vor seinem Haus als Gespann auftauchten. Sie nahmen uns fest. Ein Kommissar versuchte vergebens, uns zu verhören: Niemand von uns sprach Russisch, und er sprach nichts außer Russisch. Offensichtlich unzufrieden mit uns, ließ er uns unverzüglich Schulter an Schulter ins Gefängnis eskortieren. Sie ließen uns wie Kriminelle quer durch Odessa bis ins Gefängnis marschieren. Zwischen den Soldaten liefen wir mit hängenden Köpfen wie Mörder durch die Stadt, die Frauen heulten, eine von ihnen schwanger im achten Monat; ich immer noch humpelnd von meinem Unfall in Rumänien. Die Verzweiflung wuchs, weil wir nicht wussten, weshalb man uns einsperrte und wie wir es bewerkstelligen sollten, dass man uns verstand. Sole schrie die Soldaten auf Spanisch von der Seite an, als seien sie taub:

»He Sie! Warum? Wir werden schon sehen? Mein Mann und ich, wir sind zwei anständige Leute. Hören Sie mich? Sie Esel!«

Der Soldat schaute zur Seite, grinste dabei wie eine hohle

Nuss und amüsierte sich, dass Sole so ausflippte und ihm Dinge an den Kopf warf, die er nicht verstand.

Sie warfen uns ins Gefängnis und der Tag verging, die Nacht kam, ohne dass sich irgendjemand unserer erinnerte. Ich war besonders niedergeschlagen, weil ich an diesem Abend im Alexandrowski-Park debütieren sollte. In letzter Minute kam ein Französisch sprechender Kommissar. Er hörte uns einen nach dem anderen an, und am Ende löste sich alles in nichts auf.

Wir erfuhren, dass dieser Rumäne, den wir aufsuchen wollten, kein Geringerer war als der Chef einer Leichenfleddererbande, die an der Front operierte. Er hatte angefangen, die Schützengräben selbst abzugrasen und unter den verheizten und auf dem Schlachtfeld zurückgelassenen Soldaten alles zu plündern, was nach Wert aussah. Das Geschäft schien einträglich, denn schon bald nahm es an Fahrt zu. Er arbeitete nicht mehr alleine, sondern war umgeben von auf ähnliche Weise sich verdingenden Typen, solchen, die sich ins »Niemandsland« wagten, jenen schmalen Streifen, der die Schützengräben der verfeindeten Heere voneinander trennte, um die für das Vaterland Gefallenen von so absolut überflüssigen Dingen wie Uhren, Geld, Ringen und Mänteln zu befreien … Wen konnte man wohl mit einem solchem Nachlass glücklich machen, der denen, die jetzt unter der Sonne vermoderten, als Lebende etwas bedeutet hatte? Ich erfuhr, was mir eine Lektion fürs Leben bleiben sollte – dass ein Gesetz existiert, demzufolge ein Mensch, der im Kampf durch eine Kugel stirbt, automatisch zu einer besitzlosen Sache wird. Ein lebendiger Mensch kann wert sein, was immer man sich vorstellen mag, wenn sie ihn umnieten, ist er kein bisschen mehr wert als ein Fuchs; der ist nämlich so viel wert wie sein Fell, nicht mehr und nicht weniger; wenn man sich also freuen darf, vorausgesetzt es bietet sich die Gelegenheit, sich das Fell eines schönen Fuchses anzueignen, warum sollte man sich dann nicht freuen, wenn sich einem die Gelegenheit bietet, sich einen Mantel aus gutem Tuch anzueignen? Damals war dies nichts als ein morbider

Gelderwerb, dem einige lebensmüde und gewissenslose Männer nachgingen. Ich sah später häufig, wie sie Leute umbrachten, nicht der einen noch der anderen guten Sache wegen, nicht, um die Fahne des Vaterlands zu verteidigen oder die der Revolution, sondern des Fells wegen, schlichtweg weil sie einen intakten Mantel umhatten. Eben aus dem Grunde, warum man Füchse tötet.

Die Bande der Leichenfledderer, die der Rumäne anführte, war mannschaftsstark. Er selbst ging nicht mehr ins Feld und sein Leben im Kreuzfeuer der feindlichen Linien aufs Spiel setzen. Er saß selenruhig in Odessa und ging seinen Geschäften nach wie ein feiner Herr, der vom prächtigen Café Robinat aus verhökerte, was ihm seine Agenten ranschafften. Es muss sich um ein einträgliches Geschäft gehandelt haben, denn der Rumäne verfügte, wie ich bereits gesagt habe, über beste Beziehungen.

Der Kommissar überzeugte sich, dass wir nur ein Häuflein unglücklich gestrandeter Künstler waren und, wie Spanier und Flamen an sich, einen übertriebenen Respekt vor den Toten hatten. Er ließ uns vor Mitternacht laufen. Ich fuhr im Wagen direkt zum Hotel, schnappte mir die Kostümteile und traf im Alexandrowski-Park ein, als die Vorstellung bereits begonnen hatte. Ich machte mich während der Vorstellungspause warm und auf die Minute genau trat ich auf die Bühne, um einen Bolero mit meinen Kastagnetten zu tanzen. Mein Bein war immer noch nicht geheilt, und als ich zu tanzen begann, löste sich der Verband, ich litt fürchterliche Schmerzen. Ich begann zu tanzen, schloss die Augen vor Schmerz, biss mir auf die Zähne, und ich glaube, dass ich nie ein enthusiastischeres, beseelteres Trommeln auf die Bretter gelegt habe. Das Publikum, das nichts Vergleichbares gesehen hatte, wurde rasend vor Begeisterung – der Flamenco besitzt diese Kraft! – und forderte eine Zugabe und noch eine. Ganz berauscht von dem Erfolg, spürte ich nicht einmal mehr den Schmerz. Einem Teil der Zuschauer fiel auf, wie in der Ektase der Darbietung die schlanken Stiefel mit ihrem gelben Schaft und der Saum der aus Alpaka genähten Karottenhose sich mit Blut befleckten, mit dem Blut, das aus der offenen Wunde troff, während ich mit größerer Eleganz und Verve tanzte als je zuvor und mein Gesicht strahlte. Aus irgendeinem Grund ist man Flame von Geburt. Und ganz offenbar gefiel den Russen unsere andalusische Art.

5.
Die Loge Nr. 2

Ist ein Flamencokostüm etwa schamlos?

Uns rief ein vielversprechendes Engagement an das *Théâtre intime de Kiew*. Wir verließen Odessa. Die Reise verlief ohne nennenswerte Ereignisse. Tatsächlich war in Russland vom Krieg nicht viel zu spüren. Unsere Darbietung gefiel dem Kiewer Publikum, und ich hatte das Glück, dass man mich unter all den anderen Künstlern, die in Kiew arbeiteten, auserkor, auf einer dieser seinerzeit üblichen aristokratischen Soireen, die unter der Schirmherrschaft der Kaiserin Maria Feodorovna standen und deren Gewinn den Kriegsversehrten und dem Roten Kreuz zugutekam, ein Programm spanischer Tänze aufzuführen. Das Fest wurde im Palast der Kaiserin gefeiert, und die gesamte Aristokratie war erschienen. Unsere spanischen Tänze waren die Attraktion, doch Minuten vor Beginn, als Sole und ich mit den Kastagnetten in der Hand bereit standen, trat ein hochdekorierter Beamter auf mich zu, der mit einer exaltierten Handbewegung, nachdem er mich von oben bis unten, von hinten und von vorne prüfend taxiert hatte, trocken erklärte:

»Sie können da nicht rausgehen und tanzen.«

»Warum nicht?«, fragte ich ihn verzweifelt.

»Weil Ihr Anblick schamlos ist«, erwiderte er. »Sie können vor dem Hof des russischen Zaren nicht in diesen Hosen tanzen.«

In seiner unerbittlichen Weise zeigte er auf die engen Karottenhosen aus Alpaka, die man beim Flamenco trägt. Keine Widerrede, keine Diskussion; ob ich wollte oder nicht, ich musste schnellstens aus der engen Hose rausspringen und den Flamenco in Frackhosen tanzen. Ein Bolero mit Hintern in fluffiger Hose, mein Lieber, hat man das gesehen!

Hoch lebe der Zar!

Wer sich damals in Kiew aufhielt, hätte sich niemals träumen lassen, welches Feuer in Russland sechs Monate später entfachen sollte. Der Zar stattete Kiew in jenen Tagen – Oktober oder November 1916 – einen offiziellen Besuch ab, und die Stadt empfing ihn in taumelndem Vivat! Die Straßen waren geschmückt, zahlreiche Jubelbekundungen des Zaren waren organisiert. An einem Morgen fuhr Zar Nikolaus II. in der Kutsche durch die Straßen von Kiew und betrat ein paar Geschäfte, um Einkäufe zu erledigen, ständig umringt von einer immensen Menschentraube, die ihn feierte.

Ich weiß nicht, inwieweit dies alles von seinem Stab geplant wurde, aber sicher weiß ich, dass Nikolaus II., wie auch ich mich täuschen ließ, sich durchaus geirrt haben konnte, was die ihm entgegengebrachten Gefühle seiner Untertanen anbetraf. Ich hätte es nicht geglaubt, auch wenn man es mir geschworen hätte, dass dieser Mann, dem eine Menschenmenge enthusiastisch zujubelte, wenige Monate später wie ein räudiger Hund erschossen werden würde.

Aber, ich wiederhole mich, von diesen politischen Dingen verstehe ich nichts.

Loge Nr. 2

Vor Ende des Jahres 1916 reisten wir schon nach St. Petersburg weiter. Zwei Tage dauerte die Reise, aber wir fuhren im Schlafwagen mit allem Komfort. In der russischen Hauptstadt war alles ruhig, jedenfalls dem Anschein nach. In der Luft lagen eine gewisse, spürbare Strenge und eine beklemmende Ordnung, aber auch Liebenswürdigkeit und willkommen heißende Freundlichkeit gegenüber Ausländern. Wir arbeiteten in der Villa Rodé, dem luxuriösesten Cabaret der Stadt, dem berühmtesten, in dem die Aristokraten und hochgestellten Beamten des kaiserlichen Hofes verkehrten. Die Villa Rodé lag fast vor den Toren St. Petersburgs, in Novaya Derevnya, einem herrlichen Ort inmitten gepflegter Haine und weit jenseits der zweiten Brücke. Der Besitzer, ein Rodé, verstand viel von diesem Geschäft; er besaß den besten Weinkeller von St. Petersburg, er hatte die besten Künstler, die hübschesten Frauen und selbstverständlich die beste Kundschaft ganz Russlands. Wir waren dort für sechs Wochen unter Vertrag. Man trat dort nicht etwa in einem öffentlichen Saal auf, sondern in weitläufigen, reservierten Logen, denn die übliche Klientel der Villa Rodé, wirklich sehr erlauchte Leute und Würdenträger des Hofes, wollte nicht in einem öffentlichen Saal angeglotzt werden. Fast jeder dort kam aus dem Palast.

In der Villa Rodé war eine dieser Logen berüchtigt, die Nr. 2, die für Leute von wirklichem Rang reserviert war. Gott allein weiß, wer diese Damen und uniformierten Gentlemen waren, vor denen wir tanzten! War doch diese Loge Nr. 2 jene, in welcher sich der berühmte Rasputin mit den edlen Damen des Hofes vergnügte, und den das Personal manches Mal sturzbetrunken forttragen mussten. Im hinteren Bereich stand ein Diwan, auf dem sich die Damen in ihren tiefdekolletierten Abendroben rekelten. Die sie begleitenden Offizieren blieben steif und zeremoniell neben ihnen stehen und reichten ihnen mit viel Ehrerbietung den Champagner. Hin und wieder neigte sich einer vor und küsste der Dame die Hand. Bei den Musikeinlagen der Zigeuner schlugen die Damen ihre Augen auf, reckten ihre Oberkörper und folgten dem Rhythmus der Gitarren mit leichten Bewegungen ihrer entblößten Schultern.

Ich erinnere mich an solche Nächte, an denen Sicherheitsleute und Polizisten die Straße in einem schier unendlichen Kordon bevölkerten und im Schnee Seit' an Seit' verharrend die Kunden der Villa Rodé bewachten, die in Loge Nr. 2 tranken und uns beim Tanzen zuschauten. Es war kaum herauszubekommen, wer sie waren; die Damen kannten wir nicht und bei den Gentlemen war es trotz ihrer Uniformmäntel schwierig, den Rang und die Funktionen, die sie beim Militär innehatten, zu bestimmen, denn für gewöhnlich trugen sie einen fantasievollen Militärumhang, der an der Brust und am Ärmelaufschlag mit kleinsten Litzen versehen war, die die Dekorierungen verdeckten.

Nach jedem unserer Auftritte bei den privaten *Soireen* in der sagenumwogenden Loge Nr. 2 steckten sie uns Künstlern diskret Hundertrubelscheine zu, ließen uns auftischen und spendierten Champagner. Während eines dieser Gelage leerte ich, eingehakt bei einem Offizier und mit dem Versprechen, einander nicht loszulassen, bis einer umfällt, eine Flasche Cognac der Marke Martell bis auf den letzten Tropfen. Natürlich fiel er zuerst um. Mich hat noch keiner unter den Tisch gesoffen. Die Sache gab mir Aufwind, und ich begann die anderen Künstler herauszufordern. Im Chor der Zigeuner gab es eine umwerfende *Gachí*, wie wir sagen, ein Mädchen, mit dem ich mich vergnügte. Sole platzte der Kragen, und mitten im Kabinett zog sie mir vor allen Anwesenden ihre Krallen durchs Gesicht, die mich wieder in die Realität zurückholten. Anstelle ihr die Ohrfeige zu verübeln, lachten sich die Leute über mich kaputt. Die Vorstellung hatte ihnen gefallen. Mir nicht.

Mit einigen dieser Stammgäste brachte ich es zu einer bedingten Freundschaft. Wenngleich diese Leute durchweg überheblich waren, zeigten sie sich manchmal von der freundlichen Seite, so als wären sie kleine Teufel. Es lag am Wein. Ich habe bereits gesagt, dass der Russe trotzdem kein übler Kerl ist. Künstlern gegenüber war er wohlwollender, ein Edelmann im Vergleich zu all den knickrigen Möchtegerns aus Madrid oder Sevilla. Ich schloss enge Freundschaft mit dem Sohn eines Filippow – irgendein hochgestellter Fatzke –, der jedes Mal eine Horde aristokratischer Offiziere zum Gelage mitbrachte. Er ließ mich jeden Abend in seine Loge bitten. Sie füllten mich ab und unterhielten sich mit mir, als sei ich ihresgleichen. Nach einer ordentlich durchzechten Nacht war ihnen das Geld ausgegangen; ich glaube, sie hatten gespielt oder wollten noch spielen. Ich lieh es ihnen; ich lieh, was ich angespart hatte. Tags drauf brachte er mir das Geld zurück und legte eintausend Rubel Trinkgeld oben drauf. Wenige Tage vor Ausbruch der

Revolution war ich das letzte Mal in der Villa Rodé. Zum Abschied gab er mir einen Kuss. Ich habe nie wieder von ihm gehört. Sie werden ihn wohl umgebracht haben.

Mit all dem räumte die Revolution schlagartig auf. Die Villa Rodé wurde von den Revolutionären gestürmt, der hervorragende Weinkeller, der sechzigtausend Rubel schwer war, geplündert, zu Kleinholz geschlagen und angezündet. Die Verwüstung der Villa Rodé durch das gemeine Volk war endgültig. Ein authentisches Beispiel rasenden Zorns. Bis auf die Grundmauern niedergemacht. Der Besitzer Rodé verfiel aus blanker Verzweiflung dem Wahnsinn. Er entkam nach Paris, konnte sein Leben wie durch ein Wunder retten.*

In Moskaus Cabarets

In Petrograd konnte man es sich damals gutgehen lassen. Es gab Restaurants, in denen man drei Gänge für einen Rubel speisen konnte. Wir waren in einer französischen Pension, unweit des Aquariums Balchaia Rugenia, untergekommen. Dort trafen wir Künstler wieder, die wir aus Rumänien kannten, wir schlossen Freundschaft. Ihnen hatte sich ein berühmter französischer Sänger angeschlossen, er nannte sich Milton. Wir ausländischen Künstler lebten in Petrograd wie die Maden im Speck, die Russen waren feine Kerle. Das Publikum war feurig,

* In Paris machte ich tatsächlich die Bekanntschaft mit dem ehrenwerten Herrn Rodé. Er wurde mir in einem unbedeutenden Casino oder einer Spielhölle vorgestellt, die ich auf der Suche nach authentischen Aristokraten unter den russischen Emigranten betrat. Als ich ihn auf seine früheren Klienten ansprach, bot er mir Hunderte schlüpfriger Geschichten aus der berüchtigten Loge Nr. 2 an. Unseren Übersetzer fragte er direkt: »Meinst du, diesem spanischen Journalisten kann ich etwas Geld aus der Tasche ziehen?« Er musste innerlich von der Idee Abschied nehmen, es sei einem spanischen Journalisten leichter Geld abzuringen als einem russischen Großherzog und lehnte es daraufhin ab, mir seine entzückenden Geschichten preiszugeben. (M.Ch.N.)

man verdiente einen Haufen Geld, und das Leben war mehr als erschwinglich. Ein Café in einer Seitenstraße zum Newski Prospekt wurde zum Treffpunkt für unseren Künstlerzirkel. Man konnte sich kein besseres, angenehmeres Leben vorstellen, in keiner anderen Stadt in Europa.

Als das Engagement auslief, zogen wir weiter nach Moskau. Das war Anfang 1917. Wir kamen im Maxim unter Vertrag. Dort trat seinerzeit eine andere spanische Künstlerin auf, die Mignon, die wir später, als die Revolution im vollen Gang war, in Petrograd wieder trafen. Das Maxim war nicht vergleichbar mit der Villa Rodé; ein gemischtes Publikum ging dorthin; zwar saßen in den Logen betuchte, einflussreiche Leute, dafür hockte in den Rängen einfach jedermann: Händler, die zu Geld gekommen waren, Provianteure, Juden, Politiker, Journalisten und solche Leute; Aristokraten in der Tat wenige.

Wir bezogen eine Wohnung auf der Twerskaja, wo wir uns nach und nach an die traditionelle russische Küche gewöhnten, Sole hatte recht fix ein paar Gerichte zuzubereiten gelernt. Als der Vertrag mit dem Maxim auslief, versuchten wir es an einem sehr stilvollen Theater in der Sadowaja. Dort waren wir auch unter Vertrag, als die ersten alarmierenden Gerüchte von den Revolutionsgerüchten aus Petrogard sich verbreiteten. In Moskau gab es keine Reaktion. Das Maxim schloss wenig später und wir wechselten zum Yar, dem spektakulärsten und elegantesten Haus, das ich je gesehen habe. Das Cabaret war in der Gegend um den Petrowskij-Park errichtet worden und wartete mit jedem erdenklichen Luxus und Kunstsinn auf. Selbst einen kleinen Spiegelsaal nannte es sein eigen. Es war Moskaus Cabaret mit dem meisten Chique. Der Direktor, ein Herr Aquamarina, war eine schillernde Persönlichkeit, der uns später sehr behilflich war. Im Yar erreichte uns eine weitere Nachricht. In Petrograd stand es nicht gut.

Noch bekam man ein Huhn für einen Rubel. Die Stadt war ruhig. Die Leute gingen ihren Geschäften nach, aber immer häufiger sah man Militärs in Wagen herumfahren, die die Szenerie vorsichtig im Blick behielten.

Es passierte nichts Wesentliches, aber jeder schien besorgt. In den Cabarets endeten die politischen Debatten unter den Gästen, der Ton wurde rauer. Am Tagesablauf änderte sich nichts: Die Theater spielten, die Cabarets waren ausverkauft, der Rubel rollte, aber langsam ging das Brot aus.

Plötzlich spürte man einen verdammt ungemütlichen Umschwung im Alltag. Die Leute zeigten sich zunehmend verschlossener und ungeselliger. Der Russe, der an sich schon leicht reizbar ist, war es in diesen Tagen erst recht. Im Cabaret fiel uns ein Offizier auf, der etwas trank und, wie es schien, sich ziemlich gut amüsierte, halt zuvorkommend, charmant und spendabel wie immer, der aber wegen einer Nichtigkeit urplötzlich aufbrauste, sich stritt, alles zerschlug und ein paar wirklich unerquickliche Dinge veranstaltete. Die Verdächtigungen gegen Spekulanten ließen nicht lange auf sich warten.

Fast der ganze Markt in Moskau war in jüdischer Hand, und mit dem ersten Geflüster über die revolutionären Bewegungen in Petrograd spürte man die Verknappung der Lebensmittel, verursacht durch die Hamsterkäufe der jüdischen Händler, die auf Spekulation setzten. Zwischen ihnen und den Bauern versickerte das Mehl irgendwo auf der Strecke, und der Bevölkerung ging das Brot aus. Damals tauchten vor den Türen der Backstuben die ersten Schlangen auf, die über viele Jahre hinweg zu unserer bitteren Wahrheit wurden.

Selbstverständlich konnte jeder, der Geld besaß, alles bekommen, auch wenn es an Brot mangelte, denn in Wirklichkeit mangelte es an gar nichts, sondern versickerte nur in dunklen Kanälen. Ich bin mir sicher, wäre dies nicht passiert, hätte es keine Revolution gegeben.

Unter den Folgen der Volkserhebung litt zuerst die Bevölkerung selbst. Die feinen Herrschaften, so irritiert wie sie sein mochten, machten sich über die Revolution lustig. Von denen hatte jeder genug Proviant gehamstert, um nicht zu verhungern, derweil die bedauerlichen Mütter sich vor Morgengrauen in die Schlangen stellten.

Nein; wie ich es sage, in Moskau gab es absolut keine Vorfälle, aber die allgemeine Lage sah übel aus. Ich entschloss mich, nach Petrograd zurückzukehren und dort Arbeit zu suchen, in Moskau schien mir alles auf einem Pulverfass zu sitzen, jeder war gegen den anderen hasserfüllt, die Beamten unter sich, die ganze Bevölkerung gegen die Juden.

In Petrograd, erfuhr ich, hatte die Regierung nach ein paar Scharmützeln mit den Revolutionären unnachgiebig aufgeräumt und die Ordnung wiederhergestellt. Mir schien die Nähe des Hofes ein Garant für mehr Sicherheit; abgesehen davon, dass anders als in Moskau in Petrograd nicht die Juden die Ladenbesitzer waren, und es deshalb weniger Anlässe zu Revolten und Teuerungen gab. Ich beabsichtigte eine Erkundungsreise, die die Möglichkeiten eines Übernahmevertrages ausloten sollte, und ließ Sole in Moskau, in unserer Wohnung in der Twerskaja. Das war in den ersten Märztagen 1917.

Es lebe die Revolution!

Als ich in Petrograd aus dem Zug stieg, stand ich mit meinen Koffern furchteinflößend allein auf dem Bahnsteig. Weder Reisende noch Kofferträger, noch Angestellte. Was war geschehen? Für die Antwort musste ich den Bahnhof verlassen.

Am Ausgang des Bahnhofs hing der Leichnam eines mit Bajonetten an die Tür gespießten Wachmanns.

Sein Gesicht war blutüberströmt, tief in der Brust stakte ein gespreiztes dreiteiliges Bajonett, das ihn an einem der Türblätter aufrecht präsentierte. Auf dem Bahnhofsvorplatz standen mehrere gepanzerte Fahrzeuge, Maschinengewehre und Kanonen aufgereiht. Fernab sah man dichte Rauchwolken in den Himmel steigen. Hin und wieder hörte man fern das Knattern der Maschinengewehre. Keine Menschenseele auf den Straßen. Verwirrt stand ich mit meinen Koffern in der Hand vor dem Eingang des Bahnhofs. »Wo bin ich nur hineingeraten? Was soll das werden?«, fragte ich mich.

»Das Volk ist dabei, den Säcken den Garaus zu machen«, sagte ein Vorbeilaufender; er meinte die vierzigtausend Geheimpolizisten, die in Petrograd stationiert waren.

Nein! Nicht mit mir, dies nicht! Ich beschloss, nach Moskau zurückzukehren, und ging mit meinen Koffern wieder in den Bahnhof. Auf dem Bahnsteig stand eine Gruppe heftig diskutierender Bahnarbeiter im Kreis. Ich wandte mich an einen.

»Wann geht der erste Zug nach Moskau?«, fragte ich ihn.

»Hier geht kein Zug nach nirgendwo mehr raus, Kamerad!«, meinte er und klopfte mir tröstlich lächelnd auf die Schulter, und als er mein verdutztes Gesicht bemerkte: »Der Zug hält hier für alle Zeiten, verstehst du! Es lebe die Revolution!«

6.
So verlief die Märzrevolution

Als ich nach Petrograd zurückkehrte, war mir, als stieße ich die Tür zur Hölle auf. Die wenigen auf der Straße flohen, eilten kreuz und quer, um nur wegzukommen. Auf dem Stück zwischen dem Bahnhof und dem Newski Prospekt standen mehrere Häuser in Flammen. An den Straßenmündungen vernahm man den sich überschlagenden Lärm der Kampfhandlungen, die in den Stadtvierteln im Gange waren, immer wieder das kurze Geknatter der Maschinengewehre. Mit meinen Koffern in den Händen kam ich an der Kamenij Ostrowski vorbei, deren durchsiebte Fassaden aussahen, als hätten sie die Blattern. Die Fenster zu dieser Prachtstraße waren ausnahmslos zerschossen. In welche Richtung gehen? Ich hatte vor, die Richtung Nowaja Derewnja einzuschlagen, wo die Villa Rodé war, aber ich traute mich nicht, denn sie lag dort, von wo die heftigsten Gefechtsgeräusche herüberkamen. Oft kehrte ich auf der Flucht vor den Kämpfen vor mir um. Nirgendwo kam man durch. Als ich einmal mehr kehrtgemacht hatte, lief ich einer Gruppe bewaffneter Arbeitersoldaten in die Arme, die gerade grölend und singend die Straße überquerten. Sie sagten, dass sie von der Erstürmung des Winterpalais zurückkämen. Sie schleppten die seltsamsten Dinge mit nach Hause. Einer von ihnen, mit einem Gewehr auf der Schulter und einer verkehrt herum sitzenden Schirmmütze, schleppte sechs oder sieben Flaschen Champagner, sein Gesicht war vor Freude und Alkohol hochrot, sein Gewehr war geschmückt. Immer, wenn er seinen Kameraden etwas sagen wollte, stellte er die Flaschen auf den Boden, stellte sich breitbeinig darüber, fuchtelte überschwänglich mit den Händen in der Luft, um sie anschließend wieder in den Arm zu nehmen und schwer schnaufend den Anschluss an seine Gruppe nicht zu verlieren, die Arme immer fest zusammengehalten, damit ihm seine Beute nicht entglitt.

An manchen Stellen war die Straßenpflasterung aufgebrochen worden, um Barrikaden zu errichten, die inzwischen wieder verlassen worden waren. In den Straßen im Zentrum waren keine Barrikaden zu sehen, doch in den Arbeitervierteln waren sie an jeder Ecke. Auf meinem Weg in Richtung Nowaja Derewnja bekam ich mit, dass manche Straßen noch in der Gewalt der Zarentruppen waren; andere unterlagen dem Kommando der Revolutionäre und in wieder anderen Straßen, wusste auch Gott nicht, wer dort das Kommando hatte.

Die Denunziationen beginnen

Da alle Wege zur Villa Rodé versperrt waren, beschloss ich, zur Pension zu laufen, in der unsere Kameradin Angelita Mignon lebte. Die Gäste dort hatten sich alle verschanzt und zitterten vor Angst. Sie berichteten, die Villa Rodé sei überfallen worden und es sei zwecklos, dorthin zu gehen. In der Pension seien zwischenzeitlich zwei Patrouillen aufgetaucht, die das Haus komplett auf den Kopf gestellt hätten und die Gäste zwängen, die Koffer zu öffnen und alles herzuzeigen. Angelita Mignon lud mich ein zu bleiben, und ich nahm liebend gerne an, denn durch die Straßen von Petrograd zu vagabundieren und sich eine Kugel von einem schießwütigen Schützen einzufangen, wie an jeder Ecke einer lauerte, war nicht mein Ding. In sicherer Erwartung, dass die Patrouillen zurückkommen würden, schob mir die Mignon vom Eingang ihres Zimmers ein Bett auf den Gang; der Erste, auf den sie dann trafen, sollte etwas mehr Mumm in den Knochen haben. Und tatsächlich erschienen die Patrouillen, von denen niemand wusste, wer sie eigentlich kommandierte und welche Befugnisse sie hatten; unter Beschimpfungen und unter Einsatz ihrer Gewehrkolben filzten sie uns noch drei oder vier Mal bis aufs letzte Hemd. Später erfuhren wir, dass wir diese unangenehmen Besuche den Denunziationen eines befreundeten Geigenspielers zu verdanken hatten, der Angelita bezichtigte, kostbarste Juwelen zu verstecken, und der während einer Episode vorgetäuschter Liebe erfolglos nach dem Versteck der Brillanten gesucht hatte.

Wie bringt man in einer Woche vierzigtausend Gardisten um

Der blanke Hass! Vierzigtausend Gardisten waren in Petrograd stationiert, als die Revolution ausbrach. Eine Woche später war kein Einziger übrig. Die Bevölkerung hatte einen derartigen Groll gegen sie aufgestaut, dass sie Jagd auf sie machte wie auf Kaninchen. Ich war mitten hineingeraten. Viele nagelten sie mit Bajonetten an die Haustüren, wie jenen, den ich am Bahnhofsausgang gesehen hatte. Andere durchsiebten sie mit Kugeln, anschließend schleiften sie ihre Kadaver umher, bis sie nur noch ein unförmiger Klumpen aus Blut und Matsch waren.

Als die Sache losging, richteten die Gardisten unter den Revolutionären erst einmal ein stattliches Gemetzel an. Alles begann ein paar Tage, bevor ich eintraf, mit einem Demonstrationszug, der die Neva bei Vigorg überqueren und ins Zentrum ziehen wollte und in einem Tumult endete. Die Soldaten auf der anderen Seite der Brücke postierten eine Barriere, die der Menge den Weg versperrte. In Wellen kamen neue Streikende aus den Arbeiterbezirken an der Brücke an. Diejenigen, die vorneweg liefen, wollten zurückweichen, als sie am anderen Ende in die tödliche Aufreihung der Gewehrmündungen blickten, aber der Druck der Masse, die hinter ihnen drängte, schob sie, ob sie es wollten oder nicht, zur anderen Brückenseite. Die armen Teufel liefen mit dem Rücken voran und stemmten sich vergeblich mit den Händen gegen die menschliche Lawine, die sie in den sicheren Tod schob. Kaum waren sie auf der Brücke, öffnete sich die Barriere der Gardisten in zwei Flügel, und ein vernichtendes Heer Berittener galoppierte mit gezückten Säbeln in die Menge hinein. Die Schwadronen der Gardisten und der Kosaken fielen wie Tiger über die Menge her und schlitzten die verängstigten Menschen auf, zerstückelten und köpften sie mit ihren Schleppsäbeln. Viele, sehr viele verloren ihr Leben. Aber es nützte nichts.

Drei Tage später war der Pulk Herr der Lage und widmete sich wie rasend der Auslöschung der Gardisten. Zunächst verschanzt in den Kasernen und später in versprengten Grüppchen, verteidigten sie sich teuer gegen ein Monster, das, aus Millionen Mordlustigen bestehend, über sie herfiel, wo immer es sie antraf. In dieser Phase traf ich in Petrograd ein.

Zur Rettung der Gardisten waren mehrere Kosakenregimenter mobilisiert worden, die anfangs auf die Revolutionäre schossen und doch, kaum hatten sie gewisse Stadtteile zurückerobert, desertierten und sich weigerten, auf die Arbeiter zu schießen. Es trafen eiligst direkt von der Front her nachgeführte und zarentreue Truppen ein, da die Revolutionäre die Gardisten niederzuringen schienen, aber bevor sie in Petrograd einzogen, nahmen sie Kontakt zu den revolutionären Komitees auf, die sich ihnen in den Weg stellten, fanden Gehör und handelten das Ende der Gemetzel an den Offizieren und das Einholen der roten Flaggen aus, um daraufhin unter dem Beifall der Bevölkerung in die Hauptstadt einzuziehen. Unverzüglich begannen auch die übergelaufenen Soldaten mit der Hatz auf die Gardisten. Alle Hoffnung der Zaristen ruhte jetzt auf den Regimentern der Donkosaken, die herbeieilten. Sie trafen in drei nacheinander einlaufenden Zügen ein, aber so, wie sie nacheinander eintrafen, liefen sie nacheinander zu den Revolutionären über. Die Desertion hatte etwas von einem Rette-sich-wer-kann.

Die gejagten Gardisten verteidigten sich eisern. Drei Tage nach dem Überfall auf das Palais saßen im Dach noch versprengte Schützen, die auf die Revolutionäre feuerten, und die sich nicht trauten, zu ihnen vorzudringen. Sie fielen einer nach dem anderen. Der Letzte hörte am sechsten Tag auf zu feuern.

In unserer Pension hatte ein Gardist gewohnt. Als ihn die revolutionären Patrouillen suchten – er war denunziert worden –, war er bereits verschwunden. Sein Koffer und sein Mantel waren zurückgeblieben. Fünf Menschen kostete dieser verfluchte Mantel das Leben. Einer der Gäste nahm ihn als Trophäe, entfernte die Insignien und trat derart mit ihm bekleidet auf die Straße.

Noch am selben Tag wurde er von einem Fenster aus erschossen. Man trug den Toten nach Hause, zog ihm den Mantel aus, um ihn in den Sarg zu legen, und beerdigte ihn. Ein anderer, ebenso unvorsichtig, nahm den Mantel an sich, und wenige Tage später gönnten sie auch ihm eine Kugel. Den Letzten, den es erwischte, als er ihn nur einmal kurz überzog, war ausgerechnet einer der Revolutionäre, die so heldenhaft auf den Barrikaden gekämpft hatten. Aber wann immer die Leute den Mantel eines Gardisten entdeckten, wurde nicht nachgefragt, sondern geschossen. Ihnen schlug der blanke Hass entgegen!

Die Spanier machen sich aus dem Staub

Die spanische Botschaft und das Konsulat blieben geöffnet. Wir baten um Schutz. Wir hörten nur, dass sie keinerlei Verantwortung übernahmen. Die diplomatische Vertretung Spaniens organisierte den Abzug aus Petrograd und gab das Datum öffentlich bekannt, damit alle Spanier, die zu fliehen beabsichtigten, sich ihnen anschließen konnten. Derjenige spanische Staatsbürger, der sich nicht anschloss, sei damit informiert, dass er bar jeden Schutzes seiner Vertretung im Lande blieb. Die meisten Spanier, die sich in Petrograd aufhielten, entschlossen sich, Russland zu verlassen. Meine Verzweiflung brachte mich um den Verstand. Sole wartete auf mich in Moskau und es gab nichts Menschenmögliches, was mich zu ihr brächte oder sie herkommen ließe. Ich musste mit ansehen, wie Spanien diese Hölle verließ, wie die Spanier unter dem Schutz ihrer Vertretung flohen, und erkannte, dass ich schutzlos zurückblieb, ohne vaterländische Deckung, mit niemandem, der mich vor Übergriffen bewahrte. Im Konsulat beknieten sie mich, mit ihnen das Land zu verlassen. Ich wollte nicht. Um nichts in der Welt hätte ich meine arme Sole im Stich gelassen, ohne zu wissen, was aus ihr werden sollte. Das Schicksal des einen ist das Schicksal beider. Noch hatte ich Zeit, sie zu holen, bevor die anderen Spanier das Land verließen, und ich kämpfte um einen Fahrschein nach Moskau. Zwölf Tage stand ich in der Schlange vor dem Schalter. Zwölf endlose Tage auf der Stelle stehend, in der Hoffnung – die jedes Mal platzte –, einen Fahrschein zu ergattern. Die Zugverbindungen waren nicht etwa unterbrochen worden, aber solche Massen flohen in den Süden, dass es kein Mittel gab, aus Petrograd herauszukommen. Vor Angst zerfressen, zu spät zu kommen und nicht zu wissen, wie es Sole inmitten dieses Revolutionschaos erging, verbrachte ich nicht enden wollende Stunden bibbernd vor dem Schalter, bis sie das Schild »Keine Fahrkarten« anbrachten und den Schalter bis zum nächsten Tag schlossen.

Vor mir sah ich, worin die Revolution mündete; in sich ablösenden Intervallen knatternder Maschinengewehre und vorbeipreschender, beladener Pritschenwagen, die mit dem Kreischen der Sirenen und einer flatternden weißen Fahne freie Fahrt verlangten.

So ist Revolution

Ich kann nicht behaupten, dass ich die März-Revolution 1917 anders erlebte, als zwölf Tage lang in Petrograd in dieser mörderischen Schlange für ein Bahnticket anstehend, das mich von dort fortbrächte.

Morgens schien alles ruhig. Man hörte von draußen eine Stimme sagen, in einem nahen Gässchen habe man einen ermordeten Gardisten des Zaren gefunden. Sonst nichts. Die Leute gingen ihrer Arbeit nach, falls sie eine hatten. Die Geschäfte öffneten mit größter Vorsicht und waren vorbereitet, beim kleinsten Anzeichen einer Bedrohung sofort alles zu verrammeln. Als ich mich in aller Herrgottsfrühe auf den Weg zum Fahrscheinschalter der Bahngesellschaft machte, lag Petrograd, wie malerisch hervorgehoben, mit den weißen Qualmfedern über seinen Schloten, in Morgennebel eingehüllt, friedlich und erhaben da und hinterließ den Eindruck einer absolut geräuschlosen Stadt. Nicht einmal von den Patrouillen war etwas zu erkennen. Die Revolutionäre hatten bis zum Morgengrauen reichlich zu tun gehabt und schliefen zu dieser Stunde. Ganz selten zongte ein vereinzelter, ferner Schuss durch die Luft, niemand maß ihm Bedeutung zu: Es konnte sich um eine Gasexplosion, um einen geplatzten Reifen oder um einen erledigten Gardisten handeln. Einerlei. Die Leute scherten sich nicht drum, solange die Geschäfte weitergingen. Man verkaufte zu Fantasiepreisen; im Moment war die Revolution für die Ladenbesitzer das Paradies; was heute einen Rubel kostete, kostete tags drauf fünf und zwei Tage später zwanzig oder fünfzig; was auch immer sie verlangten. Die Lebensmittel wurden knapp, aber nur für jene, die nicht das Geld besaßen, das man von ihnen verlangte. Die Straßenbahnen verkehrten nicht. Die Autos waren verschwunden. Und trotzdem, so, als sei nichts vorgefallen, fand man zu jeder Zeit Droschken an den üblichen Halteplätzen; sie brachten einen, wohin man wollte, in die gefährlichsten Gegenden, selbst wenn mal eine Schießerei losging, nur die aufgerissenen Pflasterstraßen umfuhren sie. Der Kutscher stemmte seine Füße, wenn er an einer brenzlichen Stelle vorbeikam, gegen den Kutschbock und beugte sich weit vor, bekreuzigte sich und fuhr gottergeben weiter.

Gegen Mittag begannen die Geschäfte dichtzumachen, und die Cafés, die zur Hälfte öffneten, zur Hälfte geschlossen blieben, füllten sich mit Leuten. Auf den Straßen war keine Menschenseele zu sehen, aber in den Cafés drängten sich hinter den abgesperrten Türen Tausende, die in der stickigen, verqualmten Luft mit fuchtelnden Händen und hochroten Gesichtern debattierten. Gegen Nachmittag begannen dann die Feuergefechte in den Stadtvierteln. Niemand wusste genau, warum.

Manchmal provozierte ein einzelner Schuss die markerschütternde Entladung ganzer Magazine. Juden sah man nirgendwo auf der Straße. Im Gegensatz dazu schienen die Bauern, die sich mit ihrem Gemüse auf die Petrograder Märkte wagten und hinter ihren Kartoffelbergen standen, als sei nichts, unerreichbar inmitten der Feuergefechte. Manche Gefechte gingen direkt über ihre Köpfe hinweg …

Mit den Abendstunden vergrößerte sich die Kampfzone. Bis in die Cafés im Zentrum drangen die Nachrichten über die verbissenen Kämpfe in diesem oder jenem Stadtteil. Grüppchen fliehender Gardisten vereinten sich mit den Offizieren des Heeres, dessen Truppen instinktiv zu den Revolutionären übergelaufen waren, und da es keine Autorität mehr gab, die es zu verteidigen galt, kämpften sie nun gemeinsam um ihr Leben und boten sich unsinnige Gefechte mit den Patrouillen der Deserteure und den bewaffneten Arbeitern. Es ging um leben oder sterben, Gefangene wurden nicht gemacht.

Abends saß jeder zu Hause hinter verriegelten Türen. Petrograd lag jetzt in den Händen bewaffneter Banden. Bauern formierten Schwadronen, die in die reichen Häuser eindrangen und sie plünderten. Lief ihnen ein Pechvogel in die Arme, der aus irgendeinem Grund nicht zu Hause blieb und verdächtig über die Straße eilte, verpassten sie ihm grundlos eine Kugel in den Kopf. Die Banden setzten sich überwiegend aus Häftlingen zusammen, deren Gefängnistüren die Revolution geöffnet hatte. Aus der Festungsanlage Peter und Paul entflohen Hunderte Verbrecher, die sich mit den Gewehren der Gardisten und der Soldaten bewaffneten, und straffrei nach Belieben plünderten und mordeten. Es hieß, die Revolutionäre selbst und sogar die Soldaten von der Front begingen solche Gräueltaten, was aber nicht stimmte; die revolutionären Patrouillen raubten nicht und ermordeten nur die Gardisten und die zaristischen Soldaten, die sie angriffen. Aber wer hatte noch den Überblick, mit wem er es zu tun hatte! Die Häftlinge drangen in die Kasernen ein, und dort versorgten sie sich mit den Mänteln und Waffen der Soldaten. Ihre Masche war, einen zum Stehenbleiben aufzufordern, das Glück anzubieten, als Patrouille sicher zu geleiten, bis das Pech einem eine Kugel verpasste, was es leichter machte, die Uhr, den Mantel zu stehlen oder das Brot, das man unter dem Arm trug.

Die Nacht über wusste niemand, was eigentlich geschah; in der Ferne hörte man immer irgendwelche Schießereien und in ständiger Angst lauerte man auf die befehlsartige Aufforderung einer Patrouille, die Tür für eine Durchsuchung zu öffnen. Es genügte schon, sich am Fenster zu zeigen, um kurzen Prozess zu machen. Einer bedauernswerten Künstlerin aus unserer Pension, die nach dem Aufstehen eine Kanne Milch am Fenster abstellte, versetzten sie eine Kugel mitten in die Stirn. Die nächtliche Jagd auf die Gardisten war erbarmungslos. Wie Viecher durchwühlten die Revolutionäre jede Wohnung, die ihnen verdächtig vorkam und spießten bisweilen jeden darin auf ihre langen Bajonette. Viele Gardisten und Soldaten begingen Selbstmord. Andere streiften als Arbeiter oder Bettler verkleidet durch die Vororte und warteten auf die Gelegenheit, aus Petrograd fliehen zu können. Von den Vierzigtausend blieb nicht einer übrig. Mein Wort darauf.

Die Eroberung des Zuges

Am zwölften Tag in der Schlange ergatterte ich ein Ticket nach Moskau. Wahnsinnig vor Freude kehrte ich in die Pension zurück, um mich zu verabschieden. Am Ende sah es so aus, als führe uns das Glück wieder zusammen. Was hatte sie in Moskau erlebt? Was war ihr widerfahren? Das ganze Gepäck konnte ich nicht mitnehmen, denn ich wusste längst, wie überfüllt die Züge waren; ich beschränkte mich auf zwei große Pakete, eines mit Bohnen, das andere mit Reis, denn in Moskau gab es nichts zu beißen. Ich musste meine Gitarre mitnehmen, denn mit oder ohne Revolution, was macht ein Flamencospieler ohne seine Gitarre? Ob unter den Weißen oder unter den Roten, ich musste mein Brot verdienen, und mein Brot, ob am anderen Ende der Welt oder dort, das waren meine eingekniffenen *Eier* in der Hose und meine Gitarre. Überschwänglich ging ich zum Bahnhof, aber mir stand die Ernüchterung ins Gesicht geschrieben, als ich bemerkte, dass dieser Fahrschein, der mich so viel Mühe gekostet hatte, mir nichts nützte. Ich hatte den Fahrschein für den Zug; was fehlte, war der Zug. Die Züge, die tatsächlich abgingen, waren überfüllt mit Leuten, die Erste-Klasse-Fahrscheine gelöst hatten, solche, die vor meinem ausgestellt wurden. Es war unmöglich, in einen Waggon zu gelangen. Praktisch unmöglich. Ein Zug nach dem anderen fuhr ab, und mir blieb nichts anderes, als mit meinem wertlosen Ticket in der Tasche den Bahnsteig rauf und wieder runter zu laufen, in der Hoffnung auf eine Eingebung.

Bis mir siedend heiß eine Lösung einfiel. Als Kofferträger, der ich zu sein vorgab, gelangte ich bis an einen Waggon dieser Luxuszüge heran, der im Augenblick abfahren sollte, und tatsächlich, unterstützt von einem Schaffner, der die Gepäckstücke annahm, verlud ich meine Gitarre und meine Pakete durch das Fenster. Ich wischte mir gerade den Schweiß von der Stirn und lamentierte über den Ansturm der Passagiere, als der Zug langsam anfuhr und der vermeintliche Kollege oben in der Tür stehen blieb, damit niemand wie ich, der sich auf dem Bahnsteig aufhielt, plötzlich aufsprang. Mir, der ich ihm am nächsten stand und der Menge unter Handgreiflichkeiten am lautesten entgegenschrie, dass es keine Plätze gäbe, traute er bei der Abfahrt am wenigsten. Als der Zug Fahrt aufnahm, wollte er die Wagentür schließen, ich aber machte einen Satz, versetzte ihm einen Stoß und griff nach der Klinke. Keinen Augenblick länger hätte ich zögern dürfen. Er fing sich sofort wieder und versetzte mir einen Tritt in die Magengrube, der mich beinahe außer Gefecht gesetzt hätte. Ich krümmte mich vor Schmerzen, aber ich fand Halt auf dem Trittbrett. Augen zu und durch. Der Scheißkollege begann mir vor Zorn von oben auf den Kopf und die Hände zu schlagen, damit ich losließ, aber ich klammerte mich trotz des matschig werdenden Kopfes mit aller Kraft an den Türgriff, bis es mir schien, die

Fingergelenke würden brechen unter all den Schlägen, die diese Bestie austeilte, damit ich endlich losließ. Inzwischen hatte der Zug den Bahnsteig verlassen und fast Reisegeschwindigkeit aufgenommen. Es kam der Moment, in dem ich mich der Ohnmacht nahe sah und erkannte, dass ich gegen meinen Willen die Hände loslassen und auf die Gleise stürzen würde. In diesem Moment entschieden sich Reisende, die den Gang herunterkamen und sich den Kampf angeschaut hatten, mir die Hand zu reichen und mich raufzuziehen. Ich wusste, dass diese nach mir greifenden Arme meine einzige Rettung bedeuteten, denn ich hatte, als mir die Kräfte längst schwanden, innerlich bereits losgelassen. Der unversöhnliche Schaffner stieß immer weiter gegen mich, aber mein Rettungsengel riss an mir wie an einem Strampelanzug. Der Schaffner ließ schließlich von mir ab und wandte sich gegen den Reisenden, der mir half. Ich nutzte die Gelegenheit und fand mit einem Fuß Halt im Waggon und zog mich in den Gang, wo ich auf dem Boden kauerte und schluchzte:

»Meine Frau stirbt in Moskau! Ich muss mitfahren! Bringt mich ruhig um, aber ich muss mitfahren!« Ich schrie und wand mich vor Verzweiflung, während der Schaffner und mein Retter aneinandergerieten. Als sie die Diskussion beendet hatten, drehte sich der Schaffner zu mir und kündigte an, dass er mich auf dem ersten Bahnsteig herauswerfen lassen werde. Ich erwiderte, dass ich das Recht besaß mitzufahren, und zeigte meinen Fahrschein. Das Blatt wendete sich. Die Reisenden stellten sich auf meine Seite, und da wir uns inmitten einer Revolution befanden und das Volk das Sagen hatte, musste der Schaffner klein beigeben und mich weiterreisen lassen.

Wie durch den Wolf gedreht, den Körper übersät mit blauen Flecken und mit blutenden Knöcheln, fand ich für mich, meine Bohnen, meinen Reis und für meine Gitarre ein Eckchen im Gang, wo ich mich, wie ein Straßenköter eingerollt, die Reise über immer wieder fragte:

»Was wird mich in Moskau erwarten? Was ist bloß aus Sole geworden?«

7.
Während der Schnitter seine Sense schärft

Es war die Zeit der Schneeschmelze, und der Bahnhof von Moskau war, als der Zug einfuhr, überschwemmt. Ich eilte zu unserer Wohnung in der Nowaja Basilkoska und sprang, immer meine Bohnen, meinen Reis und meine Gitarre in den Händen, über die vielen Rinnsale des abtauenden Schnees. Sole war da, gesund und gerettet. Aber in welch erbärmlichem Zustand! Diese zwölf Tage waren für sie wie zwölf Jahre gewesen. Sie begriff nur schlecht, was geschehen war und was für eine Revolution das gewesen ist. Sie war schon überzeugt, dass man mich in Petrograd umgebracht hatte, und seit etwa einer Woche schlief sie weder noch aß sie und tat nichts anderes, als im Zimmer hin und her zu laufen, gequält von der Vorstellung, mich für immer verloren zu haben und Tausende Meilen von Spanien entfernt zu sein, unter Barbaren, die sie nicht verstand, die meuchelten und sich gegenseitig umbrachten, ohne zu wissen, warum. Auf ihrem Koffer hatte sie eine Gravüre der Heiligen Jungfrau ihres Dorfes aufgestellt, sie hatte eine Lampe angezündet und Tag und Nacht betend davor verbracht und in ihrer Verzweiflung nur geweint. Als sie mich hereinkommen sah, war sie wahnsinnig vor Freude. Wir weinten viel und lange und hielten uns gegenseitig im Arm. Dann endlich bereiteten wir eine Paella und Bohnen auf bretonische Art zu, wir aßen gemeinsam und waren überglücklich. Wir redeten über Spanien, über Madrid ... Wie unerreichbar war das alles!

Die Revolution war beendet, die Nachrichten, die sich ausbreiteten, waren weniger beunruhigend. Man konnte wieder an das Leben und die Arbeit denken. Ich begann, nach Arbeit

Ausschau zu halten. Der erste Vertrag, der mir angeboten wurde, hieß: Petrograd. Keine zehn Pferde konnten mich nach Petrograd zurückbringen. Aber was bleibt einem übrig? Tanzen. Wir sind Künstler und gehen dorthin, wohin man uns ruft; das haben nicht einmal der Zar oder Kerinski mit uns gemein. Und schließlich kann man genauso leicht in Petrograd von einem Schuss niedergestreckt werden wie man in der Calle Bastero einen Ziegel auf den Kopf bekommt; das ist kein Mittel gegen die göttliche Vorsehung. Auf nach Petrograd!

Außerdem war die Lage in Moskau weder ausgesprochen besser noch ruhiger. Das Leben war teurer als in der Hauptstadt; die Juden bedienten sich bestens. Abgesehen von der Teuerung und Verknappung, die lange Schlangen vor den Lebensmittelläden verursachten, interessierten sich die Leute nicht so sehr für die Revolution. Andererseits präsentierten sich die innerstädtischen Teile von Moskau in ihrem alten atemberaubenden Zustand; als sei wirklich nichts vorgefallen. Vielleicht weil die Revolution sie aufgeschreckt hatte, gehabte sich die Bourgeoisie aus den Innenbezirken weiterhin überlegen, mitunter sogar anmaßender als zuvor. Der überwiegend wohlhabende Teil Moskaus schlief weiterhin unter dem Himmel aus Kristalllüstern. Nur hin und wieder gerieten Moskaus Bewohner in den Strudel der Missgunst und sahen, wie eine Gruppe schmutziger, zerzauster Landfrauen eine dieser an Eleganz in der Welt nicht zu übertreffenden Moskowiterinnen in die Enge trieb. Mit ihrer ebenmäßigen Haut und den Pariser *toilettes* provozierten sie Hass unter den Mittellosen, die vom Schlangestehen nach Brot zurückkamen. Die Kumpaninnen spuckten nach ihr aus und beschimpften sie, und die Kerle, die unter dem Vorwand näherkamen, die Szenerie zu beenden, schubsten und befummelten sie und schrämten sie an. Manchmal tauchte einer jener galanten Offiziere von irgendwo auf, bei dem man weniger unlustig nicht nur die Epauletten hätte herunterreißen sollen, die sie als Affront immer noch trugen, und warfen sich wie ein Kavalier für die Dame ins Zeug. Dann blieben nur noch zwei Möglichkeiten: Entweder man lynchte die beiden oder man jagte ihnen wegen ihrer Dreistigkeit einen solchen Schrecken ein, dass sie kleinlaut und die Hosen voll von dannen zogen.

Vorahnungen

Das ganze Land hielt inne. Jedenfalls meldeten dies die Zeitungen, und in Anbetracht der eingekehrten Ruhe fuhren wir wieder nach Petrograd zurück, um im Olympia zu debütieren. Die Hauptstadt hatte ihr altes Flair zurückerlangt, obwohl man überall die Zerstörungen der Revolution sah; die Fassaden waren von Kugeln durchsiebt und noch qualmte die Asche der angezündeten Häuser.

Am Tag unserer Anreise stolperten wir direkt in das feierliche Begräbnis der Toten der Revolution, für die ein enormes Grab in den Gärten an einem Platz gleich am Newski Prospekt ausgehoben worden war. Unter den Augen der revolutionären Regierung und einer schier unendlichen Menschenmenge legte man die Särge – an die dreihundert – in dieses breite und tiefe Loch. Die Zeremonie verlief in nahezu unmenschlicher Stille, allein rote Fahnen ragten aus dieser dichtgedrängten Masse heraus und flatterten laut wie getränkte Lappen im Märzwind. Niemals wieder habe ich solch eine große Menge so schweigend erlebt. Sie hoben die Särge inmitten dieser Stille in das Grab hinein, und als man später bis in die hinterste Reihe das vereinzelte Aufschlagen der feuchten Erde auf die Särge vernahm, zerrissen dumpfste Donnerschläge die Luft, zwei kontrapunktische Salven für die Helden der Revolution, die von der Artillerie an den gegenüberliegenden Enden Petrograds in versetztem Rhythmus abgefeuert wurden. Zum Ende der Zeremonie spielten die Musikcorps der einzelnen Regimenter einen Trauermarsch, die großen Trommeln mit einem Trauerflor gedämpft. Auf die dreihundert Särge warfen einige, nur wenige, Blumen, und die provisorische Regierung defilierte. An diesem Tag sah ich Kerenski das erste Mal und hörte ich überhaupt das erste Mal von ihm.

Nach dem Ende der Zeremonie verteilte sich die Menschenmenge schweigend in ihre Wohnviertel. Die Geschäfte hatten geschlossen, und es überfiel mich das Gefühl eines Ostersonntags in meiner Heimat Kastilien. Die Leute kehrten nach dem Begräbnis schweigend in ihre Häuser zurück, aber auch besorgt und traurig. Nichts hatte sich verändert, keinen Deut. Ich hatte jedenfalls diese Vorahnung, und mit dieser gingen wir nach Hause.

Wir waren damals in einer Pension untergekommen, die einem Spanier namens Rocha gehörte, einem in die Jahre gekommenen Landsmann aus Cádiz, der vorzeiten Löwendompteur war, verheiratet mit einer Deutschen, die mehrere Kinder auf die Welt gebracht hatte, aus denen ebenfalls Artisten geworden waren, etwa die berühmte Sängerin, die alle die *Goldamsel* nannten. Eine bunt gewürfelte und herzensgute Familie. Rocha war ein Heiliger, und die Mehrzahl seiner Gäste, Spanier, die die Revolution nach Petrograd gespült hatte, zahlten keine Miete. Von unseren Landsleuten, die vor der Revolution in Petrograd lebten, hatte der Hauptteil die Stadt mit dem Abzug der Botschaft verlassen. Angelita Mignon war noch geblieben, gelangte aber in Begleitung des letzten Botschaftspersonals über Sibirien außer Landes. Nur wir wenigen: der Tänzer Pepe Ojeda und die *Catalanita* hielten die ganze schlingernde Revolution über die Fahne hoch. Mehr schlecht als recht kamen wir über die Runden mit Tanzvorstellungen in den Kinos der Wohnviertel. Täglich öffneten wieder mehr Cabarets. Die Villa Rodé, die doch nicht niedergebrannt worden war, bis es später die Bolschewiki taten, öffnete die Türen gleich nach der Plünderung. Mich machte die ganze Stimmung dennoch argwöhnisch, und im April – entschied ich daher – gingen wir in den Süden, wohin alle flohen, die nichts mit der Revolution am Hut hatten und die, Hand aufs Herz, diejenigen waren, die für unser Auskommen als Künstler sorgten. Die Reise stellte uns gleich vor eine Handvoll Probleme, denn der Zugverkehr war inzwischen rein militärisch organisiert. Nichts war im Russland der Revolution so kompliziert wie das Reisen, und wir mussten ständig reisen. Nach Überwindung einiger Strapazen kamen wir in Moskau an, wo wir ein paar Tage wieder im Odeon auftraten, und unser Ziel immer vor Augen, ergatterte ich einen Vertrag in Kiew, sodass wir die Revolution sozusagen im Windschatten Weißrusslands aussitzen konnten. Mitte Juli machten wir uns auf den Weg. Moskau und Petrograd verströmten einen Geruch, den ich damals noch nicht kannte: Es roch nach Bolschewiki.

Das Paradies der Bourgeoisie

Auf der Strecke Moskau–Kiew hatte ich meinen ersten Zusammenstoß mit einem Offizier der Weißen. Was für eine abscheuliche Rasse! Auf dem Bahnhof von Brianski mussten wir umsteigen. Die Türen unseres Anschlusszuges blieben blockiert. Die Reisenden kletterten tumultartig in beide Richtungen durch die Fenster. Sole, der ich hochhalf, kam ohne Probleme durch das Fenster hinein, aber als ich mich hineinziehen wollte, stieß ich mit einem zaristischen Offizier zusammen, der hinauswollte. Ein kräftiger Kerl mit einem Schnauzer seines Kaisers und all den Epauletten und Orden des kaiserlichen Heeres, ein provozierender Schmuckständer. Als ich am Fenster hing, halb drin, halb draußen, stieß er mich auf den Bahnsteig zurück, wie man einen Hund hinaustritt. Ich habe mich nie von Tritten einschüchtern lassen oder jemanden erduldet ohne zu zeigen, wie der Hase läuft, was mich hin und wieder das Fell hätte kosten können. Dieser Missbrauch des Stärkeren gegenüber den Armen war in Russland an der Tagesordnung und wird sich nicht ändern, solange die Gegenwehr ausbleibt und die Menschen darauf nicht reagieren wie die Spanier. Aber ein Hund ist ein Hund, wenn er sich trollt, mein Herr! Ich musste unbedingt durch das Fenster und fasste all meinen Mut zusammen und zog mich am Fenster hoch, denn ich besaß dasselbe Recht wie dieser Offizier. Plötzlich ertönte das zweite Signal für die Abfahrt des Zuges, und der Offizier, der sich meiner

Absicht widersetzte, trat wütend einen Schritt zurück, zog seinen Säbel und riss ihn direkt über meinen Kopf durch die Luft. Ich konnte von Glück reden, dass der Hieb danebenging und mich nur streifte. Ansonsten wäre hier die Geschichte zu Ende gewesen. Benommen fiel ich zurück auf den Bahnsteig. Aber nur Sekunden später tönte das dritte Signal, und bei dem Gedanken, dass Sole führe und ich hier bliebe, wurde ich wütend. Ich nahm Anlauf und sprang mit einem solchen Satz an den Waggon, dass ich direkt hineinfiel und dem Offizier meinen trotzigen Gruß erwies, indem ich rauflustig auf ihm landete. Er wollte mich umbringen, hatte aber keine Zeit dazu, denn da der Zug sich bereits in Bewegung gesetzt hatte, blieb ihm nichts anderes übrig, als sich Hals über Kopf auf den Bahnsteig zu stürzen. Spätestens seit diesem Erlebnis mit den Knitterjacken und den gezwirbelten Schnauzern, löste ich meine geballte Faust nie mehr, bevor nicht der Zug volle Fahrt aufgenommen hatte, und dieser kroch dahin. Sole brachte auf der ganzen Fahrt kein Wörtchen raus.

Kiew schien in diesen Tagen für die Bourgeoisie ein Paradies zu sein. Die gesamte vornehme Gesellschaft Moskaus und Petrograds hatte sich in der Hoffnung auf bessere Zeiten dorthin geflüchtet und prahlte und prasste mit der dazugehörigen Verwirrung und Freizügigkeit, die kein Morgen kennt. Der Zar war festgesetzt, aber in Kiew waren trotz des revolutionären Direktoriums die Zaristen die Herrscher. Die Theater und die Cabarets waren vollgestopft mit Aristokraten, Offizieren und der hochnäsigen Bourgeoisie. Wir debütierten im Château de Fleurs und hatten einen Riesenerfolg beim Publikum aus lauter Konterrevolutionären. Regelmäßig kam ein berühmter russischer Sänger, Offizier des kaiserlichen Heeres, ein gewisser Chakolski, in die Vorstellung, um uns zu sehen. Begleitet wurde er von einer aristokratischen Dame, seiner Geliebten. Sein Zirkel beschränkte sich auf Aristokraten, Militärs und berühmte Künstler, darunter die sagenumwobene Sängerin Maria Alejandrova Lanskaya. Sie kamen ins Cabaret, lediglich um mich Flamenco tanzen zu sehen. Einerseits schienen sie liebenswürdige Leute zu sein, andererseits waren sie erbitterte Feinde der Revolution. Den Sänger Chakolski erschossen die Bolschewiki, als sie in einer ersten Welle Kiew überrannten.

Ich tanzte einen eher konventionellen Flamenco, denn mit der Märzrevolution hatte ich meine Instrumente und Noten verloren, und ich musste die Lieder einem russischen Komponisten vorträllern, damit er sie mit der größtmöglichen Akribie in Noten umschrieb. Heraus kam ein Flamenco moskowitischen Einschlags. Er kam trotzdem gut an. In Kiew gab es Arbeit ohne Ende, und an jeder Ecke eröffnete ein anderes Cabaret, ein neues Theater oder ein Spielsalon. Die Bourgeoisie war weiterhin aufgeschreckt, aber sie spielte, was der Frack hergab und amüsierte sich prächtig. Ein Intermezzo voll des Luxus, der Freude und der Prasserei. Nach und nach kam die Währung Kerenskis in Umlauf, und schließlich wurde eine eigene ukrainische Währung herausgegeben. Ein Rubel des Zaren war zwei *Kerenski* wert, und ein Rubel *Kerenski* kostete zwei ukrainische Rubel. Die Leute verschmähten die neue Währung und behielten ihre geliebten zaristischen Rubel, wenngleich diese derartig abgewertet wurden, dass man sie inzwischen in Hunderter- und Tausendereinheiten rechnete. Das Kupfergeld war ganz verschwunden und wurde durch winzige Briefmarken ersetzt, mit denen man wenigstens frankieren konnte. In diesem Wirrwarr verlor man den Überblick über den Wert der Währungen, weshalb die aus den Höllen Petrograd und Moskau entkommenen Bourgeoisen sie mit vollen Händen verschleuderten. Obwohl ab Ende Juli höchst alarmierende Neuigkeiten aus der Hauptstadt herüberschwappten. Die Revolutionäre, so lauteten die Gerüchte, hätten elf Generäle aufgehängt, denen Hochverrat vorgeworfen worden war.

Im Herzen Weißrusslands

Wir gingen auf *tournée* durch Weißrussland. Zuerst ging es nach Homel, einer zwar kleinen, dafür aber sehr reichen und sehr behüteten Stadt, in der es sich bei guten Verhältnissen und großer Gelassenheit, die einen den Krieg und die Revolution vergessen machten, leben ließ. In Homel wurde die große Zeit weitergelebt. Die Leute waren unbeschwert und hatten ein offenes Herz. Das Café, in dem sich die Crème de la Crème des Ortes traf, war ein einziges Meer aus vergoldeten Spiegeln und Kronleuchtern. Man aß überall für kleines Geld hervorragende Sachen, und in den zahlreichen Confiserien wurden für zehn Kopeken wie Gebirge anmutende Tortenstücke feilgeboten, die über die Stadt hinaus ihren Ruf genossen. In der Stadt lebten viele reiche Juden und einige sehr angesehene adlige Familien, deren Söhne Offiziere im kaiserlichen Regiment waren. Der Park hatte ein kleines Theater, und dorthin kam ein erlesenes und wohlwollendes Publikum, das uns sehen wollte. Unter diesen galanten Leuten von Homel hatte eine Sängerin, die schwergewichtige Anona, einen riesigen Erfolg. Sie sang empfindsame, alte Lieder, die jedes Kind auswendig kannte.

Kurzum, ein vorzügliches, hauptstädtisches Leben in der Provinz, das vollständig ausblendete, was in Russland vor sich ging, der Krieg, die Revolution, der Hunger ... Wer wäre nicht gerne bei Leuten geblieben, die doppelstöckiges Gebäck liebten!

Von Homel ging es weiter nach Baronij, ein Stimmungswechsel um hundertachtzig Grad. Baronij besteht aus nicht mehr als einer Straße, auf der nur Durchschnittsbürger unterwegs waren. In der Tat gab es noch steil abfallende Querstraßen, die am Ufer des Flusses endeten. Die Bevölkerung setzte sich aus Landarbeitern und elendigen Verlierern zusammen, denen zehn oder zwölf adlige Familien vorstanden, die das Land besaßen. Der Krieg war schon bis hierhin gekommen; nachdem es die Revolution in Petrograd gegeben hatte, wollten sich die Landarbeiter das Land aneignen, und die Besitzer verteidigten es mit Schüssen. Praktisch regierte das Kerenski-Regime, allerdings waren es die ärmsten Landlosen, die am willkürlichsten handelten, die Zerlumptesten, die, auch wenn sie sich noch nicht Bolschewiki nannten, bereits authentische Bolschewiki waren. Die Regierung wollte ihrer Herr werden. Sie aber eigneten sich Gehöfte an und waren unbändig. Überfälle und Übergriffe häuften sich. Wir mussten nach unserem Auftritt im Dunkeln vom Park Trek nach Hause gehen und starben auf dem Weg tausend Tode. Ich besorgte mir damals ein österreichisches Säbelbajonett und steckte es mir an die Hose, für alle Fälle. An den letzten Tagen begleitete uns ein Polizist.

Wir wohnten in einem eingeschossigen Haus mit einem Innenhof, auf den die Fenster unseres Zimmers hinausgingen. Eine höllische Hitze erdrückte den Raum, aber wir trauten uns nicht, die Fenster zu öffnen, während die Frauen schliefen und die Männer wach blieben und bis zum Morgengrauen pokerten. Eines Nachts sah die Frau eines etwas überdrehten Künstlers, die im selben Haus wohnte, wie eine Hand sich am Fenstergriff zu schaffen machte und jemand vom Fensterbrett absprang, und schrie auf. Wir eilten herbei, ich zum Kampf bereit mit meinem Bajonett, und sahen noch, wie ein paar Knäuel ins Dunkel der Straße flohen.

Das ähnelte in etwa dem, was aus der Revolution werden sollte.

Was ich in Moskau während der zehn Tage erlebte, die die Welt erschütterten

Mich erwischte die Machtübernahme der Bolschewiki, diese berühmten zehn Tage, die die Welt erschütterten, kalt; ich tanzte in Moskau auf der Bühne eines Cabarets und trank Champagner im Überfluss.

Als wir auf unserer *tournée* durch die Ukraine die dreckige Visage der Landbevölkerung unter der Kerenski-Regierung sahen, dessen Tage gezählt waren, beschlossen wir, nach Moskau zu flüchten. Diese von Bauern zu Bastarden bekehrten Russen waren zu allem fähig. Wir dachten, in einer großen und zivilisierten Stadt seien derlei ausufernde Gräuel nicht denkbar. Im

September und Oktober 1917 verlebte Moskau eine fröhliche und zuversichtliche Zeit, setzte sich gut gelaunt über die Kriegsverdrossenheit und die Revolution hinweg. Die Regierung Kerenskis gestattete all dies, und so öffneten im Sommer ganze Kaskaden von Cabarets und Spielsalons, in denen der Rubel nur so rollte. Die weniger reichen Moskowiter standen indes vor den Bäckereien Schlange, aber die Russen waren derlei Gegensätze gewohnt.

Wir unterschrieben wieder im Yaz, das in jenen Tagen jeden Erfolg in den Schatten stellte. In seinem berüchtigten »Napoleon-Saal« erschienen jeden Abend die ausgelassensten Gäste und die hemmungslosesten Trinker und Spieler, ohne nur einen Moment an Morgen zu denken. Ich machte im Yaz die Bekanntschaft mit mehreren Offizieren der französischen Mission, die mich in ihr Casino einluden, um Schach zu spielen. Der Kommandant der Mission, ein typischer Franzose, behäbig und cholerisch zugleich, freundete sich ebenfalls mit mir an und war ein leidenschaftlicher Schachspieler, der mir große Pakete mit Zucker, Tee, Nudeln und Gebäck schenkte, wenn ich ihn gewinnen ließ, Dinge, die man in Russland nicht mehr zu Gesicht bekam, der aber zum Choleriker wurde, wenn er verlor, und schimpfte, ich hätte ihm eine Falle gestellt. Er besiegte mich selbstverständlich meistens.

Vom Yaz gingen wir hinüber zum Wintergarten und schließlich weiter in das Alpinskaja Rosa, dessen Direktor, ein gewisser Butler, später verhungerte – ich sah ihn selbst krepieren –, obwohl er auf dem Konto fünfundzwanzigtausend Rubel in Gold liegen hatte, an die ihn die Bolschewiki nicht ranließen. Im Savoy öffnete ein kleiner Salon für Tango-Tees, in dem ich als *danseur mondain* auftrat, und was leider nicht zu vermeiden war: im Frack. Gegenüber vom Metropol öffnete noch so ein Tango-Tee, dort traten wir auch auf. Händler, Politiker, Juden und Gewinnler stürmten diese Lokale mit allem Prunk- und Protzgehabe, als hätte es diese Revolution nie gegeben. Allenfalls nachts, wenn alle auf dem Weg nach Hause waren, kontrollierten uns patrouillierende Soldaten und sahen wir die

Schlangen vor den Geschäften und ahnten, dass diese Zeit auf einen Abgrund zusteuerte.

Ab Mitte September hörten wir gerüchteweise von einer zweiten Revolution. Jeder einzelne Gast im Cabaret hoffte jede Minute auf einen Staatsstreich, die Bolschewiki hatte niemand auf der Rechnung, man erwartete eher einen Putsch der Zaristen. Man munkelte auch, Kerenski werde vom Volk abgesetzt, weil man herausgefunden hatte, dass er Jude war und den Plan verfolge, Russland zu ruinieren. Wie immer schien es, dass die Juden die Zeche zu bezahlen hatten, Russland blieb sich darin treu. Aber wer auch immer wen am Ende erschoss, wir hatten begonnen, Vorräte unterm Bett anzulegen. Mit dem, was uns allein die französischen Offiziere schenkten und dem, was wir zukauften, hatten wir genug für zwei oder drei Wochen.

Ein Spalt weit stand die Tür noch offen, um uns vor der Hekatombe in Sicherheit zu bringen. Die Züge verkehrten wieder regelmäßig, die Fahrscheine musste man aber auf dem Schwarzmarkt kaufen, und obwohl astronomische Preise verlangt wurden, fanden sie ihre Abnehmer. Mit Unterstützung des Dolmetschers des Hotel Luxe besorgte ich vier Fahrscheine, mit denen wir und die Gerards Russland verlassen wollten. Gerard kam dann im letzten Moment und erklärte, er habe für uns vier einen Vertrag im Jarbin in der Tasche, mit astronomischer Gage. Ich erlag der Verführung und verkaufte die Fahrscheine an einen Spanier weiter, ein Katalane mit jüdischem Gesicht, Ramírez hieß er, Vater der zwei Ramírez-Töchter, Tänzerinnen glaube ich. Ramírez, der offenbar ein Spekulant vor dem Herrn war, verkaufte die Tickets an die Tänzerin Nita Jo und ihren Mann weiter, einen schwerreichen Amerikaner, und verdiente sich damit eine goldene Nase – viele hundert Rubel hieß es. Dies war unsere letzte Gelegenheit, und wir ließen sie verstreichen. Gerard hatte mich die ganze Zeit aufs Glatteis geführt. Erst als es unaufschiebbar wurde, rückte er damit raus, dass die Geldgeber des Jarbin nur ihn unter Vertrag nahmen, dass Sole und ich nicht im Geschäft waren. Mein Gedanke war, er habe mich nur ausstechen wollen, und das sagte ich ihm ins Gesicht; aber er schwor Eide auf das Leben seiner Tochter, dass er mich nicht hinters Licht geführt hatte; ich glaubte ihm nicht, fand aber keine Beweise; eigentlich bin ich nicht abergläubisch, aber die Tochter wurde kurz darauf in Moskau beerdigt. Gott erlasse ihm dafür alle Sünden.

Als Moskau schon längst in den Händen der Bolschewiki war, sprangen fast alle Spanier, die noch in Russland geblieben waren, auf die letzte verbliebene Verbindung; die Transsibirische Eisenbahn. Die Reise bis zur Grenze dauerte einundzwanzig Tage. Dort in Moskau geblieben – und ohne Fluchtloch – waren die *Ramírez*-Töchter mit ihrem Vater, die *Andalucía*-Schwestern, die *Catalanita* und der Tänzer Ojeda, allesamt Spanier, allesamt Künstler und alle ohne eine Kopeke in der Tasche. Was sollte schon passieren? Uns konnten sie nicht auf der Liste haben. Wir verdienten unser Brot auf ehrliche Weise. Wer konnte uns was wollen?

An einem gewöhnlichen Abend im November stand ich auf der Bühne des Alpinskaja Rosa und gab eine *Bulerías* zum Besten, als ich den Portier, bleich wie Asche, hereinstürzen sah. Er stieg auf die Bühne, hieß das Orchester innehalten und schrie:

»Die Revolution ist ausgebrochen! Rette sich, wer kann!«

Auf Moskaus Straßen unter dem Beschuss der Bolschewiki

Die Gäste im Alpinskaja Rosa flohen unter unseren Augen wie die Kaninchen und in Nullkommanichts war der Saal leer. Manche sprangen direkt durch die Fenster. Die Panik war mordsmäßig groß. Man hörte nichts als angsterfüllte Schreie: »Sie kommen! Sie kommen!«, und das Besondere war, niemand wusste, wer eigentlich kam. Allerdings waren die Schüsse schon bedrohlich nah. Das Cabaret besaß eine Verbindungstür zum Savoy, wir ließen alles stehen und liegen, und sahen zu, dass wir dort rauskamen. Plötzlich stand ich in Samtbolero und Bauchschärpe mitten auf der Straße. Genau die richtige Tracht für eine Revolution. Ich hatte nicht einmal Zeit, mir wenigstens einen Mantel überzuwerfen.

Die Kämpfe verbissen sich in der Lubjanka. Wir erkundigten uns bei den Fliehenden, die von dort kamen. Sie berichteten, alle Wohnbezirke Moskaus würden von bewaffneten Arbeitern und Soldaten überrannt, aber die Lubjanka, sagten sie, sei ein einziger Feuerhagel auf die Proletarier.

Diese antworteten mit Streufeuer auf die Fassaden und brachen die Türen mit Gewehrkolben auf. Der Rest von Moskau sei ruhig, wie sie uns beteuerten, und da sich die Kämpfe auf die Lubjanka zu konzentrieren schienen, kehrten wir um und eilten auf direktem Weg zur Nowaja Basilkoska. Wir kamen nicht durch. Zeitgleich mit der Offensive in der Lubjanka hatten sich die Revolutionäre am Petrowskij-Park gesammelt. Auch dort trafen sie auf Gegenwehr, und auf der anderen Seite der Brücke war der Schusswechsel ebenso heftig wie ganz in der Nähe beim Gran Teatro.

Dicht an die Fassaden gedrückt, gelangten wir bis zur Sadovaya, wo wir mitten in ein Feuergefecht gerieten. Die Kontrahenten der Lubjanka und des Petrowskij-Park bewegten sich in Richtung Zentrum aufeinander zu, und je mehr sie aufeinander zukamen, desto heftiger schnitt uns ihr Schusswechsel den Weg zurück und die Flucht nach vorne ab. Und zwischen die von ferne heranwogenden Kampfgeräusche drang in die menschenleere Straße, die wir geduckt passierten, das anschwellende Getöse eines dicht formierten, Flüche und Verwünschungen ausrufenden Kampftrupps, der sich mitten auf der Straße auf uns zubewegte, sich schwarz aus der Dunkelheit herausbrach und sein ständiges *cha-cha*-Rasseln der vollen Patronentaschen und Gewehre auf den trabenden Schenkeln vorausschickte, rhythmisiert noch vom Klatschen ihrer harten Schulterriemen und voller Hohn in ihrer Masse. Wir krallten uns eng an die Türpfosten, die uns am nächsten waren, und blieben, als sie vorbeikamen, Dank des Schattens unentdeckt. Ein einziger abgelenkter Blick dieser Männer, und auf die allernatürlichste Weise wäre dem Kummer ein Ende gesetzt worden, ein endgültiges. Sie schossen ohne lange zu fackeln auf alles, was sie sahen, ob Mensch oder Ding. Jedem ihrer Blicke schickten sie eine Kugel hinterher, und innerlich regungslos, einen Schritt vor den anderen, luden und entluden sie ihre Gewehre wie ein Automat.

Es überlebte, wer unentdeckt blieb. Dies war die einzige beständige Regel der Revolution und des Bürgerkrieges. In der Tiefe der Straße tauchten sie wieder in den Schatten der Nacht und in die Stille zurück. Immer noch wie versteinert vor Angst, blickten wir uns in die Augen. Es schlug Mitternacht. Die breite, gepflasterte Sadovaya glich, wie von einer riesigen, milchgrauen Glühbirne beschienen, einem weiten Abgrund, an dessen Klippe sich die Silhouetten der Dächer über einem nachtklaren Himmel konturierten. Was stand uns noch bevor?

Es war zu waghalsig, sich durch die umkämpften Viertel bis nach Hause durchzuschlagen. Mir fiel ein, dass Gerard ganz in der Nähe wohnte, in der Nr. 5 der Sadovaya. In seiner Wohnung fanden wir Zuflucht, aber bis sie sich durchringen konnten, uns zu öffnen, war ein enormer Lärm vor der Tür vonnöten. Bei Gerard hielten sich der Tänzer Pepe Ojeda und die *Catalanita* auf, die sich umarmten und vor Angst weinten. Wir verriegelten die Türen und Fenster und richteten uns in der Hoffnung, der Spuk sei bei Tagesanbruch vorbei, darauf ein, die Nacht gemeinsam wach zu bleiben. Wir knabberten alle nervös an einem versalzenen Lammbraten, den Gerard für sich zubereitet hatte, und verharrten so Stunde um Stunde und horchten auf, wenn auf der Straße ein Schuss fiel. Es gab lange Momente der totalen Stille. Diese nutzen wir, um ein Fenster einen Spalt weit zu öffnen und die Lage auf der Straße zu peilen. Es war nichts los. Ein rosafarbener Schimmer durchzog den schlierigen Himmel über der Lubjanka und ein unregelmäßiges, dumpfes *Bull* aus der Ferne lag darunter, auf das deutlich die massiven Einschläge folgten. Hin und wieder dröhnte das Pflaster unter den Hufen der Pferde und den stählernen Felgen der Artilleriegeschütze.

Zum Morgen hin verzogen sich die alarmierenden Geräusche, und gegen sieben Uhr morgens rieben wir den Reif vom Fenster und sahen ein friedliches und menschenleeres Moskau. Keine Menschenseele auf der Straße, kein Geräusch in der ganzen Stadt. »Es hat aufgehört«, dachten wir. »Lass uns nach Hause!« Gerard, Ojeda und die *Catalanita* hatten eine Heidenangst, in diesem Viertel zu bleiben und kamen mit uns in die Nowaja Basilkoska. Wir gingen in Zweiergrüppchen, versuchten uns klein zu machen und umschlangen uns gegen die Kälte. Wir hatten die Sadowaja noch nicht gekreuzt, da fiel ein Schuss in nächster Nähe. Wir warfen uns mitten auf der Straße bäuchlings auf den Boden, und stolperten und strauchelten auf diesem gottverdammten Moskauer Kopfsteinpflaster voran, bis den beiden hilflosen Frauen wegen ihrer völlig ungeeigneten Tanzschuhe die Tränen kamen. An der nächsten Straßenmündung stoppte uns ein dumpfer Einschlag gegenüber. Aufgescheucht wie die Spatzen flohen wir auf der Suche nach Deckung von einer Seite zur anderen. In Höhe des Alkazar sahen wir eine Patrouille mit angelegten Waffen auf uns zukommen, und als würden sie mit Spielzeug auf uns schießen, entkamen wir durch die lediglich angelehnte Tür eines Cafés im Erdgeschoss eines Cabarets wie durch den Spalt einer Vorsehung. Genau wie wir hatten zahlreiche, in dieser Gegend unter Beschuss geratene Passanten in diesem Café Zuflucht gesucht. Wir alle hörten, wie die Kampfhandlungen sich in wenigen Metern Entfernung konzentrierten. Das Feuergefecht war markerschütternd. Mehr als vierzig Kugeln zerschossen die Fenster im Café. Wir alle, die wir uns dorthin geflüchtet hatten, mussten uns vor den Kugeln in die Küche zurückziehen.

Bis gegen acht Uhr abends wiederholte sich dies mehrfach.

Zu dieser Stunde leerte sich die Straße. Eine Ambulanz der französischen Mission kam vorbei und sammelte alle Gefallenen und Verletzten ein. Einem dieser Verletzten, den es mitten auf der Straße erwischt hatte, sahen wir durch einen Spalt hindurch zu, wie er mühselig auf unsere Tür zurobbte, sein Bein war zerfetzt. Er brauchte mehr als eine halbe Stunde für diese zehn Meter und zog eine Blutspur hinter sich her. Auf der Schwelle liegend sahen wir, wie er langsam den Schuh abstreifte und sich vorsichtig abtastete, und obwohl direkt über seinen Kopf hinweg Kugeln hin und her flogen, kümmerte ihn nur der physische Schmerz seines zerschossenen Beins. Sobald das Feuergefecht abflachte, flohen wir aus dem Café. Wegen eines anhaltenden Gefechtes wichen wir von der Twerskaja in die Parallelstraße aus. Die Türen waren ausnahmslos verrammelt, und wenn wir jemanden am Fenster entdeckten, gingen wir in Deckung und schlossen die Augen in Erwartung, dass er auf uns feuerte. Wir sahen zahlreiche dieser bewaffneten Arbeitertrupps, die unaufhörlich um sich ballerten. Und wir sahen auch lange Wagenkolonnen, in denen Männer auf den Sitzen knieten, das Gewehr im Anschlag und auf die Hinterhalte zielten, von wo aus die Konterrevolutionäre ihre Antwort abfeuerten. Die Soldaten trugen links eine rote Schleife an der Knopfleiste, und dies war das einzige Zeichen, das ihre Bande von der anderen unterschied. All diese Autos, Patrouillen und mit Trauben von Kämpfern beladenen Lastwagen hatten nur ein Ziel, den Kreml, wo die Entscheidungsschlacht entbrannt war.

Eine hartnäckige Partie Poker

»Drei Asse.«

»Straße.«

»Siebenen.«

Die Partie dauerte eine Ewigkeit. Neun lange Tage dauerte sie. Dieselben neun Tage wie die andere Partie, die mit scharfer Munition hartnäckig zwischen den Revolutionären und den Konterrevolutionären ausgetragen wurde.

Als wir uns an jenem Morgen gerettet und wohlbehalten in die Gesichter schauten, legten wir erst einmal Hand an den vorausschauend angelegten Proviant unter dem Bett, ich zog die Karten hervor und wir eröffneten eine Partie *Poker*. Neun

Tage ging das so. Neun fürchterliche Tage, in denen die Gefechte, die Maschinengewehrsalven und die Kanonenschüsse von überall her unentwegt zu hören waren. Die Bolschewiki hatten auf dem Petrowskij-Platz hinter unserem Haus ein paar Kanonen postiert und feuerten aus allen Rohren auf den vor uns liegenden Kreml. Die Granaten dröhnten über unsere Köpfe hinweg, während wir seelenruhig um den Tisch versammelt bis zum Abwinken eine Partie *Poker* nach der anderen zockten. Das Spiel verlief in bester Stimmung. Wer sich keinen Bluff zutraute, durfte während der Flugkurve einer dieser Granaten, die in den Kreml einschlugen, zwischen Bieten und Passen, das Spiel aufheben, ohne gegen die Spielregeln zu verstoßen! Poker ist ein fantastischer Zeitvertreib. Er lässt Sie im Glauben, ein gutes Blatt in der Hand zu haben, bis Sie vergessen, dass Sie mehrere Unberechenbare als Gegenspieler haben, die dagegen bieten, was das Zeug hält, Bolschewiki etwa, die Kanoniere sind, seit sie vor einer halben Stunde dazu ernannt wurden. Die Pensionswirtin lief dazwischen von einem Ende des Raums zum anderen, wimmernd, weil ihr Mann, der mit einem Soldatenmantel auf die Straße getreten war, seit dem letzten Nachmittag nicht zurückkehrte. Hin und wieder steckte einer den Kopf zur Türe rein und berichtete von schrecklichen Vorfällen. Der Wahnsinn auf den Straßen war schier entfesselt, jeder, der ein Gewehr trug, ballerte blind durch die Gegend, ohne zu wissen, auf wen oder wozu. Die Franzosen, die mit Tragen und Pritschenwagen unterwegs waren, Verletzte und Tote einzusammeln, hatten selbst viele Soldaten verloren und mussten sich zurückziehen. In vielen Straßen war das Pflaster aufgerissen worden, um Barrikaden zu errichten. Am fünften Tag der Schlacht zeigte sich der vermisste Pensionswirt mit eingefallenen Wangen und hervortretenden Augen in der Tür, die Kleidung in Fetzen und blutbespritzt. Er berichtete Entsetzliches. Er war bei einem Sturmangriff von einem der Kontrahenten mitgerissen worden, die ihm ein Gewehr in die Hand drückten und ihn zwei Tage auf einer Barrikade mitzuschießen aufforderten.

Er hatte sich gerettet, indem er sich auf einen Haufen mit Kadavern warf, zwischen denen er mehrere Stunden unbewegt ausharrte, das Gesicht auf die kalte Wange eines Bolschewiki gepresst, den eine Salve aufgerissen hatte, und der ihn mit seinen offenstehenden, glasigen Augen verwirrt anschaute, als wollte er sagen: »Du bist keiner von uns. Was machst du hier?« Der arme Kerl berichtete, er habe in den Stunden, die er dort verbrachte, ein wahres Delirium durchlebt und dem Toten unzusammenhängendes Zeug ins Ohr gestammelt und ihn mit leiser Stimme inständig gebeten, nett zu bleiben und ihn nicht zu verraten. Unterdessen zielten die Gewehre der sich immer wieder schließenden Reihen auch auf die Toten.

Nur für das riskante Herbeischaffen eines Brotes unterbrach ich das Spiel länger. Jeden dieser neun Tage ging ich vor die Tür, aber um ehrlich zu sein, ich traute mich nur bis zum Händler an der Ecke. Der öffnete um neun Uhr, man erhielt nicht mehr als eine Kante pro Person. Bis drei Uhr in der Früh standen die Leute in der Schlange und nicht selten gingen sie leer aus. Am widerlichsten waren die Kämpfer auf ihren vorbeisprengenden, überladenen Wagen, sie ballerten wie Banditen auf die Leute in der Schlange: Alte, Kinder, Frauen, und mehrmals sah ich vor mir einen zu Boden stürzen und hinter mir einen zusammenbrechen, während ich mich vorsichtig abtastete, fassungslos, dass ausgerechnet ich auf den Füßen geblieben war. Nicht zuletzt war ich minimal darüber erfreut, in der Schlange einen Platz gewonnen und die Wahrscheinlichkeit erhöht zu haben, an ein Brot zu kommen.

9.

Die Bolschewiki haben gesiegt!

Jeden der neun Tage, die dieser Häuserkampf dauerte, stellte ich mich für unser Brot in die Schlange. Dort erfuhr ich von den Anstehenden, die aus anderen Vierteln kamen, was dort vor sich ging. Die Bauern kamen längst nicht mehr auf die Märkte, die französischen Ambulanzen hatten sich am zweiten Tag der Kämpfe zurückziehen müssen, die Leichen blieben auf den Straßen liegen, niemand beerdigte sie. Ein Trupp Revolutionärer hatte versucht, in die französischen Kasernen einzudringen und eine Batterie Kanonen Kaliber 75 zu erbeuten, aber den ersten Bolschewik, der sich über die Schwelle traute, streckte der französische Wachposten mit einem Schuss nieder. Die Revolutionäre wollten die französische Kaserne schleifen und die Soldaten für sich gewinnen und rieten ihnen, ihren Offizieren die Köpfe abzuschlagen und die Kanonen auszuhändigen. Die Franzosen verstärkten ihre Posten und verschanzten sich, doch im Innenhof kam es zu einem Zusammenstoß mit Abtrünnigen, einigen Soldaten und Offizieren, die mit den Bolschewiki sympathisierten. Der Kommandant nahm seine Leute jedoch an die Kandare und ließ das Revolutionäre Komitee wissen, dass er ihm nicht nur die Kanonen nicht übergeben würde, falls das Komitee eine erneute Erstürmung beabsichtigte, sondern diese darauf verwenden würde, Moskau niederzureißen. Derweil rissen die Straßenkämpfe nicht ab. Die Kadettenschule, die sich auf dem Boulevard befand, kämpfte verzweifelte achtundvierzig Stunden gegen die enorme Übermacht der Revolutionäre. Überall sah man mit Pflastersteinen errichtete Barrikaden. Was es an Kiosken und Litfaßsäulen in Moskau gab, wurden eingerissen und zur Barrikade. In der Nähe der

Twerskaja standen bei einer Statue in unmittelbarer Nachbarschaft zum Regierungspalast vier Kanonen, die mit ihren schmucken, zur Pyramide aufgeschichteten Bleikugeln auf die vier Himmelsrichtungen ausgerichtet waren. Die Kanonen hatten die Weißen in den ersten Tagen der Kämpfe postiert, aber schon bald darauf fielen sie den Roten in die Hände, die sie, ohne sie einen Millimeter zu bewegen, benutzten, um ihren Terror wie Saat über die Viertel und Häuser zu verstreuen, in denen die Konterrevolutionäre festsaßen, denn sie alle, sämtlich und ohne Ausnahme, wohnten in jenen reichen Vierteln, in denen sich Bank an Bank reihte, in denen die luxuriösen Geschäfte lagen, die offiziellen Vertretungen und die Paläste der Aristokraten.

Das Haus von Nita Jo war einer der strategischen Punkte, den die Revolutionäre besetzt hielten. Es stand direkt bei einer Kirche, deren Türme konterrevolutionäre Scharfschützen für den Beschuss der Lastwagen benutzten, die Rote und bewaffnete Proletarier transportierten. Die Konterrevolutionäre waren offensichtlich ausgebildete Soldaten, ihre Verteidigung war gut organisiert, sie hatten sich verschanzt und nieteten alle Bolschewiki um, die in Wellen beabsichtigten, die Kirche zu stürmen. Zu allem Unglück platzte die Kirche vor weinenden und betenden Gläubigen, die sich um ihre Priester scharten, aus allen Nähten. Die Bolschewiki nahmen die Häuser nächst der Kirche ein, darunter jenes der Nita Jo, welches den Kirchtürmen direkt gegenüber lag, und belagerten die Scharfschützen. Das für beide Seiten sehr heftige Gefecht dauerte mehrere Stunden.

Mal hörten die einen, mal die anderen auf zu schießen, woraufhin die Gläubigen den Ausbruch aus der Kirche versuchten. Langsam öffnete sich die Pforte, die Ersten kamen heraus. Entkleidet und dicht aneinandergedrängt wie Lämmer um ihre Popen, hielten sie wie in einer Prozession mit ihren erhobenen Händen die heiligen Bilder und Reliquien in die Luft. Immer mehr Gläubige, einige trugen angezündete Kerzen, andere rutschten auf den Knien, wagten sich aus der Kirche heraus und folgten als dichtgedrängte und verängstigte Gemeinde den Priestern. Ein einziger abgefeuerter Schuss ließ diese kraftlose menschliche Masse auf der Stelle verharren. Eine byzantinische Ikone, ein vergoldetes Bildnis der Jungfrau, die ein weißbärtiger Pope hoch über seinem Kopf in den Himmel streckte, zerschellte in Stücke, sowie es von diesem Warnschuss getroffen aus den Händen glitt. Dann stürzten die Ersten lautlos auf den Boden des Atriums. Unter einem Schwall über sie hinwegpfeifender Kugeln mussten sie kriechend erneut Schutz in der Kirche suchen. Die verschanzten Konterrevolutionäre antworteten sofort mit verzweifelten Feuerstößen aus den Kirchenkuppeln. Sie wussten längst, dass es keine Hoffnung mehr gab, außer, ihre Haut so teuer wie möglich zu verkaufen. Und sie verkauften sie teuer. Solange sie noch Munition besaßen, nahmen sie jeden aufs Korn, der sich aus der Deckung wagte. Aus dem Innern der Kirche erhoben sich zwischen einem herzergreifenden Stöhnen der Weinenden und Betenden die angsteinflößenden Schreie derer, die nicht bereit waren, wie die Jammerlämmer abgeschlachtet zu werden und sich auf die Knie warfen in ihrer letzten Stunde.

Als ihren Verteidigern die Munition ausging, betraten die Roten die Kirche und brachten einen nach dem anderen um.

Die Sieger

Eine Woche lang, eine ganze lange Woche feuerten in Moskau rund um die Uhr Kanonen, Maschinengewehre und Handfeuerwaffen. Die Bevölkerung saß in ihren Häusern fest und hungerte, vor Angst sterbend hoffte sie, dieses dumpfe Stampfen der nicht enden wollenden Explosionen würde in einem einzigen finalen Feuerwerk, einem Kataklysmus, der seiner Bedeutung alle Ehre machte, in etwas Apokalyptischem enden, das mit Moskau und seinen Millionen Einwohnern auf einen Schlag Schluss machte. Bemerkenswert: Nach sieben Tagen Kanonenfeuer hatte man keine Angst mehr vor den Kanonen.

Man gewöhnte sich an sie, und man lauschte ihren Einschlägen, als höre man ein Wimmern irgendwo, dennoch behielt man seine Angst vor etwas, das sich nicht zeigte, vor etwas viel Mächtigerem als das, was dem Nachbarn widerfuhr. Die Kleinigkeit einer durch die Mauer zu seinem Schlafzimmer vorgedrungenen Granate, die ihm die Gedärme herausriss. Je heftiger man darüber nachdenkt, desto eher verliert es an Bedeutung. Die Bedeutungslosigkeit ist wie getrennt von der tief festsitzenden Angst, die ich nicht in Worte fassen kann. Aber sie ist immer da. Nach dem siebten Tag wurden die Pausen zwischen den Einschlägen länger. Hin und wieder ging ein Schuss los, die Antwort ließ auf sich warten. Die Leute saßen weiterhin in ihren Häusern fest und fragten sich ängstlich: »Wie ist es ausgegangen?« Ein Tag verstrich ohne auch nur einen einzigen Schuss, keine Menschenseele auf der Straße. Moskau schien verlassen, aber hinter Türritzen und spaltweit geöffneten Fenstern hockten eine Million Menschen und spähten mit einer Mischung aus Angst und Neugierde hinaus.

Als ich mich hinaustraute, stand den menschenleeren Straßen noch ihre Panik im Gesicht. Ich wollte den Kreml sehen. In der Traverskaja fanden sich Grüppchen zusammen, die neugierig in den halb geöffneten, etwas Schutz bietenden Hauseingängen standen. Sie streckten ihre neugierigen und aufgeregten Gesichter vor und fragten die wenigen Vorbeilaufenden: »Was ist? Wer hat gesiegt?«

Es dauert nicht lange, bis wir es erfuhren. Vom Ende der Twerskaja kam ein Trupp bewaffneter Männer vom Zentrum hoch. Mit geschulterten Gewehren, zerrissenen und blutbespritzten Mänteln, mit bis an die Hüften verschlammten Hosen, unrasierten Bärten und zerzausten Frisuren näherten sie sich langsamen Schritts auf der Mitte der Straße, mitunter barfuß, mitunter barhäuptig, aber überwiegend mit zerschlissenen Hemden. Die Breite der Straße gehörte ihnen. Sie waren die Sieger. Es waren die Roten.

Diese Gewissheit erzeugte ein neues Frösteln. Die Roten! Ausgerechnet die Roten hatten gesiegt! Als die Leute sie herannahen sahen, rannten die Neugierigsten wie die Kaninchen in ihre Löcher zurück und verbreiteten auf ihrer Flucht unter denen, die die Nase durch die Tür steckten, die schrecklichste aller Neuigkeiten: »Die Roten haben gesiegt!« Niemand konnte es wirklich glauben. Die Moskowiter hatten niemals daran gedacht, die Roten könnten obsiegen. Türen und Fenster schlossen sich wieder hermetisch.

Und doch, auf der Mitte der Straße bewiesen die Roten breitbeinig, Kippe im Mundwinkel, das Gewehr geschultert, mit einem fiesen Siegerlächeln im Gesicht, dass sie die neuen Herren waren. Ausgiebig beratschlagte das Kommando die Sachlage auf der Kreuzung und den abgehenden Straßen. Während sie dort seelenruhig debattierten und rauchten, liefen die neugierigen Zaungäste in gebührlichem Abstand zu kleinen Grüppchen zusammen und warfen den Siegern hasserfüllte Blicke zu. Als immer mehr Grüppchen zusammenliefen, ergriffen die Männer aus dem Kommando ihre Gewehre, warfen die Zigaretten fort und vertrieben die Leute unter Einsatz der Gewehrkolben von der Straße. Niemand hatte diesen Ausgang erwartet. Wer seinen Protest nicht zurückhalten konnte, den spießten sie mit ihren Bajonetten auf oder erlegten sie wie eine Schießbudenfigur, ohne ihn später eines Blickes zu würdigen. Aufs Geratewohl ballerten sie von der Straßenmitte auf die Fenster. Es war unübersehbar, dass ihre Strategie Provokation hieß. Diese Stoßtrupps der Roten säuberten Moskau von den Konterrevolutionären in nur zwei Tagen. Und niemand erwog auch nur einen Augenblick lang, sich ihnen in den Weg zu stellen. Erschien ein Stoßtrupp, flohen alle; wer den leisesten Verdacht erregte, hatte ein *Meeting* mit dem Tod. In dieser Phase sah ich erstmals einen dieser Matrosen; sie waren die Schlimmsten, die Blutrünstigsten; solchen Stoßtrupps ging immer ein Matrose voraus, der unfehlbar der Erste war, der die Waffe anlegte; alle anderen, die Arbeiter aus den Moskauer Betrieben und die Soldaten schossen nach ihm.

Als ich ihn sah, nahm ich die Beine in die Hand und sah zu, nach Hause zu kommen. Tags drauf konnte ich mich ohne

Risiko bis auf Sichtweite dem Kreml nähern. Die Roten Garden hielten die Straßen besetzt, aber sie griffen die Passanten nicht mehr an. Aber Vorsicht, ihnen bloß nicht in die Arme laufen, wir alle machten einen riesigen Bogen um sie. Die ganze Lubjanka war Haus für Haus von Granaten durchsiebt. Man sah nur Lastwagen, die rote Soldaten von hier nach dort und von dort nach hier brachten. Die französischen Ambulanzen fuhren wieder und sammelten seit vierundzwanzig Stunden ohne Unterlass Leichen ein; sie stapelten sie auf den Pritschen und fuhren sie an die Moskwa, wo man sie, mit einem Stein am Hals beschwert, in den Fluss warf. Um den Kreml herum waren überall Berge von Leichen; der Kampf musste ein fürchterliches Gemetzel gewesen sein. Ich sah ein paar Lastwagen mit aufgeladenen Kadavern vorbeifahren, diesmal lagen Bolschewiki drauf, die von den Weißen Garden in den ersten Stunden der Schlacht um den Kreml niedergemäht worden waren, so wie sie gegen ihn anstürmten; als die Bolschewiki übermächtig wurden, bunkerten sich die Weißen im Hof ein, doch mit drei oder vier Maschinengewehren eröffneten sie das Feuer und stoppten erst, direkt auf sie draufzuhalten, bis sich keiner mehr rührte.

Ich wollte zum Bahnhofsviertel, wo auch heftige Gefechte getobt hatten; aber man ließ mich nicht durch das Rote Tor. Die Bolschewiki hielten die Zugänge besetzt und ließen niemanden passieren, der sehen könnte, was sie angerichtet hatten: ein Gemetzel, ein grauenhaftes Abschlachten, wie mir die Leute berichteten.

Neugierige drängten wieder auf die Straßen. Die Roten Garden bezogen wieder Posten an den Kreuzungen. Hin und wieder ging ein Schuss los und die Passanten rannten in alle Richtungen auseinander. Ich ging an der Kadettenschule vorbei; die Roten hatten sie angezündet, um die Weißen Garden auszuräuchern. Die von Kanonen zerschossenen Gemäuer qualmten noch.

Im Petrowskij-Park erkannte ich von Ferne die starken, zusammengezogenen Verbände der Roten; unzählige Bäume hatten sie abgeholzt, Kerzen auf die Baumstümpfe gestellt und für die Nacht die Kartenspiele herausgeholt. Ein Schuss fiel. Die Karten wurden fallen gelassen, einer blies die Kerze aus, sie griffen nach ihren Gewehren, entriegelten sie und Gnade dem, der ihnen jetzt in die Hände fiel!

Ein neues Leben hat begonnen

Von einer Sekunde auf die andere hatten wir ein ausgetauschtes Leben, das neue hieß jetzt Sowjet, das Regime der Räte. In jedem Haus versammelten sich die Mieter und bildeten ein Komitee. Die Bolschewiki gingen von Haus zu Haus und erklärten den Nachbarn, was sie zu tun hatten. Das Komitee der Nachbarn trat zusammen und wählte aus seiner Mitte einen Haus-Kommissar. Mit einem Glockenschlag sprangen wir von einer Welt in die andere. Das Haus gehörte jetzt uns, den Mietern; es gab keine Eigentümer mehr. Ich blieb ungläubig; aber unter vielen Nachbarn sorgte das für Aufruhr. Jeder schlug sich den Wohnraum zu, den kein anderer beanspruchte, und obwohl keiner alle haben konnte, gab es nicht wenige, die das Herz eines Eigentümers in der Brust trugen, wenn es um ein Zimmer mehr ging.

Das Eigentum an einer kleinen Etage, die uns in die Hände fiel, bereitete uns erst einmal gewaltige Probleme. Insgesamt wären wir besser dabei geblieben, den Hausbesitzer zu bezahlen. Die Bolschewiki wollten es anders. Der Haus-Kommissar erstellte eine Liste aller Mieter und bestimmte unsere Pflichten. Die erste und oberste Pflicht bestand darin, eine Wache gegen Diebe aufzustellen. Moskau war in diesen Tagen überfüllt von vor Waffen strotzenden Freischärlern, die den Gefängnissen entkommen waren, und mit der Aussicht, straffrei auszugehen, überfielen sie Wohnungen und ermordeten alle, die sich wehrten; was ihnen unterkam, raubten sie einem unter den Augen weg. Alle wehrtüchtigen Mieter wurden daher vom Kommissar genötigt, mit der Waffe in der Hand Wache gegen die Überfälle zu schieben.

Die Wachen lösten sich alle zwei Stunden ab. Wir erhielten den strikten Befehl, nötigenfalls mit Gewalt jede bewaffnete Gruppe, die versuchte, in das Haus einzudringen, zurückzustoßen, selbst wenn es Bauern oder Soldaten wären. Es könnte sich dabei um Diebe handeln. Unsere Aufgabe bestand für diesen Fall darin, den Haus-Kommissar zu warnen, indem wir auf der Pfeife trillerten, die wir erhielten; falls die Diebe nicht zurückwichen, bis der Kommissar zwecks Identifizierung der Patrouille die Treppen heruntergestiegen wäre, sondern sich auf uns würfen, müssten wir den Kampf mit ihnen aufnehmen und das Haus solange verteidigen, bis die übrigen bewaffneten Nachbarn zu unserer Unterstützung heruntergekommen wären.

Ich hatte Wache von elf Uhr abends bis ein Uhr morgens. Man stellte mir eine Pritsche in die Haustür, und darauf verbrachte ich meine zwei Stunden, zitternd vor Angst; meine Bewaffnung waren ein Brecheisen in Reichweite und ein Messer in der Hosentasche. Jedes Mal, wenn ich durch die zugesperrte und verrammelte Tür die Schritte einer Patrouille hörte, griff ich nach dem Brecheisen und ging in Habachtstellung. Die Patrouille ging zum Glück vorüber, aber solange ich ihre Schritte hörte, verharrte ich ohne zu atmen so still und in geduckter Haltung, kampfbereit mit der Eisenstange in der Hand und der Trillerpfeife im Mund, und versuchte mir vorzustellen, dank welcher Strategie und dank welcher Courage es mir gelingen könnte, mir mit meinem Brecheisen und meinem Klappmesser mit Ziegenhorngriff zehn oder zwölf bis an die Zähne bewaffnete Bolschewiki-Matrosen vom Leib zu halten.

Im Schatten des Hauseingangs übte ich Hunderte Male die Szene, die ich, den Rücken geschmeidig wie eine Katze und sprungbereit wie ein Äffchen, aufzuführen hätte, falls eine dieser Patrouillen die Tür mit dem Gewehrkolben öffnen sollte, und Hand aufs Herz, trotz all der tödlichen Hiebe, die auszuteilen ich mir vorstellte, erkannte ich doch keine Möglichkeit noch lebendig zu sein, bis der Haus-Kommissar sich endlich die Hose übergezogen hätte, um zu meiner Unterstützung die Treppe herunterzukommen.

Gerard wurde krank, und ich musste in Doppelschicht Wache halten. Der Kommissar teilte uns Mietern die Brot-Marken aus, die wir an den Ausgabestellen eintauschten; doch wer keine Wache übernommen hatte, erhielt auch keine Brot-Marke. Dies war im Kern das Leben der ersten Wochen unter dem bolschewistischen Regime. Vier Stunden im Hauseingang den Helden spielen; vier Stunden in der Schlange für Brot anstehen; nochmal vier Stunden Streitereien mit den Nachbarn während der täglichen Abhaltung des *Sowjets der Mieter*, und dabei keine Stunde, ob Tag oder Nacht, ohne die Angst, die dunkle Angst, dass sie einen nicht am Leben ließen. Ohne jeden Zweifel war es bequemer, jeden Monat die Miete an den Eigentümer zu zahlen.

10.
Die Menschenjagd in Moskaus Straßen

Die Bolschewiki waren der Annahme erlegen, alles müsse nach ihren Vorstellungen geschehen, sofort und unverzüglich. In alles wollten sie ihre Nase reinstecken; sie starteten in bester Absicht und mit reichlich Herzblut, was ihnen wenigstens, auch wenn man sie nicht liebte, eine gewisse Sympathie einbrachte. Fleißig patrouillierten sie mit geschulterten Gewehren rund um die Uhr durch die Straßen oder kritzelten in den zuvor ausgebombten Schreibstuben an den Wertmarken, Passierscheinen, Befehlen zur Beschlagnahme, Ermächtigungen und Verboten, bis sie von der Müdigkeit besiegt umfielen, entkräftet, mit fiebrigen und vor Schlaftrunkenheit aufgerissenen Augen, als seien diese aus Glas. Auf die Gewehre mit aufgepflanztem Bajonett gestützt, schliefen sie stehend mitten auf der Straße, oder sie ratzten mit ihren wilden Schädeln auf dem Tisch zwischen Schnipseln, Brotkrümeln und Teelachen, an denen die Fliegen tranken. Sie taten einem leid! Aber niemand wurde so richtig warm mit ihnen. Nach zwei Nickerchen waren sie umso gereizter, sie waren durchweg missgelaunt und ihre überwiegende Bissigkeit schreckte die Hilfe suchenden Leute ab, die mit ihnen zu tun haben mussten. Gereizt, gewalttätig, überfordert, sie schossen dir lieber eine Kugel in den Kopf oder schickten dich für weniger als nichts ins Gefängnis. Auf diese Weise, mit einer Faust auf dem Tisch, schlafsüchtig und die Hosen voll vor Angst – ja, sie hatten Angst, das war unverkennbar – wollten sie vergeblich Ordnung in die große Sache bringen und das Soll unzähliger Klagen, die eine hungernde, feindselige und verzweifelte Bevölkerung vortrug, im selben Moment entwerten. Untereinander bestand keinerlei Verständigung; was an einer Stelle verboten wurde, erlaubte eine andere; jeder Bolschewiki hatte seine Gesetzesvorstellungen, man richtete sich danach und versuchte, sie einzuhalten; aber hinter diesem Bolschewik stand eine weiterer, der auch eine Waffe in der Hand hielt, und forderte das Gegenteil. Anfangs hatten wir noch den Elan, uns anzupassen und zu gehorchen; widerspruchslos taten wir, was uns die Patrouillen hießen, die von Haus zu Haus gingen und den Willen des Bolschewismus diktierten; aber wir fanden schnell heraus, dass Beste wäre, Ja zu allem zu sagen und den Verrückten – man erwartete jeden Moment, dass sie vor Übermüdung implodierten – aus dem Weg zu gehen und sie einfach schnurstracks weiterlaufen zu lassen, auch wenn sie nicht die Spur einer Ahnung hatten, wohin die Reise ging; man wünschte sich, sie würden sich gegenseitig fertigmachen. Die Unterwürfigkeit nützte gar nichts. Es war zwecklos, einen Kommissar mit seinen Nöten zu bedrängen, der selber nicht wusste, wie es weitergehen sollte. Unterm Strich jagte er dir doch eine Kugel in den Kopf, weil du ihnen gehorchst oder weil du ihnen nicht gehorchst.

Wenn man die Wache im Hauseingang hinter sich gebracht hatte, erhielt man vom Kommissar des Mieter-Sowjets die Brot-Marke für fünf Schrippen pro Person; man stand zwangsläufig sechs bis acht Stunden in der Schlange; wer für einen Moment heraustrat, keine Diskussion, verlor seinen Platz. Fünf Tage stellte ich mich in die Schlange und erhielt am Ende keine einzige Schrippe; sie gingen aus, bevor ich dran war, die Ausgabe wurde geschlossen, und man hoffte, am nächsten Tag mehr Glück zu haben. Wenig später begann der Haus-Kommissar neben den Brot-Marken auch Lebensmittel-Marken der Kooperative zu verteilen. Die Bolschewiki entschieden, dass es von nun an Kooperative gab, und kaum hatten sie das entschieden, waren die Ersten mit den Marken in der Hand verhungert. In den alten Lebensmittelläden gab es durchaus Lebensmittel; doch sie waren beschlagnahmt, und vor jeder Ladentür postierten sich Rote Garden, die schmerzfrei auf die Verzweifelten schossen, die eine Erstürmung planten. In Windeseile stellten die

Bolschewiki Inventarlisten auf, ordneten Beschlagnahmen an, Transporte und die Errichtung von Kooperativen, und trotzdem hatten die Leute nichts zu essen und starben respektive trotz der guten Aussichten. Die Moskowiter wären sämtlich einen schleichenden Hungertod gestorben, wenn sie nicht vorher wegen des grassierenden Spekulantentums eines rasenden Hungers gestorben wären. Das Spekulantentum! Niemand, der nicht während der Revolution in Russland war, weiß, was das bedeutete. Einfach die widerlichste Sache der Welt. Eine Bevölkerung zwischen Hammer und Ambos: Ergeben auf den Hungertod warten und die Hoffnung nicht verlieren, dass die Bolschewiki das mit ihren Kooperativen noch rechtzeitig geregelt bekamen, oder sich als Konterrevolutionär flugs erschießen zu lassen. Einige entschieden sich, langsam zu sterben, andere gingen hin und suchten ihren Tod im Schwarzmarkthandel. Unausweichlich, dass beide fanden, was sie suchten.

Tod durch Verhungernlassen

Der Proviant, den wir unter dem Bett angesammelt hatten, ging zur Neige, wir hungerten schon mehrere Tage, als Sole sagte:

»Es ist zwecklos und verlorene Zeit, vor den Ausgaben und Kooperativen anzustehen. Die Bolschewiki werden uns niemals etwas geben, ihre Marken sind einen Dreck wert.«

»Na dann sag du mir, was wir heute essen werden.«

»Sei nicht so naiv, Juan«, erwiderte sie. »In Moskau kann man alles bekommen, und mit Geld kann man so gut essen wiein Paris. Vergiss die Kommissare und Kooperative. Wir werden jetzt unsere Ersparnisse opfern und etwas Richtiges zu essen besorgen, etwas für auf die Rippen: Fleisch, Speck, Butter …«

Ich glaubte, die Arme deliriere bereits vor Hunger.

»Klar, Delirium, du hast ja keine Ahnung«, hielt sie mir entgegen. »Ich weiß von einigen Juden hier in der Nähe, die einen kleinen Schwarzhandel haben, bei dem alles zu bekommen ist. Soll ich mich mit ihnen in Verbindung setzen?«

Die Kontakte waren das Schwierigste, denn die von Grund auf schon misstrauischen Juden trafen enorme Vorsichtsmaßnahmen, um ihre Schwarzmarktgeschäfte am Laufen zu halten, und die Bolschewiki bestraften jeden Handel auf drakonische Weise. Wir erfuhren unter der Hand von einem Juden, der in einer Villa beim alten Yaz wohnte. Als ich zu ihm ging und ihm erklärte, dass ich etwas Essbares kaufen wollte, zeigte er sich höchst überrascht: Verstehe er! Habe er selber nichts zu beißen! Sterben nicht seine Leute selbst vor Hunger! Und bevor wir auseinandergingen, sagte er noch: »Bedaure seine Situation!«, er kümmere sich um mich, hieß das. »Komme er morgen wieder, und ich werde sehen, ob ich etwas für mich und ihn auftreiben kann.«

Am nächsten Tag führte er mich auf weiten Umwegen zu einigen Kellern, wo wir auf einen anderen Juden trafen, mit dem ich lange diskutierte und feilschte. Als risse ich es seinem Sohn bei lebendigem Leib heraus, entrissen wir ihm ein Huhn und ein paar Pakete Bohnen. »Nimm, nimm es mit«, sagte er unerwartet, und: »Mein gutes Herz wird aufhören zu schlagen, weil ich selbst ohne Essen bleibe«. Mir wurde der Arm schwer, wie ich ihm die Rubel entgegenstreckte, bevor er in seiner Niedergeschlagenheit wegen des fortgegebenen Huhns buchstäblich zu Äther wurde. Er verabschiedete mich noch mit den Worten, dass er ein karitativer Mensch sei, der mir angesichts meiner großen Not half, und falls ich andere Menschen in großer Not wüsste, solle ich sie ihm schicken, damit er sich fürsorglich um sie kümmern könne.

Ich ging viele Male zu ihm; in dieser Villa gab es kurz gesagt alles: Bohnen, Reis, Speckseiten, Eier. Die Kooperative der Bolschewiki blieben leer und die Leute in den Schlangen hungrig, derweil dieser Schwarzhandel der Juden über alle Lebensmittel in solchen Mengen verfügte, die ohne Schwierigkeiten ein belagertes Heer hätten durchfüttern können.

Die Bolschewiki reagierten wegen der Spekulanten immer

gereizter. Die Strafen für Schwarzmarkthandel waren drastisch, und es dauerte nicht lange, bis ein Mann erschossen wurde, der mit einem Korb voll Eier erwischt wurde, ob er sie gekauft hatte oder verkaufen wollte, spielte keine Rolle. Allerdings musste man nun die Spekulanten jeweils umso teurer bezahlen, je deftigere Strafen ihnen drohten.

Nach und nach brachte ich meine Ersparnisse zu den Juden des Yaz, aber welch Wunder, meine Rubel gingen mir früher aus als ihnen ihre fetten Speckseiten und ihre zarten Bohnen. Das Einzige, was man noch zu vernünftigen Preisen kaufen konnte, war Gemüse, denn die Bauern brachten es selbst nach Moskau; irgendwann fielen sie mit ihren Eigenarten den Bolschewiki auf den Wecker. Schlussendlich blieben es doch wir, denen nichts zu essen blieb.

Der folgende Winter war hart und karg. Sole tat ein geheimes Depot mit Petroleum auf, wieder gehörte es Juden, es versorgte uns mit dem Brennmaterial, aber sie musste dafür mit der Kanne einmal durch ganz Moskau laufen und sie unter dem Mantel verstecken, denn, wann immer die Roten Garden Petroleum entdeckten, warfen sie sich wie Raubtiere darauf. Als die Rubel und das Petroleum ausgingen, begannen die Mieter, den sicheren Erfrierungstod vor Augen, alles zu verheizen, was sich an Holz in den Häusern fand. Sie rissen sämtliche Türen heraus, den Parkettboden, die Treppengeländer und die Stufen im Flur, hackten sie zu Kleinholz und steckten alles in die Öfen. Wäre dem nicht Einhalt geboten worden, von Moskau wäre im Frühling nur Mauern übrig geblieben. Die Haus-Kommissare erklärten sich auf Befehl zu Aufsehern über das Holzwerk in den Häusern, ein furchterregender Strafkatalog drohte den, der aus seinem Haus noch etwas verheizte.

Wir standen nun unter einem Regime, das Todesstrafe gegen den, der hungerte oder fror, als das Allernatürlichste ansah.

Sechs Tage nach der Entscheidungsschlacht kam der Straßenbahnverkehr in Moskau wieder in Gang, um nur wenige Tage später für immer zu erliegen. Autos sah man keine auf der Straße, außer jene, in denen bolschewistische Kommissare saßen. Die Theater und Zirkusse öffneten nach und nach, denn mit oder ohne Revolution, hungernd oder frierend, Künstler müssen von etwas leben. Cabarets waren strikt verboten: Arme Kabarettisten wie wir waren von der Revolution zum Tod durch Verhungern verurteilt. Die Kommissäre wollten kein Wort über uns hören. Je schneller wir verreckten, desto besser, sagte mir einer ins Gesicht. Ich konnte seine Meinung nicht teilen, und mäßig eingeschüchtert erinnerte ich mich der Instrumente in meinem Koffer, der Kastagnetten und des Torerokostüms, steckte die Gitarre in ein Futteral und trat auf die Straße, bereit, mich in Hanfschuhen und mit Siebentagebart auf die Suche nach einem richtigen Leben zu begeben, bereit, ein größerer Proletarier zu sein als Lenin. Ich konnte überall hingehen; nur die Patrouillen verlangten wie von allen Passanten an jeder Ecke den Passierschein.

Ich ging zum Yaz, das Cabaret, in dem wir vor der Revolution mit rauschendem Erfolg aufgetreten waren, und musste feststellen, dass die Matrosen es zu ihrem Hauptquartier gemacht hatten und besetzten. Fiese Kerle, diese Matrosen; ihre Heldentaten terrorisierten die Moskauer Bevölkerung. An der Ecke des Yaz beobachtete ich eine Patrouille dieser Matrosen, die ein vorbeifahrendes Auto anhielt und nach den Papieren verlangte, diese flüchtig prüfte und die Insassen aussteigen ließ, um sie an Ort und Stelle ohne jegliches erklärende Wort einen nach dem anderen umzubringen.

An einem anderen Abend war ich in Begleitung eines exzentrischen Künstlers, einem Franz Pichel, unterwegs zum Zirkus, um dort nach Arbeit zu fragen, und wir sahen aus höchstens einhundert Meter Entfernung, wie die Matrosen einem Mann kurz und knapp das Jenseits schenkten und ohne den Kopf auch nur zu Seite zu wenden geruhsam weiter ihres Weges gingen. Als wir bei dem Daliegenden ankamen und nicht wagten, uns zu ihm niederzubeugen, stießen wir ihn mit der Fußspitze an, um zu sehen, ob er noch atmete. Er bewegte sich nicht. Das herausquellende Blut war auf dem Schnee sofort vereist. Dem Gesicht nach war er ein vornehmer, junger Mann; er musste ein Offizier auf der Flucht gewesen sein, denn unter der schmutzigen Felljacke hatte er einen sauber geschneiderten, eleganten Anzug, außerdem trug er hohe, fast unbenutzte Stiefel. Franz Pichel und ich schauten uns ins Gesicht und verstanden einander: Uns war ein und derselbe Gedanke gekommen. Und wenn wir ihm die Stiefel auszögen? Wir wagten es nicht. Wir waren immer noch Neulinge in Revolutionsangelegenheiten und zierten uns. Das Dumme war nur, lassen wir den Rassismus mal beiseite, dass Russland schon jetzt keine Toten mehr besaß, die solche Stiefel trugen.

Später gingen wir wieder abends durch die Sadowaya, als vor uns Schüsse fielen und wir ganz in unserer Nähe sahen, wie mehrere Passanten auf der Straße zusammenbrachen. Die Matrosen schossen mit angelegten Gewehren direkt in die Menschenmenge. Wir flohen in ein nahes Café, doch wenig später stand die Patrouille in der Tür. Sie kamen rein und gingen von Tisch zu Tisch und durchsuchten jeden Einzelnen. Wen sie mit einer Waffe antrafen, dem gaben sie es mit derselben. Auf meinem Sofa saß ein seltsamer Kerl, der sich wehrte, gefilzt zu werden. Ohne lange zu fackeln hatten sie ihn gegriffen und in seiner Hosenfalte ein verstecktes, langes Messer gefunden; der Kommandant der Patrouille ging auf ihn zu, schaute ihm in die Augen und nannte ihn einen Hundesohn. Wir dachten, es handele sich um eine Einschüchterung, und das war's. Falsch gedacht! Er holte aus und rammte ihm seine Faust samt Messer in die Weichteile, sodass der Kerl wie eine Spindel zu Boden gegangen wäre, hätten ihn nicht zwei Matrosen an den Armen festgehalten. Er stand einen Meter von mir entfernt. Als sie ihn losließen, stürzte er, Gesicht nach unten, auf meine Stiefel. Ich war schon vor ihm tot vor Angst. In der Hosentasche trug ich mein Klappmesser mit dem Griff aus Ziegenhorn; wir waren unzertrennlich.

Sole wusste, dass ich es dabeihatte. Ich sah, wie sie erblasste und, als stünde sie unmittelbar vorm Wahnsinnigwerden, wie ihre Augen erstarrten, sowie die Matrosen sich mir zuwandten. Nie werde ich Soles Blick in diesem Moment vergessen. Doch es war mir gelungen, das Messer unbeobachtet verschwinden und hinter das Sofa fallen zu lassen. Wenn sie es nicht fanden, war ich gerettet.

Sie entdeckten es nicht. An so wenig hing ein Leben. Sole blieb die ganze Zeit, die mich die Matrosen filzten, regungslos, als sei sie aus Wachs. Kaum hatten sie mir den Rücken zugekehrt, klappte sie zusammen.

Sich als Retter aufspielen

Es war spät geworden, und wir eilten unter dem klaren Sternenhimmel durch die verwaisten Straßen nach Hause, in der Hoffnung, dass uns wirklich niemand sah. Seit wir die Straßen im Zentrum hinter uns gelassen hatten, war uns keine Menschenseele über den Weg gelaufen. Es war noch ein langes Stück bis zur Nowaja Basilkoska.

»Wir dürfen nicht so spät ausgehen«, kritisierte Sole. »Auf so freiem Feld wie hier schlagen sie uns wie Hunde tot, und niemandem wird es auffallen.«

Am Ausgang der Twerskaja hörten wir hinter uns kräftige und schnelle Schritte. Sie überholten uns und gingen weiter. Wir erkannten sie dank ihrer Mäntel als Offiziere der französischen Mission, die sich immer noch in Moskau aufhielt.

»Sie sind auf dem Weg in ihr Quartier; lass uns mit ihnen zusammen gehen«, schlug Sole vor.

Wir eilten ihnen nach. Sie konnten durchaus Bekannte sein, aber wie auch immer, um zwei Uhr nachts, auf einer einsamen Straße in Moskau, war alles besser, als alleine herumzulaufen. Sie dürften auch die Angst im Nacken gehabt haben, denn sie legten sich mächtig ins Zeug, um mit großen Schritten voranzukommen, und die arme Sole kam nicht nach.

Zwanzig oder dreißig Schritte hatten sie Vorsprung, als sie bei einer Brücke ankamen. In diesem Augenblick baute sich zwischen ihnen und uns ein Schatten auf. Der Kommandant einer Patrouille aus fünfzehn bis zwanzig Mann, die dort lauerte.

Die Franzosen bemerkten sie nicht. Der Kommandant rief ihnen laut hinterher.

»Stoi.«

Doch die Franzosen hatten ihre Krägen bis über die Ohren hochgeschlagen und dürften sie nicht gehört haben. Der Kommandant rief ein zweites Mal, lauter:

»Stoi.«

Sie hörten sie nicht. Der Kommandant drehte sich zu seinen Leuten um und befahl zu schießen. Ich sah schon vor mir, wie sie sie erschossen, und schnell wie ein Blitz und gedankenlos ließ ich Soles Arm los, sprang ihnen mit zwei Sätzen nach und hielt sie fest.

»Mein Gott, was machen Sie nur?«

Sie erstarrten zur Salzsäule. Sie hatten den Ruf »Halt« nicht gehört. Sie gingen auf die Patrouille zu und zeigten ihre Papiere, die sie als französische Offiziere auswiesen. Als sie sich beim Kommandanten entschuldigten, näherte sich einer aus der Patrouille mit einem monströsen Maschinengewehr, das um seinen Hals hing, um besser zu zielen, und bei der ersten Gelegenheit fragte er:

»Schieße ich jetzt?«

»Warte«, sagte der Kommandant lakonisch.

Nachdem er die Papiere geprüft hatte, wandte er sich nun mir zu und fuchtelte mit seinem Revolver vor mir herum:

»Und du, wer bist du? Welcher Sohn einer Hündin bist du, dass du dich einmischst in was dich nichts angeht?«

Und während er mit zusammengebissenen Zähnen zu mir sprach, gefiel es ihm, mir mit dem Griff seines Revolvers in die Zähne zu hauen.

»Sag schon, jüdisches Schwein, wer hat dir gesagt, dass du dich einmischen sollst?«

Blut floss mir aus der aufgeplatzten Lippe und aus dem Mund. Eingeschüchtert, mit hochgezogenen Schultern, die Augen zusammengekniffen und mit verkrampften Fingern erwartete ich jeden Augenblick die Kugel, die meinem jämmerlichen Leben ein Ende bereitete. Die französischen Offiziere, deren Leben ich soeben gerettet hatte, verwandten sich für mich, aber der Kommandant der Patrouille schnauzte sie an. Da sich keiner traute, sich öffentlich mit dem anderen anzulegen, und von gegenseitiger Sympathie keine Rede sein konnte, versuchte man, irgendwie auseinanderzukommen. Währenddessen kreiste die ganze Zeit der Typ mit dem um den Hals hängenden riesigen Maschinengewehr um uns herum und peilte uns an, nervös fragte er:

»Was? Schieße ich jetzt?«

Es war die reine Vorsehung, dass in diesem Moment ein Auto mit ausgeblendeten Scheinwerfen herannahte und auf die Brücke zufuhr. Die Patrouille hechtete hinterher. Der Kommandant trillerte zweimal mit seiner Pfeife. Das Auto fuhr weiter. Noch hatte es die Brücke nicht erreicht, als die Salve zu hören war, die der Typ für uns schon vorbereitet hatte, und das Auto nach etwas Zickzack vor der Brüstung zerschellte. Der Fahrer und sein Passagier waren tot. Im Auto saßen seinesgleichen, Bolschewiki.

»Eih, haut ab hier!«, schrie der Kommandant, als er bemerkte, dass wir begriffen, welche Arbeit er da erledigt hatte.

»Weg da! Haut ab!«, wiederholte er rasend und schoss den Revolver auf meine Füße zielend leer.

Hastig liefen wir über die Brücke; jeden Augenblick erwarteten wir, die Salve zu hören, die uns im Rücken treffen würde. »Die haben uns laufenlassen, damit sie ihren Spaß haben bei der Jagd auf uns«, dachten wir.

Schließlich erreichten wir keuchend das andere Ufer, wir befanden uns außer Reichweite ihrer Gewehre. Das Herz pochte. Die französischen Offiziere umarmten mich. Ich hatte ihnen das Leben gerettet. Ich war stolz und glücklich. Aber ich verrate es jetzt, wenn ich ehrlich sein soll, muss ich eingestehen, dass ich mich nicht eingemischt hätte, wenn ich auch nur einen Moment lang überlegt hätte. So, wie ich aus der Sache rausgekommen bin, waren die geschwollene Visage und der verlorene Zahn das Geringste. Dieser Typ mit seinem am Nacken vertäuten Maschinengewehr, der ständig nervös dazwischenfragte: »Schieß ich jetzt?« brachte mich mein Leben lang dem Wahnsinn nah, wenn ich nur an ihn dachte.

11.
Der beste Bolschewik Russlands

Das Hauptquartier der Französischen Mission lag in der Nähe unseres Hauses, mitten in einem Park in den Außenbezirken Moskaus. Weitere zwei oder drei kleinere Kasernen, deren Truppen sich mit Beginn der Revolution den Bolschewiki anschlossen, lagen einen Steinwurf entfernt; diese lieferten den Kommunisten die Kanonen Kaliber 75 aus, mit denen sie den Kreml bombardierten, aber sie verstanden nicht, wie man mit ihnen zielte, und so schossen sie überallhin, nur nicht auf den Kreml, woraufhin ein Komitee der Bolschewiki sich auf den Weg zur Kaserne machte und den Kommandanten M. de Molière bat, vorzuführen, wie man richtig zielt; nachdem er sich bekanntlich weigerte, setzten die Bolschewiki darauf, dass sich unter seinen französischen Soldaten und Offizieren Sympathisanten der kommunistischen Sache befanden, und versuchten, die Truppen aufzuwiegeln. Was ihnen nicht gelang. Sie erreichten lediglich, dass einige wenige Soldaten und Offiziere desertierten und sich in den Dienst der Revolution stellten, als die Franzosen Russland wenige Monate später verließen. Unter den Deserteuren waren zwei Offiziere, die ich näher kannte; ihre Geschichte zu erzählen, ist ein kurzer Ausflug wert.

Im Dienste der Revolution

Einer der beiden französischen Offiziere hieß Josef und der andere René. Ihre Familiennamen werde ich nicht verraten, weil ich es schwor. Josef war ein liebenswerter, feiner Kerl, er stammte aus einer Familie der französischen Mittelschicht, die ein kleines Geschäft führte, eine Hutmacherei in den *banlieue* von Paris. Zu einem überzeugten Kommunisten geworden, ließ er sein Vaterland, seine Familie, seine ihm bevorstehende Karriere und die Annehmlichkeiten eines bürgerlichen Lebens zurück, um sich aufopferungsvoll und mit allen Entsagungen in den Dienst der Revolution zu stellen. Er war ein Heiliger. Da er innerhalb der Französischen Militärverwaltung im Versorgungscorps gedient hatte, plagte er sich nach seinem Überlaufen hingebungsvoll und mit tadelloser Einstellung mit der Aufstellung der Ernährungsspläne für die Rote Armee und die Zivilisten. René, der andere Deserteur, war von Beruf Ingenieur, und in jenen ersten Tagen der Revolution war er den Bolschewiki sehr willkommen, weil er ihnen die Bedienung und Reparatur der Tanks, der Kanonen und Fahrzeuge beibrachte. Ich kann sagen, es gab Zeiten, in denen er der einzige Mechaniker der Roten Armee war. Dank seiner konnten die Bolschewiki zahlreiche Tanks, Kanonen und Fahrzeuge fahrtüchtig machen, die die Weißen zerstört und zurückgelassen hatten. Kurz nachdem sie desertierten, verlor ich beide aus den Augen, bis ich sie Jahre später zufällig in Odessa wiedertraf.

Der anständigste Kommunist

Dort in Odessa, es war 1921, alle litten unter der Knute des Hungers, der stillschweigend schon Millionen Menschen hinweggerissen hatte, redeten unsere Freunde auf mich ein:

»Warum gehst du nicht und bittest den Ernährungs-Kommissar um Hilfe?«

Ich zuckte mit den Schultern. Wozu? Aus schmerzlicher Erfahrung wusste ich, wie hilfreich die sowjetischen Stellen dem hungernden Volk unter die Arme griffen.

»Geh und sprich mit ihm«, insistierten alle. »Der Ernährungs-Kommissar ist ein guter Mann; er ist nicht wie die anderen; er empfängt jeden; er spart sich das Brot vom Munde ab, um es den Bedürftigen zu geben.«

Eher verzweifelt als überzeugt ging ich hin. Der Kommissar hinter dem Tisch war zu meiner Überraschung Josef, der desertierte französische Offizier.

Er empfing mich warmherzig und tat für mich, was in seiner Macht stand. Wir versicherten uns unserer Freundschaft, und er lud mich gleich zu sich nach Hause ein. Er lebte mit seiner Frau und seinem Sohn in größter Armut, durchlitt stoisch dieselbe Not, die wir alle ertrugen, einschließlich des Hungers. Er besaß ein Bett, einen Tisch und zwei Stühle, und seine Wohnung verfügte über keinen Kubikmeter mehr Raum, als ihm nach dem sowjetischen Reglement zustand; seine arme Frau lief wie eine Bäuerin zur Wasserstelle und kehrte erschöpft von dem Gewicht der Behältnisse zurück.

Wer genau weiß, was ein Politischer Kommissar für Ernährung in Russland war, und nicht vergisst, welche nahezu unumschränkte Macht er besaß, wird keine Worte für das Elend finden, in dem dieser Mann lebte.

Und dennoch lenkte er praktisch jedes einzelne Lebensmittel in Odessa; er konnte nach seinem Gutdünken über sämtliche beschlagnahmte Erzeugnisse verfügen, ohne einem Einzigen darüber Rechenschaft schuldig zu sein. Viele in Odessa saßen auf ausländischen Valuta oder Edelsteinen und hätten einem bestechlichen Kommissar Millionen für einen Sack Mehl und einige Kilo Fleisch bezahlt. Und trotzdem hungerte er.

Er befolgte strikt die Regeln der sowjetischen Normen und lebte nicht anders als der Ärmste unter den Bauern. Waren seine Stiefel verschlissen, schauten eben die Zehen heraus, bis er an die Reihe kam und man ihm neue aus der bolschewistischen Kooperative zuteilte, obwohl er, wie gesagt, die Macht besaß, jedes Paar Stiefel, das in Odessa aufzutreiben war, beschlagnahmen zu lassen. Wenn er es denn gewollt hätte. Die anderen bolschewistischen Kommissare, seine Kumpanen, sahen diesen übertriebenen Puritanismus gar nicht gerne.

»Dein Verhalten ist töricht«, sagten sie ihm. »Wir haben die Revolution gemacht, es ist unsere, und wir haben verdammt noch mal Besseres zu tun als zu knapsen. Welchen Dienst wirst du dem Proletariat erweisen, wenn du dich von Kälte und Hunger umbringen lässt?«

»Ich bin nicht nach Russland gekommen, um das Rauben fortzusetzen«, erwiderte Josef kaum überzeugend. »Wenn ich meine Position in der Gesellschaft für ein besseres Leben hätte ausnutzen wollen, hätte ich auch im Dienst des bürgerlichen Regimes bleiben können. Ich habe mich von meinem Vaterland losgesagt und von meinen Eltern, um ehrenhaft für den Sieg meiner revolutionären Ideale zu arbeiten. Wenn Ihr das Volk ausraubt, dankt mir, dass ich Euch nicht denunziere.«

Sie konnten ihn nicht leiden. Denn obwohl er dabei war, vor Hunger zu sterben, war er nicht in der Lage, die Hand nach einem Stück Brot auszustrecken, das ihm zustand. Als ich ihm verriet, dass ich dieser Hölle entkommen würde, weil sich mir die Tür einen Spalt weit öffnete, und ich ihm anbot, seiner Familie in Paris etwas auszurichten, antwortete er mit sparsamen Worten:

»Erzähle ihnen nichts. Sage ihnen nur, dass ich glücklich bin, meinen Idealen dienen zu können.«

Unter den einhundertdreißig Millionen Russen war er der unbefleckte Kommunist. Franzose überdies.

»Auch wenn sie mich erschießen«

Als ich eines Morgens im Sommer 1921 wie so oft an den Kai von Odessa herunterlief, um den Hunger zu vergessen, irritierte mich ein Mann, der tief schlafend rücklings auf einer Bank an der Mole lag. Der Kopf hing herunter, sein blond gelocktes Haar war zerzaust und filzig, Arme und Beine waren mit Stricken in Sackleinen gebunden. »Das Gesicht kenne ich doch!«, dachte ich. Ich ging auf ihn zu und beugte mich herab, um sein Gesicht von Nahem anzuschauen. Ich war wie überwältigt vor Freude.

»René!«

Ich schüttelte ihn vorsichtig.

»René! Erinnern Sie sich?«

Mit einem Ruck saß er aufrecht, er duckte sich und guckte mich verstört an. Sein Blick hatte etwas Trübes und Bleiernes. Als er mich erkannte, grummelte er übellaunig:

»Nenn mich nicht René. Hier gebrauche ich einen anderen Namen. Niemand weiß, wer ich bin.«

Ich redete ihm zu und gewann sein Vertrauen zurück. Wir setzten uns an den Rand der Mole und schauten aufs Meer; ich kramte ein paar Krümel Machorka-Tabak hervor und wir drehten uns Zigaretten. Während wir rauchten, erzählte ich ihm von meinem traurigen Streifzug der letzten Jahre. Allmählich fand er wieder zu sich.

»Und Sie, René? Was treibt Sie hierher? Sie sehen alles andere als prächtig aus«, deutete ich vorsichtig an.

»Ich möchte weg von hier«, sprach er mit leiser Stimme.

»Wir alle wollen weg von hier«, erwiderte ich. »Nur wie?«

Plötzlich fuhr etwas in ihn. Er krallte sich an meinen Arm, schnitt mir seine Nägel ins Fleisch und zischelte mit zusammengebissenen Zähnen:

»Egal wie. Wenn es sein muss, schwimmend. Ich bin entschlossen abzuhauen, und ich werde abhauen. Seit drei Monaten sitze ich hier in Odessa auf der Mole und lauere auf die Gelegenheit, wegzukommen. Ich habe keinen anderen Gedanken als diesen: Abhauen. Nach Frankreich, zurück in meine Heimat.«

»Aber René, Sie sind Deserteur. Werden Sie in Frankreich nicht bestraft?«

»Doch; mein Name ist an allen Grenzposten ausgehängt.«

»Und dann?«

»Sobald ich das sowjetische Territorium verlasse, kriegen sie mich.«

»Also werden Sie erschossen, wenn sie Sie kriegen.«

»Und wenn schon. Auch wenn sie mich erschießen! Es ist mir egal. Sollen sie mich erschießen, wenn sie wollen. Ich ersticke an dem, was sie die Diktatur des Proletariats nennen; ich sterbe schon vor Ekel und Tristesse. Nach Frankreich zurückkehren und sterben, wenn es nicht zu ändern ist! Alles, nur nicht in diesem gigantomanischen Gefängnis für einhundertdreißig Millionen arme Teufel sitzen.«

Er sprach euphorisch. Ich musste ihn beruhigen.

»René«, sagte ich, »Sie hatten die besten Voraussetzungen auf Besseres. Sie waren in den ersten Tagen während des Aufbruchs für die Bolschewiki unersetzlich; sie haben viel für die Revolution erreicht.«

»Schlecht haben sie mir es entlohnt, diese Drecksköter. Die sind nichts als eine Horde Wilder; ein Zusammenleben mit denen ist keinem Europäer möglich. Eine Horde Krimineller, die sich an diesem bitterarmen Volk aus Analphabeten und Hungerleider mästet.«

Plötzlich verstummte er und schaute mich mit gerunzelter Stirn misstrauisch an.

»Wie? Bist du etwa auch ein Spitzel der Tscheka? Geh, du Hund, verrate mich! Geh, und verkauf dem Kommissar der Tscheka die Nachricht, dass der Franzose René ein gefährlicher Konterrevolutionär ist. Sie werden dich gut entlohnen, du kannst ein paar jämmerliche Tage deinen Hunger stillen. Geh nur und denunziere mich. Was kümmert es mich!«

Er war irre geworden. Er hatte einen solchen Hass auf die Bolschewiki, dass ich für ihn Mitleid wie für einen unheilbar Kranken empfand, der früher oder später unausweichlich sein Schicksal erfuhr. Er trug den fürchterlichen Krebs des Hasses auf den Kommunismus in sich, einen Krebs, der unweigerlich zum Tode führte. Ich verabschiedete mich und war um ihn in Sorge. Er sollte schon bald sterben. Die Tscheka verzieh niemals. Das Verrückte daran ist, er wäre heute noch am Leben, wenn er seinen Traum nicht wahr gemacht hätte.

Wochen später erfuhr ich, dass er seinen Plan verwirklicht hatte. Es gelang ihm, auf ein ausländisches Schiff zu klettern, das gerade die Trossen loswarf. Die Brücken waren schon zurückgefahren, die Roten Garden waren abgerückt. Um an das Schiff heranzukommen, sprang er von der Mole ins Wasser und erreichte kraulend die Längsseite, als es sich drehte. Dies war der übliche Fluchtverlauf, den viele Verzweifelte wagten. Für fast niemandem nahm er ein gutes Ende. Die Bolschewiki hatten auf den Molen Wachen postiert. Sie feuerten auf all jene, die versuchten, schwimmend auf ein ausländisches Boot zu gelangen, wie auf Enten bei der Entenjagd.

Wie man sich der Anarchisten entledigt

Seit dem ersten Funkenschlag der Revolution war zu erkennen, dass die Bolschewiki gewillt waren, die neuen Herren zu bleiben. Obwohl anfänglich alle Arbeiter, Landarbeiter und Bettler glaubten, sie – also die Besitzlosen – würden in Zukunft das Sagen haben und tatsächlich regieren, ließen die Bolschewiki keinen Augenblick zu viel verstreichen, um klarzustellen, dass sie es waren, die das Kommando hatten, nur sie, das hieß, die Partei. Die Bolschewiki schlossen jeden aus, der nicht zu ihnen gehörte, mochte der noch so sehr Arbeiter oder Proletarier sein. Als die Revolution begann, kämpften in Russland elf politische Parteien. Sie sagten mir anfangs nichts und auf keinen Fall wusste ich, was jede Partei wollte. Drei von ihnen zettelten schließlich die Revolution an. Die Anarchisten waren die stärkste Partei; stärker als die der Bolschewiki; schon in den ersten Wochen verlangten die Anarchisten dasselbe Stück oder noch mehr vom Kuchen. Sie begannen sich zu streiten. Wir waren damals wieder in Moskau, als der Bruderkampf entfachte. Eine klare Sache, über die niemand öffentlich sprach. Irgendwann kamen in einem Eckhaus der Twerskaja alle Führer der Anarchisten zusammen, um sich zu beratschlagen. Später hieß es, sie beratschlagten, wie sie die Bolschewiki eliminieren könnten. Diese wiederum bekamen Wind von der Sache, oder wie ein Schlitzohr es ausdrücken würde, waren in der Angelegenheit »einen Schritt voraus«. Sie postierten vier Kanonen rund um das Gebäude, in dem sich die gesamte Führungsclique der Anarchisten versammelt hatte, und bombardierten es ohne Vorwarnung oder Rücksichtnahme von allen Seiten. Vergleichbar mit den Ereignissen der Schankwirtschaft Camelia in Sevilla, in der sich die Anarchisten der Stadt versammelten, mit dem kleinen Unterschied, dass jenes Haus in der Twerskaja zuvor nicht evakuiert worden war, sondern bis unters Dach vollgestopft war wie ein Ameisenhaufen.

Als das Haus, von Kanonen durchlöchert, in sich zusammenbrach, flohen die bedauernswerten Anarchisten, die nicht endgültig unter dem Schutt begraben lagen, wie die Ratten auf die Straße, doch die Bolschewiki hatten dafür in einiger Entfernung Aufstellung genommen und knallten sie wie auf einer Rebhuhnjagd ab. Der Anarchismus fand darin sein Ende. Mehr als aufgewirbelter Staub blieb nicht von ihm übrig.

Der geheimnisvolle Mann aus Minsk

Irgendwann in diesen Tagen tauchte ein merkwürdiger Zeitgenosse aus Minsk auf. Dieser geheimnisvolle Mann besaß eine Sondergenehmigung, die es ihm erlaubte, allen Einschränkungen und Schwierigkeiten zum Trotz zwischen Minsk und Moskau zu pendeln und die von Bolschewiki wie Deutschen besetzte Grenze zu passieren. Seine Aufgabe bestand darin, Leute aus Russland hinter die deutschen Linien zu schleusen. Die Deutschen hatten weite Landstriche Russlands überrannt und ihre Grenze weit vor der Stadt hochgezogen. Minsk war praktisch in deutscher Hand, aber das russische Leben ging weiter. Entlang der Grenzlinie hatten die Deutschen eine Barriere aus Stacheldraht errichtet; die Russen, die in Scharen vor dem Bolschewismus flohen, sollten nicht auf ihr Territorium gelangen.

Dieser Mann, der zwischen Minsk und Moskau hin und her pendelte, war derart einflussreich, dass die Bolschewiki und die Deutschen jeden, den er schleuste, ausreisen beziehungsweise einreisen ließen; völlig unbehelligt ging er seinem Schleusergeschäft nach, das zudem sehr einträglich gewesen sein muss, denn auf seinen Expeditionen schleuste er unzählige russische

Persönlichkeiten, die er vor dem Kommunismus in Sicherheit brachte, indem er sie auf das deutsche Territorium führte. Er bezeichnete sich als Kunstagent, und all diese stinkreichen Bourgeoises, die er aus Russland rausschleuste, trugen stets tadellose Papiere bei sich, die sie als Künstler seiner Agentur auswiesen. Wir wurden uns mit ihm einig, und nach dem Umzug einer Handvoll Rubel in seine Tasche erklärte er sich bereit, uns aus den Fängen des Bolschewismus zu befreien und gesund nach Minsk zu bringen, das hieß, unter den Schutz der deutschen Besatzung. Die Schwestern Ramírez und ihr Vater, die einzigen in Russland verbliebenen Spanier, beschlossen, sich uns anzuschließen. Schon auf dem Moskauer Bahnhof stellten wir verblüfft fest, wie groß der geheimnisvolle Mann aus Minsk sein Geschäft aufgezogen hatte; im Bahnhof selbst verfügte er offenbar über ein Heer an Helfern, die uns einsteigen halfen, die den Papierkram erledigten, die uns mit den Antworten instruierten, die wir den fragenden Roten Garden geben sollten, um sie abzulenken. Ich bin überzeugt, dieser Mann aus Minsk hatte jeden Bolschewik einzeln geschmiert. An die fünfzehn bis zwanzig Leute reisten in seiner Schleusergruppe; im Monat organisierte er zwei bis drei dieser Expeditionen, ohne dass die Bolschewiki ihn im Geringsten dabei störten.

Nachdem der Zug den Bahnhof verlassen hatte, teilten uns seine Leute mit, dass die Bolschewiki je Kopf nur fünfhundert Rubel ausreisen ließen. Alle gerieten augenblicklich in Panik; jeder hatte Summen weit darüber hinaus bei sich; einige beachtliche Vermögen. Der alte Ramírez sackte zusammen; eingenäht in das Futter seines Mantels trug er mehrere tausend Rubel bei sich, die all seine Ersparnis waren. Der Angstschweiß stand ihm auf der Stirn, sodass wir an seinen nahen Tod glaubten. Der Arme verschied kurz darauf in Polen.

An der Grenze, wir standen vor Minsk, filzten uns die Bolschewiki. Jeder versteckte sein Geld an dem für ihn sichersten Platz. Meines hatte ich in den Wecker gestopft. Die Vorkehrungen waren unnötig, denn der geheimnisvolle Mann verkündete, dass eine Summe, die wir pro Kopf aufzubringen hatten, die Bolschewiki überzeugen könnten, nicht einmal unsere Koffer zu öffnen. Und so war es.

12.
Militärs bei guter Laune

Zwischen dem bolschewistischen Russland und dem russischen Territorium, das die deutschen Truppen besetzt hielten, lag eine neutrale Zone, die wir zu Fuß passieren mussten. Dieser von Granaten umgepflügte Streifen war übersät mit den Hinterlassenschaften einer Schlacht; zerfetzte Fahrzeuge, Blindgänger, Reste ehemaliger Lafetten und monströse Gebilde aus Stacheldraht. Ein kleines Dorf, in dem kein Haus unversehrt war, lag in dieser Zone. Seine Ausläufer waren dem Erdboden gleichgemacht, und einige tausend Flüchtlinge aus ganz Russland drängten sich in dieses Massengrab und campierten unter provisorischen Zelten und Segeln, einem elendigen Flickwerk aus Sackleinen, Teppichen und Gardinen. Tauwasser und Schnee zermürbten die Knochen dieser Elendigsten unter den Armen, die auf dieser halb vereisten Krume schliefen und sich die Seele aus dem Leib husteten, während ihr elendiger Hausrat verrottete. Gleich hinter diesem Lager der Verdammten verlief der Stacheldraht der Deutschen, hinter dem alle zehn Schritte eine Wache stand, die das Flehen der Flüchtlinge mit Hieben ihrer Gewehrkolben beantwortete, als wären sie Pestkranke. Wiederholt versuchte einer, der zusehen musste, wie seine Frau, seine Mutter oder seine Kinder vom Fieber zerfressen wurden, über den Stacheldraht zu springen. Dann gönnten die deutschen Wachen ihm eine Kugel und legten ihn um.

Dank des sagenhaften Mannes aus Minsk gewährten sie uns den Durchmarsch bis zum Bahnhof, der auch vollständig mit Stacheldraht gesichert war, und ließen uns, und damit waren wir den Klauen der Bolschewiki entkommen und unter den Schutz der deutschen Besatzung geschlüpft, in den nächsten Zug steigen, der nach Minsk fuhr. In diesem Morast, von Fieber zerfressen, blieben jene Abertausende geflohene Russen zurück, die sich nicht abfanden mit einem Leben unter der Tyrannei der Sowjets, und erhielten die Prügel der Gewehrkolben derer, die unerbittlich diesen sanitären Korridor verteidigten.

Die Juden von Minsk

Minsk wird überwiegend von Juden bewohnt. Dreiviertel sind Juden. Trotz des Krieges, der Revolution, der deutschen Besetzung, war es eine reiche Stadt; und das Geld strömte nach, dass es eine reine Freude war; wann immer Russland in Schwierigkeiten wie diesen steckte, kamen die Juden, falls sie nicht wieder erschlagen wurden, was vorkam, als Gewinner heraus; sie kamen mit allem zurecht: Mit den Kriegen, mit den Revolutionen, mit den feindlichen Invasionen …

Wir fanden Unterkunft im Haus einer Jüdin, die weniger kompliziert war, dafür umso weniger tolerant, wenn es um ihre Religion ging; sie wurde zum Beispiel fuchsteufelswild, als Sole für unser Essen eine ihrer Suppenschüsseln benutzte; sie keifte uns an, schmiss die Schüssel auf den Boden und schickte uns, ihr eine neue zu kaufen. Nur weil wir eine christliche Suppe in ihre jüdische Suppenschüssel gegeben hatten. Sie hatte einen Sohn, der als Spekulant einen Haufen Geld gemacht hatte, der in etwa dieselbe religiöse Gemütsverfassung wie seine Mutter besaß; er war trotzdem ein Rotzbengel geblieben, der sich jede Nacht in den Cabarets mit den deutschen Offizieren die Hucke vollsoff und prahlte. Es gab damals viele junge Juden, die gerne die Sau rausließen, aber in Einem blieben sie ihrer Art treu, denn auch wenn das Gelage gerade hochkochte, vergaßen sie nicht, ihre eigenen Flaschen auszupacken und lieber das Korkgeld – fünf Rubel – zu bezahlen, als sich eine Flasche zum Preis des Cabarets zu bestellen. Sie hatten etwas Witziges an sich, wenn sie klaren Kopfes das Haus verließen und in den Taschen und Armen die Flaschen bei sich trugen, mit denen sie sich »ins Getümmel stürzten«.

Zunächst fanden wir keine Arbeit. Wir boten dem Cabaret *Wintergarten* daraufhin an, ohne Gage zu tanzen und zu nehmen, was sie uns gaben. Und schon zwei Wochen später waren wir die Lieblinge des Minsker Cabaretlebens. Ein krachender Erfolg! Drei Monate waren wir geblieben, und jeden Abend kam unser Auftritt noch besser an; diese jungen Juden und die Offiziere der Deutschen, die das Cabaret aus den Nähten platzen ließen, waren verrückt nach uns. Der letzte Auftritt, mit dem allein wir viertausendfünfhundert Rubel einstrichen, wurde zu einer wahren Krönung; der Chef überreichte uns als Dank einen Blumenstrauß, größer als wir selbst. Damals war ich mit vielen deutschen Offizieren befreundet; sie boten uns einen Vertrag im berühmten *Scala-Theater* in Berlin an, der unseren endgültigen Aufstieg bedeutet hätte, aber wir schlugen das Angebot aus, denn dafür waren wir nicht durch das traurige Tal dieses Russlands gegangen. Im Süden gab es keine Bolschewiki, und deshalb zog es uns eher in die Ukraine; das Leben war dort erschwinglich, und übrigens hatten sich dorthin die Aristokraten und Geldsäcke geflüchtet. Das Leben in Deutschland begann indes kompliziert zu werden, als Folge der Blockade wurden die Lebensmittel knapp. Wieder einmal irrten wir uns gewaltig. In Minsk lebte man unter der deutschen Zwangsverwaltung nicht schlecht, wenn sich auch die Russen beklagten, schlecht behandelt zu werden, nicht wie ein Mensch sondern wie Vieh. Das Leben kostete kaum was; die Preise legte die deutsche Kommandantur fest, die die Märkte peinlichst genau unter Kontrolle hatte; die jüdischen Händler flohen wie die Gämsen, sobald sie deutsche Soldaten nur sahen; Fleisch musste den Stempel der Kommandantur haben; schlechte Lebensmittel wurden *dekommandiert*; Steuern wurden rigoros eingefordert. Dieser Teil der Tyrannei der deutschen Militärs machte den Russen und Juden das Leben zur Hölle, bis sich die Minsker erzürnten. Das Fass der Empörung brachte aber ein besonderes Dekret der Kommandantur endgültig zum

Überlaufen, welches jede Frau, ob anständig oder zweifelhaft, die man auf der Straße aufgriff, zur sofortigen gesundheitlichen Untersuchung verpflichtete; Hintergrund soll das Auftauchen einer Bande polnischer Weiber in Minsk gewesen sein, die aus anderen Städten geflohen waren und die deutschen Truppen mit ihren verheerenden Geschlechtskrankheiten infiziert hatten.

Der Fürst, mein Freund

Auf einem Empfang deutscher Offiziere lernte ich den Fürsten Wladimir Obolenskij kennen; Heeresoffizier des Zaren, Multimillionär, Aristokrat durch und durch, ein feiner Kumpel, Trinker, Schürzenjäger, Nachtschwärmer und vor allem spendabel. Er schmiss das Geld mit vollen Händen heraus und schritt durch die Welt, wie einer dieser Fürsten aus dem Märchen, denen alles möglich ist und die kein anderes Gesetz kennen als ihren Willen. Auf Schritt und Tritt surrte eine ganze Kohorte von Offizieren des Kaisers um ihn herum und gelangte in Minsk zu einiger Berühmtheit.

Der Fürst freundete sich eng mit mir an; ich genoss sein Vertrauen. Glauben Sie jetzt nicht, dass es nur so eine Cabaret- und Saufkumpanei war. Er lud mich in sein Haus ein und plauderte mit mir wie mit einem Kamerad. Er machte deutlich, dass ihn mit dem König von Spanien eine enge Freundschaft verband, und irgendwann drückte er mir einen Brief an ihn mit den Worten in die Hand:

»Wenn du in deine Heimat zurückkehrst, werden sich die Türen des Palastes öffnen und Alfonso, mein guter Freund Alfonso, wird dich empfangen.«

Ich hatte keine Gelegenheit, herauszufinden, ob es die Wahrheit war, denn in Russland musste ich aus Angst vor der Entdeckung durch die Bolschewiki den Brief zerreißen, allein dafür hätten sie mich erschossen. Aber irgendwas wird an der Geschichte dran gewesen sein, denn, wie ich es mit eigenen Augen sah, mein Freund, der Fürst, trug unter all den Orden eine der höchsten Auszeichnungen, die Spanien vergibt. Ein anderer Brief mit der Unterschrift des Fürsten, den ich die Gelegenheit hatte vorzulegen, öffnete mir in der Tat die Türen mehrerer Botschaften. Was aus ihm wurde? Nun, das letzte Mal traf ihn in Russland, er stand vor einer äußerst ernsten Entscheidung, vor die ihn die Bolschewiki gestellt hatten. Die Geschichte ist hier aber noch nicht zu Ende.

Militärs bei guter Laune

Im *Winter Garden* feierten wir mit den deutschen Offizieren große Gelage. Wir trafen uns in einem exklusiven Raum und ließen den Champagner wie Wasser fließen, wie immer auf Kosten meines Freundes, des Fürsten. Regelmäßig tauchte dort ein Kerl von außergewöhnlichem Format auf, der Baron Stiglitz, ständig betrunken und mit schnapsrauchiger Stimme, die furchteinflößender nicht sein konnte; ein schlampiger aber im Kern doch ungefährlicher Charakter, er stand im Verdacht, mit den Bolschewiki unter einer Decke zu stecken. Jeden anderen hätten sie vorsorglich erschossen. Aber er muss in Berlin ein großer Hirsch gewesen sein, denn nie bekam er Schwierigkeiten, was immer er auch anstellte. Einmal schlug das Gelage über die Stränge, ganz Minsk kannte den Skandal. Der Fürst saß in seinem Separee und lud alle Künstler und Gäste zu freiem Essen und Trinken ein. Als es spät geworden war, ließen sich die Militärs zu ein paar Dummheiten hinreißen, die nicht aufhörten. Sie nahmen die leeren Flaschen, postierten sie in einem Hof und ballerten mit ihren Pistolen darauf wie auf Zielscheiben; als ihnen dies zu dumm wurde, begannen sie, das Inventar aus den Fenstern zu werfen, was Nachbarn wie Passanten aufschreckte. Ich, der ich ein Fass Wodka im Bauch hatte, beugte mich verkehrt herum über eine Stuhllehne, sodass mein Freund, der Fürst, mich seelenruhig zur Zielscheibe nehmen konnte; ich setzte mir meine Melone auf, und der Fürst musste trotz des Rausches, den er intus hatte, genau zielen, um die

Kugel direkt durch die Beule zu jagen ohne meinen Verstand dabei zu ruinieren, denn » er war ja mein Freund!«, wie wir uns danach in den Armen liegend schworen.

Im Vollrausch traten wir auf die hellichte Straße; die friedlichen Passanten rannten zu allen Seiten, als sie diese Horde besoffener Militärs auf ihrem Weg zur Arbeit durch die Gegend ballern sahen. Wir entdeckten eine freie Kutsche und stiegen alle Mann ein; zwei der Offiziere stiegen auf den überraschten Klepper; fünf bis sechs passten in den Wagen, und der Rest, etwa zwölf weitere, kletterte auf den Kutschbock, auf das Dach, auf die Deichseln. Der Kutscher lief völlig verdutzt auf dem Gehsteig hinter seinem Wagen her, verfluchte uns und raufte sich die Barthaare. Ich steckte in einem einige Nummern zu großen Mantel eines deutschen Obersts, und jedes Mal, wenn wir auf der Straße stoppten, führte ich eine *Bulerías* auf. Natürlich endete die Fahrt erst, als wir uns alle nicht mehr aufrecht halten konnten.

Saufgeschichten! Die Zechereien laufen überall gleich ab, und die Saufkumpanen machen überall denselben Blödsinn. Aber ich weiß nicht, ob sie nur kräftiger waren oder woran es lag, dass die Deutschen immer die Gierigsten waren, die, die sich die größten Schweinereien einfallen ließen und niemals klein beigaben.

Zurück in Russland

Von der deutschen Kommandantur mit Schutzbriefen ausgestattet, verließen wir Minsk in Richtung Kiew, das uns sicherer schien als Deutschland. Bis nach Kiew waren die Bolschewiki noch nicht gekommen, und es hieß, sie würden niemals kommen. Beim Abschied überhäufte uns der deutsche Major mit Proviant, wie sackweise Nudeln, Tee, Schokolade und einer Flasche Cognac. Die Reise verlief ohne große Beschwernis, und dank der Schutzbriefe der Kommandantur ersparten wir uns die üblichen Schikanen und die Fußtritte der Deutschen, die jedem Russen zuteil wurden. An der russischen Grenze gab es erheblich mehr Schwierigkeiten. Da ich beobachtete, wie viele von der Einreise abgehalten und zurückgeschickt wurden, legte ich einen Schein zu fünfzig Rubel in den Pass und überreichte ihn wie jemand, der mit der Polizei keine Scherereien haben wollte. Eine göttliche Eingebung; ohne behelligt zu werden, passierten wir als Erste.

Als wir Kiew wiedersahen, war sie die heiterste und fröhlichste Stadt der Welt: jeder, der in Russland etwas besessen hatte, war vor den Bolschewiki nach Kiew geflohen, es gab keine Chance, eine Bleibe zu finden. Die Straßen brodelten schier vor eleganten Leuten, die Märkte waren überlaufen, die feinen Restaurants platzten aus allen Nähten, in den Cafés und Konditoreien fand man keinen Sitzplatz, und an jeder Ecke hatte ein Salon mit Spieltischen eröffnet. Überfluss war kein Wort, inzwischen war die ukrainische Währung zum Zahlungsmittel aufgestiegen, doch heimlich rechnete man in den zaristischen Rubel um. Das Leben war pompös und nicht im Entferntesten dachte man an die Bolschewiki.

Im *Apoll*, das uns ein Engagement gab, standen wir gleichwohl vor einer Neuerung der sowjetischen Ära. Das Cabaret hatte keinen Besitzer mehr: ein Verband oder ein lokaler Sowjet der Kellner betrieb es und teilte pro Kopf die Einnahmen mit uns. Da sämtliche Hotels und Pensionen von Flüchtlingen belegt waren, schliefen wir zwangsläufig in unserer Garderobe. Es herrschte überall Durcheinander und Wirrwarr, Kiew glich einer bemerkenswerten Stadt lauter Verrückter; das Eine gab es im Überfluss; das Andere fehlte; auf einer Seite schien es, alle wären Millionäre; auf der anderen war die Misere überdeutlich. Im besten Fall konnte man den edelsten französischen Champagner trinken, bis er einem zu den Ohren rauskam, im schlechtesten fand sich für kein Gold der Welt ein Brötchen, das man frühstücken konnte. An der einen Straßenecke stand eine Schlange mit Hungernden, an der anderen eine billige Schlampe, die Wetteinsätze zu Tausenden einsammelte.

Damals hatte ich hin und wieder mit zwei spanischen Tricksern zu tun, den Fernández-Brüdern, die vom Pech verfolgt schienen. Mit etwas Geld aus der Provision, die mir in Minsk der deutsche Major zugesteckt hatte, half ich ihnen aus, aber sie schlitterten von einem ins nächste Problem. Einer der beiden, dessen Frau in Deutschland saß, wollte um jeden Preis aus Russland fort, aber so sehr er sich mühte, es gelang ihm nicht. Nach einer ganzen Reihe so spinnerter wie vergeblicher Versuche, ersann er eine Fluchtmethode, die dem Ideenhorizont eines Kaspers vom Lande, der er war, entsprach.

Er stieg in eine Holzkiste und ließ sich als Warensendung aufgeben; zusammen mit seinem Bruder planten wir die Verschickung bis ins kleinste Detail; wir stellten Wasser und Nahrung für drei bis vier Tage in die Kiste, kerbten ein paar unverdächtige Luftschlitze ins Holz und malten auf jede Seite mehrfach den Schriftzug »Zerbrechlich«. So brachten wir ihn zum Bahnhof, wo er in einen Waggon mit Warensendungen geladen wurde. Weder konnten wir verhindern, dass sie ihm bei ihrem rüden Umgang mit der Kiste Beulen verursachten, noch dass sie größere Kisten obenauf luden und Planen darüber warfen, die ihn binnen Kurzem ersticken ließen. Zwei Tage stand der Waggon mit unserem Bruder Fernández auf einem Abstellgleis des Kiewer Bahnhofs. Heimlich schlichen wir uns heran und stießen gegen die Kiste, um zu hören, ob er noch lebte. Als wir am dritten Tag wiederkamen, entschlossen, ihn da rauszuholen, sahen wir, dass der Waggon an einen Zug angehängt worden war und in Richtung Grenze davonfuhr. Ob er bei lebendigem Leib ankam? Bis jetzt habe ich nichts gehört.

Nach einer guten Zeit im *Apoll* verließen wir Kiew und gingen auf *tournée*, bereisten die ukrainischen Städte Charkow, Homel, Rostow und Krementschuck. Noch glaubte in der Ukraine niemand an die Bolschewiki, aber man spürte ein anwachsendes Unwohlsein und sprach von baldigen Aufständen wegen des Hungers auf dem Lande. Die Nachrichten, die aus dem Norden kamen, wo die Bolschewiki saßen, interessierten keinen. Die Probleme mit den Sowjets und das ganze Drumherum waren in ihren Augen einzig die Querelen der Petrograder und Moskauer Fabrikarbeiter, mit denen man mehr oder weniger gewaltsam schon in Kürze aufräumen würde. Die Ukrainer verspotteten die Bolschewiki; aber selbst wenn man nicht hinschaute, wusste man, dass die ukrainische Regierung ihre Truppen um Kiew herum sammelte. Ein Name war seinerzeit immer häufiger zu hören, Petliura, der Kommandant der ukrainischen Truppen.

Wir hielten uns inzwischen im verschlafenen Krementschuk auf, bis wohin keine dieser kleinen Verstörungen vordrang. In Kremetschuck lebte man wie in einer zaristischen Zuckerdose; wie zu Zeiten des Zaren waren die sozialen Klassen hübsch voneinander getrennt; nicht wie in Kiew, wo die Revolution das geordnete Leben durcheinandergebracht hatte, auch wenn die Feindschaft der Bolschewiki alle einen mochte. In Krementschuk war der örtliche Polizeichef noch ein Militär, den man mit *krasnodáfnij* anredete; überall in den Häusern, die wie mittelalterliche Paläste anmuteten, gab es private Zirkel. In wenigen Worten, eine bedeutsame und noble Gesellschaft, vielleicht etwas zu ländlich; es mangelte an Laternen, sodass die öffentlichen Straßen dunkel blieben, und der zentrale Platz war mit roh behauenen Steinen gepflastert. Sechs bis sieben Tabakfabriken nebst reichlichen Plantagen erlaubten den Landbesitzern und Industriellen, ihre Zeit beim *Bakkarat* und *chemin de fer* in den umliegenden Casinos zu verplempern. Die Tageszeitungen kamen mit einigen Tagen Verspätung an, und alles, was man darin las, stammte aus einer fernen Welt. Sorgen machte man sich lediglich wegen der bösen Elemente; bandenmäßig organisierte Arbeitslose, Aufwiegler und Agitatoren, die, angestiftet von den Ereignissen in Russland, plötzlich in Krementschuck einfielen. Der alte *krasnodáfnij* war unnachgiebig und seine Schergen knüppelten alle Waldbewohner dorthin zurück, wo sie hingehörten.

Eines Abends wurde während unserer Vorstellung der große Koffer gestohlen. Das war unser Ruin, denn in ihm bewahrten wir unsere ganzen Ersparnisse auf, etwa neuntausend Rubel. Der Polizeichef fuhr aus der Haut, als wir die Anzeige erstatteten, und versprach, koste es, was es wolle, den Koffer zu finden. Es kostete jeden, der ihm nicht entkam – und es waren viele, die seine Schergen für verdächtig hielten – hundert Hiebe. Was für eine Orgie! Den Koffer brachten die Prügel wieder hervor, nicht aber das Geld, keine Prügel dieser Welt würde den Dieben diese Beute entreißen; sie hielten zusammen, auch die betörend hübsche Diebin, die sich während der Prügelbefragungen den brutalen Polizisten an den Hals warf und sie umarmen und küssen wollte, damit sie verschont bliebe. Dasselbe Spielchen trieb sie mit dem in die Jahre gekommenen *krasnodáfnij*, aber jedes Mal, wenn sie auch nur in seine Nähe kam, haute er ihr mit der Rückhand eine runter, dass sie zu Boden ging. Die Tortur verursachte mir Schwindel, und ich schritt ein, damit man die Leute nicht weiter folterte. Ich raffte meine Instrumente, meine Kostüme und meine Schminkschatullen zusammen, die ich gerettet hatte, und verzichtete auf das Geld.

Plötzlich drang eine beängstigende Nachricht bis nach Krementschuck, die niemand wahrhaben wollte. Kiew war in die Hände der Bolschewiki gefallen. Der Alarm ließ nicht lange auf sich warten; selbstverständlich verloren wir unser Engagement. Aber wir hatten, wie schon Jahre zuvor, einen Vertrag in Homel. Freunde halfen uns, und so konnten wir das Geld für die Überfahrt aufbringen. Wir fuhren zur Sicherheit über den Djnepr, denn die Landwege waren, wie wir erfuhren, von den Bolschewiki gekappt. Die Fahrt dauerte eine Nacht. Ich erinnere mich, die Herbstkälte war schon zu spüren; die Passagiere vertrieben sie singend, tanzend und Wodka trinkend aus ihren Körpern. Nach Mitternacht saßen wir an Deck und bestaunten im Mondlicht die Weiten des Djnepr, durch dessen Fluten wir sanft schaukelnd dahinglitten. Vom Heck her wehte zwischen Gelächter, Scherzen und Liedern die Musik eines Akkordeons zu uns herüber, das eine beliebte russische Melodie nach der anderen herunterspielte, während in der Ferne die Lagerfeuer fackelten, bei denen die soeben aus der Taufe gehobene Rote Armee biwakierte.

13.
Die Niederlage der Fürsten

Die Bolschewiki zogen den Kreis ihrer Umzingelung enger. Die Berichte von einigen wenigen, aus den Fabriken Petrograds und Moskaus gesandten revolutionären Spinnern, die als Patrouillen bis ins Herz des traditionellen Russlands vordrangen, bis in die heimeligen Provinzen im Süden, die so zärtlich an der kaiserlichen Herrlichkeit klebten, klangen wie Blasphemie; aber unverkennbar rückte die bolschewistische Vorhut näher an uns heran. Nur wenige Tage nach unserer Abreise fiel Krementschuck in die Hände der Roten. Kiew war auch besiegt worden. Es fiel uns nicht ein, wohin wir noch vor den Bolschewiki hätten flüchten können. Ich war auch ratlos, warum ich – der Unpolitischste von allen – angeblich andere Anschauungen als sie besaß, ausgenommen jene, die gute wie böse Bolschewiki gleichermaßen teilten, denen zufolge Cabaret-Künstler kein Recht auf Leben besaßen und sie deshalb wünschten, dass wir möglichst zügig sterben sollten.

Wir flohen nach Homel, der letzten Bastion altbürgerlicher Bequemlichkeiten und Genusssucht. Wir erwarteten, die uns bekannten luxuriösen Cafés, die Konditoreien mit den doppelstöckigen Sahnetorten zu zehn Kopeken anzutreffen, die uniformierten Nachtschwärmer, die kein Ende kannten, um die empfindsamen Lieder der dicken *Anoma* nicht zu vergessen. Tatsächlich war es auch so, lediglich im Inneren spürte man die fortgeschrittene Zerrüttung, die die Revolution versprach. Wir kamen im *Splendide* unter, einem luxuriösen Cabaret, um das sich ein abgehalfterter Offizier aus altem Geschlecht kümmerte, der wegen der Revolution seine Karriere kurzfristig hatte beenden müssen und deshalb Impresario des Cabarets wurde.

Wir feierten Erfolge und genossen die dargebotenen Vorzüge bürgerlichen Daseins. Hach! Zum letzten Mal! Nie wieder kam der Genuss dieser Sahnetorten zurück, nie wieder überhäufte man uns mit Blumen, der Champagner versiegte. Die Bolschewiki kamen näher.

Eines Nachmittags, ich unterhielt mich gerade mit Sole, trat ein Unbekannter an unseren Tisch und fragte auf Kastilisch:

»Sind Sie Spanier?«

»Aber natürlich«, antworteten wir. »Und Sie?«

»Auch! Aus Madrid, so wie ich vor Ihnen stehe.«

»Olé!«, entfuhr es Sole, die seit einer Ewigkeit keinen aus Gottes Garten mehr gesehen hat.

»Was führt Sie hierher?«

»Ich bin Zirkusartist. Der *clown* Zerep.«

»Sie sind Spanier und heißen Zerep?«

»Natürlich; Zerep ist mein Familienname rückwärts geschrieben. Ich heiße Antonio, Antonio Pérez, auf der Welt, um Gott und Ihnen Freude zu bringen. Im Zirkus arbeite ich zusammen mit meinem italienischen Kollegen, dem *clown* Armando.

Ein sehr erfreulicher Zufall. Wir speisten zusammen und unterhielten uns über Madrid, wir tranken ein Gläschen und freundeten uns an. Zerep war ein verlässlicher Kamerad, sympathisch und von einem bewundernswerten Humor. Sein Partner, der Italiener Armando, war etwas unterkühlt, aber auch passabel.

In Homel wohnten wir nebeneinander und frönten der Annehmlichkeiten des bürgerlichen Lebens, die nun ein Ende nahmen. Das Cabaret-Geschäft lief täglich schlechter; die Bolschewiki rückten an und die zahlenden Kunden flohen. Einige lebensmüde und mittellose Offiziere waren die Einzigen, die nicht fortgingen, sie waren entschlossen, sich den bolschewistischen Kommandos im Kampf zu stellen. Einer, der bis zur letzten Stunde ins Cabaret kam, war ein kaukasischer Fürst, der ...

… die ganze Welt auf einmal verschlungen hätte. Er massiger, kräftiger, sanguinischer Kerl, der für Zehn aß und für Zwanzig trank. Er allein hielt das Cabaret am Laufen, er feuerte die anderen Gäste an, lud die Künstler ein, trank Unmengen, tanzte, vergnügte sich, er allein machte mehr Spesen als die ganze Staffage drumrum. Niemand wusste genau, wer er war, woher er kam, oder was ihn herführte; man wusste aber, dass er reich war, dass er das Geld mit vollen Händen loswerden wollte. In wenigen Worten: Er war gefräßig und unersättlich; niemand konnte ihn ausstehen; aber ich hielt es Stunde um Stunde mit ihm aus, bis er in den Schlaf sackte. Zu mir war er freundlich, vielleicht, weil ich mithalten konnte. Und während er sich wieder einen Rausch ansoff, sprach er mich direkt an:

»Dich mag ich, kleiner Spanier. Die da, das sind traurige Juden, die nicht wie Männer trinken und leben können. Wir werden ihnen die Ohren abschneiden.«

Er kam richtig in Fahrt, beleidigte jeden und forderte jeden auf der Welt heraus, nur mit einem Flamen aus Spanien hätte er sich keine Späße erlauben dürfen, wenn er seine Haut behalten wollte. Als die Nachricht hereinkam, dass die ersten bolschewistischen Truppen schon vor Homel standen, wurde er rauflustig und schrie, dass er sie roh oder noch roher fräße. Er bestellte Champagner, gab eine Saalrunde aus und toastete:

»Auf die bolschewistischen Kanaillen, die wir aufknöpfen werden wie Trauben! Prost!«

Manche Gelage gingen zehn Tage. Irgendwann, ein neuer Tag hatte begonnen, torkelte er besoffen und verloren vor die Tür, stolperte die Straße stadtauswärts, postierte sich und stieß einen Wutschrei gegen die Bolschewiki aus, der die Luft vibrieren ließ und den Frieden auf den umliegenden Feldern zerstörte.

»Diiiebe! Kanaillen! Hundesöhne! Ich will euch alle fr…«, schrie er ihnen entgegen.

Wer vorsichtig genug war, ging ihm und seinen Prahlereien aus dem Weg; viele Familien verließen Homel; die Villen wurden verrammelt; die besten Kunden verschwanden endgültig. Das bedeutete für das Cabaret das Aus. Der Vorbesitzer eröffnete in denselben Räumen einen Salon mit Spieltischen, und ich, der ich an mein Auskommen dachte, wechselte den Beruf; das Kostüm und die Kastagnetten wanderten bis auf Weiteres in den Koffer, ich besorgte mir einen Smoking und wurde *croupier*. Die Offiziere kamen zahlreich und spielten um ihr Geld, das Geschäft lief prächtig. Niemand wusste wirklich, ob sie ihnen am nächsten Tag nicht alles bis auf den letzten Rubel wegnähmen, und bei so düsteren Aussichten zockte jeder, der noch Geld besaß; eine bessere Empfehlung konnte niemand aussprechen. Der sagenhafte kaukasische Fürst war auch in diesem Laden der eigentliche Stützpfeiler. Zwar gab es kein Unterhaltungsprogramm mehr, aber dennoch wurde den Spielern Essen serviert; der Fürst, der den Spielsalon in sein Zuhause verwandelt hatte, futterte zuerst wie ein Vielfraß, widmete sich anschließend dem Trinken und endlich mit hohen Einsätzen dem Glücksspiel, bis morgens die Tische geschlossen wurden. Der Besitzer, der unverkennbar ein alter Offizier war, war entschlossen, den Bolschewiki Widerstand zu leisten. Drei oder vier Maschinengewehre, die man weiß Gott wo aufgetrieben hatte, nebst mehreren Kisten Munition standen bereit.

Zwei oder drei Tage bevor die Bolschewiki tatsächlich nach Homel kamen, ich teilte gerade frisch gemischte Karten für eine Partie *Bakkarat* aus, erhielt ich den Hinweis, dass ein paar Kollegen nach mir gefragt hatten; ich trat vor die Tür und fand den Tänzer Pepe Ojeda mit seiner Frau, die *Catalanita*, die aus Kiew vor den Bolschewiki geflohen waren. Sie waren ausgehungert und fast erfroren. Der Schnee lag einen Meter hoch und die frierenden Gestalten hatten kaum mehr als was sie nicht nackt dastehen ließ am Leib. Sie fiel fast in Ohnmacht und meinte, man solle sie ins Krankenhaus bringen, aber ich nahm sie und brachte die beiden zu mir, päppelte sie auf, machte ihnen das Nachtlager, gab ihnen Mäntel und lieh ihnen am nächsten Tag zweihundert Rubel, damit sie nach Minsk kamen. Ich tat es nicht, weil sie mir es dankten, denn weder dankten sie es mir noch zahlten sie es jemals zurück, ich tat es für mich. Denn niemand kann sich besser daran erinnern, mit welch falscher Vorstellung man an die Tür eines Landsmannes klopfen kann, wenn Tausende Meilen um einen herum Hunger und Kälte peinigen und unter Millionen kein Mensch lebt, den dies interessiert, mag man noch so sehr sterben oder vom eigenen Leben bedroht sein.

»Nichts geht mehr« (die Sakramente der Spielsucht haben ihre eigene Sprache, das Französische: »*Rien ne va plus*«.) Kaum hatte ich es eines Abends ausgesprochen, sah ich von meinem Croupiers-Stuhl, wie ein Offizier hereinstürmte und mit dem Besitzer tuschelte. Das ganze Etablissement geriet umgehend in Aufruhr. Sie brachten die Maschinengewehre bei den Fenstern über der Kreuzung in Stellung. Der kaukasische Fürst hatte, aufgewacht vom geschäftigen Treiben, die Nachricht der soeben einrückenden Bolschewiki in einem Sessel hinter den Spieltischen im Rausch verpennt und rieb sich die blutunterlaufenen Augen in seinem aufgedunsenen Gesicht und versuchte, die Lage zu erfassen. Immer noch durcheinander, machte er sich in den Ecken auf die Suche nach seiner *papaja*, einer auf seine Masse zugeschnittenen übergroßen Fellmütze eines Kaukasiers, die er verlegt hatte; er knöpfte sich eilig die herrliche *Cherkeska* zu, ersuchte höflich nach seinem kaukasischen Krummesser, das er hinter den Gürtel steckte und stolperte mit vorausgreifenden Schritten, an der Wand entlangscheuernd durch die Tür hinaus. Wir haben ihn nie wieder gesehen. Niemand hat je wieder etwas von ihm gehört. Seine Heldentaten, ob es viele waren oder wenige, hinterließen keine Spuren. Mitten in diesem Durcheinander stob wie eine Windhose jemand zu Tür herein, mit dem ich damals am wenigsten gerechnet hatte: der Fürst Wladimiro Obolenskij, mein brüderlicher Freund aus Moskau. Zerzaust, aufgebracht, die Zähne knirschend vor Verzweiflung und Ausweglosigkeit. Zwei, drei Ordonanzen folgten ihm auf Schritt und Tritt, denen er eilige und widersprüchliche Befehle gab, die er mit Hieben seiner Peitsche und mit Verwünschungen garnierte. Er floh direkt vor den Bolschewiki bis Homel und hoffte, hier einen Zug zu erwischen, der ihn zur Grenze brächte, aber angekommen war ihm nichts anderes übrig geblieben als zur Kenntnis zu nehmen, dass Voraustrupps der Bolschewiki mit einem gewieften Manöver die Zugstrecke gekappt hatten, und der Zug nicht ausfahren konnte. Er musste sich sofort über Land auf den Weg machen und die Dunkelheit der Nacht nutzen, andernfalls würde er den nachrückenden Roten in die Hände fallen.

Die Ordonanzen rannten hinaus, um Pferde aufzutreiben. Auf sie wartend, lief der Fürst im Spielsaal mit großen Schritten auf und ab und stieß Racheschwüre und Verwünschungen aus. Im ersten Moment schaute er nicht auf und ignorierte mich. Als er mich erkannte, umarmte er mich. Er beruhigte sich und schilderte mir seine Situation. Der Roten Armee, dieser Ansammlung von Arbeiter- und Bauerncliquen, war es gelungen, seine Leute zu trennen. Die Voraustrupps der Bolschewiki traten ihnen bereits in den Hintern, und jetzt, da Homel von der Zugverbindung abgeschnitten war, blieb ihm nichts anderes übrig, als über die Steppe zur Grenze zu galoppieren. Er trug höchstwichtige Dokumente bei sich, die er nicht aus den Händen geben durfte, und falls sie in die Hände der Bolschewiki fielen, bedeutete dies den Anfang einer Katastrophe; darüber hinaus führte er eine beträchtliche Summe ausländischer Valuta, vornehmlich Schweizer Franken, bei sich.

Das Schlimmste sollte eintreffen, er wähnte sich verloren. Die Ordonanzen waren zurückgekommen und erklärten, keine Pferde gefunden zu haben, und dass die Bolschewiki die Ausgänge der Stadt besetzt hatten. Der Fürst Obolenskij zog mich völlig aufgelöst in eine Ecke, legte den Arm um meine Schulter und sagte hastig:

»Du bist mein Freund. Ich habe dich oft sagen hören, dass du stolz auf unsere Freundschaft bist. Jetzt wirst du es mir beweisen müssen. Nimm diese Dokumententasche mit diesen Dokumenten und dem Geld darin. Bewahre sie bis zu meiner Rückkehr auf, falls ich irgendwann zurückkomme. Falls nicht, vernichte die Dokumente und behalte das Geld. Das sind fünfzigtausend Schweizer Franken. Ich versuche, diesem Rattenkäfig zu entkommen und die kommunistischen Patrouillen auszutricksen, ich will zu Fuß an einen sicheren Ort gelangen. Ich werde mich verkleiden müssen, sie werden mich filzen, ich darf diese Dokumente nicht bei mir haben. Schwör mir, dass du sie nicht den Bolschewiki geben wirst.«

Ich erklärte mich bereit dazu, was meinen sicheren Tod bedeutete, falls die Bolschewiki es bei mir entdeckten; aber ich konnte es nicht ausschlagen; ich nickte. Glücklicherweise kam in diesem Moment eine der Ordonanzen des Fürsten mit vier Pferden und einem Ortskundigen herbei, der sich bereit erklärte, Obolenskij an die Grenze zu führen. Er nahm seine Dokumententasche wieder an sich und sprang, nachdem er mich umarmt und auf beide Wangen geküsst hatte, auf sein Pferd, mit dem er in die Nacht davonpreschte. Nach einer Weile verriet das Hundegebell den Weg, auf dem sie entkommen wollten. Wir hörten einen Schuss, kurz darauf einen zweiten; dann mehrere. War der Fürst entkommen? Wir konnten uns mit der Sorge um sein Schicksal nicht ausgiebiger beschäftigen. Denn ein flüchtiger Blick durch eines der Fenster verriet mir auf dem gegenüberliegenden kleinen Platz die Anwesenheit einiger finsterer Gestalten, die sich, angelehnt an eine hohe Laterne, leise unterhielten. Der Platz lag in völliger Dunkelheit, aber lediglich beschienen von der winzigen Glut einer Zigarette und dem flüchtigen Streif eines Gewehrlaufs, erkannte man vage die Silhouetten mehrerer hingerichteter Menschen. Diese in sich ruhenden Schatten, die den zentralen Platz ohne eine einzige hastige Geste wie eine schweigende Herde bevölkerten, war nicht weniger als der Triumph des Bolschewismus. Adieu, du alte bürgerliche Welt! Ihr Fürsten, ohne Gefecht erledigt, im Galopp schräg über den Acker geflohen, und zurück blieb wie immer die Bevölkerung, die braven, unbedarften Leute, die ängstlich durch die Fenster auf die neuen Herren Russlands lugten.

Als wir uns umschauten, waren wir alleine zurückgeblieben. Die Offiziere waren verschwunden. Dort waren außer mir nur die *clowns*, der ein oder andere betagte *croupier* und die Maschinengewehre, die auf die Schatten unter den Laternen zielten, und die aus Furcht niemand angerührt hatte. Wir gingen hinaus, auf Zehenspitzen, sich bei den Händen haltend, als stellten wir uns für eine Zarzuela auf, und schoben uns piano, molto piano an der Häuserwand in Richtung nach Hause. Ich, die *clowns*, die *croupiers*. Die Repräsentanten der Bourgeoisie, die bis zum letzten Moment ausgeharrt hatten.

Die Bolschewiki gehen an die Arbeit

Am nächsten Morgen wachten wir unter den Insignien der triumphierenden Sowjets, Hammer und Sichel, auf. Vor den Häusern Homels wehte die rote Fahne, und die Bolschewiki nahmen ihre Arbeit in die Hand, den sowjetischen Wiederaufbau, der noch nicht beendet war. Die Läden, Bazare und Cafés waren noch geschlossen; am Nachmittag zogen Bolschewiki in Patrouillen los und befahlen einigen Läden zu öffnen; zuvor hatten sie Luxusartikel und unsinniges Zeug herausgeholt. Die Patrouillen zogen von Haus zu Haus und drehten auf der Suche nach untergetauchten zaristischen Offizieren und sogenannten Konterrevolutionären bis in den letzten Winkel alles um. Hier und dort kam es zu Erschießungen.

Noch am selben Tag trafen im Schlepptau der militärischen Voraustrupps die zivilen Verwalter des Sowjetregimes in der Stadt ein, die in einer für Russland bewundernswerten Rasanz die Rathäuser besetzten, ihre Büros einrichteten, ihre handgeschriebenen Erlasse plakatierten und mit der Verteilung ihrer notorischen Brot- und Sonstwie-Marken begannen. Diese Leute entfalteten dabei eine verblüffende Aktivität. Bereits zwölf Stunden nach Eintreffen hatten sie sämtliche in Homel aufzutreibenden Nahrungsmittel beschlagnahmt. Darin waren sie die ungeschlagenen Meister. Zeitgleich rollte die erste Verhaftungswelle der Konterrevolutionäre. Sie fertigten Passierscheine aus und riefen *meetings* ein; überall und zu jeder Tages- und Nachtzeit trafen sie sich zu *meetings*: In den Cafés, an der Straßenecke, in den Innenhöfen, ja sogar in den Küchen und den Schlafzimmern der Leute, bei denen sie sich einquartiert hatten. Marken verteilen und Reden halten waren ihre Spezialität. Den Leuten Essen zu geben, beherrschten sie nicht. Anfänglich gingen sie mit den Zivilisten nicht schlecht um, für jeden hatten sie einen Rat auf den Lippen. Schlechter wurde es, als sie auf den Dörfern mit den Beschlagnahmungen begannen. Sie trugen alles fort: Brot, den Weizen, die Gerste, das Vieh, die Wagen. Die Rote Armee war gefräßig, es fehlte ihr an allem: Mänteln, Reittieren, Wagen.

Sie campierten hinter dem Hospital, nicht weit entfernt von unserem Haus. Inzwischen sahen sie nicht mehr so furchterregend abgerissen aus wie in Moskau. Viele der bolschewistischen Soldaten waren ehemalige Offiziere des Kaiserlichen Heeres, die zu den Sowjets übergelaufen waren. Jeden Tag trafen in Erwartung einer unmittelbar bevorstehenden Attacke des ukrainischen Heeres, das, angeführt von Petliura, von Charkow nach Kiew eilte, verstärkende Truppenteile im Feldlager ein. In jenen Tagen glich die Ukraine einer Aufstellung von Zielscheiben: konzentrische Kreise um Kiew in den Farben Weiß und Rot markierten die sich abwechselnden Landmarken der Bolschewiki und der Weißen.

Wohin die Roten ihren Fuß einmal setzten, dort hoben sie Männer für den Bürgerkrieg aus. Jedem, den sie fanden, und gleichgültig ob geeignet oder nicht, drückten sie ein Gewehr in die Hand und zeigten die Marschrichtung: auf die Weißen schießen. Wer sich weigerte: Kugel. Aus. Nicht selten suchte man innerhalb dieses gewaltigen Heeres der Rotarmisten, bestehend aus abtrünnigen Offizieren des Zaren, die sich als Ausbilder aufspielten, und ausgehobenen Feld- und Fabrikarbeitern, die ihr Leben so oder so verwirkt hatten, vergeblich einen echten Bolschewiken. Die Wahrheit war: Auf einen kamen zwanzig, fünfzig, tausend andere.

Ich war zurückgeworfen in die Ära ohne Arbeit und auf die Pflicht, mich vor den Bäckereien in die Schlange zu stellen. Einem Einfall der Musiker aus dem Cabaret, einen Verein unter der Bezeichnung *Die Philharmonie* zu gründen und Musik im *Cine Judosni* aufzuführen, war es zu verdanken, dass ich durch Beitritt mein Dasein als ehrlich verdienender Proletarier legalisieren konnte. Homel unter den Bolschewiki war kein Ort für Musik. Mit dem Zertifikat des Musikervereins, das unseren Status als arbeitende Künstler bestätigte, erhielten wir die Erlaubnis, in einem sowjetischen Zug nach Kiew zu wechseln. Wir fuhren also dorthin.

Ist ein Flamencotänzer ein Proletarier?

Die Reise nach Kiew im sowjetischen Zug mit seinen Soldaten, sprich Bauern, denen man Tags zuvor ein Gewehr in die Hand gedrückt und die Erlaubnis gegeben hatte, Eltern und Großeltern, die sie vor die Flinte bekamen, zu ermorden, war ein einziger Spießrutenlauf. Diese Leute schlugen uns und die *clowns* mit allem, was sie in den Händen hielten. Neben meiner untrüglich bourgeoisen Art, wurden vor allem unsere gestärkten Hemdkrägen und englischen Melonen zur Zielscheibe dieses erbarmungslosen Gesindels aus Lumpen, das den Zug und die Bahnhöfe bevölkerte. So, wie es in Russland Brauch ist, stiegen wir an den Haltestellen aus, um unsere *chainiks* – Teekessel – beim *kipitok* mit kochendem Wasser aufzufüllen, mit dem man im Abteil seinen Tee zubereiten durfte. An allen Bahnhöfen war die Prozedur dieselbe: Ganze Rudel herumbrüllender Idioten und zwischendrin der ein oder andere, in seinen langen, schwarzen Mantel eingehüllte Jude, der sich durch diesen gegen den Körper pressenden, lärmenden Haufen schob oder darin feststeckte. Wenn dieser Pöbel uns erblickte, schwoll ihr Gegröle zu mordlustigem Getöse an. Der bourgeoise Eindruck genügte nicht, wir waren alles Licht im Dunkel ihres Hasses auf die Bourgeoisie. An einer Haltestelle befüllte ich gerade unseren Teekessel – den Geiferern schenkte ich kaum Beachtung –, als einer dieser Hühnerschänder mir den Topf aus der Hand schlug und mich vertrieb:

»Mach dich lang, Bourgeois!«

»Hau ab, oder willst du, dass wir dir von oben in dich reingucken!«, stimmten zehn, zwölf dieser Faulpelze mit ein.

Der freche Rempler brachte mich in Rage.

»Aber warum?«

»Darum, ein widerlicher Bourgeois bist du. Wir hängen dich auf, gleich jetzt!«

»Ich bin Proletarier wie Sie.«

Sie schlugen sich mit Gegröle auf die Schultern. Mit meinem gestärkten Kragen und meinem Bolero dürfte ich unter diesen Menschenfressern, die in ihren Fetzen glänzten, wie eine Lachnummer ausgesehen haben.

»Ich bin ebenso ein Proletarier wie Sie! Oder mehr noch!«, schrie ich erbost.

»Lüge!«

»Dreckige Lüge!«

»Er soll beweisen, dass er wie ein Malocher schuftet, oder wir reißen ihn in Stücke.«

»Ihr wollt, dass ich euch beweise, dass ich ein Proletarier bin?« Ich prahlte zu sehr.

»Wenn du es nicht beweisen kannst, zerquetschen wir dich, du Kanaille!«

Es trat einen Moment lang Ruhe ein. Ich schaute in ihre blutrünstigen Gesichter, loderte sie an und schrie:

»Seht her, ihr Idioten!«

Ich hielt ihnen meine Handflächen vor die Nase, die unförmigen, dicken Schwielen, die unter den Landeiern einiges Erstaunen hervorriefen.

Die Schwielen, die jeder Flamencotänzer von den Kastagnetten bekommt.

Sie retteten mir das Leben.

14.
Der Revolution dienen in der Roten Armee

»Was ist denn hier passiert?«, fragten wir uns, als wir Kiew das erste Mal unter der bolschewistischen Herrschaft sahen. Gewöhnt an den Anblick einer reichen und aristokratischen Großstadt, die mit ihren prachtvollen Geschäften, ihren Parks, ihren Palästen und ihrem sprudelnden Leben der Stolz Russlands war, fanden wir uns wie hineingestoßen in fast menschenlose, dunkle Straßen, durch die verelendete Kreaturen schlichen, die sich in großen Bögen auswichen, die sich als Bettler verkleidet zu haben schienen, um zwischen den leeren Schaufenstern und verrammelten Stadtvillen nicht aufzufallen. Dieser Szenerie mutete etwas Gruseliges, Angeordnetes an. Es gab nichts, wohin man sich wenden konnte. Wir gingen zurück in die Bahnhofskantine und bestellten Kaffee. Mit Bonbon anstelle Zucker: Der Zucker war aus. Es gab nie wieder welchen. Die Cafés waren zugesperrt, und die Hotels hatte man für die Unterbringung der Soldaten der Roten Armee benötigt, die sich angesichts der Bedrohung durch die Truppen des Ataman Petliura weiter in Kiew sammelten. Wohin man sah, Patrouillen der Roten, die unablässig Leute abführten. Nach viel Sucherei fanden wir ein Zimmer in einem Hotel in der Krischatika. Wir zahlten, was sie verlangten. Pausenlos starteten die Bolschewiki Sonderaktionen, weshalb wir ein von den bolschewistischen Stellen besiegeltes Dokument unserer Botschaft an die Tür klebten, das einmal unsere spanische Herkunft bestätigte und ein andermal unsere Zulassung als arbeitende Proletarier. Das Dokument sollte uns vor ständiger Durchsuchung und Verhaftung bewahren. Das war alles in allem kein Leben mehr. Die Bolschewiki drehten allen die Luft ab. Wer kein Bolschewik war oder nicht in ihren Diensten stand, war eine Küchenschabe, ein Insekt, das man zertritt. Jeden Augenblick bestand die Gefahr, Opfer eines Zusammenstoßes zu werden, mit der Gewissheit, bis zum erkennbaren Horizont niemanden anzutreffen, der einem aus der Falle heraushalf. Das Regime der Sowjets funktionierte, es war gut, aber es diente nur ihnen. Wer einem anderen diente, war tot.

Nach wenigen Tagen warfen sie uns aus dem Hotel in der Krischatika raus. Zwei Stunden gaben sie uns, um die Sachen zu packen. Die sowjetischen Stellen brauchten den Platz, um Truppen einzuquartieren, die in Wellen nach Kiew schwappten. Auf den Gehwegen vor dem Hotel fläzten sich tatsächlich dreihundert knurrende Angehörige der Roten Armee, während die Bewohner drinnen alles zusammenrafften. Aber nicht einmal dazu ließen sie uns Zeit: Noch bevor wir die Koffer hätten schließen können, drangen neun Soldaten in unser Zimmer, warfen rücksichtslos ihre Rucksäcke in die Ecken und sich selbst darüber. Einer, der etwas freundlicher und vielleicht weniger erschöpft war, half uns die Koffer nach unten zu tragen, und bevor wir begriffen hatten, was vor sich ging, standen wir schon vor der Gosse, Koffer in der Hand, mittellos und obdachlos.

Als wir uns aus heiterem Himmel wie die Hunde in die Gosse getreten sahen, fasste Sole, die ansonsten unerschütterlich war, zusammen:

»So können wir nicht weitermachen, Juan. Wir vergeuden jetzt lange genug unser Leben in Eitelkeit, bis jetzt haben wir so weitergemacht, aber wenn wir damit fortfahren, wird einer dieser Idioten unser letztes Stündlein einläuten.«

»Und was sollen wir deiner Meinung nach tun?«

»Dass du jetzt mit dem Quatsch aufhörst und auf den Boden zurückkommst. Hier sind wir keine Künstler, wir sind auch keine Spanier oder bourgeoiser Dreck, wir sind gar nichts. Hier hat außer den Proletariern und den Bolschewiki niemand das Recht zu leben oder zu essen, und sieh doch, wir sind mehr Proletarier und Bolschewik als jeder hier.«

»Wie stellst du dir das vor, Sole? Ich kann nicht so einfach eine Pistole in die Hand nehmen und mich der Auslöschung der bourgeoisen Rasse widmen und mich noch höflich entschuldigen, ich sei ein unterdrückter Proletarier.«

»Du kannst tun, was viele von uns gemacht haben. Waldemar und Vico waren auch Künstler, und heute arbeiten sie für die Sowjets, die sie übrigens ordentlich bezahlen. Armando und Zerep, die *clowns*, sie sind der Zirkus- und Artistengewerkschaft beigetreten, die sich den *Hipo Palace* unter den Nagel gerissen hat. Sie leben in der Residenz des alten Zirkusdirektors, dass dir die Ohren schlackern.«

»Ich sehe aber keine Chance auf eine Kabarettistengewerkschaft, mit der wir uns etwas unter den Nagel reißen könnten. Du weißt doch, wenn die Bolos nur *Cabaret* hören.«

»Wir hätten uns mit den Zirkusleuten zusammentun können. Treten wir doch in ihre Gewerkschaft ein, arbeiten wir für die Bolos, was auch immer, nehmen wir ihr Geld. Andernfalls werden wir vor Hunger krepieren, wir hatten nun mal das Pech, nicht als Bolo auf die Welt gekommen zu sein. In Spanien waren wir auch nicht mit dem goldenen Löffel auf die Welt gekommen, und uns war trotzdem etwas eingefallen, damit sie uns am Leben ließen.«

Wir gingen direkt zum *Hipo Palace.*

Der bolschewistische Zirkus

Zeitgleich mit der triumphalen Einverleibung Kiews durch die Bolschewiki hatten sich die Zirkusartisten entgegen aller Wahrscheinlichkeit das Hipo Palace einverleibt, eine herrliche Spielstätte, die in bürgerlichen Zeiten ein Impressario mit Namen Krutikof betrieb, er war dort zum Millionär geworden. Die gewerkschaftlich organisierten Artisten hatten sich vom ersten Moment an auf die Seite der Bolschewiki gestellt und erreichten es irgendwie, dass diese ihnen die Genehmigung für Vorstellungen ausstellten, wenn das Ganze auf ihre eigene Kappe ging; darüber hinaus durften sie als Angestellte des Zirkus in der Villa des ehemaligen Eigentümers wohnen, die an sich schon eine herrliche Bleibe mit großen, möblierten Salons von jedem erdenklichen Luxus darstellte. Der alte Krutikof hatte eine Frau im Alter von erst sechzehn Jahren, ein wunderschönes Mädchen, das ihm den Kopf verdreht hatte, und um sie zu erfreuen und zu behalten, hatte er buchstäblich ein asiatisches Schmuckkästchen um sie herum errichten lassen. Manche Räume waren mit kostbarsten Fellen und Intarsien aus Gold und Perlmutt ausgestattet worden. In dieses Haus zogen wir und die anderen Zirkusartisten ein, zu verdanken hatten wir dies unserem Kameraden, dem *clown* Zerep; sein Wort in der Gewerkschaft hatte Gewicht, wir ergriffen die ausgestreckte Hand. Doch als wir die stattlichen Zimmer des alten Krutikof bezogen, erinnerte nichts an ihren früheren Glanz. Die Gold- und Perlmuttintarsien waren verschwunden, die Felle von den Wänden gerissen, die wertvollen Holzmöbel brachen auseinander; trotzdem, wenn man darüber hinwegsah, lebte es sich in dieser Bruchbude mit einigem Komfort. Ausgestattet mit Vollmachten der bolschewistischen Nomenklatur, brachte unsere Gewerkschaft ein Programm auf die Bühne, an dem sich alle beteiligten. Ab jetzt hieß ich Fußarbeiter, ich erhielt meinen Anteil. Selbstverständlich wurde zwischen einzelnen Künstlern unterschieden. Sie erfanden ein eigenes Punktesystem und vergaben die Kategorien während der abzuhaltenden Berufsversammlungen. Ich gehörte zwar der Gewerkschaft an, erhielt aber keine Berufskategorie. Zum großen Bedauern lief der Zirkus unter der alleinigen Leitung der Künstlergewerkschaft nicht gut. Sie mussten also einen Kommissar wählen, der mit Befugnissen eines Direktoriums ausgestattet wurde. Sie wählten – klar – den Kudriadski, der höchstselbst künstlerischer Direktor unter dem alten Besitzer gewesen war. Rektor Kudriadski, ein teuflischer Zyniker und ein Lästerer des Herrn, traktierte die Künstler mit seinem entfesselten Despotismus. Nein, eigentlich war er kein ausschließlicher Mistkerl, unerwarteterweise arbeitete er auch wie besessen. Dies hatte ihn als künstlerischer Direktor unter dem alten Chef ausgezeichnet, und dies bewog dieselben Künstler, wenn sie denn einen funktionierenden Zirkus haben wollten, ihn zum Kommissar zu bestimmen; vergessen waren die vielen in den ersten Tagen der bolschewistischen Ära durch Kudriadskis alleinherrschenden Stil zu Schaden gekommenen Artisten, die mehr gegen ihn auf Rache sannen als gegen den ausbeuterischen Millionär Krutikof.

Kudriadski war ein seltsamer Typ. Nach der Manifestierung des Sowjetregimes blieb er so despotisch wie eh und je, lediglich, wenn ihm die Befugnisse zuwuchsen, wurde er noch despotischer. Er behandelte seine Künstler schlechter als es das bourgeoise System tat; mit oder ohne Bolschewismus, er war der unumschränkte Herrscher über den Zirkus, er war der Gebieter. Allerdings: wenn sich der Sowjet versammelte und er Rechenschaft über sein Verhalten ablegen musste, wandelte er sich zum Lamm, wie er es unter dem alten Chef gewesen war. Es kam vor, dass einzelne Artisten, die er bei den Proben oder nach den Vorstellungen mit Fußtritten traktiert hatte, ihn vor dem Sowjet tadelten, und er ohne jedes Ehrgefühl vor ihnen einknickte und seine Wutanfälle und brutale Entschlossenheit verteidigte. Sie konnten ihn nicht ausstehen, und deshalb blieb er, ob Sowjet oder nicht, der Herrscher über den Zirkus.

Unsere Gewerkschaft hatte den Ruf, die Kommunisten so begeistert zu unterstützen wie keine andere. Zunächst waren nur die griechisch-römischen Ringer in die Partei eingeschrieben, aber nach und nach wurden auch andere Künstler Bolschewiki, darunter nicht wenige, die wichtige Aufgaben in der sowjetischen Verwaltung übernahmen. Ein japanischer Jongleur trat in die Tscheka ein. Andere wurden Kommissare.

Als die Truppen des Ataman Petljura die Belagerung um Kiew enger zogen, und die Bolschewiki für den Kampf gegen die Weißen Garden Männer brauchten, wurden wir im Nu militärisch organisiert. Ausnahmslos jeder Gewerkschaftler Kiews musste hinaus aufs Feld und gegen die Weißen kämpfen, die Gewerkschaft der Zirkusartisten teilten sie für den Innendienst an der Bevölkerung ein, gleichermaßen militärisch organisiert. Plötzlich und unerwartet war ich über Nacht Rotgardist geworden. Waffen hatten wir keine. Alles was wir als Waffe in den Händen hatten, war ein gestempeltes Blatt Papier der sowjetischen Stelle, das sie uns bei unserer Ernennung überreichten. Einige von unseren Zirkusartisten nahmen sich die Sache mit dem Rotgardisten und der Verteidigung der Revolution mit der Waffe in der Hand sehr zu Herzen und blieben gleich für immer dort. Ich versuchte auf vorsichtige Weise, nicht allzu ausgezeichnet zu sein. Ich tat, was sie mir befohlen; ich achtete darauf, dass niemand durch mich zu Schaden kam und wartete indes ruhig ab, was kam.

Der Clown Bim-Bom

War man Bolschewiki oder war man einer Arbeiter-Gewerkschaft beigetreten, besaß man die Freiheit, das Regime zu kritisieren und frei heraus zu reden. Wer nichts zu mucksen hatte, war die Bourgeoisen.

In unserer Gewerkschaft der Zirkusartisten war auch ein berühmter *clown*, der in Russland dank seiner geistreichen Pointen und der politischen Brisanz seiner Anekdoten vom Publikum geliebt wurde. Ich spreche vom berühmten Bim-Bom, der selbst im Krieg führenden Deutschland wegen seiner antimilitaristischen Späße berüchtigt war. In einem Berliner Zirkus hatte er zum Beispiel die Verwegenheit besessen, in der Arena mit einem Hündchen aufzutreten, das eine Pickelhaube auf dem Kopf trug, und mit delikaten Andeutungen gab er zu verstehen, dass es der Kaiser höchstpersönlich war. Bim-Boms Neigung zur politischen Satire konnte in Russland nur ein böses Ende nehmen, denn die Bolschewiki verstanden ab einer gewissen Lächerlichkeit keinen Spaß.

Ich erinnere mich an einen Abend mit Bim-Bom. Man muss wissen, das Sowjetregime saß damals fest im Sattel. Er trat als Lumpensammler verkleidet und mit einem Beutel über der Schulter vor dieses Publikum, und ohne ein Wort zu sagen, lief er los und drehte in der Arena langsam eine Runde nach der anderen. Das neugierig gewordene Publikum wartete auf die Pointe. Bim-Bom aber drehte mit seinem Beutel auf der Schulter noch eine und noch eine Runde, die Zeit wurde lang und das Publikum unruhig. Als sich das Skandalöse daran langsam offenbarte und die gereizten Zuschauer ihn beschimpften, stoppte Bim-Bom, schaute in die sich sträubende Menge und fragte mit erstaunter Miene.

»Was ist los mit euch?«

»Wir warten seit einer halben Stunde darauf, dass du anfängst, und da du nicht anfängst, verlieren wir unsere Geduld.«

»Nicht möglich!«, erwiderte Bim-Bom und zog die Schultern hoch. »Ihr werdet unruhig, weil ich seit fünf Minuten hier bin und nicht anfange. Und wie viel unsinnige Zeit verbringt das russische Volk mit Warten darauf, dass ihr anfangt, ohne dass es die Geduld verliert!«

Es gab stürmischen Applaus.

Dann nahm er den Beutel von der Schulter und begann, ein schmieriges und zerknittertes Papier nach dem anderen hervorzuziehen, von denen er mit inbrünstiger Stimme ablas.

»Fass mal an«, sagte er zu seinem Tuppes, »dies ist der spürbare Beweis, um wie viel fortschrittlicher unser Land unter dem bolschewistischen Regime geworden ist. Schau hin ...«

»Was ist das?«

»Nichts Geringeres als der Erlaubnisschein des Kommissars zu meiner Wohnung. Schau doch, wie hübsch das Papier ist, mit seinen Stempeln, seiner Unterschrift ... Schön, nicht? Wenn nur ... und erst dies hier!«

Er zog ein anderes zerknittertes Blatt hervor und zeigte es stolz rum.

»Was ist es?«, fragte der Tuppes

»Eine Erlaubnis des örtlichen Kommissars. Eigentlich gar nichts! Warte, wir finden noch was, hier ...«

Und zog ein anderes Blatt heraus und noch eins und noch eins ...

»Aber was ist das alles?«, fragte der Tuppes immer wieder.

»Das ist eine Marke der Kooperative; das eine Erlaubnis der Tscheka; das eine Lizenz des Fabrikkomitees; das der Mitgliedsausweis der Gewerkschaft; das eine Erlaubnis der Militärstelle, das …«

Und mit vollen Händen zog er Papier über Papier aus dem Beutel, bis sich vor ihm, in der Mitte der Arena, ein enormer Haufen auftürmte.

»Wie weit wir mit unserem Fortschritt gekommen sind! Nichts davon haben wir früher gehabt!«, rief er mit großer Befriedigung in die Runde.

»Aber wozu zum Teufel ist das alles gut?«, fragte der Tuppes stur.

»Ah!«, sprach Bim-Bom, »falls du Glück hast, nützt es dir, damit du irgendwann berechtigt bist, keinesfalls zu weniger!«

Und in seinem Beutel kramend, holte er ein Stück hartes Schwarzbrot hervor, das er triumphierend den Zuschauern vor die Nase hielt.

Sie applaudierten ihm stehend. Aber die Bolschewiki steckten ihn ins Gefängnis, und die Gewerkschaft der Zirkusartisten musste einen Volkserklärung organisieren und vor den sowjetischen Stellen seine Freilassung fordern.

Er lernte aber nicht dazu, und wenig später ereignete sich wegen seiner Sticheleien ein schauriger Vorfall.

Sein Partner, der Tuppes, trat in die Arena und beschwerte sich lauthals über die Schwierigkeiten, auf die er unter dem sowjetischen Regime traf. Der lokale Sowjet hatte ihm eine unerträglich kleine Wohnung zugeteilt, in die nicht einmal seine Möbel reinpassten.

»Es war schrecklich«, klagte er »ich musste meine Möbel übereinander stapeln, und nicht einmal so passen sie rein. Einige stehen noch auf dem Flur. Du weißt, dass ich ein vorbildlicher Bolschewik bin; aber folgendes Problem: Ich habe ein Porträt von Lenin und ein zweites von Trotzki, von denen ich nicht weiß, wohin; sie passen in keiner Weise mehr rein.«

»Du stellst dich ziemlich dumm an«, erwiderte Bim-Bom »Lenin hängst du auf und Trotzki stellst du an die Wand.«

Ein stürmischer Applaus war die Folge.

Aber unter diesen tosenden Idioten und Feinden des Kommunismus, die den Zirkus zum Platzen brachten, saß auch ein authentischer Kommunist, der erbost und ohne sich vom Platz zu erheben nach seiner Waffe griff und ohne Vorwarnung auf Bim-Bom einen Schuss abfeuerte. Die Kugel streifte ihn leicht, traf dann einen unschuldigen Zirkusmusiker, den ältesten, der das Flügelhorn spielte, der sofort tot umfiel. Jeder konnte leicht erkennen, wer den Schuss abgegeben hatte; er blieb ungerührt auf seinem Platz, aber niemand begehrte auf. Während der ermordete Hornist nach hinten getragen wurde, zündete sich der Kommunist in aller Seelenruhe eine Zigarette an, zog den Schirm seiner Mütze tiefer und stand auf. Niemand unter den Anwesenden machte auch nur eine Anstalt, ihn festzuhalten oder ihn anzuzeigen. Wofür? Falls er ein Kommunist war, genoss er die unvorstellbarste Immunität.

Bim-Bom traute sich danach nicht, noch mehr Späße auf Kosten der Bolschewiki zu machen. Er beschränkte sich fortan auf Kerenskij und *chistukis*. Die *chistukis* waren bei den Russen sehr beliebt, Volksweisheiten, die man zu zweit sang. Einer sang überschwänglich die erste Strophe wie:

Kerenskij war ein großer Patriot,
des Volkes oberster Idiot.

Der andere konterte:

Heute gibt Amerika sich ihm hin,
als Nutte und als Tänzerin.

Die Niederlage der Bolschewiki

Auf den Plakaten wurde er angekündigt als: *Der Mann ohne Angst*. Aber das ist nicht wahr; er hatte Angst wie jeder Bengel; ich konnte es ihm in jener Nacht ansehen, als Petljuras

Kanonen uns zwei Doppelpfünder direkt in den Zirkus schossen und die Mauern unseres Wohnpavillons dem Erdboden gleichmachten. *Der Mann ohne Angst*, der dabei war, bekam Angst wie alle anderen. Die Überraschung stand uns ins Gesicht geschrieben, denn niemand erwartete einen Angriff der ukrainischen Truppen. Ataman Petljura befehligte seine Truppen gegen Kiew und ließ den entsetzten Bolschewiki keine Sekunde Zeit, den Widerstand aufzubauen. Während seine Kanonen über den Djnepr in die Stadt schossen, griffen Petljuras Männer vom Bahnhof aus an, sodass die im Dornröschenschlaf überraschten Bolschewiki wie Gämsen kreuz und quer liefen und ihre Einkesselung begriffen. Im Zirkus hörten wir die Wagen der Bolschewiki über die Pflaster dröhnen, die in heilloser Eile flohen. Zeitgleich sah man im Himmel des anbrechenden Tages die explodierenden Granaten des Petljura.

Zwei knappe Stunden dauerte das Bombardement: Von vier bis sechs Uhr früh. Um sieben Uhr war Kiew wieder zur Ruhe gekommen. Petljuras Kanonen schwiegen und die letzten Bolschewiki sahen zu, dass sie um die Ecke kamen; sie rannten alle in Richtung Podol, das jüdische Viertel, von wo aus sie in die Boote stiegen. Noch ließ sich die Vorhut des triumphierenden ukrainischen Heeres nicht blicken; sie stand vor den Toren Kiews, und einen Hinterhalt wähnend, zögerten sie mit der Einnahme der Stadt.

Der Mann ohne Angst und ich wagten uns auf die Straße, um zu sehen, was vor sich ging. Hier und da ging eine Haustür auf, und ein Bolschewik mit der Hose in der Hand und seiner Schlafmatte in der anderen hastete überstürzt in Richtung Podol. Mit ihnen auf der Flucht zusammenzustoßen, war gefährlich, denn sie rannten wie gehetzte Wildsäue, die blindwütig ihre Eckzähne einsetzen, wenn sich ihnen etwas entgegenstellt. Aus diesem Grund wagten wir uns nicht nach Podol, wohin alle auf der Flucht waren und sich drängten, um in die Boote zu kommen. Wir gingen stattdessen zu einer Anhöhe des Alexandrowski-Parks, die einen Blick über die ganze Stadt bot. Auf dem Gipfel dieses kleinen Hügels stand ein monumentales

Kreuz, das man von jedem Punkt Kiews aus erkennen konnte. Von unserem Observatorium aus konnten wir genau verfolgen, wie die Roten flüchteten und die Weißen nachrückten. Auf ihrem Weg nach Podol warfen die fliehenden Bolschewiki ihre Ladungen von den Karren, um schneller voranzukommen und leichter in die Boote zu gelangen. Wir konnten auch den bemerkenswerten Rückzug der letzten vier Bolschewiki genau verfolgen, die bis zum letzten Augenblick auf die ersten einrückenden Petljuraisten feuerten, um sie aufzuhalten. Sie rannten wie vor einem Hornissenschwarm über die Krischatika und suchten den Anschluss an ihre Kameraden, als sie auf dem Olexandra Platz eine zurückgelassene Kanone entdeckten und offenbar die Kaltschnäuzigkeit besaßen, stehen zu bleiben, Bündel und Gewehre abzulegen und sie in aller Ruhe funktionslos zu machen. Die Szenerie war für uns nicht ohne Spannung, denn von unserem Aussichtspunkt sahen wir, wie die Boote mit den verängstigten Bolschewiki ablegten und zeitgleich die ukrainischen Patrouillen vorrückten und mit aufgepflanzten Bajonetten misstrauisch durch die Kiewer Straßen zogen. Kriegen sie sie? Kriegen sie sie nicht? Diese vier Trottel bastelten die ganze Zeit an der Kanone herum, um sie kampfunfähig zu machen. Und keine zwei Minuten, nachdem sie weg waren, standen Petljuras Leute auf dem Platz.

Die Flucht der Roten und die Ankunft der Weißen vor unseren Augen war von unserem erhabenen Punkt aus ein lustiger und herrlicher Spaß. Punktgenau mit dem Eindringen der triumphierenden ukrainischen Stoßtrupps auf der einen Seite, machten auf der anderen die acht bis in die Masten überfüllten Boote der Bolschewiki los und trieben auf dem Dnjepr davon.

Sie überließen sich dem Fluss und schmetterten die *Internationale*.

15.
Der Stolz des Ataman Petljura

Als die Bewohner Kiews realisierten, dass die Bolschewiki über den Fluss flohen, strömten sie in Massen hinaus auf die Straßen. Die Tyrannei der Roten hatte ein Ende! Wie weggezaubert die traurigen Gesichter, die eingefallenen Wangen, das stickige Elend und die Bettelsäcke am Leib. Fröhliche und hoffnungsvolle Menschentrauben versammelten sich in den Hauseingängen, drängten sich auf den Balkonen und Gehwegen; es gab nur ein Gesprächsthema: die schöne Neuigkeit der Befreiung. Die Bolschewiki waren abgehauen! Die Cafés öffneten wieder und die Schaufenster wurden wieder bestückt. Die ganze Stadt säumte in festlicher Kleidung die Straßen und begrüßte im Siegesrausch die Befreier.

Am späten Morgen rückte dann das nationalistische ukrainische Heer geschlossen in die Stadt ein und defilierte unter den begeisterten Hochrufen der Bevölkerung bis zur Duma. Auf seinem Pferd sitzend, das selbst wie ein legendärer Held an Brust und Läufen blutete, führte der Ataman Petljura, am linken Arm auch verletzt und blutend, seine Truppen an. Die Mädchen der Stadt überhäuften ihn beim Defilee mit Blumen, und die Vertreter der Stadt kamen ihm entgegen und reichten ihm als Willkommensgruß Salz und Brot. Von den Balkonen und Fenstern applaudierte ihm die verzückte Menge.

Nur in Podol, dem jüdischen Viertel, wurden keine Fenster geöffnet. Mit seinen menschenleeren Straßen glich es einer verriegelten Stadt. Die alten Rabbiner waren entgegen der allgemeinen Angst, die im Podol herrschte, eingehüllt in ihre schwarzen Gehröcke erschienen, und hießen den triumphierenden Ataman willkommen; aber es nützte ihnen nichts. Denn, das Defilee war noch nicht beendet, da warfen sich Petljuras Soldaten schon wie die Bestien auf Podol, mordeten wahllos, plünderten die Häuser und schleiften aufgespießt auf ihren Bajonetten die versteckten Bolschewiki ans Tageslicht. Ein fürchterliches Gemetzel. Zusammen mit den Truppen drangen Freischärler aus dem Süden ins Viertel ein, die sogenannten *grusinskis* aus Grusinien, dem heutigen Georgien, und wüteten entsetzlich unter den alleingelassenen Juden Podols.

Am Anfang schien es, ließen ihnen die Vorgesetzten freie Hand, die Juden zu bestrafen, die im Ruf standen, Freunde und Kollaborateure der Bolschewiki gewesen zu sein; aber sie begingen abscheulichste Grausamkeiten, sodass vor Einbruch der Nacht Offiziere, die in Autos herbeigefahren kamen, einschreiten mussten, um ihre Leute in Podol zu zähmen. Aber diese blutrünstige Soldateska widersetzte sich, ihre Beute davonkommen zu lassen, bis die Offiziere von ihren Revolvern Gebrauch machten.

Ein Rotgardist als Lakai der Bourgeoisie

Ich bekam Angst. Petljuras Männer waren schwer zu stoppen, und ich war nichts anderes als ein, wenn auch untauglicher, Rotgardist gewesen. Mir war klar, dass eine leichtfertige Denunzierung mein Leben kosten konnte. Meine Rechtfertigung lautete, dass ich lediglich Mitglied der Gewerkschaft der Zirkusartisten hatte sein wollen, um nicht in der Gosse zu landen; doch nach der Militarisierung der Arbeitergewerkschaften durch die Bolschewiki, wurde ich für die Weißen füsilibar, wann immer ihnen danach war. Andere erschossen sie auch mit weniger Dreck am Stecken.

Außerdem war mein braunes und schmales Gesicht eines Zigeuners in jenen Tagen des Pogroms, in denen der bloße Umstand, Jude zu sein, ein ausreichender Grund war, erschlagen zu werden, keine Empfehlung für diese bestialischen Kosaken. Überall hielt man mich für einen Juden, ich war in ständiger Panik. Das Sicherste war, so schnell wie möglich hier wegzukommen.

Die Petljuristen waren dabei, den Eisenbahnverkehr wieder in Betrieb zu nehmen und erlaubten allen, die fort wollten, Kiew in Richtung Süden zu verlassen. Es gab weder Reisewaggons noch Fahrkarten; es blieb einem nur übrig, einen Verschlagwagen zu mieten und so viele Leute dort reinzustecken, wie reinpassten, um als Vieh im Viehwagen abtransportiert zu werden, vorausgesetzt, es gab genügend Lokomotiven und Kohle. Sole und ich machten uns in Begleitung unseres Kameraden, des Madrilenen Zerep, auf den Weg zum Bahnhof, wo wir uns mit anderen, die Kiew verlassen wollten, einigten und einen Verschlagwagen organisierten, der uns nach Odessa brächte. Unter den Leuten befand sich auch der alte Krutikof, der irgendwo, tief unter der Erde versteckt, ausgeharrt hatte, bis die Zeit der Sowjets zu Ende war; der Alte führte seine bezaubernde Frau am Arm, keinen Augenblick trennte er sich von ihr; wie er mir sagte, hatte er auf Petljura als Befreier gehofft; aber jetzt hatte er mehr Angst vor den Offizieren als vor den Bolschewiki, und während er mir das erzählte, betrachtete ich seine Frau, die von ihrer Schokolade abbeißend jeden Jungen anlächelte, der vorbeiging; ich konnte mir gut vorstellen, dass sie einen ganzen Safe ihrer Klunker in die Futter ihrer Kleider eingenäht hatten. Wir richteten uns im Innern des Waggons ein wenig ein und warteten vergeblich auf die Lokomotive, die uns hier wegziehen sollte. Fünf Tage harrten wir in diesem Waggon auf einem Abstellgleis aus. Wir aßen und schliefen eingerollt im Innern wie die Hammel; der alte Krutikof, den Körper seiner Frau umschlungen, riss uns mit seinen Schreckgespenstern aus dem Schlaf. Die Gewissheit wurde größer, auf ewig in diesem Schweinestall hocken zu müssen, und überzeugt, dass es in naher Zukunft keine verfügbare Lokomotive geben würde, kletterten wir am sechsten Tag aus dem Waggon heraus und kehrten niedergeschlagen nach Kiew zurück.

Das erste Problem, vor dem wir standen, war, eine Bleibe finden, denn mit der Wiederherstellung der bürgerlichen Ordnung verbot es sich uns Artisten, im Zirkus wohnen zu bleiben, den wir in der bolschewistischen Ära beschlagnahmt hatten. Wir steuerten ein Hotel im Zentrum an; da es für uns jedoch unerschwinglich war und es keine Möglichkeit gab, irgendwo zu arbeiten, wurde unsere Situation schlagartig vertrackt. Im Zirkus gab es keine Arbeit; die Petljuristen hatten alle Zugeständnisse an die Gewerkschaften gekippt; zwar spielten sofort wieder mehrere Cabarets, aber da die Nationalisten das Sagen hatten, akzeptierten sie nur ukrainische Künstler, den ausländischen gaben sie einen Tritt in den Hintern. Es öffneten aber auch wieder Spielsalons, und da ich nicht an Magenschrumpfung sterben wollte, fiel mir nichts Besseres ein, als meine Schirmmütze und Proletarierbluse zu verstecken und mir den Smoking eines *croupiers*, die »Lakaienkluft der Bourgeoisie«, wie ihn die Bolschwiki nannten, überzuziehen.

Ich arbeitete in einer Kaschemme in einem Untergeschoss an der Krischatika, die von Offizieren besucht wurde. Sie spielten mit hohen Einsätzen. An einem Abend legte ein Offizier eine Wette über fünftausend ukrainische Rubel auf den Tisch und gewann. Aber da der ukrainische Rubel zum Kerenskij eins zu zwei stand, zahlte ich ihm nur zweitausendfünfhundert Rubel aus. Er randalierte, er habe auf dem Feld für den unabhängigen Staat der Ukraine sein Leben eingesetzt, damit der ukrainische Rubel so viel wert sei wie der russische, und deshalb verlange er, dass ich ihn eins zu eins auszahlte. Ich versuchte gerade, meinen Einwand zu formulieren, als er mir noch während der ersten Worte einen Revolver auf die Brust drückte; ich musste ihm aushändigen, was er verlangte. So etwas kam häufiger vor; die Offiziere verloren nämlich ungern und steckten nicht zurück, wenn sie verloren, sondern verwandelten sich in die Banditen, die sie von Geburt an waren.

Die *croupiers* an den Tischen wurden trotzdem nur leidlich bezahlt, denn diese Dreckskerle wurden, wenn sie einen guten Lauf hatten, leicht prunksüchtig; man machte im Schnitt sieben-, achthundert Rubel Trinkgeld pro Tag.

Da keine andere Arbeit in Aussicht war, und vor allem, damit sie sich nicht von innen her auffraßen, musste ich den Kollegen Zerep und seinem Partner, dem Italiener Armando, kurzfristig in Croupiers-Sachen auf die Sprünge helfen. So lebten wir wieder wie die Maden im Speck, kaum ein Monat, nachdem die Truppen des Ataman in Kiew das Sagen hatten.

»Bring mir Tee und sag' deiner Frau, sie soll kommen«

Es war ein heißer Tag und wir hatten die Fenster zur Straße sperrangelweit geöffnet. Sole und ich saßen nachmittags beim Tee. Plötzlich zeigte sich im Fensterrahmen die wuchtige Gestalt eines *grusinischen* Offiziers, ein Zweimeterkerl, der uns bemerkte, als er zufällig vorbeilief. Er schaute uns einen Moment lang einfach nur an, machte eine Kehrtwendung und schlüpfte völlig überraschend in den Hausflur. Wir hörten ihn an unsere Tür pochen, und noch während Sole vor Schreck in die Ecke sprang, stellte er sich mir gegenüber ins Zimmer, Hände angriffslustig vor den Flanken, Zarenbart, die Fellkappe wüst über ein Ohr verrutscht.

Sein pestöses Maul stank nach Wodka, dass sich einem die Zehennägel aufrollten.

Ich wollte ihm instinktiv zuvorkommen und wandte mich höflich fragend und lächelnd an ihn:

»Was führt den Herrn Offizier zu uns?«

Anstelle einer Antwort räumte er mich zu Seite, machte einen Schritt auf den Tisch zu, wo wir den Tee tranken, ließ sich schnaufend auf meinen Stuhl fallen und schrie, sowie er mit einer Armbewegung das Zeug auf dem Tisch zur Seite gefegt hatte und mit der Hand auf den Tisch schlug:

»Ei Jidde! Bring mir Tee und sag' deiner Frau, sie soll kommen.«

Mir stockte das Blut in den Adern. Der Kerl hatte seinen Säbel auf den Tisch gelegt und strich ins Leere schauend seinen Schnäuzer glatt.

»Sie werden entschuldigen, Herr Offizier« – ich dachte, ich mache es ihm besser klar – »wir sind hier kein Teehaus.«

»Idiot, halt's Maul!«, brüllte er. »Hast du nicht gehört, dass ich Tee wünsche, und dass du mir deine Frau bringen sollst?« Er schlug mit der Faust auf den Tisch, dass Teller und Tassen in die Luft sprangen.

»Du bedienst mich jetzt sofort Schweinejidde, oder du riskierst, dass ich dir deine Ohren abreiße.«

Er suchte Streit, baute sich auf und setze mir mit dem Säbel nach, mehr schwankend als aufrecht, und wollte mich aufspießen. Ich drückte mich vor Angst in die Ecke, und Sole, die nebenan im Schlafzimmer sich lediglich hinter einer Gardine versteckte, stieß einen spitzen Schrei aus. In diesem Augenblick ließ er von mir ab und wankte ins Schlafzimmer.

Zu allem entschlossen griff ich nach meinem Klappmesser mit dem Knauf aus Ziegenhorn und war bereit, ihn mit gezückter Klinge anzuspringen.

Sole machte sich auf der anderen Seite des Bettes ganz klein, während der Offizier mit gekreuzten Armen im Raum stand und das Bett genau betrachtete. Plötzlich richtete er seinen Blick wie hypnotisiert auf die Wand. Ein kleines Lämpchen brannte dort über einer Gravüre des Cristo del Cachorro, die Sole aus einer spanischen Illustrierten herausgeschnitten hatte, und für die Sole in den Momenten größter Mutlosigkeit ein Lichtlein entzündete. Er ließ seine rätselnden, blauen Augen über jedes Detail wandern, schaute von der Gravüre zu Sole und von Sole zu mir und verfinsterte sein Gesicht immer erkennbarer. Als er mich sprungbereit sah, packte er mich mit einer Drehung am Nacken und riss mich von den Füßen. Mich gegen die Wand drückend, fluchte er:

»Warum hast du das da hingehängt, du Jiddenköter? Glaubst du, du kannst mich verscheißern«, schrie er mir ins Ohr und putzte die Wand an der Stelle der Gravüre mit meinem Gesicht ab.

Mit einer Hand hielt er mich am Hals gepackt in der Luft. Ich strampelte mit den Füßen und bekam wegen seines ausdauernden Würgegriffs immer weniger Luft. Wie ein gelynchter Kasperle aber mit der Visage zur Wand, verfluchte ich den Moment, in dem Sole eingefallen war, die Gravüre so hoch zu hängen. Herrgott, welche Mühe hätte es ihr gemacht, sie in Höhe meiner Nase aufzuhängen.

»Warum hängt unser Jesus Christus hier? Sprich Kanaille! Warum?«, wiederholte er sich, als wäre er schlecht zu verstehen.

Aber bei jeder Frage, wischte er meine Visage über das Bild.

»Weil wir Christen sind!«, schrie ich mit verzweifelter, erstickter Stimme, als ich ein wenig Luft dazu gesammelt hatte.

»Christ du, du Jiddenschwein? Du willst ein Christ sein?«, brüllte er mir wieder ins Ohr. Seine Wut steigerte sich, er schüttelte mich und schmiss mich zu Boden.

»Selbstverständlich, Christen! Altes christliches Geschlecht, die ganze Familie, Christen.«

Er hielt eine Sekunde inne, gerade so lange, dass ich ihm sagen konnte, dass ich Spanier sei, dass alle Spanier die Juden hassten, vielleicht mehr noch als es die Russen tun. Er war ein wenig irritiert. Schließlich gelang es Sole, ihn zu überzeugen, als sie einen Knopf ihrer Bluse öffnete und ihm ihr Amulett der Heiligen Jungfrau zeigte.

Er schien seinen Irrtum zu bemerken und wurde ratlos und still. Sein besoffener Zustand machte ihn auf einmal reaktionslahm; er suchte die Worte. Plötzlich knallte er die Hacken zusammen, steifte den Rücken, führte die Hand an die Mütze und salutierte mit militärischem Gruß.

»Verzeiht mir«, sprach er mit offiziersteifer Brust. »Verzeiht mir.«

Die Hand weiterhin am Visier, bewegte er sich in Habachtstellung rückwärts auf den Ausgang zu und stierte uns mit seinen besoffenen Augen an, bei jedem Schritt:

»Verzeiht mir, verzeiht mir.«

Bis er verschwand.

Zum Henker noch mal! Im Glauben, wir seien Juden, war er wohl zu jeder erdenklichen Niedertracht bereit, die sein Gewissen nicht gequält hätte!

Die Bolschewiki kehren zurück

Der Kampf um Kiew zwischen Petljuras Heer und den Bolschewiki ging unvermindert hart weiter. Die Roten hatten sich lediglich auf Wartepositionen zurückgezogen, von denen aus sie das nationalistische Heer unaufhörlich attackierten, das wiederum trotz verzweifelter Gegenangriffe keinen Meter hinzugewann; die Heftigkeit der pausenlosen Gefechte uferte in bestialische Kriegsführung aus; wegen der Aussichtslosigkeit im Kampf, die gepaart war mit dem zu erwartenden Durchbruch der Bolschewiki, lenkten die Militärs ihre Brutalität gegen Zivilisten. Ohne jede Rücksichtnahme gaben sie sich allen Exzessen zur Vernichtung der Zivilbevölkerung hin, als gehörten sie einer Horde Wilder an und keinem geordneten Heer. Sie kannten kein anderes Gesetz mehr als ihre nimmersatte Wut und hatten kein anderes Ziel als: Wodka. Für eine Flasche Wodka waren sie zu allem fähig und gaben sie alles hin; sie besaßen alles, was man für den Krieg brauchte; reichlich Proviant und reichlich Munition; aber neben ihren Zuteilungen besaßen sie etwas, das keiner Zuteilung bedurfte, was wie ein entfesselter Wille über das Land herfiel. Für eine Flasche Alkohol und Glücksspiel besaßen sie immer ausreichend Geld oder Wertsachen; wo sie auftauchten, verkauften sie Juwelen und teure Gewänder, Parfüms und wertvolle Pelze, die sie sich auf ihren Raubzügen besorgt hatten. Sogar ich kaufte zu Schleuderpreisen Juwelen, die die Offiziere als Wetteinsatz mitbrachten.

Einen ganzen Monat lang zogen sie nachts durch Kiew und verbreiteten Schrecken. Wie in einem Dauerrausch zog es sie nach Podol, wo sie den Juden das Fell gerbten und sie ausraubten. Ohne Strafen befürchten zu müssen, ganz im Gegenteil, überfielen sie ihre Häuser, plünderten sie ihre Geschäfte und brachten sie sie um. Es kam der Tag, an dem keiner mehr wusste, wer die Schlimmeren waren, die Bolschewiki oder die Petljuristen.

Der Großalarm kam nachts. Die Bolschewiki attackierten ein Dorf vor den Toren Kiews. Die Petljuristen warfen alle ihre Kräfte hinein; die Schlacht war infernalisch. Als ihnen nichts anderes als die Schmach des Rückzug vor dem Ansturm der Kavallerie unter Feldwebel Budienny blieb, steckten die Ukrainer das Dorf in Brand, von dem nichts mehr übrig blieb.

Petljura konnte Kiew auf keinen Fall mehr halten und verfügte die Evakuierung. Der Abzug verlief in gestrenger Ordnung. Während Offiziere die Vorauskommandos der Bolschewiki aufhielten, wurden alles Kriegsmaterial und aller Proviant systematisch evakuiert. Sie nahmen jeden Nagel und jeden Krümel mit: Am Tag nach dem Abzug Petljuras fand sich in Kiew nicht ein Gramm Nahrung.

Parallel zum Abzug ließ sich der Teil der Zivilbevölkerung evakuieren, der nicht unter der Gnade der Bolschewiki weiterleben wollte; Ukrainer. Für sie gab es Lastwagen, auf die jeder klettern durfte, der abhauen wollte; allein, das Nötigste mitzunehmen, war untersagt. Ich überlegte schon, mit ihnen nach Odessa zu fliehen; doch im letzten Moment entschied ich mich zu bleiben. Ein unwahrscheinliches Glück, denn wenige Tage später hörten wir, dass fast alle diese Trecks in die Hände der Roten geraten waren, und einer nach dem anderen wie räudiges Vieh an Ort und Stelle erschossen worden war.

Dieses Mal entkamen sie nicht über Podol, sie flohen über die Südbrücke in Richtung Odessa. Ausnahmsweise wurde die Stadt nicht bombardiert; die Bolschewiki hatten keine Kanonen; dafür gab es brutalste Straßenschlachten. Die Bolschewiki waren in den letzten Tagen vor der Evakuierung schon nach Podol eingesickert und warfen sich im kritischsten Moment als bewaffnete Bauern und Arbeiter im Nahkampf über Petljuras Leute.

Der Kampf war unerbittlich, und an seinem Ende lebten wir wieder unter dem fünfzackigen Stern und unter Hammer und Sichel.

Wir waren Herodes entkommen und standen nun vor Pilatus.

16.
Wie überlebt man einen totalen Bürgerkrieg

Wie die Bolschewiki gegangen waren, so kamen sie wieder, mit ihren Marken, ihren Büros, ihren Meetings, ihren Schlangen vor den Bäckereien und ihren bewaffneten Stoßtrupps, nur dieses Mal waren sie darauf bedacht, die Zivilbevölkerung auf ihre Seite zu ziehen und befolgten den Befehl, nicht wahllos herumzuballern, wie sie es in ihrer ersten Ära getan hatten. Sie hatten sich verändert, zum Schlimmeren, in einer Manie, alles zu reglementieren, eröffneten sie an wahrlich jeder Ecke ein Büro, das jeden Tag etwas untersagte und verfolgte: Nach ihrer Vorstellung bestimmten sie, wann jemand Luft zu holen hatte. Dieses Mal wurde ihnen ein engerer Apparat und ein dichteres Geflecht ihrer Organisation an die Seite gestellt, und sie griffen mit ihren Klauen noch fester um den Hals, sodass man sagen konnte, dass die Einwohner Kiews zwischen den engen Maschen dieser sowjetischen Bürokratie wie dicht gedrängte Fischchen ohne Entkommen im Glas erstickten, war sie doch einzig darauf ausgerichtet, jeden seiner Lebenswirklichkeit zu entreißen.

Von der ersten Minute an widmeten sich die Bolschewiki etwa der Indoktrination ihrer Ideen bei den fünftausend Angestellten der Werft, denn es war ein offenes Geheimnis, dass die Mehrheit der Kiewer Arbeiter und die Gesamtheit der Landarbeiter gegen diese Arbeiter- und Bauernregierung waren, die sich zwar an die Spitze gestellt hatte, doch ganz offenbar mit dem Gewehr als Sprachrohr, aber nicht als Sprachrohr der Arbeiter. Die Bolschewiki beriefen Meetings zu jeder Stunde, zu jedem Anlass und an jedem Ort ein: Hierin waren sie Besessene. Überall tauchte ein roter Propagandist auf und schwadronierte, einerlei ob er vor einem Grüppchen oder vor einer Masse stand. Es kam vor, dass man auf einem Platz auf einen Bolschewiki traf, der sich wie ein Irrer die Lunge aus dem Halse schrie. Die Anwohner hinter den Fenstern sollten die Vorzüge der Revolution hören, ob sie es wollten oder nicht, andererseits wollte er die Passanten erreichen und schrie so ausgiebig, bis er als Obertrottel von seinesgleichen umringt war.

Auch die kommunistischen Frauen riefen ein Meeting zusammen, im Zirkus wollten sie ihren Kiewer Geschlechtsgenossinnen die neuen Ideale schmackhaft machen. Als Mitglied der Zirkusgewerkschaft war ich anwesend, es war entsetzlich. Von Schriftbannern angelockt, erschienen zu dieser Propagandashow Abertausende Arbeiterinnen und Landarbeiterinnen; aber sobald die roten Propagandistinnen auf die freie Liebe zu sprechen kamen, regte sich lauter Protest. Die Theorie der Rednerinnen gestattete es jedem, jeden Tag neu zu bestimmen, welcher oder welche ihm oder ihr am besten gefiel; ein Höllenspektakel war das Resultat. Die schlimmsten Beschimpfungen prasselten auf sie nieder. Die treuen Frauen vom Lande und die betrogenen Arbeiterinnen, die noch nie dergleichen gehört hatten, erhoben sich zornesrot. Die tapfere Bolschewikin bekam einen Augenblick wieder Oberhand und schrie, dass sie zu einem kontroversen Diskurs über das Thema der freien Liebe mit jeder Einzelnen, die es wünsche, bereit sei. Aus diesem brodelnden Höllenofen der Verwünschungen sprang plötzlich eine Einzelne, ein Walross von einem Weib, auf die Bühne, riss ihre Röcke hoch und knotete einen Lappen zu einem eindeutigen Halstuch unter das Kinn und propagierte, die Hände fest in die Hüften gestemmt, von der Rampe herunter:

»Diese Genossinnen Flittchen kommen und erzählen uns diese Geschichten von der freien Liebe, was sie wollen, ist, ihre Beine breit und unsere Männer abspenstig machen. Machen wir sie fertig! Kameradinnen! Sollen sie den Bourgeois die Köpfe abschneiden, so viel sie wollen, wir verlieren nichts dadurch; aber womit wir nicht einverstanden sind, das ist, dass diese Schlampen kommen und uns unsere Männer unter unseren Augen wegschnappen, und sie ihnen auch noch die Flause in den Kopf setzen, sie hätten das Recht, sich hübsche Mädchen zu nehmen und uns zu entsorgen, weil sie glauben, wir seien alt und hässlich. Gebt es ihnen, dass sie's begreifen, Kameradinnen!«

Ein fürchterliches Getöse schwoll an. Einige Dutzend wütender Frauen sprangen auf die Bühne und wollten die bolschewistischen Propagandistinnen lynchen, denen ihr letztes Stündchen geschlagen hätte, wären nicht zufällig ein paar Rotgardisten erschienen, die mit aufgepflockten Bajonetten einen Sicherheitscordon vor der Rampe bildeten und sie vor dem Schlimmsten bewahrten.

Trotz gewisser Animositäten der Bevölkerung gegenüber kommunistischen Theorien, setzten die Bolschewiki auf verstärkte Propaganda. Um die Arbeiter auf ihre Seite zu ziehen, verfolgten sie die Bourgeoisen, deren erlesenste Vertreter damals in Fabriken und Landwirtschaftsbetrieben das Sagen hatten. Sie diktierten eigens härteste Sondergesetze und verordneten ihnen Zwangsarbeit. Patrouillen der Rotgardisten machten in den Straßen Jagd auf Passanten und schleppten sie zur Arbeit an Verteidigungswällen, zwangen sie zu Reparaturarbeiten an Brücken und Straßen, die bei den Bombardements beschädigt worden waren. In ihrem Zwang waren sie unermüdlich, und die gleiche Unermüdlichkeit nötigten sie auch den Steine schleppenden bärtigen Priestern wie Richtern auf. Ich glaube kaum, dass diese Leute, die von jetzt auf gleich Steinbrecher wurden, und die im Leben bislang weder eine Spitzhacke noch eine Schaufel aus der Nähe gesehen hatten beziehungsweise hintüber fielen, wenn sie nur eine Harke in die Hand nahmen, für mehr zu gebrauchen waren als zu Statisten in einem demütigenden Spektakel der herrschenden Klasse der Sowjets. Ich trat trotzdem wieder in die Gewerkschaft der Zirkusartisten ein, die mit der Rückkehr der Bolschewiki wieder Morgenluft roch. Sie bot sich als geeigneter Unterschlupf an; dort, im Gestrüpp der Gewerkschaft in Deckung gegangen, ließ sich die

Tyrannei der Roten aussitzen, denn die Gewerkschaft lieferte in jeder Hinsicht alle Erfordernisse eines werktätigen *rabotji* – *Malochers* –, ohne mit allzu viel Arbeit beschwert zu sein. Es dauerte freilich nicht lang, bis sie für uns eine Verwendung entdeckten. Als Attraktion, die die Leute in die Propagandaveranstaltungen der Sowjets locken sollten, schickten sie unseren Zirkus auf die Dörfer und an die Front. Unsere Mission bestand darin, die Soldaten zu unterhalten und die Bauern mit unserer Puppenshow auf den Dorfplätzen zu versammeln, damit die Propagandisten sie nachher lautstark zu Kommunisten machen konnten.

Ich beschloss, in geduckter Haltung zu bleiben, denn diese Ausflüge waren einerseits heikel und andererseits extrem gefährlich. Die Straßen gehörten den Freischärlern; jeder Landstrich hatte seine eigenen organisierten Banden; mit bis zu zweihundert Berufsmördern säten sie Tod und Verwüstung, egal, wohin sie ihren Stiefel stellten. Es gab weiße Freischärler, rote, grüne und schwarze; sprich Zaristen, Bolschewisten, Wutbauern und Anarchisten, Diebe und Mörder allesamt. Die widerlichsten Marodeure waren die Bande der »Herrschaften«, so geheißen, weil sie mit edlen Karossen ausgestattet, in exquisiteste Pelze gehüllt und vorzüglich bewaffnet von Ort zu Ort zogen. Und schließlich die verwegenen Bolschewiki, die ihren Propagandatross erst in die feindlich gesonnenen Dörfer und Isbas schickten, nachdem sie ihre Zirkuspuppen den aufgebrachten Bauern versuchsweise zum Fraß vorgeworfen hatten.

Entfesselte Barbarei

Kein ganzer Monat war vergangen, da griffen die Weißen wieder an. Dieses Mal war Petljura verstärkt um Truppenteile des weißen Heeres, das sich unter dem Befehl von Denikin im Süden neu formiert hatte. An ihrer vordersten Linie standen wahrliche Höllenhunde aus dem Kaukasus, Kopfabschneider, die mit ihren typischen Krummdolchen in ungesehener Brutalität wüteten.

Die Weißen attackierten Kiew wieder von derselben Seite her; doch dieses Mal wichen die Bolschewiki nicht vor dem Bombardement zurück, sie hielten die Stadt und forderten einen bestialischen Kampf Mann gegen Mann. Drei grässliche Tage dauerte der Kampf. Tausende Männer fielen auf beiden Seiten, Angreifer wie Verteidiger, einer nach dem anderen. Am vierten Tag entschied sich die Schlacht zugunsten der Weißen, und die Bolschewiki, die noch entkommen konnten, bauten im jüdischen Viertel ihre Verteidigung auf. Mehrere Stunden hielten sie verbittert ihre Stellung, um dem Rückzug in Richtung Krementschuk Deckung zu geben.

Die Kiewer begrüßten die Weißen wie zuvor mit großen Jubel: Sie überreichten in einer Zeremonie Brot und Salz und warfen ihnen Blumen zu. Nichts von einem solchen Empfang war den Bolschewiki zuteil geworden.

Die alliierten Truppen Petljuras und Denikins besetzten die Stadt; aber Frieden zog damit nicht ein. Eine Vorhut der Kosaken aus Denikins Regiment erreichte als erste den Palast der Duma, und wenige Minuten später wehte auf dem Gebäude die Flagge des zaristischen Kaiserreichs. Kurz darauf trafen Vorauseinheiten Petljuras ein, die hinauf aufs Dach rannten, die Flagge des Kaiserreichs einholten und an ihrer Stelle die Flagge der ukrainischen Separatisten hissten. Unten auf dem Platz vor der Duma sprangen Denikins Kosaken schnurstracks auf ihre Pferde und attackierten vor den erschreckten Augen der Masse, die im Freudentaumel den Siegern zujubeln wollte, mit gezogenen Säbeln ihre alliierten Petljuristen. Überrollt von diesen hemmungslosen Kriegern aus dem Kaukasus, suchten die Ukrainer das Weite; und über dem Palast der Duma wehte die Flagge Nikolaus II.

Petljura gelang es, nachdem sich die erste Benommenheit gelöst hatte, seine Leute zu sammeln und schlug zurück; aber Denikins Kosaken hielten stand und versprengten die Ukrainer, die daraufhin Kiew überstürzt verließen. Nach den Bolschewiki flohen nun auch Petljuras Männer, und die Stadt fiel allein in die Hände des weißen Heeres, das umgehend mit der vollständigen Wiedererrichtung des autokratischen Regimes der Zaren begann. Unbehelligt vom bolschewistischen und separatistischen Gesindel begannen sie damit bei den Juden im Podol. Sie verwandelten es in ein Schlachthaus, meuchelten Hunderte Unschuldige und raubten jegliche Habe. Wo sie eine Waffe aufstöberten, und war sie noch so lächerlich, waren ohne Nachsicht alle des Todes. Das Schlachten war so erbarmungslos, dass die ansonsten eingeschüchterten Juden sich im Angesicht ihres Exitus zu wehren begannen, um am Ende zu erkennen, dass die Kosaken nunmehr nicht Schaf nach Schaf die Kehle durchtrennten, sondern die nach Blut dürstenden und nach Beute gierigen Kosakenhorden die ganze Herde niedermetzelten. Der Terror überzog schließlich die ganze Stadt. Der Zarismus kehrte zurück.

Ein Strom aus Gold und Brillanten

Ich zog mir also wieder meinen *Croupiers* Smoking an und zwitscherte: »Ihre Einsätze bitte, meine Herren. Nichts geht mehr«.

Mit dem Einzug von Denikins Truppen erwachte in Kiew eine Leidenschaft für das Glückspiel, die vor niemandem Halt machte. Zu Dutzenden eröffneten illegale Salons, doch in allen drängelte sich eine spielsüchtige Masse und setzte auf Katastrophe; niemand konnte vorhersagen, was der morgige Tag brachte, zumal ein jedes Ding und selbst das Geld im Kurs so schnell steigen konnten, wie sie wieder fielen, und die einzig wirkliche Absurdität wäre gewesen, in diesen Tagen an Ersparnisse und Rücklagen für morgen zu denken. In jenen Tagen wurde die Denikin als Währung eingeführt. Es gab das Geld des Zaren, das Geld Kerenskij und sogar sowjetisches Geld, das unter der Hand in Umlauf gebracht wurde. Klar, dass dieses Geld nur auf dem Papier stand. Vorgestempelte Zettel, auf die derjenige, der am meisten zu sagen hatte, seine Unterschrift kritzelte, die bestätigte, was dieses oder jenes wert war. Einem blieb nichts anderes übrig, als es zu glauben; wenigstens solange, bis er um die Ecke gebogen war. Im Vergleich zu einer authentischen Goldmünze, zu einem Pfund Sterling, schrumpfte ein solcher an sich bedeutungsloser Wisch unter den Wert des Papiers gen Null. Ich selbst habe für eine einzige bissfeste Münze Tausende und Abertausende Rubel auf den Tisch gelegt. Zu allem Überfluss kamen auch ausländische Währungen in Umlauf, auf die sich die Leute mit Begeisterung stürzten: deutsche Mark, französische Francs, britische Pfund, amerikanische Dollars; aber man musste auch mit Abwertungen rechnen, wer nicht reinfallen wollte, benötigte Pfund Sterling und Dollars, erst dann konnte er von sich sagen, er besäße Geld.

Als Ersatz für dieses Fantasiegeld, das über Nacht wertlos werden konnte, kamen nur Juwelen und wertvolle Steine infrage. Der Umtausch berücksichtigte den inneren Wert der Brillanten, des Goldes oder Silbers, nicht deren Nennwert, aber zu einem fiktiven Nennwert tauschte man Zigarettenetuis, Krawattennadeln, Ringe, Ohrringe oder ganz einfach auch Silberbesteck. Die über die Jahrhunderte sammelfreudige Aristokratie und Bourgeoisie – mehr als Kiew gab es für sie unter Denikin nicht – ging unter dem Schutz der zaristischen Flagge auf die Straße, um ihre Goldvorräte und dynastischen Schmuckschatullen in Brot umzutauschen.

Ich arbeitete als *croupier* am Goldtisch, will heißen, es wurden nur Wetteinsätze in klingender Münze aus Gold akzeptiert. Der Salon an der Krischatika 42 war weitläufig und zog ausschließlich Kommandeure und Offiziere aus Denikis Heer an. Ich verdiente zwischen acht- und neuntausend Rubel pro Tag, hin und wieder bis zu fünfzehntausend und war damit ein recht passabler Tagelöhner. Zusätzliche Einnahmen hatte ich durch An- und Verkauf von Juwelen, denn Offiziere, die eine Pechsträhne beenden wollten und alles Geld verloren hatten, holten ihre Juwelen ans Tageslicht und verscherbelten sie für das, was man ihnen bot, vorausgesetzt, das Spiel ging weiter.

Mit dem Versprechen, sie wieder zurückzugeben, wenn sie am nächsten Tag kamen, um sie auszulösen, gaben sie die Klunker auch für die Hälfte ab, was auch nichts daran änderte, dass kaum einer am nächsten Tag kam. Unter den *croupiers* war es Kavalierspflicht, diese vierundzwanzig Stunden abzuwarten, bis man die Juwelen veräußerte, denn es konnte der Pfandgeber ja zurückkommen. Nach Verstreichen dieser Frist boten die *croupiers* das Juwel ganz offen an. Es war eine vibrierende Nacht, als mich ein blutjunger Offiziersanwärter, der sein gesamtes Geld verspielt hatte, mich um eintausend Rubel Kredit bat und mir ein goldenes Zigarettenetui mit herrlichen kaukasischen Verzierungen anbot, das ein Vermögen wert gewesen sein muss. Er bestand darauf, ich solle es nicht verkaufen, und beteuerte, er werde es am nächsten Tag abholen kommen, denn es handele sich um ein Erinnerungsstück seines Vaters. Aber er kam nicht, nicht an diesem Tag, nicht am nächsten, nicht nach vielen Tagen. Die Weißen hatten ihn zur Truppe gerufen, und dennoch, ich bewahrte das Etui auf. Etwa ein halbes Jahr später, als das Heer zurückkam, suchte mich dieser Grünschnabel auf, und als ich ihm erklärte, dass ich sein Etui nicht fortgegeben hätte, war er derart gerührt, dass er mir zum Pfand weinend und strahlend zugleich einige tausend Rubel obendrauf legte.

Mein Zuhause glich in jenen Tagen einem Juweliergeschäft. Es gab nichts, was es nicht gab: Damenhandtaschen, goldene Uhren, Ringe, Etuis, Geschmeide, sogar eine reich mit Brillanten gearbeitete byzantinische Ikone, um die sich ein naiver Frömmling gebracht hatte. All dies bewahrten wir auf das Sorgfältigste für den Tag auf, von dem wir träumten, an dem wir Russland verlassen würden. Aber jetzt war erst einmal die Zeit, an der ersten Million zu arbeiten. Ob Aristokrat oder Bourgeois, wer ruiniert war, verfolgt wurde, die Hoffnung verloren hatte, trug seine Juwelen auf den Schleudermarkt, und mit ein wenig Geschäftstüchtigkeit und etwas Geld zum Spekulieren konnte man ein Vermögen aus Gold und Brillanten zusammentragen. Jeden Tag kamen Arbeiter zu mir in den Salon in der Krischatika, selbst befreundete Bolschewiki, und suchten sich Juwelen für ihre Frauen aus, und nicht selten traf man auf dem Markt auf ein verlumptes Mütterchen mit ihrem Kopftuch, aber auf dem Busen ein glitzerndes *pendentif* aus Brillanten. Und wie üblich geriet es nach einigem Hin und Her in die Hände der Juden aus Podol, vielmehr in die Hände jener wenigen, die Denikins Kosaken am Leben gelassen hatten.

»Hilfe, Mama, Hilfe!«

Im September griffen die Bolschewiki wieder an. Um sechs Uhr in der Früh fielen die ersten Schüsse. Die Spielhölle in der Krischatika war zu diesem Zeitpunkt voll bis obenhin mit Offizieren, die wie eine fliehende Herde den Saal so schnell wie möglich verlassen mussten. Das Spiel wurde für beendet erklärt, und ich trottete nach Hause, willig, meinen Smoking einzumotten und mich einmal mehr in einen unterdrückten Proletarier zu verwandeln.

Dieses Mal hatten die Roten sogar Kanonen, mit denen sie Kiew vom Bahnhof aus bombardierten. Das Kanonenfeuer hielt stundenlang an, aber Denikins Kosaken, von denen man es hätte erwarten dürfen, verteidigten sich nur halbherzig. Gegen Mittag waren sie bereits aus der Stadt abgerückt. Am Ende der Fondukretskaja, bei der Großen Oper, dessen Vorplatz von uns aus einsehbar war, hatten Denikins Männer eine Kanone zurückgelassen. Von dort kamen einige Donnerschläge, im selben Moment hörte man Geräusche eines Aufruhrs, und nur Sekunden später donnerte die Fondukretskaja in schwindelerregendem Tempo ein Vierergespann mit der Kanone im Schlepp hinunter. Aufgesessen auf eines der Tiere peitschte ein Kosake wie wild geworden das Gespann zu vollem Galopp an, zwei weitere Kosaken saßen auf der Lafette, einer von ihnen rücklings, mit herunterhängendem Kopf und blutüberströmten Händen, mit denen er sich den Bauch zusammenhielt; sein Kamerad stützte ihn, soweit es ging, damit er nicht herunterrutschte und mit dem Kopf über das Pflaster gezogen wurde. Überdeckt vom Lärm des Galopps waren die herzzerbrechenden Rufe des Verletzten zu hören: »Hilfe, Mama! Mama, Hilfe!«

Wenige Minuten später erschien auf dem Platz der Großen Oper als Vorhut die ersten Soldaten mit der roten Kokarde, die auf die Fondukretskaja einbogen und mit aufgesetzten Bajonetten die Straße absuchten. Einer der Männer Denikins, der sich nicht rechtzeitig hatte absetzen können, sah die feindliche Patrouille auf sich zukommen und den einzigen Ausweg darin, sich so tief wie möglich in einen Hauseingang zu stellen, in der Hoffnung, dass sie ihn beim Vorbeigehen nicht sahen. Sie sahen ihn. Der Soldat an der Spitze der Patrouille setzte ihm das Bajonett auf die Brust und schob es bis zum Rücken durch, der nächste folgte mit seinem Bajonett, der dritte mit seinem. Jeder aus dieser Patrouille stach, wie sie an ihm vorbeiliefen, der Reihe nach auf ihn ein. Als der letzte an die Reihe kam, glich der Körper des Kosaken einem zerhackten, ausblutenden Fleischabfall.

Um ein Uhr verhallte der Schlachtenlärm, und die ersten Nachbarn traten getarnt als Lumpensammler, was sonst, auf die Straße, denn jeder hatte bereits begriffen, dass Vorsicht geboten war beim Zusammentreffen mit den Roten und man am sichersten als Bettler auf die Straße trat. Man macht sich aber kein Bild von den verblüfften Gesichtern, als sie begriffen, dass die siegreichen Truppen, die Denikin aus Kiew vertrieben hatten, nicht die Roten waren, sondern die des Ataman Petljura, die sich die rote Kokarde angeheftet hatten, um die Kosaken in Furcht zu versetzen, und denen die bolschewistischen Arbeiter in Kiew zu Hilfe eilten, als Petljura von außen angriff.

Die List nützte niemandem mehr als den wahren Bolschewiki, die den angreifenden Petljuristen im Nacken saßen. Gegen neun Uhr abends ging die Kanonade wieder los; Unterstützung kam von heftigen Gewehrsalven und Maschinengewehren; die Petljuristen konnten keine ordentliche Verteidigung aufbauen, denn einmal offenbar, wer sie wirklich waren, organisierten sich die Juden und Arbeiter gegen sie und knallten sie aus den Fenstern und von Dächern wie Kaninchen ab. Von einer wenn auch noch so kurzen Besetzung der Stadt konnte keine Rede sein. Von der einen Seite kamen sie herein, zu anderen gingen sie hinaus.

Und wir hatten die Roten zurück, die richtigen Roten.

17.
Ein Frackträger unter den Bolschewiki

Feuer, Feuer!

Wir waren gerade in den Schlaf gefallen. Als während der Nacht im Hotel die Einquartierung Hunderter Soldaten der Roten anlief. Da die Bolschewiki spät in der Nacht kamen, warfen sie uns nicht gleich auf die Straße.

Aus Mitleid ließen sie uns in unserem Zimmer, aber nur bis der Tag anbrach. Ängstlich, was aus uns am nächsten Tag werden sollte, hockten wir hinter der verschlossenen Tür in unserem Zimmer, während die roten Garden sich in den Fluren, im Speisesaal und in den Küchen zum Schlafen nacheinander auf den Boden warfen. Wir waren kurz eingenickt, als uns ein heftiges Poltern an der Tür aufschreckte und wir die hellen Angstschreie hörten:

»Feuer! Feuer!«

Ich sprang aus dem Bett und wollte das Licht einschalten; aber es gab keinen Strom mehr. Ich suchte den Schlüssel; er war aus dem Schloss gefallen, Sole und ich tappten hastig mit den Handflächen den Boden ab. Auf dem Flur herrschte lärmendes Durcheinander: Jeder hastete zum Ausgang, Schläge, Schreie; durch die Tür drang der Geruch von angesengtem Holz. Wir bekamen Todesangst. Sollten wir in dieser Rattenfalle geröstet werden? Ich sammelte alle Kräfte, rannte mit der Schulter gegen die Tür und krachend sprang das Schloss auf. Halbnackt, blind und erstickt vor Qualm, bahnten wir uns Hand in Hand einen Weg durch diese in ihrer Todesangst wahnsinnig gewordenen Masse, die nicht wusste, wohin sie flüchten konnte. Die Rotgardisten, die nach ihrem Schlachtengetümmel eben Schlaf gefunden hatte, sprangen auf und schossen wie wilde Bestien um sich und rammten ihre Bajonette in jeden, der im Weg stand. Ganz selbstverständllich gingen sie von einem vorsätzlichen Feuer und einem zeitgleichen Gegenangriff der Weißen aus.

Und so war es: Als Denikins Truppen flohen, zündeten ein paar Nachzügler das Hotel an und hofften, dass die darin einquartierten Roten Garden, im Schlaf überrascht, allesamt verbrannten. Als sie das verbrecherische Feuer gelegt hatten, versagte ihr Gegenangriff auf voller Breite. Gerade einmal fünf Rotgardisten, die die Ausgänge nicht fanden, wurden Opfer der Flammen. Des Weiteren erstickten offenbar zwei Bettlägerige im Erdgeschoss, an die keiner gedacht hatte; eine Frau mit ihren zwei Söhnen, die ihr Mann zuhause eingeschlossen hatte, und zwei Frauen aus dem dritten Stock, die lange Minuten der Verzweiflung ihre Arme zum Fenster rausstreckten, durch das mal Qualm, mal Feuerszungen schlugen; diese Arme hinter den Querstreben, die ich nie vergessen werde, zappelten in viehischer Angst, und schließlich verharrten sie, festgekrallt an der Brüstung wie vier falsche Ranken. Insgesamt verkohlten zwölf Menschen. Denn die fünf Verluste, die die Brandstifter unter den Roten verursachten, kosteten drei Frauen, zwei Kindern und zwei Kranken das Leben.

Als ich mich auf den gegenüberliegenden Gehweg gerettet hatte, kam mir keuchend, nass und halbnackt das ganze Ausmaß unserer Katastrophe zu Bewusstsein. Dort oben im Hotel war umgeben von Flammen unser ganzes Vermögen zurückgeblieben, einige tausend Rubel in Gold, dazu Brillanten, die ich mühselig zusammengebracht hatte. Ich spürte darüber eine solche Verzweiflung in mir aufkommen, dass ich entschied, lieber zu sterben, als im Elend weiterzuleben, ich wickelte mir eine Decke um den Kopf und stürzte mich zurück in den Glutofen, fest entschlossen, meinen Schatz zu retten oder dem Schicksal ins Gesicht zu sehen.

Das Hotel mit seinen Wegen kannte ich wie meine Westentasche, und so gelangte ich durch den dichten Rauch tastend bis in unser Zimmer. Im Nebenraum prasselte bereits das Feuer.

Ohne Umschweife steuerte ich auf mein Versteck zu. Den Schatz hatte ich gegen jede Eventualität gesichert; eingeschlossen in ein Stahlkästlein, eingewickelt in Kautschuk, hatte ich ihn in einem Wasserkasten, der in einer Wand knapp unterhalb der Decke steckte, versenkt. Bereits halb erstickt riss ich mit den Fingernägeln die Abdeckung fort, griff nach dem Schatz und eilte nach draußen. Eine Feuerwand versperrte mir den Weg. Ich kehrte um und zog mich durch den Schacht des Versorgungslifts hinauf, bis ich auf den schmalen Aufgang der Bediensteten traf, über den ich hinausgelangte. Ich übergab Sole eilig den Beutel mit unserem Schatz und warf mich aufs Neue ins Feuer. Über denselben Weg gelangte ich schnell hinauf und rettete aus unserem Zimmer die Kostüme, die Instrumente und die Gitarre. Alles Weitere fiel den Flammen zum Opfer. Denn als ich ein drittes Mal hinauf wollte, hinderten mich die Feuerwehrleute daran. Das Feuer war inzwischen überall, der ganze Block brannte lichterloh, und zwischen den vor Schmerz schreienden Angehörigen starrte die Zuschauermenge wie gelähmt auf die Katastrophe. Es gab kein Löschwasser und so griff das Feuer auf die anliegenden Häuser und auf die andere Straßenseite über. Um ein Haar wäre die halbe Stadt abgebrannt.

Die Weißen durften stolz sein.

Pabirchenko, Bankier und Clown

Noch während das Feuer wütete, waren die Schusswechsel mit der Gegenattacke der Weißen zu hören; sie wurde zurückgeschlagen. In den nächsten Tagen gab es überall in Kiew brennende Häuser, die von den Konterrevolutionären angesteckt wurden. Zeitgleich spürte man die ersten gravierenden Folgen einer Typhusepidemie.

Das Leben glich einem Irrenhaus. Anders waren die Reglementierungen nicht zu bezeichnen, die das sowjetische Regime einführte. Ohne zwischendurch Luft zu holen errichteten die

Roten die Terrorherrschaft und führten von der ersten Minute an den Kriegskommunismus mit unnachgiebiger Brutalität ein. Mit einem einzigen Federstrich entwerteten sie die Währungen, die in der Ukraine in Umlauf waren, den zaristischen Rubel, den Kerenskij, den Denikin, den Petljura, und wen sie mit einem Geldschein erwischten, den warfen sie in den Kerker oder den erledigten die Sondereinheiten der Tscheka. Jeder konvertierte augenblicklich zur anbetungswürdigen Besitzlosigkeit. Mit dem Erscheinen der Sowjets kamen auch ihre Geldscheine von einem oder zwei Rubel in Umlauf, von nun an die einzig statthaften. Unter der Hand nahmen manche Läden noch den Kerenskij an, rechneten ihn aber je nach Laune um. Für ein Paar Stiefel bezahlte ich so die hübsche Summe von fünfzehntausend Rubel im Nominalwert von vierzigtausend Peseten.

Wie immer, wenn die Bolschewiki kamen, suchten wir Zuflucht in der Gewerkschaft der Zirkusartisten, aber dieses Mal sprengte der Zulauf alles Normale, denn die Bourgeoisen hatten dazugelernt und ihre Skrupel, zum Proletarier zu konvertieren, beiseitegeräumt, sodass es in Kiew keinen Bankier, Rentier, Landbesitzer oder Industriellen gab, der nicht die Aufnahme in unser Syndikat als Clown, Sänger, Porträtmaler, Tänzer oder was auch immer beantragte. Ein Beitritt in die Gewerkschaft der Zirkusartisten stellte für die Bourgeoisie ein passables Schlupfloch dar, und nicht wenige schlüpften rein, indem sie die Mitglieder des Direktoriums schmierten. Keiner dieser Nichtskönner war in der Lage, auf die Bühne hinauszutreten, stets führten sie zu ihrer Entschuldigung an, für ihre Nummer noch dieses oder jenes zu benötigen, ohne das sie nicht auftreten könnten. Unüberschaubar war die Anzahl derer, die angeblich seltene Instrumente spielten, vorgaben, Illusionisten oder Zauberer zu sein, denen lediglich ihr Werkzeug abhandengekommen war, das es ihnen gestattet hätte, ihre Fähigkeiten zu beweisen. Einer von ihnen stellte aber eine Ausnahme dar. Er war ein gestandener Mann von vierzig Jahren, der sich mit den Worten vorstellte: Gestatten, Clown. Man nahm ihn aufgrund seiner üppigen Schmiergelder auf, die er jedem Direktoriumsmitglied zukommen ließ, war doch längst bekannt, dass er niemand Geringerer war als Herr Pabirchenko, einer der schwersten Bankiers der Stadt, den jeder in Russland kannte. Groß gewachsen, kräftig, aufmerksam und schlau, als solcher ging er am Tag nach seiner Aufnahme direkt auf den *clown* Zerep zu und machte den Vorschlag:

»Lassen Sie uns trainieren!«

Zerep dachte, er scherze, aber Pabirchenko blieb ernst, entledigte sich seines Jacketts, des Hemdkragens, krempelte die Ärmel hoch und schlug eine Stunde lang auf der Bühne einen Purzelbaum nach dem anderen. Bankier Pabirchenko kam jeden Morgen pünktlich in den Zirkus, machte sich frei bis aufs Hemd und übte sich in Springen und Seiltanz, bis er erschöpft zusammensackte. Würden Sie es glauben – er wurde am Ende ein Clown von begnadeter Ernsthaftigkeit, als habe er in seinem Leben nichts anderes gemacht, als auf der Bühne zu stehen. Es war eine mitreißende Freude, diesem beeindruckenden Mann, der trotz seiner imposanten Karriere seinen jugendlichen Spieltrieb bewahrt hatte, zuzusehen, wie er sein Gesicht mit Kreide schminkte und hinausging, um sich von ein paar Zirkusdeppen ordentlich vermöbeln zu lassen, die sich ganz offenbar an ihm rächten und ihm schallende Ohrfeigen verpassten. Schließlich vergaßen wir alle seine Herkunft, selbst die, die ihm anfangs mit Missgunst begegneten, akzeptierten ihn als einen der ihren.

Später, als der Bürgerkrieg sich seinem Ende näherte, und die Weißen von russischem Boden abrückten, saßen wir oft abends mit unserem Künstlerzirkel zusammen und klagten über unser Elend. Pabirchenko kam auf uns zu und erkundigte sich:

»Warum so betrübt?«

»Weil uns unser Magen von innen auffrisst. Wir besitzen keinen einzigen Rubel.«

»Jungs, wollte ihr Geld? Geld bedeutet gar nichts. Nehmt.«

Er zog ein Portefeuille aus der Jacke und schenkte jedem

von uns Tausende und Abertausende Rubel und behielt dabei den leichtesten Humor, sodass es schien, als habe dieses Vermögen von mehreren Millionen, das er zweifelsohne besessen hatte und das er gerade mit einem Lächeln im Gesicht auflöste, nie existiert. Einen Menschen wie ihn, der in bester Laune vom Millionär zum Tuppes wurde, habe ich nie wieder getroffen.

Martínez, Schlangenmensch. Zum Zirkus

Wenige waren wir er. Die meisten bourgeoisen Nichtskönner in unserer Gewerkschaft hatten kalte Füße bekommen und erhofften insgeheim nichts anderes, als gegen die Sowjets konspirieren zu können, und gesagt getan, begannen die Kommissare, solche Konterrevolutionäre auszusondern. In jenen Tagen der Säuberung feierte Maria Alexandra Lianskaya, eine weit bekannte Sängerin, dank ihrer Beziehungen zu einigen bolschewistischen Direktoriumsmitgliedern große Erfolge. Ich lernte sie – da regierte der Zar noch – als Liaison einiger Fürsten und Offiziere kennen. Für sie hatte sich nichts geändert. Die Bolschewiki waren kein bisschen anders als die Bourgeoisen: Idioten, die auf sie hereinfielen und für die Capriccios mit ihr alle Dekrete über Bord warfen. Die Lianskaya war es dann auch, die jeden Einzelnen im Direktorium bezirzte und ihre Bourgeois-Freunde in die Gewerkschaft einführte.

Aber diesem Ausufern setzte die Tscheka ein Ende und ordnete das Ausmisten unter den Artisten an. Sie verordnete der Gewerkschaft per Dekret ein Säuberungskomitee, das sich aus unbestechlichen Bolschewiki zusammensetzte und sich der Aufgabe widmete, unanfechtbar festzulegen, wer Artist war und wer nicht. Ich sah die Gelegenheit gekommen, meinen Status als Varietee-Künstler zurückzufordern und damit in eine höhere Kategorie gestuft zu werden, aber ich scheiterte. Das Säuberungskomitee trat im Zirkus zusammen, und wir mussten vor seinem kritischen Auge unser Programm vorspielen, worauf jedem nach einem Bewertungskatalog Punkte zugewiesen wurden. Als ich an die Reihe kam, ritt mich die Idee, mit Sole einen Tango Argentino zu tanzen. Sie trug ein elegantes Kleid *à la soirée* und ich einen Frack.

»Raus, raus!«, schrie der Vorsitzende des Säuberungskomitees, als er uns nur eine Sekunde gesehen hatte. »In Russland gibt es weder Frack noch Tanzamüsements. Wenn du nichts anderes kannst, suche dir schon mal eine Spitzhacke.«

»Warten Sie, Kamerad«, sagte ich nervös. »Dies ist nicht meine wirkliche Kunst, meine ist der Flamenco.«

»Der Flamenco? Was soll das sein, der Flamenco?«

»Der Flamenco ist eine exotische Kunst, er ist keine Kunst der bourgeoisen Kreise sondern des Volkes, des universellen Volkes, die beliebteste Kunst der Welt.«

Er schaute mich ungläubig an und knurrte:

»Gut, mach, was du kannst, aber kein Frack!«

Ich flog förmlich aus dem Frack und in den Bolero und tanzte alleine und nur mit den kleinen Kastagnetten vor diesem Tribunal aus Bolschewiki eine klassische *farruca*, die mächtig viel Staub aufwirbelte.

Sie waren wie vor den Kopf gestoßen und bekamen kein Wort heraus. Der Vorsitzende des Säuberungskomitees schob seine Kappe hoch und kratzte sich halb mit ihr, halb mit der Faust ratlos das zerzauste Haar; sein Urteil kam etwas kleinlaut aus seinem Mund:

»Nicht übel.«

Er drehte sich zum Sekretär des Tribunals und diktierte laut:

»Martínez, Schlangenmensch. Zum Zirkus.«

Ein Mann im Frack

Ein Tanzpaar, er Russe, sie Polin, fiel ganz raus und konnte sich nicht retten. Sie beherrschten nur Gesellschaftstänze, und so warf das Säuberungskomitee beide aus der Künstlergewerkschaft und verurteilte sie zu einem Leben im tiefsten Elend. Sie erhielten die tiefste Punktwertung für bourgeoise Elemente und bekamen auch keine Gelegenheit, vielleicht in einer zweiten Runde unter den Bourgeoisen zu bestehen. Da sie kein Einkommen hatten, überbrückten sie eine Zeit, indem sie das wenige, das sie noch besaßen, verpfändeten und verkauften. Bis sie die Idee zu einer Tournee über die Dörfer hatten, die sie auf eigene Rechnung starteten; sie dachten sich dafür auf der Grundlage der Tanzschritte, die sie beherrschten, eine Art *ballet* aus, das pantomimisch die Laster der Bourgeoisie hervorheben sollte. Er kam in seinem Frack auf die Bühne und spielte den jungen Herrn, sie die elegante Kokotte: die Darbietung ihres *ballet* verfolgte dabei den Zweck, aus diesen Stellvertretern der Bourgeoisie Kanaillen und elendige Hunde werden zu lassen, die nur danach trachteten, Opfer für ihre Laster und Degeneration zu finden. Seinen Frack brauchte er auch für die Figur des »Fantomas«, der in den Augen der Roten das Paradebeispiel eines Bourgeois war. Sie ernteten reichlich Applaus dafür, aber keine einzige Kopeke. Die Tscheka machte ihnen endgültig einen Strich durch die Rechnung und verbot ihre Pantomimen.

Das Elend, in das sie damit gestoßen wurden, war erniedrigend. Als ich sie das letzte Mal auf der Straße sah, besaßen sie nicht einmal etwas, um sich zu bedecken. Er geisterte barfuß im Frack durch Kiew. Die Polin verhungerte qualvoll, nachdem sie nichts mehr zu sich nehmen konnte. Er lief sich derweil auf der Suche nach einem Krümel Brot seine Fersen wund. Ihr Elend endete im Unmenschlichen, die bemitleidenswerte Polin lag in ihrer Todesstunde völlig nackt auf dem Bettrost. Er ertrug es nicht, dass man sie so sah, und ließ sie mehrere Tage unentdeckt dort liegen. Verwirrt stromerte er durch die Kiewer Straßen und bettelte um das Geld, mit dem er wenigstens ein Laken kaufen und seine Gefährtin bedecken konnte wie eine Tote. Kurz überlegte er, ob er sie im Frack beerdigen sollte, aber dann würde er ohne eigene Bedeckung nicht mal mehr auf die Straße treten können. Dieses herzzerreißende Elend nahm erst ein Ende, als die Nachbarn sich wegen des Verwesungsgestanks beschwerten. Man beerdigte die Tänzerin nackt. Hinter ihr lief ihr Gefährte her, barfuß und im zerschlissenen Frack, ein groteskes Abbild eines Untoten, der ihr diese späte Schmach nicht hatte ersparen können.

Künstlerische Resteverwertung

Man könnte glauben, dass inmitten dieses allgegenwärtigen Horrors des Bürgerkriegs, den die Bolschewiki inzwischen in »Kriegskommunismus« umgetauft hatten, wir Darsteller nur zu Hause hockten und uns die Nägel polierten. Aber dem war nicht so; zu unser aller Unheil. Selbstverständlich hatten sie Verwendung für uns und zogen uns durch die Jauche!

Einmal im Monat organisierten die Kommunisten einen Sonderzug, mit dem sie uns an die Front fuhren, wo wir die Truppen zu unterhalten hatten. Manchmal schickten sie uns aber auch einfach auf Lastwagen oder Karren über die Dörfer, damit die Bauern mit uns als Vogelscheuchen ihre knurrenden Mägen vergaßen. Mehr als bloß einmal musste ich eine *farruca* auf der Pritsche eines Lastwagens tanzen, die Horde Barbaren lachte sich kaputt über unsere Verrenkungen und warf Sonnenblumenkerne fressend mit Melonenschalen nach uns.

Diese *tournées* waren grauenvoll. Sie bezahlten uns keinen Pfennig und zu essen gaben sie uns auch nichts, und manchmal ließen sie uns, lediglich mit einem Glas Tee im Bauch, über die eisige Steppe marschieren, bis uns Beine und Arme abfroren. In den Dörfern zimmerten wir ein paar Planken für das Schmierentheater zusammen und mussten auf den Brettern, die die Welt bedeuten, das Landvolk anlocken; als sich auch der Letzte um uns versammelt hatte, übernahmen die bolschewistischen Propagandisten die Bühne und hoben zu nicht enden wollenden Marterreden an. Wenn die Bauern, die bolschewistischen Redner nur sahen, grölten und pfiffen sie bloß noch; diese geübten Redner aber, die weder kleinzukriegen noch einzuschüchtern waren, propagierten durch den Tumult hindurch ohne Punkt und Komma ihren Lenin und den Kommunismus. Des Schwafelns überdrüssig, zogen schon die ersten gelangweilten Bauern ab, doch dann stießen sie uns mit einem Arschtritt wieder raus, damit das Publikum nicht abhaute.

Wir zogen durch Kasernen, Fabriken, Kiewer Hotels, ohne eine einzige Kopeke zu sehen und durften noch dankbar sein, dass sie uns in die Schulen weit außerhalb von Kiew schickten, wo sie die Kleinsten propagandistisch aufmunterten.

Als der Krieg wieder näherkam, drückten sie uns eine Hacke in die Hand und kommandierten uns zum Grabenausheben in die Umgebung Kiews. Zum Glück ordnete unser Kommissar und Kamerad Peter, der als der Vizegouverneur der Stadt ein schützendes Auge auf uns hatte, unmissverständlich an, dass die Künstler, weil unbrauchbar für die Befestigungsarbeiten, zurück an ihre Arbeit sollten. Das trat eine Lawine los, denn andere Kommissare bestanden darauf, dass wir gruben, und bezichtigten ihn der Schwäche, Kamerad Peter aber setzte seine ganze imposante Erscheinung – er trug einen furchteinflößenden Bart – und seinen Ruf ein, das mieseste Schwein zu sein, wenn er wirkliche Bourgeois vor sich hatte, und schließlich gaben sie drein und beorderten uns von den Schützengräben ab.

Für ihren Mummenschanz gegen die Bourgeoisie waren wir auch zu gebrauchen. Unseren Zirkusathleten Carlos steckten sie in eine solche Maskerade. Als Bettelquasimodo musste er durch die Kiewer Straßen hinken und am ausgestreckten Arm eine Nachbildung des Zarenkopfes herzeigen. Den Henker spielen war noch das Geringste! Ich spielte das »Schwein eines Bourgeois« und der Madrider Pérez »den blutrünstigen Fürsten«. Wie nicht anders zu erwarten waren wir Zielscheibe für aller Leute Häme und für die faulen Tomaten, die die wütende Masse für diese schmierige Darbietung noch übrig hatte.

18.
So tötete die Tscheka

Er legte als Zeichen der Zuneigung seinen Arm um meine Schulter und toastete mir mit einem Glas Champagner zu:

»Trink, kleiner Spanier; trink und amüsiere dich etwas; und leg endlich dieses lange Gesicht ab, trauriger Jude. Wir Bolschewiki sind nicht so schlecht wie du glaubst.«

Wenn er in Stimmung kam, konnte dieser Mischa der Schreckliche richtig nett sein. Und in dieser Nacht war er bestens aufgelegt, er bemühte sich redlich, freundlich und gelöst zu sein. Wie ich ihn so vor mir sah, trinkend, singend und vor Freude lachend und dabei das Gesicht eines unbedarften Studenten machend, verließ mich die Vorstellungskraft, wie dieser Mischa, den die Bewohner Kiews hassten und fürchteten, derselbe Mensch gewesen sein konnte. Denn suchte die Welt einen Meister der Brutalität, hätte sie ihn in Mischa gefunden, in diesem Kameraden, der mich so warmherzig festhielt und mitlitt, weil mich etwas betrübte. Niemand würde mir beipflichten, dass dieser spendable und nachgiebige Besoffene, der fast zu höflich ständig um Pardon bat, niemand Geringerer war als der Kommissar der Kiewer Tscheka, der Kerl, der jeden Tag Dutzende unschuldige Kreaturen mit einem Federstrich ermordete, wenn er auf der Namensliste der aktuellen Verhaftungen mit einer roten Markierung ihr Todesurteil aussprach. Ein kleiner roter Fleck dieses Stiftes bedeutete den unaufhaltbar auf einen zurollenden Tod.

Meine Freundschaft mit ihm begann, als ich täglich zur Tscheka und unsere Spielorte nennen musste, denn der Zirkus hatte für die bolschewistischen Kommissare stets genügend Plätze freizuhalten. Die Tatsache, dass ich dem Kommissar

Mischa oft ein paar Separees mehr reservierte als er bestellt hatte, was für mich als Kartenabreißer eine leichte Übung war, führte zu einer gewissen Zugänglichkeit dieses Mannes, die so weit ging, dass er mich zu seinen Gesellschaftsabenden rief und bat, zur Erheiterung seiner Gäste, das waren andere hohe Tschekisten und Kommissare, die Künstler einzuladen und das Gelage etwas in Schwung zu bringen, indem ich auf der Gitarre oder am Klavier spielte. In besagter Nacht startete die Sause in der Villa der Tscheka in der Elisabtkaya Ulitza, ein würdig in die Jahre gekommener Stadtpalast, der mit prachtvoll ausgestatteten Salons aufwarten konnte; mit wertvollsten Wandbespannungen, alten Möbeln, erblassen lassenden Bildern, herrlichen Spiegeln. Die wichtigsten Kommissare waren anwesend und zur Aufmunterung hatten sie sich acht oder zehn Künstler von mir herzitieren lassen. Champagner und Cognac waren mehr als genug da, und so gaben sich diese Monster den Anschein distinguierter Männer, als wären sie tatsächlich die Eigentümer dieses Palastes und erwiesen ihren Gästen jegliche Ehre. Niemand hätte geglaubt, dass diese Salons mit ihren Kanapees aus Seide und diese federweichen Gobelins der Sitz der Tscheka war und diese höflichen Gentlemen ihre Vollstrecker. Einzig ein großes Tablett in der Mitte des Raumes mit Dutzenden übereinanderliegenden Revolvern und die über die Kandelaber gehängten Halfter der Tschekisten deutete auf einen teuflischen Ort hin.

»Warum amüsierst du dich nicht, kleiner Spanier?«, erkundigte sich Mischa wieder. »Hier legt man seine Trauermiene ab: Man trinkt, man tanzt …«

»Hier drin, richtig«, erwiderte ich. »Aber da draußen nicht. Sie wissen gar nicht, wie die Menschen da draußen leiden.«

»Was habe sie dir getan, Mann? Wenn sie dir ans Zeug flicken, komm zu mir, und wir begleichen die Rechnung mit deinen Feinden.«

Mischa schaute mich einen Augenblick lang von der Seite an. Dann lachte er lauthals und umarmte mich. Bedächtig, aber mit erregter Stimme insistierte er:

»Nimm schon und trink. Mach dir keine Gedanken, wenn du nicht wahnsinnig werden willst. Schau mich an! Morgen können Petljuras Dreckskerle gerne zurückkommen und mich in Jenseits befördern, aber heute ... Heute bin ich hier der Herr, und der möchte sich amüsieren! Ich habe auch ein Recht auf ein bisschen Vergnügen. Es wird doch für einen Schlachter in diesem Schweinestall noch etwas anderes geben als Arbeit. Du machst dir keine Vorstellung, welche Arbeit diese Kanaillen von Konterrevolutionären einem machen. Meinst du nicht, nach einem langen Arbeitstag Bäuche aufschlitzen habe ich mir kein Glas Champagner verdient? Komm schon, lass diese Mimosigkeit und spiele etwas auf der Gitarre, ich brauche heitere Gedanken. Wirst du das deinem Freund Mischa ausschlagen?«

»Warum kommst du nicht zur Tscheka?«

Die Gelage der Tschekisten wiederholten sich, und ich genoss nach und nach das Vertrauen der Tschekisten. Ich erhielt sogar die Genehmigung, mich nachts auf den Straßen zu zeigen, damals ein Ding der Unmöglichkeit, denn nachts holten sie sich ihre Beute, nachts exekutierten sie und nachts verscharrten sie die Kadaver. Für mich war die Kiewer Tscheka ein offenes Buch.

Jeden Nachmittag suchte ich Mischa in seinem Büro auf und trank mit ihm Tee. Wir rauchten gemeinsam und plauderten, als wären wir Freunde von Kindesbeinen an. Zwischendurch traf die Liste mit den Verhafteten ein, und sofort setzte er sich an den Tisch und machte zu manchen Namen ein paar flüchtige Notizen. Und bevor er bei Einbruch der Dunkelheit sein Büro verließ, zog er einen blauen und einen roten Stift hervor und markierte die Namensliste: Die blauen Punkte ließen sie wieder laufen; die roten Punkte wurden in dieser Nacht erschossen.

Manchmal war Mischa unentschlossen und schwankte. Dann nahm er den roten Stift und markierte:

»Bah! Einer mehr, was soll's!« Er steckte sich eine Zigarette an und schlug mir belustigt auf die Schulter. »Ein Feind weniger!«

Einmal hatten wir uns was in den Tee gekippt. Angetrunken machte ich auf blöd und setzte mich an den Tisch, zog den blauen Stift und markierte im Spaß; im Spaß markierte ich zwei ganze Seiten. Mischa protestierte prustend:

»Ja, wir wären alle übel dran, wenn du der Chef der Tscheka wärst. In einer Woche hätten sie uns bei lebendigem Leib aufgefressen. Wir müssen sie vernichten, Kamerad. Daran führt nichts vorbei.«

Bevor ihr mich Henkershelfer der Tscheka nennt und mir vorwerft, ich hätte mit ihnen unter einer Decke gesteckt, zeigt mir die dreißig oder vierzig Todgeweihten, denen ich im Spaß das Leben gerettet habe. Ich habe mich mit ihnen vertragen, aber ich hatte keine andere Wahl. In jedem anderen Fall wären Sole und ich flugs zwei Namen mehr gewesen, die Mischa mit rotem Stift markierte: »Zwei Feinde weniger«.

Ich war nie Tschekist. Bei einem dieser Gelage wandte er sich mir zu:

»Du bist ein feiner Kerl, Spanier. Du musste einer von uns werden. Morgen mach ich dich zu einem Tscheka.«

Ich sagte Ja, um ihm nichts auszuschlagen, und gleich am nächsten Morgen kamen schon zwei Tschekisten zu uns und brachten mir Halfter und Pistole. Ich brachte sie Mischa zurück mit den Worten:

»Wir sind uns doch einig, dass ich als Tschekist ungeeignet bin. Ich bin Ausländer und Künstler. Die Proletarier würden mich unentwegt verdächtigen, und sie würden dich beschuldigen, du hättest deinen Günstling, den Tänzerfreund, zum Tschekisten gemacht. Du weißt, du kannst auf mich zählen, und ich helfe dir, ein Wort genügt: Aber welchen gegenseitigen Beweis haben wir nötig?«

So entkam ich der Falle und wurde kein Tscheckist. Und da ich niemals Spitzel war, ist mein Gewissen rein. Ich habe niemanden ans Messer geliefert, und in diesem Quartier des

Teufels in der Elisabetskaya habe ich die Aufgabe erfüllt, die Kommissare zu unterhalten und auf ihre schwachen Momente zu lauern, um den einen oder anderen Unbekannten zu retten. Ich kann heute mit erhobenem Haupt sagen: Niemand fiel in ihre Hölle durch meine Schuld.

Fleischnachschub für die Tscheka

Die meisten, die in die Krallen der Tscheka gerieten, wurden der Spekulation bezichtigt. Hunderte und in der Mehrzahl Juden spekulierten damals in Kiew, vorrangig mit ausländischen Währungen und Juwelen, und wurden von der Tscheka unerbittlich verfolgt. An erster Stelle stand, wer Kerenskij oder Wrangel-Rubel besaß. Sole ging an einem Nachmittag auf einem Gehweg, als nur wenige Schritte von ihr entfernt ein Unbekannter hastig ein Bündel Geld fallen ließ. Dem Unbekannten folgte ein Mann mit der Pistole im Anschlag, ein bolschewistischer Kommissar, der das Bündel im Gehen aufhob und den Unbekannten verfolgte und einholte. Sofort krallte er sich den Ausreißer am Hals und zerrte ihn vor Sole.

»Kameradin«, sprach er sie an. »Du hast gesehen, wie diese Kanaille das Bündel Geld da vorne auf den Weg geworfen hat, richtig?«

Sole blickte in das zu Tode erschreckte Gesicht des Unbekannten und sagte:

»Nein, er hat es nicht fallen gelassen. Ich habe das Bündel schon zuvor auf dem Weg liegen sehen.«

Sie rettete ihm das Leben.

Die Juden spezialisierten sich auf den Handel mit Juwelen und hatten dafür in Kiew zwei Cafés, wo sie, verborgen vor der Tscheka, ihrem Geschäft nachgingen. Wenn man sich diese abgerissenen Gestalten in ihren verschmutzten Schoßröcken ansah, so fleckig und so schmalzig, dass man einen Eimer Wasser über sie stürzen konnte, das ohne Weiteres abgeperlt wäre, konnte man sich nicht vorstellen, dass sie in diesen mit doppeltem Futter genähten Lumpen Brillanten im Wert von vielen tausend Rubel versteckten.

Wenn ich sie im Café auf der Suche nach Abnehmern um die Tische schleichen sah, foppte ich sie manchmal:

»Schalom, Samuel. Verkaufst du mir deine Jacke für zehn Millionen Rubel?«

Sanft lachte er dann zu mir herüber und spielte mit einer quittierenden Handbewegung die freche Andeutung herunter:

»Kümmere dich um dein Geschäft und lass mich in Ruhe.«

Die Tscheka machte regelmäßig Razzien in den Cafés. Ihre Roten Garden besetzten mit Bajonetten die Ausgänge, dann standen sie in der Tür und schrieen in den Raum:

»Hände hoch! Jeder bleibt auf seinem Platz.«

Er baute sich vor einem Tisch auf und rief einen nach dem anderen heran:

»Du da, Abraham, lass mal sehen, was hast du da im Mantel?«

»Nichts«, gab der zur Antwort.

»Überlege dir, was du sagst.«

»Nichts, sage ich dir.«

»Du wirst schon wissen, was du versteckst. Zeig nur, was du in den Taschen hast, und du kommst morgen, beweist, dass du rechtmäßiger Eigentümer bist, und holst es morgen bei der Tscheka ab. Wenn wir aber etwas bei dir finden, wanderst du in den Kerker.«

Abraham begann zu zittern. Seine Bartspitze tanzte hin und her, so klapperten seine Zähne. Nach langem Zögern stammelte er:

»Ich glaube, ich habe einen … Knopf … Ja, genau: einen Knopf, den mir mein Bruder zu seinem Andenken schenkte.«

»Kann man den sehen?«

Abraham kramt tief in den Taschen seines Schoßrockes und zog mit zittrigen Fingern eine Libra in Gold hervor.

»Ein Knopf«, sagte er, »ein Geschenk meines Bruders.«

»Aber das ist ein Sterling.«

»Aber mein Bruder benutzte ihn als Schließe an seinen Hemden.«

»Gut, komm zur Tscheka und beweise diese schöne Geschichte mit deinem Bruder, und wir geben sie dir zurück. Nimm diese Quittung.«

Einer nach dem anderen spuckte so die eingenähten Juwelen und das versteckte Geld aus. Manch einer erlitt Krämpfe, als er durchsucht wurde. Wenn sie etwas fanden, nachdem er hundertausendmal verneint hatte, Juwelen oder ausländisches Geld bei sich zu haben, brach nicht selten einer zusammen. Schlimmer konnte es nicht kommen. Denn einmal auf Mischas Nachmittagslisten, war das Allerwahrscheinlichste der Schuss in den Nacken.

Bei einer dieser Razzien entdeckte ein Kommissar ein Bündel Geld auf dem Boden, das er an sich nahm; zweihundert oder dreihundert Pfund Sterling.

»Wem gehört das?«

Vor dem Diwan, unter dem er das Geld gefunden hatte, standen sechs oder sieben abgerissene Juden. Keiner rührte sich.

»Ist das nicht dein Geld? Ist es nicht dir aus der Tasche gefallen?«, drohte der Kommissar einem zerknirschten, alten Juden direkt ins Gesicht, schaute auf die Stelle hinab, wo er es entdeckt hatte und strich sich mit den Fingern durch den dünnen Bart.

»Meins, Kamerad? Wie könnte ich so ein Vermögen besitzen? Ich habe nicht einmal Geld für's Sterben!«

»Überlege es dir gut. Wenn das dein Geld ist, musst du es nur sagen. Ich stelle dir eine Quittung aus, und morgen kommst du zur Tscheka, bezeugst die legale Herkunft, und wir geben es dir zurück.«

Der Alte überlegte und kratzte sich langsam den Bart. Er spekulierte, und beinahe wäre er in die Falle getappt, denn mit Speck fängt man Mäuse, aber er kniff die Augen zu und wiederholte standhaft:

»Nein, es ist nicht meins.«

Nachdem die Bolschewiki abgerückt waren, warf sich der Alte weinend auf den Diwan. Höchst selten traute man sich, zur Tscheka zu gehen und das Eigentum an den beschlagnahmten Juwelen oder Geldbündeln zu reklamieren. Die genarrten Juden verloren lieber alles, als in die Mühlen der Tscheka zu geraten und sich eine Untersuchung eines missgelaunten Tschekisten aufzuhalsen, die leicht mit einem Schuss in den Nacken enden konnte. Mich erwischten sie einmal mit Juwelen, aber ich ging hin zur Tscheka und verlangte sie zurück. Ich erhielt sie auch, denn mein Status als Künstler erlaubte mir, darzulegen, dass ich sie rechtmäßig besaß; abgesehen davon half mir Mischa, diese schwierige Situation zu meistern. Aber die Juden wussten, dass sie ihr Leben aufs Spiel setzten und verlangten nie etwas zurück.

So tötete die Tscheka

Die Terrormaschinerie lief auf Hochtouren. Die Henker wurden pro Hinrichtung mit einer stattlichen Summe und den Kleidungsstücken der Todeskandidaten entlohnt. Es gab viel zu tun, und jeder konnte Henker werden.

Die Hinrichtungen gingen um zwei Uhr in der Nacht los. Zu dieser Stunde fanden sich die Soldaten der Tscheka oder die freiwilligen Henker in den Katakomben der Elisabetskaya oder der Catharinskaya ein und riefen namentlich die Gefangenen auf, die auf Mischas Liste eine rote Markierung hatten. Die Gefangenen wussten, was sie erwartete, wenn sie ihre Namen hörten; mit starren Augen verabschiedeten sie sich von ihren Zellengenossen, und dem instinktiven Wunsch folgend, es möge von ihnen ein Zeugnis bleiben, kratzten sie gegen das totale Vergessen ein Kreuz in die Wand und darunter das Datum und ihren Namen. Als die Bolschewiki aus Kiew verjagt wurden, konnte man das tragische Schicksal vieler Verschwundener anhand dieser zittrigen Unterschrift aufklären, die teilweise mit Fingernägeln in die Wand gekratzt worden war.

Die Hinrichtungen bedurften keiner Apparatur und wurden gleich in den Innenhöfen der Tscheka oder in den Katakomben erledigt. Damit man die Feuerstöße und den letzten Aufschrei des Gefangenen nicht hörte, starteten die Tschekisten vor den nächtlichen Tötungen die Lastwagen, deren Motoren die Arbeitsgeräusche ihrer grausigen Schlachtungen übertönen sollten.

Jeder Henker tötete auf seine Weise, denn für die Tötungen es gab keinen festgelegten Ablauf. Es ging einfach darum, ohne Zeitaufwand und nachträgliche Arbeit ein paar tausend Unerwünschte zu liquidieren. Keine Liturgie: Reiner und schlichter Materialismus. Der Henker wollte umgehend abfertigen und nicht noch aufräumen müssen, darin waren sich die Amateure mit den Versierten einig. Manche befahlen den Häftlingen, sich nackt auszuziehen und ihre Kleidung noch fein säuberlich zusammenzulegen: Die Kleidung war der begehrteste Teil des Henkerlohns und man wollte ja keine Löcher oder Blutflecken; schließlich sollte das »Fell« heile bleiben, deshalb machte man sich doch die Arbeit. Nackt, frierend, bäuchlings auf der Schlachtbank, erhielten diese armen Menschen die Kugel, die ihr Leben beendete, das den Greifern dieser Tötungsmaschine zufällig zu nah gekommen war, deren einziger, unerbittlicher Mechanismus lautete, alle Bourgeois auszulöschen. In den Kerkern der Tscheka starb man ohne Pathos, der Tod war einfach. Haben Sie nie gesehen, wie man in der Küche ein Huhn schlachtet? So, und nicht anders. Der Tschekist riss sein Opfer von der Klagemauer und zerrte ihn durch die Gänge, wenn ihm ein Platz gefiel, zog er seinen Revolver und bestimmte:

»Mach schon, zieh dich aus. Leg die Kleidung da in die Ecke.«

Und während der Häftling, der Mechanik gehorchend, sich die Stiefel abstreifte und das Hemd über den Kopf zog und kein Protest über seine Lippen kam – wozu auch? –, steckte der Tschekist sich eine Zigarette an und übte mit dem Qualm Figuren.

»Was ist? Bist du soweit?«

Der Häftling aber hatte seine Sprache verloren. Er beugte gehorsam seinen Kopf auf die Brust und übergab sich der Ewigkeit des plötzlichen Endes durch eine Pistolenkugel.

Manch einer möchte glauben, so zu sterben, erfordere Überwindung. Es ist kein bisschen schwieriger. Man stellt sich Hinrichtungen als etwas Schreckliches und Feierliches vor. Quatsch. Die Bolschwiki töteten, weil sie glaubten, töten zu müssen. Sie maßen dem keinerlei Bedeutung zu. Sie dürfen mir glauben, heute, da ich all dies für Sie aus meiner Erinnerung hervorhole und berichte, wühlt es mich mehr auf als damals, als ich es miterlebte. Viele grausame Geschichten sind über die Tscheka erzählt worden. Vermutlich sind alle wahr. Die Tschekisten taten zu ihrer Zeit des Terrors alles, was man ihnen heute anlastet, und Schlimmeres. Was nicht der Wahrheit entspricht, ist der ausgeklügelte Apparat ihrer Einschüchterung, der sie umgeben haben soll. Ich kannte sie aus der Nähe. Später habe ich von ihren Verbrechen gelesen, habe Filme gesehen, in denen sie nachgespielt wurden. Das ist alles falsch. Was uns heute abstößt, ist darin nicht wirklich enthalten. Die Tescheka mordete, ja. Aber nicht, wie die Leute sich das gerne vorstellen. Das Ganze hatte etwas von Normalität, ja von Harmlosigkeit. Ich werde es Ihnen erklären.

In Kiew lebte damals ein Jongleur, der Japaner Masakita …

19.
Der Japaner Masakita, Jongleur und Hilfshenker

Masakita pokerte ordentlich, hatte aber kein Glück. Der Madrilene Zerep und der Italiener Armando, die beide schlechter spielten als er, vermiesten ihm seine guten Blätter.

»Dreier!«, frohlockte der Japaner.

»Straße!«, erwiderte Armando.

»Full House!«, erhöhte Masakita.

»Royal Flush!« Unfehlbar massakrierte ihn entweder der Spanier oder der Italiener.

Masakita schob dann gleichmütig das Geld, das vor ihm lag, hinüber, zog einen anderen Batzen aus der Tasche und begann kommentarlos, die Karten neu zu mischen, wie dies nur ein Jongleur mit seinen begnadeten Fingern vermag. Die Karten flogen mit ungeheuerlicher Präzision über den Tisch. Und so ging das Spiel weiter. Blatt für Blatt, bis er nichts mehr in der Tasche hatte. Mit leiser Stimme sagte er dann:

»Im Moment keine Karten für mich. Ich bin gleich zurück.«

Mit einem Lächeln erhob er sich, setzte sich seine Mütze auf, griff nach Halfter und Pistole und ging leise, ohne Anzeichen einer Gefühlsregung, zur Tür hinaus. Wohin Masakita ging? Wo er jetzt Geld holte?

Über kurz oder lang kam er mit frischem Geld zurück und stieg wieder ein. Die Partie war eigentlich permanent offen, Tag und Nacht, nur kurz wurde unterbrochen, dann gab man wieder aus; denn anders als die Bolschewiki, die mit ihrem neuen sowjetischen Staat allerhand zu tun hatten, Organisatorisches, waren wir Artisten vom Zirkus eher unterbeschäftigt und saßen im Gewerkschaftshaus herum und spielten Poker, bis die Flöhe von uns runtersprangen. Damals wirklich der einzige Zeitvertreib. Die Auftritte im Monat konnte man an einer Hand abzählen, was anderes zu suchen war eine Schnapsidee. Geduld und Mischen. Falls uns der leere Magen nicht vorher von innen auffraß und wir keiner Kugel im Weg standen, würden wir noch früh genug erfahren, wo das alles hinführte. Pokern bedeutete, aus dem Weg gehen. Die Anderen mochten als getriebene Seelen ruhig durch Kiew streifen. Sie fanden doch keinen, mit dem sie saufen konnten. Die Bolschewiki hatten den Wodka verboten, und die, die den Stoff nötig hatten, kippten verzweifelt jede Ungeheuerlichkeit in sich rein. Einmal mussten wir eine Vorstellung im Zirkus absagen, weil unsere Kollegen Künstler die Ration Petroleum ausgesoffen hatten, die uns die sowjetische Verwaltung für die Saalbeleuchtung zuteilte. Sie tranken sogar die Schminke. Ein Anis sieht kaum anders aus. Sie erhitzten sie, ließen sie etwas stehen, filterten sie durch ein Tuch und tranken das. Keine Ahnung, wie sie das Zeug drinbehalten konnten.

Wir, die Vernünftigsten, *Der Mann ohne Angst*, die *clowns* Armando und Zerep, der Jongleur Masakita und ich, wir hatten unser Spielchen, wir pokerten von nachmittags bis zum nächsten Morgen. Antonio Zerep und ich behielten wenigstens Oberwasser. Der Italiener Armando gewann fast jede Partie. Mit dem Geld vom Tisch legte er sich ein paar feine Fellmäntel zu und kaufte seiner Frau Brillantringe. Russen, die manchmal kurz einstiegen, verloren durch die Bank. Sie gingen bei jedem Gebot mit, ob bei Farbe plus Dreier, egal, den Rest verloren sie trotz zwei Paaren … Wo andere ihr Gehirn haben, haben Russen Paniermehl. Der Japaner Masakita verlor auch regelmäßig, nicht weil er schlecht spielte, nein, er hatte kein Glück. Spätestens alle zwei Stunden, aber manchmal auch nach zehn Minuten, erhob er sich mit seinem eingefrorenen Grinsgesicht, und bat:

»Lasst mir die Dreier raus. Muss kurz weg.«

Wohin ging Masakita?

Er lief zur Tscheka. Masakita war Tschekist, und wenn er Geld brauchte, ging er zu Tscheka.

»Gibt's was zu tun?«, fragte er.

»Ja; zwei, drei, fünf sind unten …«

Bei der Tscheka gab es immer was zu tun.

Er holte sich die Bögen aus dem Büro, stieg in die Katakomben runter und zog mit der bekannten Gleichmütigkeit, mit der er beim Poker verlor, die Pistole aus dem Halfter und sagte zu dem auf seinem Zettel:

»Mach schon, zieh dich aus.«

Er beherrschte seine Arbeit. Sein Schuss in den Nacken saß. Er war ein ordentlicher Henker, der beste Helfer, den die Kiewer Tscheka hatte. Diese Kanaillen von Juden und Letten, mit denen er sich die Arbeit teilte, waren selbst hierbei niederträchtig. Sobald die Gefangenen ihnen gehörten, spielten sie mit ihnen falsches Sterben und reizten ihre Todesangst; entweder machten sie die Augen zu oder drehten ihr Gesicht weg, um nicht hinzusehen, oder die Henker ließen sich etwas viel Bestialischeres einfallen, um die Qual unnötig zu verlängern. Statt schnell zu töten, gaben sich einige ihren Fantasien hin. Einer zielte gerne mit dem Lauf auf den Häftling, ganz nah, mitten auf die Stirn, und schoss dann nur Schießpulver ab. Der zum Tode Verurteilte spürt die Entladung und glaubt, er sei tödlich getroffen, und fällt zu Boden; allmählich wird ihm bewusst, dass im Magazin keine Kugel war. Er bemerkt den lachenden Tschekisten und langsam wächst in ihm die Hoffnung, weil er noch am Leben ist, und dann erschießt er ihn wirklich. Zeitvergeudung und überdies höchst unmarxistisch. Masakita verfiel keiner solcher Frivolitäten. Er war, wie ich bereits sagte, ein ordentlicher Henker, der sein Teufelswerk aufs Sorgfältigste und strikt nur mit der erforderlichsten Schweinerei erledigte. Spätestens nachdem er festgestellt hatte, wie viel Arbeit das Entkleiden eines Toten macht, überwand er die Schwäche, sofort auf den Verurteilten zu schießen; und er vermied jedes unnötige Extraleid.

Nach erledigter Arbeit kehrte der kleine Japaner mit einigen tausend Rubeln in der Tasche und einem lästigen Berg alter und stinkender Kleider zurück; der Schweiß des Todes steckte in ihnen. Er verlangte Karten, wir steckten die Dreier wieder rein und gaben neu aus; als gäbe es im Leben nichts Wichtigeres, war er sofort wieder drin. Wie er mir so gegenübersaß, mit den Karten in der Hand, betrachtete ich ihn genau; das gelbe und reglose Gesicht war von Tausenden winzigen Fältchen durchzogen; es verwandelte sich in nichts anderes, seine schmalen Lippen blieben lächelnd, seine Gesichtszüge stereotyp, seine Augen starr nach vorne gerichtet, sein kurzes, schwarzes Haar gescheitelt wie zwei Krähenflügel …

Fast wissenschaftlich verlor er sein Geld, und wenn ihm die letzte Kopeke ausgegangen war, ging er auf den Kleiderberg zu, durchwühlte die Hinterlassenschaften der Ermordeten und verkaufte seine miesen Kleidungsstücke, deren Besitzer man darin noch spüren konnte, an den Meistbietenden.

»Fünfhundert Rubel für diese Offiziersjacke, wer bietet?«

Die Peitsche

Masakita trat bei der Tscheka ein, er wurde Kommissar, seine Aufgabe war die polizeiliche Überwachung der Märkte. Dieser kleine, dreckige Japaner legte dabei eine so außerordentliche Aktivität an den Tag, dass er zum Alptraum der Händler wurde, die er unnachgiebig verfolgte, um ihnen die wirschen Vorschriften des Sowjet zum privaten Handel unter die Haut zu reiben. Der tiefe Hass aller Händler war ihm sicher. Sein schmallippiges Lächeln im Gesicht und seine notorische Gerte in der Hand, tauchte er jeden Morgen zwischen den jämmerlichen Markständen auf und säte, in seiner wie angegossen sitzenden Uniform durch die Reihen gehend, unter den Juden und Bauern, die ihr Brot und Gemüse verkaufen wollten, nackten Terror. Er wurde mehr gehasst als eine Pestbeule, der

Schmerz war jenseitig. Nur weil sie seine derben Peitschenhiebe ertrugen, stieß er ihnen mit der Gerte in die Lenden.

Ich, der ich es niemals ruhig hinnehmen werde, dass ein Mensch einen anderen ungestraft schlagen darf, und genau dies zeichnet einen Spanier aus, frage mich, wie nach dem hassenswerten zaristischen Russland, in dem die Oberklasse mit einer perversen Alltäglichkeit ihre Untertanen prügelte, wie nach einer alles umstürzenden Revolution, die den Offizieren und Aristokraten die Peitsche aus der Hand nahm, dieser widerliche Japaner, Sohn einer Schlange, den Erniedrigten mitten auf dem Markt von Kiew im Namen des Kommunismus die Peitsche kreuzweise durchs Gesicht ziehen durfte. Doch wie ich schon sagte, von politischen Dingen verstehe ich nichts.

Diese weinende Frau

Ihre bourgeoise Herkunft sprang geradezu ins Gesicht. Trotz ihres abgewetzten Schultertuchs, eines Kopftuchs, wie es die Bäuerinnen tragen, und der schmutzigen und löchrigen Stiefel, erkannte man sofort, dass sie eine »bourgeoise Sau« war. Die Hände, die sie flehend auf Masakitas Uniform legte, waren zu weiß, die Finger, die sich in seine Ärmel krallten, um ihn zu erbarmen, waren zu lang und zu feingliedrig.

Hin und wieder kam sie in den Zirkus und fragte nach ihm. Masakita legte dann missgelaunt seine Karten hin und führte sie in eine Ecke, wo sie sich über etwas Ernsthaftes unterhielten. Ihre Gesten verrieten, dass sie ihn um etwas bat, dass sie um seine Gunst flehte. Manchmal steckte sie ihm unauffällig Geld zu.

»Ist wohl deine Geliebte?«, schallte ihm aus der Pokerrunde entgegen, nachdem er sie verabschiedet hatte.

»Sieht ganz so aus, als ob unserem Masakita neuerdings reife Bourgeoise gefallen …«

Ein ganz klein wenig verschob sich sein undurchschaubares

Lächeln, dann vertiefte er sich in sein Blatt. Jeder durfte sich seinen Teil denken.

Als ich sie das letzte Mal sah, kam sie in Begleitung eines etwa fünfzigjährigen Mannes. Obwohl in erbärmlichem Zustand, erkannte man eine gewisse Beherrschung seiner Gestik und Mimik. Masakita sprach mit gesenkter Stimme, als die Frau, nachdem sie »Mein Sohn!« gerufen hatte, vor unseren Augen plötzlich zusammensackte.

Der Mann ergriff Masakita am Hals und drückte zu. Der Japaner befreite sich mit einer geübten Reaktion und stieß ihn gegen einen Diwan.

»Es ist nicht meine Schuld!«, sagte Masakita und rang nach Luft. »Wenn sie ihn erschossen haben, dann trotz all meiner Interventionen. Wie Sie wohl nachvollziehen werden, lag es in meinem Interesse, ihn zu retten.«

Der Mann verschmerzte seine Wut und stammelte nun Entschuldigungen:

»Verzeihen Sie mir bitte. Ich hatte die Beherrschung verloren. Aber mein Sohn, erschossen …«

Ihm war im Augenblick jede Kraft entwichen, und trotzdem beugte er sich mit zitternden Beinen zu seiner regungslos auf dem Boden liegenden Frau herab. Der Japaner drehte in diesem Moment auf den Hacken um und nahm wieder seinen Platz am Spieltisch ein. Im Hintergrund gewann das bemitleidenswerte Paar seine Fassung zurück und ging, sich im Arm haltend und gram vor Schmerz, auf den Ausgang zu.

»Was ist mit diesen Leuten, Masakita?«, wollte ich wissen.

»Die Tscheka hat ihn heute erschossen. Er war einer von den Weißen, ein Offizier, den die Tscheka in die Hände bekam. Er saß einige Wochen in der Elisabetskaya, bis er verurteilt wurde. Die Alte kam irgendwann zu mir und erkundigte sich nach ihm, denn sie hatte seitdem nichts mehr von ihm gehört. Sie wusste offenbar, dass ich ihn kannte. Ich weiß nicht, was mich geritten hat, aber ich sagte ihr, der Sohn säße tatsächlich im Gefängnis. Ich bot ihr an, obwohl es mich Überwindung kostete, Nachrichten zu überbringen …«

»Unterm Strich«, kürzte *Der Mann ohne Angst* die herzergreifende Geschichte etwas ab, »hast du die Alten bis aufs letzte Hemd ausgenommen. Stimmts?«

Masakita blieb uns die Antwort schuldig.

»Sie sind nur bourgeoise Schweine. Krepieren sollen sie! Der Junge war ein gefährlicher Konterrevolutionär; und jetzt hat er eine Kugel im Kopf.«

Die Niedertracht

Das war gelogen. Der Sohn dieser Bourgeois war nicht hingerichtet worden. Er saß auch nie in den Katakomben der Tscheka. Die Geschichte, die uns der Japaner auftischte, war eine ersonnene Niedertracht, die den Alten das Geld aus der Tasche ziehen sollte. Sie begann, als er den Eltern glauben machte, ihr Sohn, ein Offizier der Weißen, der mit Denikin Kiew verlassen hatte, sei den triumphierenden Roten in die Hände gefallen und in die Gefängnisse der Tscheka verschleppt worden. Mit dieser Lügengeschichte und dem Versprechen, sich für den Sohn zu verwenden, ließ Masakita die Mutter über Wochen ausbluten. Zum Ende hin hatte er sie um einige Millionen – man rechnete schon in Millionen – erleichtert und beteuert, ihr den Sohn wohlbehalten und gesund zurückzubringen. Da aber Woche um Woche verging, ohne dass es ihm überhaupt möglich war, sein Versprechen einzulösen, oder er den Eltern einen handfesten Beweis in Form eines Kassibers vorlegen konnte, entschied er sich, diese alten Kletten loszuwerden, indem er ihnen aalglatt und tränenreich vorgaukelte, der Sohn sei trotz all seiner Bemühungen, die Hinrichtung zu stoppen, in den Katakomben der Tscheka erschossen worden.

Dies war seine äußerste Niedertracht. Der Sohn befand sich nie in den Händen der Tscheka. Er diente immer noch in Denikins Heer, und als Monate später die Weißen die Rote Armee besiegten, kehrte er nach Kiew zurück.

In dieser Welt behielt man keine offenen Rechnungen, und für diese Niedertracht bezahlte Masakita mit seinem Leben. Viel war es nicht wert.

»Ein besonderer Gefallen, Herr Oberst«

Er hätte entkommen können. Aber er hatte einen zögerlichen Charakter; in seinen Augen bedeutungslos, ließ er die letzte Gelegenheit verstreichen. Ja, ich glaube, weil er das Leben so gering schätzte, prallte alles mit dieser bemerkenswerten Leichtigkeit von ihm ab.

Als das triumphierende weiße Heer nach Kiew zurückkam, und die Bolschewiki die Stadt evakuierten, hätte der Japaner sich ihnen anschließen können, aber er entschied, bis zum letzten Moment zu bleiben und sich den einrückenden Vorauskommandos der Weißen im Straßenkampf entgegenzustellen, die von Juden wie Bolschewiki zusammen aus dem Hinterhalt ins Kreuzfeuer genommen wurden. In einer Toreinfahrt verbarrikadiert, feuerte er viele Stunden lang auf weiße Patrouillen. Jedes Mal, wenn einer seiner Kameraden getroffen wurde, stürzte Masakita unter einem Kugelhagel der Weißen auf die Straße, lud sich den regungslosen Körper auf und brachte ihn in Sicherheit. Den ganzen Morgen über brachte er den Weißen Verluste bei und rettete Kameraden. Gegen Mittag hatten die Kosaken die Kiewer Innenstadt von bolschewistischen Heckenschützen befreit, sodass Masakita – der letzte Kämpfer – sein Gewehr fortwarf und zusehen musste, wo er sich versteckte.

Von Schießpulver verrußt und blutbefleckt tauchte er mit seinem notorischen Grinsen im Zirkus auf. Die Uniform eines Tschekakommissars verriet ihn, und deshalb wollte er für seine Flucht unverdächtige Bauernkleidung. Wir hatten selber keine. Daraufhin stürmte er hinauf in das Zimmer seines Seiltänzerkollegen Matsaura; er brach die Schlösser auf, nahm sich ein Paar Hosen und noch eine herumliegende, zerschlissene Jacke, zog beides über, drückte sich die Mütze tief in die Stirn und verschwand.

Es war aussichtslos. Seiner Gräuel wegen war er die traurigste Berühmtheit der Stadt; die Kiewer hassten ihn so abgrundtief, dass sie ihn schon vor Sonnenuntergang in das Hauptquartier der Weißen zerrten. Gefesselt, blutend, war er von einem Mob aus grobschlächtigen Bauern und Weibern umstellt, der ihn lynchen wollte.

In der zweiten Reihe der Gefangenen, die im Hof Aufstellung genommen hatten, stand Masakita mit seinem Grinsen im Gesicht und erwartete, in dieser Nacht zu sterben, bis er einen bartlosen, blutjungen Offizier erblickte, der durch die Reihen ging und auf ihn zukam, sowie er Masakita gefunden hatte. Als Masakita den Offizier sah, dessen Augen sich vor schriller Freude aufhellten, senkte er den Blick. Er spürte zur Begrüßung den Hieb einer Gerte im Gesicht, schaute aber nicht auf.

»Was? Mich hast du nicht erwartet? Du hättest besser wirklich geglaubt, die Tscheka hätte mich erschossen …«

Masakita blieb eiskalt, sein Blick blieb gesenkt, aus der Wunde, die die Gerte aufgerissen hatte, floss langsam Blut, das auf der Wange gerann.

Erst mit dem zweiten Hieb zuckten seine Augenlider, und mit gesenktem Kopf blickte er seinem Feind ins Gesicht.

»Weißt du, dass mein Vater vor Gram gestorben ist?«

Der Japaner schwieg und grinste sein Lächeln. Der Offizier machte kehrt und ging auf den Oberst zu, der in einer Ecke mit anderen Offizieren sprach. Er salutierte, und mit der Hand an der Mütze fragte er:

»Mein Oberst, ich möchte sie um einen besonderen Gefallen bitten.«

»Ich höre, mein Junge.«

»Übergeben Sie mir diesen Gefangenen.«

Er zeigte auf Masakita.

»Warum?«, wollte der Oberst wissen und war alarmiert bei dem Gedanken, der Offizier könne den Japaner vor der Erschießung retten.

»Herr Oberst, damit ich ihn selbst umbringen kann. Es wäre mir eine große Genugtuung.«

»Ah! Ich weiß, das ist er, der … er gehört dir. Mach mit ihm, was du willst. Bring später nur seinen Kadaver zurück. Oder was du von ihm übrig gelassen hast.«

»Vielen Dank, Herr Oberst.«

Der Offizier zog Masakita aus der Reihe, schob ihn vor sich über den Platz, suchte sich einen Raum und schloss sich mit ihm ein. Welches Sterben wird er sich für ihn ausgedacht haben?

Matsauras Paar Hosen

Der arme Seiltänzer war verzweifelt. Der sichere Tod seines Partners grämte ihn sehr, aber mehr noch grämte ihn der Verlust seines Paar Hosen. In den Bund dieser zerrissenen Hosen hatte Matsura, den man dafür nur bemitleiden konnte, alle seine Ersparnisse, einige tausend Rubel, eingenäht.

Als er von Masakitos Hinrichtung durch die Weißen erfuhr, keimte in ihm die minimale Hoffnung, seine Hosen wiederzubekommen, für die er nur an den Kadaver herankommen musste, bevor dieser verscharrt würde. Er bat mich, ihn zur Verwahrstelle zu begleiten, wohin die Offiziere ihre Kadaver brachten, um sie der Öffentlichkeit zur Schau zu stellen. Die Weißen erklärten, es handele sich ausnahmslos um Opfer der Bolschewiki, aber die Wahrheit war, dass viele die Handschrift der Kosaken trugen. Und tatsächlich lag unter all den Kadavern auch Masakitas, fast ohne Gesicht, mit einer Kugel im Hals, aber seine gelbe, gegerbte Haut, die durch die zerrissenen Hosenbeine schimmerte, verriet ihn – und Matsauras Hosen.

Außer sich vor Freude warf er sich über die Leiche und war schon dabei, ihr die Hosen auszuziehen, als ein Wache stehender Kosak ihm den Gewehrkolben in die Seite rammte und ihn vertrieb. Matsaura weinte bitterlich, kreischte, heulte, bettelte um seine Hosen. Zwecklos.

Masakita wurde in Matsauras Hosen verscharrt. Wie ein Hund wich der Artist den Ochsenziemern der Kosaken aus und verfolgte mit konzentriertem Blick den Transport des Leichnams, und aus ziemlicher Entfernung spähte er genau die Stelle aus, wo er zusammen mit anderen Leichen in ein Massengrab fiel, das daraufhin mit Schutt gefüllt wurde.

Viele Wochen sah man Matsaura nachts um das Massengrab herumschleichen, hatte er doch nicht die Hoffnung verloren, seine Hosen und seine Besitztümer retten zu können.

Ich weiß nicht, ob er sie retten konnte.

20.
Wenn man eher Millionär wird als satt

Das ganze Geld war zu nichts nütze. Ich war damals Millionär. Und verhungerte!

Solange die Offiziere in Kiew waren, setzte ich meine Einkünfte als *croupier* in Gold und Brillanten um, zwischenzeitlich besaß ich eine Million Francs, eine volle Million, an Rubeln und diesem Papiergeld besaß ich nichts: nur Gold und Klunker, nichts außer Preziösen. Die vergangenen Monate unter der Herrschaft der Weißen waren purer Wahnsinn. Ich hatte eine Anstellung in einem Spielsaal nahe der Duma; zig Millionen in Juwelen gingen durch meine Hände. Wahre Schmuckstücke aristokratischer Dynastien, und es wäre spannend gewesen zu erfahren, über welche verworrenen Wege sie bis dorthin gelangten und auf das grüne Tuch kullerten, begleitet von immer derselben Frage:

»Wieviel?«

Wir taxierten sie nach Gutdünken und, klar, bereicherten uns. Inzwischen habgierig geworden, investierte ich alle Ersparnisse in Juwelen. Nicht selten legte ich mich nach der Anschaffung eines höllisch wertvollen Solitärs tagelang ohne einen Bissen ins Bett. Aber, kein Aber; so können Sie nur denken wenn Sie den Unterscheid zwischen einem Brillantschliff und einer Brotkruste nicht kennen!

Spät nachts ging ich nach Hause, biss auf den Zähnen rum und knurrte vor Hunger; die Taschen voller Gold. Ich steckte es zu dem anderen in das Versteck und kauerte mich auf die Liege, wo mich Hunger und Kälte nicht einschlafen ließen, aber auch nicht die lodernde Unruhe, andererseits einen Schatz zu besitzen, der mich träumen ließ, auf der Calle de Alcalá, auf der Terrasse des feinsten Casinos, eine gute Havanna im Mundwinkel, ein Briolett, so groß wie eine Mandel, an der Krawatte.

Die Kälte war klirrend. Eines Morgens schlich ich mich bewaffnet mit einer Säge aus dem Zimmer und riss alles Brennbare von den Wänden, um den Ofen zu befeuern. Schon bald gab es im gesamten Haus weder Türen noch Fenster, weder Parkett noch Balken. Das Haus bestand am Ende aus seinen Mauern und dem Dach. Das nackte Haus, glaubte ich, würde später über mir zusammenbrechen; wir mussten da raus. Es war ein Verbrechen, ich weiß, aber nur so konnten wir vermeiden zu erfrieren. Was würden Sie sagen, wenn ich Ihnen erzählte, dass die Flaschen Wasser unter dem Bett vor Kälte barsten.

Unter den Bolschewiki gab es keine Salons, aber der Schwarzhandel mit Juwelen ging weiter. Sie beobachteten mich, und immer wieder kamen sie zum Filzen; aber ohne Erfolg. Meine Freundschaft mit Mischa und anderen Tschekisten erwiesen sich als nützlich, und so konnte ich die Anschuldigungen aus dem Kreis der Zirkusartisten glaubwürdig entkräften. Eines Nachts erschien wie aus dem Nichts eine Patrouille der Bolschewiki. Sie waren hinter den Juwelen her; also war es eine Verleumdung gewesen; doch so sehr sie mich in der Falle wähnten, sie fanden sie nicht. Der Chef grummelte immer missgelaunter, während seine Männer alles durchwühlten:

»Hm, hm! Das Volk stirbt, weil es nichts zu essen hat, und hier irgendwo versteckst du die wertvollsten Sachen.«

»Wir haben nichts«, bat ich ihn flehentlich mir zu glauben. »Eigentlich sind wir schon verhungert.«

»Gar nichts seid ihr ... ich kenne dich, du Köter. Der echte Proletarier läuft barfuß, während ihr hier all diese Schuhe habt.« Er deutete auf das Einzige, auf das er deuten konnte, meine Tanzschuhe, meine Hanfschuhe und meine Hackenschuhe.

»Das sind meine Werkzeuge«, erklärte ich ihm. »Du kannst sie mitnehmen, wenn du unbedingt meinst, aber in eurem ganzen Heer werdet ihr keinen Soldaten finden, der wüsste, wie man sich diese Stiefel in Größe 37 überstreift.«

Er drehte und wendete sie, verglich sie mit seinen Quadratstiefeln und warf sie verächtlich in die Ecke. Zerknirscht schien er seine Niederlage einzusehen; sie hauten ab.

Dem armen Antonio nahmen sie jeden einzelnen Klunker weg, den er unter diesen schwierigen Umständen seiner Sammlung hinzugefügt hatte. Er hatte sie in der Matratze versteckt, und offenbar hatte er sich irgendwo verplappert, denn das Kommando fand sie ohne die übliche Durchsuchung. Sie rissen ihn aus dem Bett, schnitten die Matratze auf und wussten, was sie finden würden. Als Antonio am nächsten Tag zur Tscheka ging, um seine Juwelen zurückzufordern, hörte er, es habe keinen Befehl zu seiner Durchsuchung gegeben, bedauerlicherweise sei er Opfer eines Raubes der so genannten Enteigner-Bande geworden. Oder wie wir gesagt hätten, von Amateuren.

Es mangelte damals an allem. Selbstverständlich auch an gewebten Baumwollstoffen, sodass die überwiegende Mode das letzte Hemdblusenkleid der Bettler war. Doch irgendwann tauchte in Kiew ein wirklich origineller Trend auf. Die Leute trugen aus Säcken angefertigte Anzüge. Dafür verwendete man die Reis- und Mehlsäcke, die Europa und Amerika nach Russland schickten. Die jüdischen Schneider erfanden hübsche Schnitte und nähten aus den Sackleinen elegante Mäntel und Hosen. Mit drei Säcken kam man für einen Anzug hin. Und viele, die sich mehr Originalität geben wollten, tünchten ihre Stücke in ihren Wunschfarben; hin und wieder sah man in den Straßen die ausgefallensten und kühnsten Modelle.

Unterdessen widmeten sich die Bolschewiki eifrig ihrer Aufgabe, die Bevölkerung wohl oder übel wie Gänse mit ihrem Bolschewismus vollzustopfen. Jeder Zentimeter, egal, wohin man schaute, war mit sowjetischen Emblemen und Schriftzügen der kommunistischen Propaganda verhängt. »Wer nicht arbeitet, isst nichts« war der häufigste Spruch. Theoretisch war alles bestens bestellt. Jeder Arbeiter erhielt einen Festlohn und Lebensmittel, deren Grundlage die Anzahl der Münder war, die einer stopfen musste.

Sprich, man erhielt die Mittel zum Leben; falsch! Man erhielt Marken, mit denen man Lebensmittel erhalten konnte, was nicht exakt dasselbe war. Es kam der Tag, als in unserem Haus kein Splitter mehr aufzutreiben war, den wir verheizen konnten, und wir wechselten in ein anderes Haus gleich beim Zirkus, in dessen Mansarde eine Bande von Taschendieben und Beutelschneidern hauste, deren Anführer sich den Beinamen der *Rote* gegeben hatte. Sie waren etwa zu zehnt, zwei oder drei von ihnen konnten ein bisschen jonglieren, also unterhielten sie die herumstehenden Dummköpfe, die nicht bemerkten, dass sie an Ort und Stelle von den anderen ausgeraubt wurden. Folgerichtig standen dann irgendwann solche getarnten Bolschewiki im Türrahmen und wollten zu uns.

Da wir nicht zuhause waren, traten sie die Tür samt Schloss aus dem Rahmen und gingen hinein; das hatte den *Roten* unterm Dach gewarnt, und er zog es vor, alles fallen zu lassen und sich über die Dächer aus dem Staub zu machen. Später stand er vor unserer Tür und hielt Wache, bis wir zurückkamen. Ich war beeindruckt von diesem Beweis seiner Anständigkeit und bedankte mich.

»Heute ich für dich, und morgen du für mich«, gab er die Marschrichtung vor. »Ich bin ein Dieb; aber ich stehle, weil ich Münder zu stopfen habe und dies mein einziges Geschick ist; ich spucke auf diese ganze Kanaille, die ihre Nummer als getarnte Bolschewiki abzieht und Razzien vortäuscht. Wir sind echte Anarchisten, und du solltest auch einer werden; oder du bist es bereits und weißt es nur noch nicht.«

Ich bedankte mich höflich bei diesem anarchistischen Robin Hood und bot an, mir das mit dem Anarchismus noch einmal durch den Kopf gehen zu lassen.

Ich war allerdings mehr daran interessiert, so wenig wie möglich mit ihnen in Kontakt zu kommen; kein Haar krümmen, das traf am wenigsten auf Bolschewiki und Anarchisten zu. Ich hielt mich lieber an die Juden aus Podol und wenn es nötig war, an Mischa und die Kommissare der Tscheka. Ich hatte viele gute, ja sehr gute Freunde unter den Juden, und zuletzt hatte ich es ihnen zu verdanken, dass ich nicht verhungerte. Einige luden mich in ihre Häuser ein, und ich erinnere mich, einmal war ich in einer Synagoge auf einer dieser legendären Hochzeiten. Die Brautleute gingen unter einem Baldachin herum, und irgendwann brachte sie ihn aus dem Tritt, eine schöne Pantomime. Die ganze Gesellschaft zog dann nach Hause, wo ein richtiger Saus begonnen wurde; die Gäste stellten sich im Kreis um den Bräutigam, er musste sich auf der Stelle drehen und drehen, während die Umherstehenden ihn anfeuerten.

Irgendwann nach einem der Trinkgelage im Podol, bei dem auch zahlreiche Kommissare der Bolschewiki mit an den Tischen saßen, wurde ich in der späten Nacht festgenommen und in die Katakomben der Tscheka geworfen. Einige Stunden lag ich auf einem Bretterboden zusammen mit acht bis zehn Gefangenen, die von Zeit zu Zeit aufschreckten und annahmen, jetzt sei der Moment gekommen, da man sie umbrächte. Als Mischa erfuhr, dass ich unter den Gefangenen war, setzte er mich auf freien Fuß.

Das muss zu der Zeit gewesen sein, als in Kiew ein Jude aus Minsk eintraf, ein gewisser Paulich, mit dem ich mich anfreundete. Er war im Auftrag eines Generals der Weißen gekommen, um dessen Frau und Tochter aus Kiew herauszuholen. Das Unterfangen barg Risiken, denn die gefälschten Papiere besagten, dass sie als Paulichs Frau und leibliche Tochter auftreten mussten; doch was der General ihm zahlte, wog auch unsere Risiken dabei auf. Niemandem von uns wäre eine Flucht unter diesen Voraussetzungen in den Sinn gekommen; aber wir halfen Paulich und versteckten ihn bis zum richtigen Zeitpunkt im Zirkus. Die Sache ging gut aus, und jeder hatte sich vom Kuchen etwas abgeschnitten. Kürzlich habe ich erfahren, dass Paulich in Hamburg ausgesorgt hat. Dem Zirkus ging es indes von Tag zu Tag dreckiger: Die wenigen Vorstellungen warfen nichts ab; »Typhus« nannten wir den Moment, da wir nichts in der Tasche hatten. Antonio und ich suchten noch andere Arbeit, und wir überlegten, mit einer Art Bauchladen Tabak zu verkaufen. Der Erlaubnisschein der Bolschewiki kostete mich zweihundert Rubel, und so baute ich mich mit einer Hutschachtel als einziger Geschäftseinrichtung vor der Tür des Hotels auf, in dem die meisten Chefs der Bolschewiki wohnten; sie wurden mit wenigen Ausnahmen zu unseren Stammkunden. Antonio, Sole und ich wechselten uns ab, und auch wenn wir damit alles andere als reich wurden, rechtfertigten wir damit unsere Weigerung zu sterben. Und das war schon überraschend viel. Sie werden das verstehen, wenn Sie von fünftausend Rubel für zehn Zigaretten ausgehen, und es kamen Zeiten, da kostete eine einzige Zigarette eintausend Rubel.

»Drei Stunden brauche ich, bis kein Jude mehr lebt«

Wiederholt kursierte das Gerücht von der möglichen Rückkehr des Weißen Heeres. Die Bolschewiki hatten auf dem Feld einige Rückschläge hinnehmen müssen und man befürchtete eine apokalyptische Attacke auf Kiew. Die in Angst und Schrecken versetzten Juden verlangten von den Bolschewiki Waffen und waren entschlossen, ihr Leben teuer zu verkaufen, denn aus Erfahrung wussten sie, dass es für sie kein Gefängnis gab. Man erzählte sich, Bogdanow habe während des Vormarsches der Weißen General Denikin gebeten, ihm mit seinen Truppen drei Stunden in Kiew zu geben.

»Was hast du vor?«, fragte Denikin.

»Drei Stunden genügen meinen Leuten, um keinen Juden am Leben zu lassen«, gab der zur Antwort.

Bewusst, was ihnen drohte, falls die Weißen durchkamen, fassten die Arbeiter und die Juden den Entschluss, bis zum Äußersten Widerstand zu bieten. Die Häuser verwandelten sich in wahre Festungen.

Als offenbar wurde, dass sich das rote Heer ohne Gegenwehr und geordnet zurückziehen würde und Kiew evakuierte, verbreitete sich in Kiew eine Welle der Angst. Jeder verbarrikadierte sich in seinem Zuhause und war überzeugt, es niemals lebendig wieder zu verlassen. An die Entschlossensten teilten die Bolschewiki Waffen aus, und kurz nach Sonnenuntergang begannen sie abzuziehen. Die Material- und Proviantwagen fuhren im Schritttempo und in perfektester Ordnung hinaus, ohne dass auch nur ein Schuss fiel. Auf die vorgeschobenen Posten folgten staffelartig die Einheiten der roten Garden, die sich mit tiefer werdender Dunkelheit auf den Hauptstraßen sammelten und sich für die Evakuierung aufstellten. Um Mitternacht hatte der gesamte sowjetische Tross Kiew geräumt, und die Fußtruppen warteten auf den Befehl zum Ausrücken. Als zuletzt die Truppenführer sich voranstellten, die bis zum letzten Augenblick mit den Vorauskommandos des weißen Heeres in Kontakt gestanden hatten, setzte sich diese Schlange geräuschlos in Bewegung und verschwand, eintauchend in das tiefe Ende der Pappelallee, im Dunkel der Nacht. Ich rannte so schnell ich konnte in meinen Schlupfwinkel. Es war der Befehl an die Zivilbevölkerung ausgegeben worden, möglichst viel Widerstand zu leisten, und die Artisten des Zirkus waren wieder, wie alle anderen Arbeitergewerkschaften, mobilisiert worden. Irgendeine nicht unklare strategische Mission war uns aufgetragen worden; ich dachte trotzdem, es sei vernünftiger, sich zuhause zu verbarrikadieren, und ich meinte zu wissen, dass dies auch all die anderen Artisten dachten. Kaum waren die Bolschewiki raus, hörte man die ersten Kanonen. Darauf folgten ein paar Stunden absolutester Stille. Sole betete für die sich selbst überlassenen Juden des Podol. Zwei Fragen interessierten mich; ob sie sich teuer verkauften; ob sie sich überhaupt wehrten.

Es war fünf Uhr früh. Ein Klack-Klack mehrerer Hufeisen, die auf die Katzenkopfsteine schlugen, zerstörte die Ruhe des anbrechenden Tages. Ich öffnete das Fenster und sah zur Seite, wo ich in einiger Entfernung vier schattenhafte Figuren als Kosaken ausmachte, die die Straße herunterkamen. In Höhe der Kreuzung mit der Fondukretskaja strafften sie die Zügel und postierten sich mit Blick in jede Straße und Richtung.

Sie standen nur da. Das Licht des anbrechenden Tages klarte die Szenerie langsam auf. Von der Fondukretskaja schlurfte ein erbärmlich abgerissen aussehender Junge langsam und wie ein Schatten an die Fassade gedrückt auf die Kreuzung zu. Die Füße in Lappen gewickelt, verfilztes Haar, aber er trällerte irgendwas und kaute auf einer Birne rum.

Einer der Kosaken rief:

»Eh, du da! Wohin?«

Die Stimmen waren an diesem wie ausgewaschenen Morgen deutlich zu unterscheiden, eine konstante und frische Brise fegte den Staub aus der Luft.

»Ich gehe nach Hause«, erwiderte der Junge wenig irritiert und biss beherzt in seine Birne.

»Was machst du auf der Straße?«

»Ich bin rausgegangen, etwas zu essen suchen. Wollen Sie mal beißen?« Mit einer anmutigen Geste hielt er dem Kosaken die angebissene Birne hin.

»Um diese Uhrzeit was zu essen suchen, du lügst, he?«

Der Kosak beugte sich von seinem Sattel herunter, griff nach dem Jungen, drehte und zog ihn an seinem Haarschopf über den Sattel, hob den rechten Arm und enthauptete ihn mit einem einzigen Hieb.

Das Blut sprudelte aus dem Hals des zu Boden gleitenden Körpers des Jungen, das abgebissene Stück Birne steckte noch zwischen den Zähnen.

Nur wenig später kam ein anderer Passant.

Der Kosake ließ sein Pferd zwei Schritte machen und rief:
»Wohin gehst du?«
»Zur Arbeit.«
»Hast du deine Papiere dabei?«
»Nein, welche Papiere?«
Seine Fragen waren beendet. Der Kosake zog die Pistole und schoss zwei Löcher in seinen Leib. Der arme Kerl sank über seiner Blutlache auf die Knie und schließlich hintüber. Er röchelte noch. Ungehalten darüber, dass der Kerl nicht sterben wollte, stieg der Kosake aus seinem Sattel, riss den Verreckenden am Arm herum und verpasste ihm eine Kugel in den Nacken. Anschließend zerrte er den Kadaver in die Gosse, wohin schon der Kopf mit der Birne gerollt war, stieg wieder auf sein Pferd und wartete mit der Hand am Gewehr.

Die aufgestoßene Tür zur Hölle

Niemand wagte es noch, auf diese Kreuzung des Todes zuzulaufen, und obwohl sich ein wunderbarer Frühlingstag über Kiew ergoss, verharrten seine verängstigten Bürger in ihren Verstecken hinter den Türen und Fenstern. Die vier Reiter, Finger am Abzug, warteten.

Nach ein paar Stunden kamen die Fußsoldaten. Sie liefen singend zur Duma, wo wenig später wieder einmal die Fahne des Zarenreichs wehte.

In der Krischatika entdeckten die Weißen in einer Haustür die Leiche eines Bourgeois, den die Bolschewiki anlässlich ihrer Flucht mit einer aufgeschlagenen Zeitung in der Hand dort hingesetzt hatten.

Dieser grotesken Puppe war eine Kanonenkugel durch den Bauch geschossen worden, und als einem der Soldaten einfiel, den möglicherweise Schlafenden wachzuschubsen, rollte dieser in seiner erstarrten Haltung, die Zeitung vor seine weit aufgerissenen Augen haltend, kopfüber auf den Asphalt. Die Soldaten zerrten die nächsten Passanten heran und zwangen sie, an Ort und Stelle ein Grab auszuheben und den geschändeten Kadaver zu beerdigen.

Sobald ich die ersten Fußsoldaten der Weißen durch die Straßen Kiews laufen sah, waren Zerep und ich entschlossen, hinauszugehen. Es war zwar gefährlich, sich während der Einnahme durch die Straßen zu schleichen, aber nicht weniger gefährlich, als zuhause zu sitzen und sich von einer Patrouille finden zu lassen, die einer vermeintlichen Anzeige nachging. Man musste sich den Siegern zeigen, wenn man ihre Gunst gewinnen wollte.

Wir gingen zum Platz vor der Duma. Kaum waren wir angelankt, kam ein Offizier auf uns zu, der im Eiltempo den Palast verlassen hatte. Er rief uns zu sich.

»Sind Sie Arbeiter?«

»Nein, Künstler.«

»Juden?«

»Christen, altes Geschlecht, Herr Offizier.«

»Wissen Sie, wo die Tscheka ist?«

»Natürlich.« Ich brauchte keinen Moment zu überlegen. »Keiner kennt den Weg besser, ich kann Sie hinführen.«

»Los gehen wir.«

»Es gab zwei Tschekas.« Ich setzte ihn ins rechte Bild: »Die gewöhnliche Tscheka in der Elisabetskaya und die geheime Tscheka im Gebäude der Catharinskaya Ulitza.«

Er wurde einen Moment lang misstrauisch.

»Warum bist du so gut informiert?«

»Ich saß in den Kerkern beider Tschekas, Herr Offizier.«

»Wir gehen zu Geheimtscheka«, entschied er, nachdem er mich von oben bis unten gemustert hatte. Ihm folgten sechs oder acht Soldaten.

Das imposante Gebäude an der Catharinskaya lag vor uns. Der ganze Block war verrammelt und glich einer Festung mit vergitterten Fenstern und verriegelten Türen. Von mir angeführt und von den Soldaten gefolgt, suchte der Offizier einen Zugang. Schließlich hielt er vor dem Haupteingang und rief mehrmals. Niemand antwortete. Auf sein Signal hin, beeilten sich seine Leute, die Tür mit Hieben ihrer Gewehrkolben aufzubrechen und schlugen so lange darauf ein, bis ein Türblatt zu Kleinholz zerschlagen war. Der Offizier ging voraus, doch auf der Schwelle erinnerte er sich an mich, denn einen Hinterhalt fürchtend, zog er seine Pistole aus dem Halfter, griff mich am Kragen und schob mich als Schutzschild voran.

Wir machten nur wenige Schritte durch den dunklen Vorhof und blieben vor Entsetzen stehen, als wir das danteske Szenario dieser Höhle des Teufels direkt vor unseren Augen hatten.

21.
Rote Mörder und Weiße Mörder

Misstrauisch gingen wir Schritt für Schritt tiefer ins Innere: Der Offizier mit dem Revolver in der Hand, die Soldaten mit aufgesetzten Bajonetten, ich, die Hände ängstlich in die Hosentaschen gepresst, allen voran. Bei jedem Schritt erwarteten wir die Explosion einer Bombe oder eine Salve. Die Tschekisten hatten ihren Kerker und mit ihm ihr teuflisches Tagwerk gerade einmal vor zwei Stunden verlassen, und es war unschwer zu erraten, dass sie hinter den Säulen und Nischen für uns eine Überraschung bereithielten. Das rote Heer hatte Kiew zwar geräumt, aber immer noch kämpften in den Elendsvierteln vereinzelte Kommunisten und wehrten sich erbittert gegen die Einnahme.

Salon für Salon suchten wir in diesem düsteren Palast nach irgendetwas. Wir durchquerten wahrlich luxuriös eingerichtete Zimmer mit ausnahmslos wertvollen Möbeln und Gobelins. Die Unordnung deutete auf eine hastige Flucht der Roten hin. Auf Konsolen und Tischen türmten sich Berge von Gewehrkugeln und zerfledderte Akten; auf den Satinbezügen der Sessel und Sofas vergammelten Brotreste und abgebissene Bratwürste. In einem der Büros fanden wir auf einem Tisch einen Stapel russischer und ausländischer Pässe, die den Gefangenen gehört haben dürften. Während der Offizier mit den Soldaten die Durchsuchung fortsetzte, beschäftigte ich mich eingehender mit den Pässen. Einige wiesen Blutflecke auf, andere waren von einer Kugel durchlöchert. Es fand sich jede Nationalität: Franzosen, Türken, Italiener. Ich war überrascht, hatte es doch geheißen, die Tscheka erschieße grundsätzlich keine Ausländer, um den Sowjets internationale Komplikationen zu ersparen;

nicht zuletzt hatte ich mir deshalb die ganze Zeit beteuert, mit meinem Pass gleichsam eine Versicherung zu besitzen. Intuitiv war ich aber nun verunsichert und entschied, dies hier sei ein Wink des Schicksals, und griff, nachdem ich mich vergewissert hatte, unbeobachtet zu sein, vier oder fünf Pässe heraus, die ich heimlich in meiner Hosentasche verschwinden ließ. Ich werde Ihnen noch erzählen, wie ich diesem Diebstahl meine Rettung verdankte.

Raum für Raum durchkämmten wir den ganzen Block. Überall standen Betten, Matten und Pritschen der Tscheka. Im Seitenflügel, der sich zu zwei Straßen öffnete, lag die alte Kapelle dieses Palastes. Auch sie war vollgestellt mit Pritschen, selbst auf dem Altar hatte einer von ihnen seine Matte ausgerollt und offenbar geschlafen. Sie hatten sich nicht einmal die Mühe gemacht, die Bilder zu entfernen, und deshalb wachte über diesem Bettenlager eine große Christus-Ikone. Dieses Durcheinander von kultischen Gegenständen, Ikonen, Waffen und Halftern zeugte von einer makabren Inszenierung.

Wir verließen die Kapelle durch eine Tür zum großen Innenhof, überquerten ihn und betraten über ein paar Stufen, die nach unten führten, einen anderen Seitenflügel. Hier war von den Dingen, die einst den hiesigen Reichtum bezeugten, nichts mehr zu sehen. Vorsichtig tappten wir voran und gelangten in ein Gewölbe, in das kaum Licht einfiel, das wenige drang durch die schmalen Scharten unterhalb der Gewölbedecke. Durch das fade Licht hindurch bemerkten wir, dass sich in einer Ecke etwas bewegte.

»Hier lebt noch einer«, rief ein Soldat und legte auf ihn an. Das Häuflein Elend konnte sich kaum bewegen. Wir brachten Licht her und erkannten, sowie wir näher kamen, einen völlig ausgemergelten alten Mann, der sich mit flachen Händen rücklings gegen eine Wand stützte und uns mit aufgerissenen Augen anstarrte.

Sein Hemd war mit Blut bespritzt, er war noch nicht tot, aber der Faden, der ihn am Leben hielt, war ganz offenbar in diesem Moment gerissen. Ihn zu fragen, war sinnlos. Die Angst hatte ihn noch nicht losgelassen. Nach ein paar keuchenden Atemzügen hob er mit letzter Anstrengung eine Hand und deutete auf eine kleine Tür, die sich am anderen Ende des Raumes verbarg. Die Kraft verließ ihn, er sackte leblos zusammen und hauchte, bevor er zu Boden ging:

»Dort!«

Die apokalyptische Bestie bei der Arbeit

Durch diese enge Tür stiegen wir in die Keller der Tscheka hinab. Die Zellen waren leer. Dort mussten unserer Rechnung nach etwa hundertfünfzig Gefangene gewesen sein, und die fliehenden Tschekisten dürften sie alle erschossen haben. Dafür, dass sie wenige Stunden zuvor eiligst verschleppt worden waren, gab es deutliche Anzeichen.

Kurz darauf entdeckten wir den Zellentrakt der zum Tode Verurteilten. Die Wände dieser Zellen waren über und über mit Namen bekritzelt; vor ihrem letzten Gang zum Henker hatten sie ihr letztes Echo an den Wänden zurückgeleassen. In der letzten Zelle vor dem Hinrichtungsplatz fanden wir eine Waschschüssel, in der noch das blutgetränkte Wasser stand, nebst einem noch feuchten Handtuch für die Vollstrecker.

Das Szenario, das sich unserem Blick bot, als wir den Hof betraten, wird mir mein Leben lang unvergesslich bleiben. In der Mitte türmte sich ein unförmiger Haufen aus Leichnamen, Leichenstücken, abgetrennten Gliedmaßen, der mit dem Erdaushub und Gerümpel überschüttet worden war. Wir schlussfolgerten, dass sie zeitgleich mit den Erschießungen den Boden immer tiefer ausgehoben hatten, um die Leichen in diesem Loch zu verscharren, und sie deren Identifizierung unmöglich hatten machen wollen und mit dem Zerhacken der Leichen begonnen hatten, aber nicht fertig geworden waren; denn nach allem, was man sah, ahnte man, dass ihnen die Zeit davongelaufen war und sie ihre Hacken und Schaufeln fallen gelassen und das Weite gesucht hatten, als der Ruf »Rette sich wer kann« über den Hof schallte. Später erfuhren wir, in welcher Eile sie zu Werke gegangen waren und trotzdem nicht alle erschießen und ihnen einige Gefangene hatten entkommen können. Diese kletterten mit bloßen Händen die Ziegelwände des Hinrichtungshofes hinauf, und doch feuerten einige besonders hartnäckige Tschekisten immer weiter auf sie, selbst wenn diese dadurch Zeit für ihre eigene Flucht verloren. Die menschliche Bestialität ist ein Sonderweg der Natur.

Einer der Soldaten kam herbei und berichtete, er habe aus den Kerkern Stimmen gehört, die um Hilfe riefen. Alle machten sich auf die Suche nach dem Zugang und hofften Überlebende zu finden; ich muss heute eingestehen, ich traute mich nicht hinunter. Der Horror um mich herum war schon unerträglich, zu Schlimmerem hatte ich keinen Mut. Ich blieb in diesem Erschießungshof allein zurück, während der Offizier mit den Soldaten in den Kellern nach den Überlebenden dieser Hölle suchte.

Vor meinen Augen lag dieser Berg aus menschlichem Fleisch und Schlamm, aus dem mich die verzerrten Gesichter der Dahingemetzelten anschauten und aus dem hier und dort eine verkrampfte Hand ins Leere griff. Der Himmel dieses Tages war von einem unbeteiligten Blau, und der Frühling kündigte sich in den leicht im Wind sich wiegenden Kronen der hochgewachsenen Bäume an. Am Stamm einer dieser Bäume im Innenhof entdeckte ich in Augenhöhe ein Stück Pappe, das mit einer Klammer an die Rinde geheftet war. Ich ging darauf zu. Es war eine Fotografie, sie zeigte zwei Gesichter, pummelige, lachende Kinder mit reichlich Schleifen und Spitzenkrägelchen, eine kleine unschuldige, glückliche Brut von Bourgeoisen. Irgendeiner der Todgeweihten wird die Fotografie dort angebracht haben, um bis zum letzten Lichtstrahl in das Antlitz seiner Liebsten zu sehen. An einem anderen Baum fand ich noch eines dieser Fotos, auch mit einer Klammer an der Rinde befestigt. Sie zeigte eine junge und hübsche Frau. Weitere fünf oder sechs dieser Fotografien entdeckte ich bei den Wänden, oder sie waren den Erschossenen aus den Händen geglitten, und mehr noch als die Toten zu meinen Füßen, beängstigten mich diese Porträts. Ich stellte mir den letzten Blick eines Menschen im Angesicht seines Todes vor, seinen Blick auf sein geliebtes Gegenüber in dem Moment, als eine Kugel in seinen Körper eindringt; und ich glaubte sicher, ihn nicht aushalten zu können.

In einer Ecke lagen einige Gewehre, deren Kolben zersplittert waren. Es sah so aus, als habe man mit ihnen solange auf die Verurteilten eingeschlagen, bis sie zerbrachen. An einem dieser österreichischen Säbel-Bajonette steckten große Fleischfetzen. Ein bestialischer Menschenschlachter muss es mit Genuss ins Fleisch getrieben haben, und nicht in ein armes Opfer sondern in eine für ihn zu große Masse menschlichen Fleisches, und wer weiß, ob es noch lebendig oder schon gerichtet war.

Die Rose der Tscheka

Vor der Tür der Tscheka begannen sich Leute zu versammeln. Es waren Angehörige der Gefangenen, die herbeigelaufen kamen, um zu erfahren, ob ihre Verwandten noch lebten. Da die Tore verschlossen waren, verständigten sie sich darauf, den Palast zu stürmen, und es waren Truppen nötig, die sie zurückdrängten. Zusammen mit den Truppenteilen erschienen Kommandanten und Offiziere des weißen Heeres, die ihre Inbesitznahme der Stadt in allen Details dokumentierten. Sie veranlassten Filmaufnahmen, die die Tscheka so zeigte, wie man sie vorgefunden hatte. Auf diesem Streifen bin ich im Innenhof vor einem Leichenberg zu erkennen, auch wenn ich versuchte, wie sich jeder vorstellen kann, dass die Kamera nicht mein Gesicht einfing.

Der Film lief wochenlang in einem Kiewer Kino und wollte die Bevölkerung gegen die Bolschewiki aufwiegeln und tatsächlich war die Bestürzung des Publikums angesichts so makabrer Szenen enorm. Als später wieder einmal die Bolschewiki in Kiew einmarschierten, war das Erste, was sie taten, diesen Film zu verbrennen, zweitens das Kino anzuzünden, in dem er gezeigt wurde und schließlich das Haus, in welchem das Kino lag.

Ein bestialischer Hass erwuchs gegen die Tscheka. Einmal der Zusammenarbeit mit der Tscheka bezichtigt, war man schon so gut wie gelyncht. Unter den höheren Funktionären der Tscheka war eine, die man »die Rose« nannte. Über sie waren die schlimmsten Horrorgeschichten im Umlauf. Es hieß, sie sei unter den roten Schlächtern die Abdeckerin gewesen, die, wenn die Berichte zutrafen, von einer extremen Bestialität gegen Verurteilte wie Gefangene war, sodass man meinte, die Frau könne keinen menschlichen Ursprung haben. Sie war so abgrundtief verhasst, dass sich eines Tages in einer Straße der tragische Vorfall ereignete, nachdem jemand auf eine unschuldige Frau zeigte und rief: »Da läuft sie, die Rose der Tscheka«, und sich eine Meute schon über sie geworfen hatte, bevor der Ruf verhallt war, und Dutzende Krallen ihr die Kleidung vom Leib rissen und dann die Haut in Fetzen, bis sie schließlich gehäutet verblutete.

Die Weißen, die deshalb noch lange nicht als weniger bestialisch als die Roten galten, wussten sich den Hass auf die Tscheka zunutze zu machen und wurden mit Applaus begrüßt. Noch am Tag ihres Einmarschs eilte die Stadt auf die Straße, um ihnen zuzujubeln. Einer der Jubelexzesse fand auf dem Platz der Duma statt und richtete sich gegen die Sowjets. Die Bolschewiki hatten dort eine Marmorstatue von Lenin errichtet, und kaum war die Manifestation dort angelangt, warfen sie eine Schlinge um ihren Hals und zogen am anderen Ende nach Leibeskräften im Rhythmus der Schreie, die wie aus einem Mund kamen, »eins – zwei – drei«, bis die Statue auf ihrem Piedestal ins Wanken geriet und schließlich auf dem Boden aufschlagend in tausend Teile zersprang. Der Manifestationszug stürmte daraufhin die zentralen Straßen und Plätze, wo sie nacheinander sämtliche Büsten und Statuen von Karl Marx und Lenin zerschlugen, die von den Bolschewiki massenhaft vor Geschäften und wichtigen Orten errichtet worden waren.

Die Exzesse unterschieden sich in nichts von denen, die 1917 in Moskau das Ende der Glorie von Nikolaus II. bedeuteten. Aus den Vororten der Stadt war von Schlägereien zwischen der Bevölkerung und den zahlreichen Kommunisten zu hören, sodass Heerestruppen der Weißen aufziehen mussten, um sie aufzulösen. Doch die Rechnung war noch nicht mit dem Wirt gemacht.

Tragische Balance

Die Weißen waren dieses Mal stark daran interessiert, die Bestialität der Bolschewiki öffentlich zu machen, denn es war ihnen nicht entgangen, dass viele Kiewer sich zwischenzeitlich auf die Seite der Sowjets geschlagen hatten, vor allem im Podol und im Viertel Arsenal, wo fast jeder Arbeiter war.

Damit die Bevölkerung sich ein Bild von den Verbrechen der Bolschewiki machen konnte, ließen die Weißen die Leichen aus den Kerkern der Tscheka – und derer gab es viele – ins Amphitheater bringen. Aber der Entrüstung nicht genug, ließen sie, um auf Nummer sicher zu gehen, auch die Leichen der Gefallenen des Straßenkampfes, einerlei ob Weiße oder Rote, ja selbst die der Juden herbeibringen, die auf ihr eigenes Konto gingen, und schließlich die Kadaver der Bolschewiki, die am selben Morgen noch im Hauptquartier der Weißen erschossen worden waren. Offiziell war diese Masse an Menschen der Tscheka zum Opfer gefallen.

Ich ging mit dem japanischen Seiltänzer Matsaura dorthin, der Ausschau hielt nach den Überresten seines Landsmanns Masakita und hoffte, seine Hosen zu finden. Wie ich bereits sagte, enthielten sie die ganzen Ersparnisse des verzweifelten Matsaura, und Masakita trug sie tragischerweise bei seiner Hinrichtung. Am Eingang zum Amphitheater war ein Volksauflauf; in zwei langen Schlangen standen die Leute um den ganzen Block herum; durch eine Tür gingen sie rein und zur anderen wieder raus; sie mussten einmal quer hindurch und an den Kadavern vorbei, die in zwei langen Reihen, die Köpfe nach innen, die Füße nach außen, auf dem Boden den Blicken ausgesetzt wurden. Die Luft war drückend heiß und die Fliegen sausten zwischen den Toten und den Lebenden hin und her. Ich schritt diese makabre Schau ab, und um nicht wahnsinnig zu werden, versuchte ich anhand der Äußerlichkeiten zu bestimmen, zu welcher Seite jeder Tote gehört haben mochte. Am Ende lagen dort so viele Opfer der Roten wie der Weißen. Eine erschütternde Balance, denn man konnte sich auf keine der Seiten schlagen und hoffen, hier oder dort auf der Waage ein Gramm weniger Bestialität zu finden. Rote Mörder oder Weiße Mörder, zu keiner Seite schlug das Pendel aus. Gleiche Mörder.

Da sich nur die Angehörigen der bolschewistischen Opfer in diese Hölle wagten, lief die Schau auf ein Schlachtfest der Roten hinaus. Die Entrüstung richtete sich allem Anschein nach mehrheitlich gegen sie, ich aber entdeckte ebenso viele jüdische Leichen wie erschossene Arbeiter, die auf das Konto der Weißen gingen. Schon deshalb konnten die Verwandten der weißen Opfer, insbesondere nicht die der jüdischen defilieren, wenn sie nicht einen der noch freien Plätze zwischen den Toten einnehmen wollten. Wegen meiner dunklen Hautfarbe erkannte diese Meute im Amphitheater einmal mehr einen Juden in mir und ich musste schleunigst zusehen, den Klauen dieser Leute zu entkommen, die einen Juden wie ein Stück Vieh zerreißen, wo immer sie ihn treffen.

Unter den Toten entdeckte ich den Leichnam einer Artistin des Zirkus. Eine geschlossene Hand lag genau auf der Brust, an einem Fuß fehlte der Schuh. Daran sehen Sie, dass man sie umbrachte, um sie auszurauben; den Schuh hatte ihr der Mörder ausgezogen, weil er an ihren goldenen Fußreifen wollte. Neben dem Amphitheater öffnete sich ein kleinerer Raum, in dem sich die Arme und Beine der von den Bolschewisten zerhackten Leichen aufgetürmten. Ein anderer Haufen setzte sich aus den Oberkörpern und Köpfen zusammen. In der Mitte des Raumes standen der Hackklotz und ein Beil. Während die Bevölkerung evakuiert wurde, so der Plan der Tscheka, sollten die Überreste der Gefangenen, die sie unbedingt noch erledigen wollten und die sie in aller Eile aus den Kerkern vor die Flinten trieben, zum Amphitheater hinübergebracht werden, wo man sie zerhackte, um ihre Identifizierung zu erschweren. Die Leute standen eng um diese unförmige Masse menschlichen Fleisches herum, und mit den Griffen ihrer Gehstöcke rührten sie die Fleischbrocken auf der Suche nach etwas Wiedererkennbarem um; ein Haarbüschel, eine bestimmte Augenfarbe, ein Muttermal, eine Narbe, ein Gürtel oder ein Knopf; sie stocherten nach etwas, was ihnen einen Anhaltspunkt für die Identifizierung ihrer Toten geben konnte.

Mir wurde schlecht. Der Kopf drehte sich und taumelnd lief ich zum Ausgang. Auf der Schwelle trat ich auf etwas Glitschiges und rutschte aus: Es waren zwei menschliche Finger, die geronnenes Blut an die Fliesen geklebt hatte. Ich war kurz davor, mein Bewusstsein zu verlieren. Der unvergessenste Augenblick meines Lebens.

Der Mensch ist des Menschen Wolf

Die Weißen beharrten darauf, Normalität zu verbreiten. Sie ordneten den Theaterbetrieb und die Öffnung der Kinos an, doch die Säle blieben leer; den Leuten steckte die Vorführung im Amphitheater noch quer. Ich tanzte in einem Cabaret im Viertel Arsenal; meine Partnerin war die berühmte ukrainische Sängerin Kijani. Wir hatten so gut wie keine Einnahmen. Der Versuch, zum alten Leben zurückzukehren, war gescheitert; also schlossen die Cabarets und Theater wieder. Ich fand eine Anstellung als *croupier*, dieses Mal im Club Kisó: Das Glücksspiel war das Einzige, was der Krieg nicht zerstören konnte.

In Kiew grassierte eine Hungersnot, und um überhaupt etwas zwischen die Zähne zu kriegen, mussten wir über die Dörfer tingeln. Ein gefährliches Abenteuer, denn das ganze Land war überschwemmt von marodierenden Banden, die sich

Anarchisten, Bolschewisten, Separatisten oder Zaristen nannten, und deren schlichtes Handwerk doch nur das Morden und Plündern war. Die Bauern brachten schon längst keine Lebensmittel mehr in die Stadt, also mussten wir für die tägliche Kartoffel zu ihnen aufs Land und das Abenteuer wagen. Die ukrainische Landwirtschaft lag danieder und wäre in tausend Tagen nicht wieder aufgestanden; aber die Bauern griffen jeden wilder als Bestien an. Von Beschlagnahmungen drangsaliert, vergruben sie das Mehl und den Weizen und waren bereit, jeden Städter zu steinigen, wenn sie ihn nicht sofort erschossen. Und sie machten keinen Unterschied zwischen Weißen oder Roten.

Wir tanzten in mehreren Dörfern und wurden für unser Wagnis belohnt, wir aßen, was uns die Bauern gaben. Wir tanzten für ein Pfund Brot, für eine Schale Milch, für alles, was sie uns gaben. Die Städter verhungerten derweil. Von Dorf zu Dorf entfernten wir uns weiter von Kiew, und irgendwann waren wir bedrohlich nah an die Frontlinie der Roten herangerückt. Während einer Vorstellung bekamen wir mit, dass man wenige Kilometer entfernt sowjetische Spähtrupps ausgemacht hatte. Kaum war unser Tanz beendet, sagte Sole:

»Pack die Sachen zusammen, wir müssen hier weg.«

Ich trat auf die Straße. Die Leute verbarrikadierten sich in ihren Häusern, in Kürze würden sie überrannt werden. Ich hielt nach einem Bauern Ausschau, der uns sofort zum nächsten Bahnhof bringen sollte. Er berichtete von einer auf dem Feld campierenden Bande marodierender Petljuristen, die entschlossen waren, sich den Roten entgegenzustellen. Bis zu ihrem wahrscheinlichen Ende widmeten sie sich ausgiebig jedem Durchreisenden, den sie erst ausraubten und dann ermordeten. Ich flehte ihn an, zwanzig Kilometer, er wollte ihnen nicht in die Hände fallen, ich drängte ihn, die Verzweiflung wurde größer, und schließlich erklärte er sich bereit, den versprochenen Lohn einer Libra in Gold vor Augen, uns in seinem Karren zu fahren. Nach Mitternacht fuhren wir los. Einige Äcker weiter draußen sahen wir schon die Lagerfeuer der Petljuristen. Der

Bauer hatte die Hufe seines Gespanns mit Sackleinen umwickelt, sodass ihr Schritt nicht zu hören war. Eng aneinandergedrückt, mit zusammengepressten Lippen jeden Augenblick das Kommando »Halt« befürchtend, fuhren wir querfeldein über die Steppe, bis wir mit dem anbrechenden Morgen in der Ferne den kleinen Bahnhof ausmachen konnten. Wir sahen dem Bauern hinterher, wie er in sein Dorf zurückkehrte und warteten am Gleis auf den Zug, der uns nach Kiew bringen sollte.

Wenige Minuten, bevor der Zug mittags eintraf, kam der Bauer ganz außer Atem zurück. Er umarmte uns und küsste uns die Hände.

»Ihr habt mir das Leben gerettet«, wiederholte er immer wieder.

Knapp eine halbe Stunde, nachdem er uns fast widerwillig fortgebracht hatte, waren die Bolschewiki gekommen und hatten ein fürchterliches Gemetzel angerichtet. Er hatte viele Verwandte verloren. Er weinte und gab mir die Münze zurück.

»Nimm sie«, sagte er. »Du hast mir das Leben gerettet.«

22.
Weshalb am Ende die Bolschewiki triumphierten

Die Niederlage der Weißen war vorhersehbar. Abgesehen von der Tatsache, dass sie damals die Herren über Kiew waren, war klar zu erkennen, wie wenig von ihrem Glanz geblieben war. Es gab weder etwas für sie zu tun noch etwas zu hoffen. Früher waren für die Bourgeoisie stets die edelsten Erwartungen mit dem weißen Heer verknüpft, aber jetzt verlor sie jede Illusion angesichts dieser demoralisierten Soldateska, die disziplinlos und ohne einen Funken Respekt agierte; es war nicht mehr das Gott und dem Zaren ergebene russische Heer. Zerschlissen, dreckig, arrogant; diese Schergen unterschieden sich nur noch durch das fehlende rote Abzeichen an der Brust von den Bolschewiki.

Die Weiße Armee hatte, ohne es zu bemerken, bolschewistische Züge angenommen. Und selbst ihre Führer waren nur noch ein Abglanz des alten zaristischen Militärs, und an die Stelle früherer charakterlicher Überlegenheit war die Hemmungslosigkeit sowjetischer Kommissare getreten. Der Bürgerkrieg hatte die Tonlage beider Lager angeglichen, mittlerweile waren beide gleichermaßen Diebe und Mörder; die Roten mordeten und plünderten unter den Weißen, und die Weißen brachten die Arbeiter um und raubten die Juden aus. Angesichts des Kriegsalltags und der Hungersnöte kamen den Weißen ihre Tugenden wie Ehrlichkeit, Disziplin, Präzision und Eleganz abhanden. Alles, was zu Zeiten des Zaren ihren Stolz begründete, war nichtig geworden, die altgedienten Militärs verwandelten sich in eine Horde, die in der Bestialität den Bolschewiki das Wasser reichte. Die Soldaten wechselten die Seiten wie man über die Straße geht und trugen in ihren Ranzen vor allem ihren Geifer nach Kriegsbeute und ihren Spaß am Plündern; als sie für die zaristische Seite unter Denikin und Wrangel angemustert wurden und diese Abenteurer von ihren Führern dieselben Freiheiten und Anrechte forderten, wie die Roten sie ihren Leuten gewährten, wurden zwangsläufig die alten militärischen Tugenden über Bord geworfen, damit die Soldaten überhaupt ins Feld gingen. Das Offizierscorps, das ansonsten vor Selbstgefälligkeit, Hochnäsigkeit und zeremonieller Steifigkeit zu platzen schien, war herabgestiegen zur einheitlichen Charakterlosigkeit und hatte jede moralische Überlegenheit verwirkt. So tief gesunken, konnte jeder Offizier mit der Brutalität eines bolschewistischen Kommissars die Tür zu einem Haus eintreten, die Frauen vergewaltigen und rauben, was er in die Hände bekam.

Diese Verderbtheit der Weißen Armee trieb den Roten schließlich die Leute in die Arme. Was glauben Sie, warum: Etwa weil die Roten besser waren als die Weißen, weniger blutrünstig oder tyrannisch? Nein, hier machte man sich keine falschen Hoffnungen; es lag einfacher: Die Roten hungerten genauso wie die Bevölkerung und die Weißen nicht. Selbst wenn es wie eine propagandistische Lüge klingt, dieses Quäntchen ließ die Waagschale aus der Balance schlagen und entschied schließlich den Ausgang des Bürgerkrieges. Das um jeden Wohlstand und um jeden Fettvorrat gebrachte Volk wägte nicht in Brutalität ab; waren die Weißen einmal die größeren Tyrannen, zogen die Roten nach; hinsichtlich der Verachtung göttlicher wie menschlicher Gesetze waren sie wieder gleichauf. Aber trotzdem, die Roten waren Mörder, die hungerten, während die Weißen fettwanstige Mörder waren. Es kam zur Solidarisierung der Hungernden; die Zivilbevölkerung schlug sich auf die Seite der Roten Garden. Vereint in der Not, zu verhungern, stürmten Bolschewiki wie Nichtbolschewiki gegen die Weiße Armee an, der das Brot nie ausging. Und so siegte der Bolschewismus. Wer etwas anderes behauptet, lügt; oder war nicht dabei; oder hat vom Leben nicht viel begriffen.

Die Weißen taten alles, um dem Volk verhasst zu sein; ihre

Disziplinlosigkeit und die in den Staub getretenen Tugenden des zaristischen Heeres machten es aussichtslos, dem Druck der anstürmenden Bolschewiki etwas entgegenzusetzen. Nicht einmal zwei Monate konnten sie sich als Besatzer von Kiew halten. Besatzer von Kiew wäre aber schon zu viel der Worte, denn die Arbeiter des Viertels Arsenal griffen sie unaufhörlich an, und selbst in ihren Vierteln gab es täglich kleine Erhebungen. Schließlich brach in Kiew die Anarchie aus. Niemand wusste noch, wer das Sagen hatte. An den Kreuzungen standen Patrouillen der Weißen zusammen mit Rotgardisten, die sich fraternisiert hatten. Was war geschehen? Verwirrt und ratlos, sozusagen mit den Händen in den Taschen, tratschten die Leute auf der Straße über die unversöhnlichen Freinde und trauten ihren Augen nicht, es hieß, die Soldaten der Weißen Armee seien zum Bolschewismus übergelaufen.

Gegen Mittag löste sich das Rätsel auf. Etwas verwundert sah man einen Reiteroffizier mit gezogenem Säbel im vollen Galopp eine Patrouille anführen, die eiligst zu strategischen Punkten abkommandiert schien. Als sei das Erscheinen des Reiters ein vereinbartes Signal, griffen die eingeweihten Soldaten an den Straßenecken zu ihren Gewehren und stachen ihre Bajonette in die Kameraden, die eben noch ein Schwätzchen mit ihnen gehalten hatten. Bis unmittelbar vor diesem geheimen Befehl trugen fast alle Soldaten die rote Kokarde an der Brust, aber pünktlich zum Signal des Reiters schmiss die Mehrheit der Weißen sie auf den Boden und warf sich über die Minderzahl derer, die sie an der Brust behielten.

Man kann sagen, dass knapp eine halbe Stunde nach dem blitzartigen Auftauchen des Reiters auf dem weißen Pferd der kurze aber heftige Kampf beendet war und jeder ins Grass gebissen hatte, der nicht schnell genug die Insignie der Sowjets von der Brust bekam.

Diese List reinigte Kiew aber nur für kurze Zeit von den Bolschewiki. Wenige Kilometer vor Kiew lag die Rote Armee im Feld und rückte täglich vor. Die Weißen versuchten mehrere Ausbrüche, mussten aber stets übel zugerichtet zurückkehren.

Sie fanden auf den Dörfern keine Unterstützung mehr. Die Situation in der Stadt war für sie auch nicht schmeichelhafter. Die Arbeiter des Viertels Arsenal waren entschlossen, einen Aufstand anzuzetteln, und selbst die Juden des Podol hatten sich entschieden, für die Bolschewiki zu kämpfen. Zwischen den sowjetischen Spionen und den Rabbis war in einem geheimen Pakt verabredet worden, dass die Juden im Moment der Attacke den Weißen in den Rücken fielen.

Meine Freundschaft zu einigen jüdischen Familien gestattete mir, vorauszusehen, was sich über den Köpfen der Weißen zusammenbraute.

In der verabredeten Nacht bereiteten sich die Juden auf den Angriff vor. Sie verriegelten die Türen zu ihren Häusern, vernagelten die Fenster und verteilten Kessel mit siedendem Öl. Bei Sonnenaufgang ging das Bombardement los. Die Bolschewiki rückten vor und besetzten die Außenbezirke. Die Weißen rückten zur Verteidigung aus und brachten ihre Artillerie in Stellung.

Sie hatten vorsorglich eine Kanone an der Ecke Fondukretskaja in der Nähe einer großen Straßenlaterne positioniert, aber als sie herbeikamen, um sie zu laden, eröffnete vom Dach gegenüber eine jüdische Familie das Feuer, sodass sie ihre Wirkung nicht entfalten konnte. Die Kanone stand wie im Zentrum einer Zielscheibe, über eine Stunde lang fügten sie den Weißen Verluste zu, die nicht einmal in ihre Nähe kamen. Als die auf dem Feld geschlagenen Weißen sich nach Kiew zurückzogen, eröffneten die auf den Dächern und hinter den Fenstern in Deckung gegangenen Juden das verabredete Trommelfeuer. Es glich einem blutigen Tontaubenschießen. Die Straßen Podols verwandelten sich an diesem Tag für die Weißen in einen Höllenkreis, mit Genugtuung ballerte jeder, der eine Waffe in der Hand halten konnte. Die Roten im Nacken und außer sich vor Wut über diesen Hinterhalt, gaben die Weißen ihre Flucht auf und wüteten nun mit ihren Gewehrkolben und Säbeln gegen die versperrten Türen, um wenigstens noch einen Juden in der Luft zerreißen zu können. Ihre Wut war so immens, dass sie wie verbissen an die Türen hämmernd starben, von heißem Öl verödet, das wie Lava von den Dächern auf sie niederging. Wie tobsüchtig und besessen von ihrer Rachsucht, diesen unverschämten Angriff der Juden zu vergelten, vergaßen sie die Roten und ließen sich, blind vor Wut, Juden aufzuschlitzen, in den Straßen Podols einkreisen. Sie kannten nur die feigen Juden, die sich wehrlos wie Lämmer die Hälse aufschlitzen ließen, und wehrten sich ihrerseits vehement gegen das Undenkbare eines Juden, der sich ihnen entgegenzustellen wagte; ihre Entrüstung darüber steigerte sich ins Ausweglose, sodass sie im Ölschwall der Juden frittiert und in ihrem Kugelhagel durchsiebt wurden, während sie wütend ihre Empörung gegen die Türen hämmerten und sie ihrer Feigheit und ihres Verrates wegen beschimpften.

Hunger und Bolschewismus

Die Weißen gingen dieses Mal für immer unter oder flohen. Kiew fiel wieder in die Hände der Bolschewiki, die hinzugelernt hatten und organisierter und effektiver exekutierten und ihre revolutionären Ideen umsetzten. Der rote Terror war aus den Kinderschuhen raus und keine stumpfe Welle der Gewalt mehr, sondern ein ausgeklügeltes System der »Unterdrückung« der Bourgeoisie. Ihre kleineren Büros schossen wie Pilze aus dem Boden, und für die Tscheka requirierten sie neue Paläste, es gab sogar frische Tünche für sie. Sie waren doppelt so gut, ihr Ansporn lautete, sich wie die Deutschen zu organisieren, pedantisch und mit eiserner Disziplin. Sie konnten sich erstmals auf die Unterstützung des jüdisch dominierten Marktes verlassen, der auf den Bolschewismus gesetzt hatte, und auf die breite Unterstützung der großen Masse der Arbeiter, die nach der Auslöschung und dem Scheitern der Anarchisten und all der anderen revolutionären Parteien bedingungslos zum Bolschewismus überlief.

Aber es gab den Hunger. Eine schreckliche Hungersnot, die

unabwendbar jeden traf, normale Bürger, Bolschewiki, Bourgeois. Seit Ewigkeiten brachten die Bauern weder Gemüse noch Weizen in die Stadt, an Fleisch war gar nicht zu denken, die Leute krepierten unterernährt in den Straßen. Der ganze bürokratische Apparat der Bolschewiki war nicht in der Lage, ein Stück Brot zu organisieren. Hartnäckig diktierten sie Verfügungen und errichteten Büros und scherten sich einen Kehricht um die paar Hundert, die täglich ohne Nahrung verendeten. Nichts geschah ohne Plan. Sie führten eine Zählung der Ausländer durch. Ich erhielt daraufhin Papiere, die mich als Russen auswiesen, der in Spanien geboren worden war und die gleichen Rechte und Pflichten wie alle Russen besaß, sprich, für sie gab es keine Ausländer mehr. Die Gewerkschaft der Zirkusartisten konnte sich nicht neu formieren, denn nach nunmehr zwei Jahren Revolution und Bürgerkrieg hatten sich alle Artisten für den Krieg entschieden; die einen kämpften auf der Seite der Roten, die anderen auf der Seite der Weißen. Und diejenigen, die weder für die einen noch die anderen kämpften, starben als einfache Opfer der einen oder der anderen.

Die Bolschewiki erwiesen sich als unberechenbar. Erst brachten sie eiskalt ihre Väter um, wenn man sie ihnen vor die Flinte stellte. Jetzt nahmen sie die Geißel des Hungers gegen ihr eigenes Volk in die Hand.

Man hörte immer häufiger von den Polen. Es ging das Gerücht, es habe einen Pakt mit den Polen gegeben, und ein Heer sei bereits auf ukrainischem Gebiet, das die Bolschewiki vertreiben und den Bürgerkrieg beenden wollte. Die Polen, hieß es, strebten eine fünfzehn Jahre währende Übergangsregierung an, danach würden sie die Ukrainer wieder in Freiheit entlassen. Wer fast verhungert war, musste dies als Befreiung auffassen, und so fachte die polnische Besetzung den Hoffnungsschimmer der Verzweifelten an. Als man sicher wusste, dass tatsächlich ein bestens ausgestattetes polnisches Heer auf Kiew vorrückte, packten die Bolschewiki ihre Siebensachen und evakuierten die Stadt, ohne eine einzige Patrone zu vergeuden.

Vierzigtausend Mann, hieß es, perfekt ausgerüstet und mit schwerer Artillerie bestückt, sowie eine unüberschaubar große Kavallerie formierten das polnische Besatzungsheer.

Die Polen zelebrierten in Kiew einen triumphalen Aufmarsch. Aufgestellt zu einer großen Parade, angeführt von ihren Hornbläsern, marschierten sie in prächtigen Uniformen auf. An der Spitze dieses Triumphzuges ritten fünfundzwanzig Reiter auf anmutigen weißen Rössern in edelsten Geschirren. Die Leute rannten vor Freude und Erleichterung auf die Bürgersteige und jubelten diesen disziplinierten und gut gekleideten Truppen zu, die gekommen waren, um den Alptraum des Bürgerkriegs zu beenden. Am zweiten Tag veranstalteten die Polen eine aufwendige Militärparade mit einem Defilee der schweren Geschütze, welche den Russen den letzten Zweifel an der materiellen Überlegenheit Polens austreiben sollte. Die ausgeblutete und ausgehungerte Ukraine, die zu keinem weiteren Brudergefecht mehr in der Lage war, begrüßte applaudierend die Polen, die Ordnung und Brot im Gepäck hatten.

Tage der Freude, des Jubelns. Vergnügt bummelten die Kiewer durch ihre Straßen. Ich wollte mir die allgemeine Freude nicht entgehen lassen, zog mir die ansehnlichsten Lumpen über und warf mich geschniegelt ins Getümmel. Meine Kleidung war selbstverständlich zerschlissen, aber um ein wenig Galanterie an den Tag zu legen, schnappte ich mir für diesen besonderen Tag meinen Stock und spazierte wie ein Gentleman geradewegs auf die Terrasse eines Hotels zu, das vormals solcherlei distinguierte Leute bediente.

Die Leute flanierten in festlicher Kleidung. Mittendrin immer wieder polnische Soldaten, deren saubere und elegante Uniformen wie das Brot in der Suppe waren.

Ich betrachtete alles von der Terrasse des Hotels aus und ließ beide Hände auf dem silbernen Stockknauf ruhen, als ein polnischer Soldat auf mich zutrat und mit höflichsten Worten um Feuer bat. Ich war erfreut und reichte ihm begleitet von ein paar schmeichelnden Worten das Feuer.

Eine Unterhaltung, insbesondere mit einem anständigen Menschen war selten geworden. Wir plauderten über dies und das, bis der Soldat – unschwer – auf meinen herrlichen Stock mit Silberknauf zu sprechen kam.

»Was für ein besonderer Stock!«, sagte er.

»Pfe«, prahlte ich zurück und reichte ihm das Stück rüber, damit er es genauer betrachten konnte.

»Der gefällt mir sehr!«, sagte er und konnte kaum seinen Blick von ihm abwenden, »Ja, genau passend. Ich werde ihn behalten«.

»Wie bitte?«

»Ja, Sie haben richtig verstanden. Er gehört jetzt mir.« Als wäre er in einem Stockgeschäft, verzog er bei diesen Worten keine Miene.

»Sie werden schon entschuldigen«, erwiderte ich. »Der Stock gehört allein mir.«

»Immer schön ruhig bleiben«, war seine Antwort darauf. »Dieser schmucke Stock wird ein passendes Geschenk für meinen Kommandanten sein. Der wird ihm gefallen.«

Er machte kehrt und setzte zum ersten Schritt mit dem Stock unter dem Arm an. Ich sprang auf und hielt ihn am Arm fest.

»Das ist mein Stock, und wenn ihr Kommandant einen wünscht, begebe er sich in ein Geschäft und kaufe er sich einen.«

Er versetzte mir einen Hieb, dass ich gegen die Wand flog und ging weiter. Ich holte ihn ein und überhäufte ihn mit allerlei Flüchen, drohte ihm mit einer Anzeige, bat ihn inständig. Zwecklos. Er beachtete mich so wenig wie einen Köter.

Er ging schnurstracks auf das Hotel zu, in dem er einquartiert war, und verschwand durch den Eingang, ohne einen weiteren Gedanken an mich verschwendet zu haben. Ich zögerte einen Moment, aber schließlich war ich wegen der verlorenen Beute so geladen, dass ich, Augen zu und durch, hinter dem

Soldat die Treppe hinaufstürmte. Als ich zu mir kam, stand ich in einer Art Offiziersloge. Ich erzählte die Geschichte coram publico.

»Im polnischen Heer haben wir keine Diebe«, antwortete mir der nächste Offizier kaltschultrig.

Ich insistierte, dass sich der Soldat unter ihnen befand, und bot an, auf ihn zu zeigen, wenn ich ihn entdeckte, ich flehte, verlangte die polnische Kavallerie. Zwecklos. Schließlich führten mich die Offiziere an der Nase herum. Empört verwehrte ich mich gegen diese Spielchen, aber nun, als der Offizier begriff, dass ich nicht dreingab, griff er nach seiner Gerte, die er auf dem Tisch abgelegt hatte und herrschte mich an:

»Hau ab, wenn du nichts in die Fresse haben willst.«

Ich hatte gerade kehrtgemacht, als ich hörte, wie der Offizier hinter meinem Rücken die Peitschen knallen ließen.

»Sie wäre besser deine Schwester«

Die Polen benahmen sich in Kiew wie in einem eroberten Land. Immer mit einer Peitsche in der Hand, behandelten sie die Russen, als wären sie Sklaven. Auf den Märkten verschafften sie sich mit Tritten gegen die Karren und Körbe der Händler freie Gasse. Nach einer Woche schon wechselte man lieber die Straßenseite, wenn man sie kommen sah. In der Krischatika wurde ich eines Morgens Zeuge, wie einige Soldaten einem Straßenhändler den kleinen Laden auseinandernahmen. Zwar kam in diesem Moment ein Offizier vorbei, der die Soldaten verwarnte und ihnen befahl, die Kinkerlitzchen wieder einzusammeln, aber kaum war der Offizier um die Ecke gebogen, waren die Soldaten erneut zur Stelle und traten den zumeist wertlosen Krempel in die Gosse und ohrfeigten den Mann auch noch.

Aus den Geschäften nahmen sie mit, was ihnen gefiel, selbstverständlich lehnten sie ab, dafür zu bezahlen; sie betraten ohne jede Rücksicht Wohnungen und Häuser und taten, wonach ihnen der Sinn stand. Normale Leute züchtigten sie mit ihren Peitschen, die Juden terrorisierten sie so, dass diese sich nicht aus ihren Schlupfwinkeln wagten. Wenn sie einen Juden in die Finger bekamen, prügelten sie den letzten Atemzug aus ihm raus. Vorsorglich befestigte ich am Revers eine kleine spanische Flagge, damit ich ihnen vor der Tracht Prügel noch klarmachen konnte, dass ich kein Jude war. Trotzdem stürzte sich eines Abends ein Pole auf mich und wollte mich glatt totschlagen. Der Vorfall spielte sich im Spielsalon des Klub Kisó ab, und ich hatte es allein dem Kassierer, der zufällig Pole war, zu verdanken, dass ich mein Fell behalten durfte. Diese Vorfälle und schlimmere ließen mich in Zukunft zweimal überlegen, ob ich auf die Straße ging, und ob ich mir Beleidigungen gefallen lassen wollte.

Schon kurz nach ihrer Ankunft errichteten sie eine sogenannte Bewachung der Ausländer. Der Kommandantur wurde ein Sonderbüro zur Überwachung der Nichtrussen unterstellt, auf dem wir regelmäßig erscheinen mussten. Irgendwann verbreiteten sie die Nachricht, dass wir das Land verlassen dürften, wenn wir gewisse Voraussetzungen erfüllten. Sie stellten den Ausländern und Ukrainern, die auswandern wollten, Plätze in Zügen in Aussicht, die sie unter Umständen bereitstellen würden. Diese Plätze vergab die Kommandantur, und auf diese ging ich, um zu sehen, welche Chancen Sole und ich hatten.

Ausgerechnet ich musste auf einen dieser eleganten polnischen Offiziere mit bürstenartigem Schnäuzer treffen, der Ärger war zu riechen. Ich reichte meinen Pass, mein Gesuch und die zwei erforderlichen Porträtfotos über den Schalter, eines von Sole und eines von mir.

Als der Offizier das Foto von Sole sah, schaute er es sich gründlicher an als nötig und sagte unüberhörbar:

»Sie ist schön!«

»Vielen Dank, Herr Offizier«, sagte ich höflich.

»Ist sie deine Schwester?«

»Nein, sie ist meine Frau.«

»Sie wäre besser deine Schwester«, wiederholte er, ohne seine Augen von Soles Porträt abzuwenden.

Ich kratzte mich am Kopf, denn ich wusste, worauf dieser Kerl aus war.

»Hören Sie«, erwiderte ich »nein, sie ist nicht meine Schwester; rein zufällig ist sie meine Frau.«

»Sei doch vernünftig«, wiederholte er in gelangweiltem Ton, »Sie ist deine Schwester. Es machte die Sache einfacher.«

»Für Sie, habe ich Recht?«

»Und für dich.«

Wir sprachen nicht weiter über dieses Thema, aber plötzlich begann er Schwierigkeiten zu erfinden und mich zu verwirren. Mir fehlte dieses, mir fehlte jenes, und überhaupt, die Plätze wären schon vergeben ... Nachdem er lauter Ungereimtheiten bemerkt haben wollte, die ich ihm nach und nach ausräumte, knüllte er meine Dokumente in der Faust zusammen und sagte:

»Ärgere dich nicht weiter. Es wird einfacher sein, wenn deine Schwester an den Schalter kommt. Frauen regeln solche Dinge auf eine angenehmere Art. Also hau ab und sag ihr, dass sie kommen soll, und die Sache erledigt sich im Nu.«

»Sie sind eine unverschämte Person«, antwortete ich ihm aufgebracht.

Er lachte nur.

»Komm schon, komm schon, beruhige dich. Sag deiner Schwester, sie soll zu mir kommen. Und empfiehl ihr, dass sie reizend sein soll, he!«

Er machte mich rasend. Ich sparte keinen noch so dreckigen Fluch aus, damit er sich danach die Ohren waschen musste. Anfangs ertrug er die Jauche und spielte den Belustigten, andererseits wären ihm die Verwünschungen auch im Halse stecken geblieben, als ihn aber der Humor verließ, schloss er den Schalter, kam in die Halle heraus und verpasste mir einen Haken, der mich die Treppe runterwarf.

Grün und blau rollte ich auf die Straße. Ich tastete gerade meine Beulen ab, als ich das Brummen eines Flugzeugs zu hören glaubte. Ich schaute zum Himmel und sah einen Flieger, der in mäßiger Höhe bunte Flugblätter über Kiew abwarf. Ich rannte hinter einem her und erwischte es. Gierig las ich, was darauf stand.

»Volk«, stand da, »Habe Geduld, bald wirst Du befreit sein. Eure Brüder stehen bereit, Euch zu befreien, und werden ihr Blut für Euch vergießen. Wartet!«

In diesem und nur in diesem Moment war ich ausnahmsweise Bolschewik. Und so erging es allen Russen, ob sie Revolutionäre waren oder nicht. Die fremden Tyrannen weckten in uns die Sehnsucht nach unseren eigenen Tyrannen.

23.
Jakoblewa, der seinen Vater erschoss

Die Polen träumten, auf den Geschmack gekommen, in ganz Russland einzumarschieren und kommandierten bereits Truppen nach Moskau, doch selbstherrlich wie sie waren, übersahen sie, wie absprungbereit die Bolschewiki lauerten, bis die Garnisonen die Stadt verließen. Nur wenige Kilometer außerhalb campierten die Roten Garden; mit bloßem Auge konnte man von Kiew aus einzelne, am anderen Ufer herumlungernde Bolschewiki und weiter weg die wehenden Flaggen ihrer Lager erkennen. Die polnischen Offiziere betrachteten diese ungeordneten und über die Ebene verstreuten Grüppchen durch ihre Ferngläser und hielten sie für nicht kampfbereit.

»Pah!«, sagten sie verächtlich. »Die sind Einzeller, Wanderratten, die wir jederzeit mit Knüppeln in die Flucht schlagen.«

Unterdessen zettelten die Spione der Roten Armee und die bolschewistischen Propagandisten den zivilen Aufstand Kiews gegen die Polen an. Dessen gewahr werdend, mussten die Invasoren sich doch über dieses Lumpenpack Gedanken machen. Die Polen verminten kurzerhand die Elektrizitätswerke, die wichtigste Kanalisation und die Brücken und drohten den Kiewern, sollten sie angegriffen werden, die ganze Stadt mit Dynamit in die Luft zu jagen.

Ungeachtet dieser Drohungen machten die Bolschewiki ihr Versprechen wahr, die Bevölkerung Kiews zum allseits bekannten Zeitpunkt an einem zuvor genannten Tag zu befreien. Einen Monat und fünf Tage nach der glanzvollen Parade der Polen, starteten die Roten Garden mit der Rückeroberung Kiews. Zeitgleich erhob sich die Bevölkerung, so einmütig und entschlossen, dass den Polen kaum Zeit zum Fliehen blieb.

Gegen die erste Angriffswelle bauten sie noch ihre Verteidigung auf und bombardierten die bolschewistischen Lager auf der anderen Flussseite. Als sie feststellten, dass die Artillerie sie nicht aufhielt, sprengten sie fünf Brücken, aber die Angreifer durchbrachen die Linien wo und wie sie konnten, mit Kähnen, Flößen, schwimmend, unterstützt von den Kiewern. Als die Roten kamen, machten sich die Polen keine Illusionen und ordneten die Evakuierung an. Da sie aber die Lebensmitteldepots in der Eile nicht mitnehmen konnten, ließen sie verbreiten, jeder nichtbolschewistische und nichtjüdische Kiewer dürfte zu den Frachtgleisen kommen und so viel Proviant aufladen, wie er tragen kann. Die Nachricht verbreitete sich wie ein Lauffeuer, und obwohl an einem Ende Kiews heftig gekämpft wurde, machte die Nachricht weder vor den Weißen noch vor den Roten halt und erreichte doch all die, die nichts anderes sorgte als ihr Hunger, sodass sich das Heer der Hungernden auf den Weg zu den Güterwagen machte, um etwas von den Lebensmitteln abzubekommen, die die Polen nicht mitnehmen konnten. Doch nach einer Stunde des unausgesetzten Volksaufstandes gegen sie und angesichts der Wucht des bolschewistischen Angriffs wandelte sich die Güte der Besatzer in bestialischen Groll auf alle Russen, und so ließen sie die hungrige Meute im falschen Glauben auf die Weizen- und Mehlberge zulaufen, wo das Wachbataillon bereitstand, das sie von hinten abknallte. Ich stand auch auf den Weizensäcken und hatte die Hand bereits geöffnet, fand aber keine Zeit mehr, nach einem zu greifen, denn die polnischen Kugeln flogen, eine nach der anderen, kreuz und quer und versuchten, meinen Kopf zu treffen. Denken Sie an einen Vogelschwarm über einem Saatfeld, den die Schrotladung eines Jägers aufgeschreckt hat; wir flohen überall hin; einige von uns blieben blutend liegen und hatten dort ins Gras gebissen, wohin man den Köder gelegt hatte. Als die Polen ihre hoffnungslose Situation erfassten, übergossen sie die Lebensmitteldepots mit Petroleum und zündeten sie an.

Diese Niedertracht ließ die Kiewer wie Bestien gegen die

Invasoren kämpfen. Einen Tag und die anschließende Nacht dauerten die verbitterten Kämpfe, draußen auf dem Feld die Roten, in den Straßen die Aufständischen. Anfangs waren die polnischen Kanonen wirkungsvoll; eine Batterie war auf der Alexandrowski postiert und brachte den Bolschewiki schwere Verluste bei. Ich rannte gerade mit Antonio an der Seite nach Hause, als eine Kanonenkugel so dicht an mir vorbeisauste, dass ich den ganzen Tag über nichts mehr sehen konnte. Dem fliehenden Antonio haute ein Pole den Gewehrkolben so brachial in den Rücken, dass nur ein Quäntchen fehlte, und er wäre liegen geblieben. Mit Einbruch der Dunkelheit strömten die Kiewer in ihrer Wut und Verzweiflung auf die Straßen und griffen die Polen mit Stöcken an, mit Steinen, mit Zähnen.

Keine Truppe, weder die Weißen noch die Roten, waren je aus Kiew abgerückt wie die Polen. Bevor sie abrückten, wollten sie ihre Drohung wahrmachen und das Elektrizitätswerk sprengen, aber die Arbeiter verhinderten es.

Der Kampf in den Arbeitervierteln zog sich bis in die Nacht. Wer Füße hatte und laufen konnte, floh in die höher gelegenen Viertel und betete weinend die ganze Nacht, dieses Schlachten möge ein Ende haben. Und das Seltsamste war, dass die Menschen zu Gott beteten, er möge die Bolschewiki siegen lassen.

Vor Sonnenaufgang rückten die Polen mit ihren bereitstehenden Zügen ab. Als es hell wurde, näherten sich die Bolschewiki dem Zentrum. So, wie sie es versprochen hatten.

Blumen für die Bolschewiki

Ich sah den Einmarsch der Roten wie zuvor den der Kosaken von meinem Zimmer in der Krischatika aus, das über einen Erker zu zwei Straßen hin verfügte. Die erste Patrouille erschien um sechs Uhr in der Früh. Sie bestand aus sechs Mann, ziemlich abgerissene Gestalten, die in ungeordneter Formation die Straße hinunterkamen, barfuß. Sie hatten wirklich nicht mehr am Leib als ihr Gewehr und ein paar Lumpen, die ihr Patronengurt vor dem Herunterrutschen hinderte.

Leise und gedrungen wie Larven krabbelten sie bis an die Kreuzung der Fondukretskaja. Ihr Anführer schlich mit dem Gesicht am Boden ein paar Meter voraus und machte seinen Hals lang, um die Lage auf dem menschenleeren Boulevard zu peilen. Wenige Minuten vorher hatte noch etwas auf die Anwesenheit der Polen auf dem Platz des Gran Teatro am Ende der Fondukretskaja hingedeutet. Die letzten Wagen mit aufgeladenem Heu waren kurz vor der Dämmerung vorbeigefahren; verborgen unter ihrer Ladung saß eine Einheit mit einem Maschinengewehr und sicherte das Abrücken. Als der Anführer erkannte, dass die Luft rein war, gab er mit einer Kopfbewegung das Zeichen für Entwarnung, sodass sich die Larven auf die Füße stellten, um die Ecke bogen und nach einem kurzen Kontrollblick in die umliegenden Fenster, die Gewehre herunternahmen, sie zu einem Kegel gegeneinander auf den Boden stellten, Tabak für eine Machorka aus den Hosentaschen krümelten und sich die Zigarette ansteckten. Kiew war von den Roten eingenommen worden und niemand konnte sie je wieder herauswerfen.

Der Erste, der die Duma erreichte, war der Kamerad Jakoblewa. Er war alleine gekommen, lediglich begleitet von seiner Ordonanz. Er trug blutige und bis an die Oberschenkel reichende Schaftstiefel. Er betrat die Duma, manifestierte seinen Herrschaftsanspruch und wartete nicht länger als eine Stunde auf das Vorauskommando. Jakoblewa war ein bolschewistischer Kommissar, der wegen seiner Heldentaten und Grausamkeit berüchtigt war. Er war einer jener fanatischen Anhänger des Kommunismus, die nichts und niemand einschüchtern konnte. Er denunzierte seinen eigenen Vater bei der Tscheka und ließ ihn standrechtlich wegen konterrevolutionärer Verschwörung erschießen. Ich kannte diesen Jakoblewa damals persönlich, und später, als ich nach Odessa ging, hatte ich wieder mit ihm zu tun. Er war der dortige Chef der Tscheka geworden.

Der Tag war bereits fortgeschritten, als die Leute auf dem Platz vor der Duma zusammenliefen, um das Ende der Schlacht zu feiern. Es war das erste Mal, dass sich die Bevölkerung auf die Seite der Bolschewiki stellte. Sie wurden mit Jubelrufen und Applaus empfangen. Eine Abordnung von Kiewer Ehrenbürgern überreichte ihnen feierlich auf einem Tablett die Schlüssel der Stadt und verteilte nach alter Sitte Brot und Salz. Von den Balkonen ließ man die Bolschewiki hochleben, und wie in den bourgeoisen Vierteln flatterten überall rote Fähnchen. So etwas hatte es noch nie gegeben. Zum ersten Mal empfing man die Kommunisten in freundlicher Gesinnung. Wer hätte das vor Monaten vorhergesagt!

Als ich zum Saboteur und Dieb wurde

Die Hungersnot wurde schlimmer und immer häufiger gab es Typhus. Wer nichts besaß, starb schneller als eine Fliege. Mit zornig zusammengebissenen Zähnen drückten die Bolschewiki der Masse, die dem Hungertod anheimfiel, ihre harte Haltung auf, und wenn Sole und ich nicht starben, so ausschließlich dank der Juwelen, die ich nach und nach verschleudern musste. Sie können sich vorstellen, mit welchem Groll ich loszog und meine Steine auf dem Schwarzmarkt verscherbelte, wenn wir den Hunger wirklich nicht mehr aushielten. Der Tausch lautete auf den Punkt gebracht, Diamanten gegen trockenes Brot. Aber was blieb uns übrig, wenn wir nicht im nächsten Augenblick mit einem Juwelensäckchen um den Hals vor Entkräftung sterben wollten?

Befreundete Bolschewiki machten den Vorschlag, mich als Dolmetscher an die Büros zu vermitteln, die dem Kommissariat für Auswärtige Angelegenheiten unterstellt waren, aber da ich damals kein Russisch schreiben konnte, verlief der Vorschlag im Sande. Zudem rutschte ich tiefer in die Kategorie der Analphabeten; mir blieben also nur noch Arbeiten, die den Analphabeten zugeteilt waren. Bis dahin konnte ich uns mit

Tabakverkauf auf der Straße über Wasser halten, aber nun war diese Tätigkeit nicht mehr für mich vorgesehen; es blieb mir nichts anderes übrig, als zu den Bolschewiki zu gehen und nach Arbeit zu fragen. Sie ernannten mich sofort zu einem Gleiswärter und sandten mich zum Bahnhof. Von sechs Uhr abends bis sechs Uhr morgens musste ich sämtliche fünfzig Gleise des Kiewer Bahnhofs ablaufen und verhindern, dass die in die Hunderte gehenden Waggons ausgeraubt wurden, die dort jede Nacht durchkamen. Diese Waggons mit Lebensmitteln waren für Moskau bestimmt, doch die Kiewer liefen jede Nacht hungrig zum Plündern herbei und stahlen alles, was sie forttragen konnten.

Anfangs saß ich ziemlich in der Klemme, denn eigentlich sah ich unentwegt huschende Gestalten, Diebe. Es war tiefster Winter und die Temperaturen waren eisig. Mich hatte man in einen klassischen Mantel aus Astrachan gesteckt und mir eine rote Trillerpfeife um den Hals gehängt, die ich benutzen sollte, sobald ich etwas Auffälliges entdeckte. Als ich das erste Mal wegen ein paar verdächtiger Gestalten, die sich an einem Waggon zu schaffen machten, auf der Pfeife trillerte, erschien der Chef der Gleiswärter höchstpersönlich und herrschte mich an, ich sei wohl nicht ganz klar in der Birne und hätte zu viele Erscheinungen im Kopf. Dort auf den Gleisen war jeder ein Dieb, und ein Dieb stand neben dem anderen. Schnell begriff ich, dass meine einzige Aufgabe darin bestand, sicherzustellen, dass die verplombten Waggons am nächsten Morgen, wenn ich sie dem nächsten Gleiswärter übergab, ihre Plombe hatten, auch wenn sie praktisch ausgeweidet dastanden. Von Bedeutung war nur, dass niemand die Plomben berührte. Es wimmelte nur so vor Bolschewiki. Eines Nachts riefen sie mich zu einem der Weichenstellerhäuschen und drängten mir einen Sack Mehl auf, den ich mitnehmen sollte. Es handelte sich um den Anteil aus einem größeren Raub, den die Gleiswärter mit Einverständnis ihrer Chefs erfolgreich durchgezogen hatten. Der Teil aus der Beute, die meinem Sektor zustand, sollte mich zum schweigenden Komplizen machen. Ich hätte vorzugsweise lieber auf meinen Teil verzichtet, nicht weil ich in die Rolle eines Don Quijote schlüpfen wollte sondern aus Furcht, denn mir war zu Ohren gekommen, wie die Kommissare mit denen umgehen, die sie Saboteure nannten, aber Widerworte waren nicht erlaubt, und so musste ich mir meinen Anteilssack und meine Anteilsschuld aufladen. So wie anständige Leute keine Diebe akzeptieren, kann man unter Dieben nicht als anständiger Mensch leben, und so wurde ich zwischen den zwei Veteranen links und rechts von mir zu einem waschechten Meisterdieb. Gestohlen wurde alles, nur die Waggons blieben übrig. An das Getreide, das in Säcken transportiert wurde, kamen wir mit einem Drillbohrer, und damit es herausrieselte, stocherten wir leise mit einem Röhrchen. Das Petroleum pumpten wir mit Spritzen ab. Einmal fanden wir nachts Papier, das damals von unschätzbarem Wert war; ein Bogen weißes Papier kam an tausend Rubel oder mehr, wir raubten es. Wir stahlen auch Brennholz, das wir über einen zugefrorenen Bach entlang der Gleise nach Kiew reinzogen.

Wir waren zu einer stattlichen Bande von Saboteuren und Dieben geworden. Die gesamte sowjetische Organisation war von Termiten wie uns durchnagt. Hin und wieder deckte ein fanatischer und unbestechlicher Kommissar eine dieser Verschwörungen zur Sabotage auf und erschoss kurzerhand ein paar arme Hunde, die sich erwischen ließen, aber ungeachtet dieser, wie sich herausstellte, folgenlosen Lektion, setzten sich die Sabotagen und Raubzüge unvermindert fort, niemand wollte dem Tun Einhalt gebieten. Die eisigen Winde ließen einem die Gebeine gefrieren; ich drohte draußen wie eine Tanne festzufrieren. Immer häufiger legte ich mich deshalb zu den Weichenstellern ins Häuschen und bestach sie mit Zigaretten, bis ich mit einem anderen Gleiswärter aushandelte, dass er auch meinen Sektor bewachte, sodass ich ohne diesen ganzen Aufwand zuhause schlafen konnte. Ich musste lediglich um fünf Uhr aufstehen, zur Wachablösung zum Bahnhof laufen und mit den Worten »keine Neuigkeiten« Meldung machen, obwohl man in der Nacht einen ganzen Zug fortgetragen hatte.

Sechs Monate war ich bei den Gleiswärtern. Ich hätte die Arbeit gerne zurückgegeben, auch wenn dadurch die Quelle versiegt wäre, die uns ernährte, aber die Bolschewiki wussten nicht, dass zum Stehlen das Flaneursleben gehört. Sie verordneten mir dreitausend Rubel monatlich und Essensmarken für zwei Personen. Was sie Essen nannten, bestand aus zwei Zuckerwürfeln, ein paar Teeblättern und einer Handvoll Reis. Ich hatte darüber hinaus Anrecht auf fünf Pfund Brot, aber das Brot war ungenießbar und ekelhaft, man wollte nicht reinbeißen; es war weniger Brot als roher Teig, aus dem ein grüner Schimmel hervortrat, wenn man es auf den nächsten Tag verwahrte; wenn man es sogar zwei oder drei Tage aufbewahrte, hatte es bereits einen Bart. Beim Kauen bemerkte man nicht selten, dass man nur noch das Schrot im Mund hatte, das sie hinzugaben, um auf das Gewicht zu kommen. Wie in jedem Sektor gab es auch unter den bolschewistischen Bäckern Saboteure und Diebe.

Unser Leben verlief aber in einem solchen Elend, dass wir dieses widerliche Brot aßen und uns dabei Törtchen vorstellten. Und dann mussten wir es noch mit unserem Kameraden Zerep teilen, der uns beim Hungern immer noch Gesellschaft leistete.

Das Elend nahm kein Ende. Die Sabotage der Züge erreichte ein skandalöses Ausmaß, dass ich mich fragte, wie und warum die Züge weiterfuhren. Wenn, wie in Kiew, auf jedem Bahnhof die Diebe dran waren, wundert es mich nicht, dass die Leute in Moskau an Unterernährung starben; die vollen Züge dürften leer wie ein ausgeblasenes Ei gewesen sein. Die Bolschewiki antworteten mit einer ihrer bewährtesten Methoden, sie militarisierten das Eisenbahnnetz und erfanden für Saboteure martialische Strafen. Ich griff die Gelegenheit beim Schopfe, stellte mich dumm und erschien nicht mehr zum Dienst. Das Soldatenleben lag mir nie. Es dauerte nicht lange, und die Tscheka kam auf den Geschmack und paktierte mit den Termiten. Doch vorher erschien eine tschekistische Patrouille bei mir zuhause und führte mich wegen unberechtigten Fernbleibens von der Arbeit ins Gefängnis ab, wo ich wegen Arbeitsverweigerung eine der deftigsten Strafen zu erwarten hatte. Doch damit sie mich nicht sofort erschossen, musste ich mir schleunigst eine Krankheit einfallen lassen und diese belegen.

Meine kleine Sole geriet ihnen auch in die Fänge, und einerlei, ob es Sinn machte in diesem Winter oder nicht, sie musste mit einem Brecheisen Eis aufbrechen. Es war unmenschlich, was wir alles unter den Sowjets erduldeten!

Trotzki sprach zum Volk

Der Hunger, die Epidemien, die Arbeitslosigkeit und die untereinander schlecht organisierten Bereiche, derer die Bolschewiki nicht Herr wurden, waren hauptverantwortlich für die tiefe Unzufriedenheit unter den Kiewer Bürgern. Überall brodelte stummer Protest gegen die Bolschewiki. Längst waren nicht mehr die Bourgeoisen und die Offiziere die Gegner ihrer Schlacht sondern das niedere Volk, die Arbeiter, die kommunistischen Werktätigen, die begriffen, dass sie auf dem Roulette ihres Lebens auf Revolution gesetzt und verloren hatten. Regelmäßig trafen bolschewistische Führer aus Moskau ein, die das Rumoren mit ihren Reden ersticken wollten und scheiterten, sodass nur noch Trotzki blieb, der anreiste, um die Sache ein für alle Mal in Ordnung zu bringen. Es wurde ein Meeting im Zirkus einberufen, und es hieß, Trotzki würde zum Volk sprechen. An die zweitausend Personen oder mehr waren erschienen, auffällig an ihnen war, dass sie ihren bolschewistischen Führern einen unfreundlichen Empfang bereiteten. Es hieß sogar, man habe einen Komplott geschmiedet und wolle auf den kommunistischen Führer während seiner Rede ein Attentat verüben.

Da ich im Zirkus bekannt war wie ein bunter Hund, gelangte ich bis in die Kulissen und stand während des Meetings nicht unweit von den Rednern auf der Bühne. Für die Sicherheit waren die Roten Garden zuständig, die aber jeden reinließen, der seinen Gewerkschaftsausweis vorlegen konnte. Trotzki erschien in einer schlichten Militäruniform; er trug abgewetzte alte Stiefel und seine typische Schirmmütze. Im Kontrast dazu kam er mit einem protzigen Auto angefahren, wie man es in Russland seit Jahren nicht gesehen hatte.

Zunächst sprach ein anderer Redner, Rakovski. Als Trotzki sprechen sollte, wurde es schlagartig ruhig im Saal. Die Leute versteiften ihre Mienen oder runzelten ihre Stirn, bereit, es ihm heimzuzahlen.

Aber Trotzki sprach unbeirrt und war entschlossen, den Stier vom ersten Moment an bei den Hörnern zu fassen. Er sprach alle Fehler der bolschewistischen Organisation an und schleuderte den Zuhörern die Vorwürfe nur so an den Kopf. »Es ist eure Schuld; ihr seid ein Haufen Saboteure und Diebe!«, schrie er immerzu. Zum Ende seiner Rede räumte er ein, dass die Kommunisten weiter gewillt seien, das russische Volk trotz seiner liederlichen Bevölkerung zu retten, die das eigentliche Hindernis sei, und im Schlusssatz versprach er, dass am Ende kein Versprechen unerfüllt bliebe. Er sprach geheimnisvoll, doch die Zuhörer, die ihm anfangs nicht gewogen, ja willens waren, ihn aufzuknüpfen, ließen sich überzeugen und jubelten ihm bei seinem finalen Versprechen frenetisch zu. Er redete so ungemein klar, so logisch, alle seine Worte waren richtig gesetzt. Unter den Tausenden Zuhörern fand sich nach seiner Rede keiner mehr, der nicht von seinen Worten, die wie ein Hammer auf den Ambos schlugen, überzeugt war. Von einem vergleichbaren Triumph eines Redners wüsste ich nicht zu berichten.

Umgeben von einer elektrisierten Menschenmasse verließ er den Zirkus, stieg in seinen Wagen und gab auf seinem Weg dorthin noch nach links und rechts Antworten. Noch heute glaube ich ihn vor mir zu sehen, mit diesen glänzenden Augen, durch die Mephisto persönlich in die Welt schaute, mit seinem Spitzbart und seinem jungenhaften Haarbüschel, das unter der Mütze mit dem gebrochenen Schirm hervorlugte.

Diese Partie hatte der Kommunismus ganz entschieden für sich entschieden.

Adiós Kiew

Der Kommunismus marschierte vorwärts, aber ich konnte nicht mehr. Ergriffen von der Sehnsucht, den Krallen des Bolschewismus so schnell als möglich zu entkommen, entschied ich, uns bei der ersten sich bietenden Gelegenheit von Odessa aus nach Europa einzuschiffen. Ich erledigte alle Formalitäten und erhielt die Erlaubnis, nach Odessa zu reisen. Um die Fahrscheine überhaupt von Nahem sehen zu können, musste ich eine goldene Uhrenkette mit zweiundzwanzig Brillanten auf dem Schwarzmarkt verkaufen, für die ich mehrere Millionen Rubel erhielt. Da gingen sie hin, meine Steinchen! Für alles und nichts entriss mir der Lauf der Dinge die ganzen schönen Steine, die ich unter lebensbedrohlichen Umständen zusammengekratzt hatte, und mit jedem Stück riss man mir ein Stück Herz raus.

Endlich konnten wir dieses Kiew hinter uns lassen, von dem ich glaubte, es würde uns auffressen. Gefangen im Auge des Wirbelsturms, verbrachte ich dort unter allen Facetten der weißen und roten Potentaten die waghalsigste Zeit meines Lebens, eine Epoche der gegenseitigen Gräuel, wie es sie auf der Welt hoffentlich noch nie gegeben hat nie wieder geben wird.

Aber was hielt das Schicksal für mich in Odessa bereit?

24.
Die Spanier und die bolschewistische Revolution

Wenige Wochen, bevor wir Kiew endgültig verließen, rief mich ein befreundeter Kommissar zu sich und erklärte:

»Ich habe Arbeit für dich, kleiner Spanier.«

»Was gibt es zu tun?«

»Wir brauchen dich als Dolmetscher für einen Landsmann von dir, den spanischen Delegierten der Dritten Internationale, der hier in Kiew das kommunistische Regime studieren und es in Spanien einführen will, wenn die Revolution, die sich dort abzeichnet, triumphiert. Er ist ein großartiger Anführer und will den Kommunismus in dein Land bringen.«

»Und was ist dabei genau meine Aufgabe?«

»Du wirst ihn als sein Dolmetscher überallhin begleiten. Er kann gehen, wohin es ihn beliebt und reden, mit wem er Lust hat. Du wirst die Gespräche übersetzen, die er mit unseren Landsleuten führen möchte. Er unterliegt keiner Einschränkung, verstanden! Da er kein Russisch spricht, machst du den Agenten der Tscheka oder den Patrouillen klar, in welcher Funktion der Dritten Internationale er hier ist. Er genießt unser Vertrauen. Er repräsentiert die zukünftige spanische Revolution.«

»Kamerad, glaubst du wirklich, dass dieser Genosse den Kommunismus nach Spanien bringen wird? Ich als Kenner meines Landes bezweifle, dass es dort ausreichend viele Kommunisten gibt.«

»Du bist und bleibst ein bourgeoises Schwein, das gefälligst nichts zu wissen hat. Der Delegierte der Dritten Internationale ist ein wahrer Revolutionär, der weiß, welche Saat er mitbringen muss.«

Ich schloss sofort meinen Mund und machte mich auf den Weg zum Hotel, in dem sie meinen Genossen Landsmann einquartiert hatten.

Der Mann, der den Kommunismus nach Spanien brachte

Ich stand einem Mann von etwa dreißig Jahren gegenüber; schlank, frisch rasiert, interessiert und quirlig. Dem Typ und dem Akzent nach war er aus Madrid, aber ganz sicher war ich mir nicht.

Er begrüßte mich mit reduzierter Höflichkeit und wich geschickt mit kurz angebundenen Antworten meinen Andeutungen aus, mit denen ich mir sein Phänomen erklären wollte.

»Nenn mich Galano, Kamerad Galano. Das soll dir genügen.«

Mehr bekam ich nicht aus ihm raus.

»Bist du wirklich Spanier?«, fragte nun er.

»Ja.«

»Bolschewik?«

»Nein.«

»Was machst du in Russland?«

»Überleben.«

»Du begleitest mich als mein Übersetzer; ich möchte alles mit eigenen Augen sehen. Ich verzichte darauf, was die russischen Führer gerne von sich geben, ich möchte die Wahrheit aus dem Munde der Leute selbst hören. Du übersetzt mir wortgetreu die Antworten der Leute. Verstanden?«

»Verstanden.«

Der Kamerad Galano bewegte sich mit geübter Ungezwungenheit und glaubhafter Autorität. Er führte sich auf wie der russische Hausherr. Schnell entdeckte ich eine Bruchstelle in seiner Fassade: sein Verhalten, seine Unstetigkeit. Ich vermute noch heute, dass er mir seinen falschen Namen nannte. Er hatte etwas Zittriges an sich. Wenn der Tag sich neigte, waren wir an fünfzig Orten gewesen, hatten mit zweihundert Leuten gesprochen und tausend verschiedene Fragen gestellt, dies alles in größter Hast und mit ständigen Verabredungen, die wir nicht einhielten, mit massenweise Details, die wir nicht verlangten. Kamerad Galano hatte immer seinen kleinen Schreibblock dabei, in den er unaufhörlich seine Gespräche mitstenografierte. Diese Gespräche waren wenig spaßig und eloquent, weil seine Gegenüber durchweg einen Haufen Gräten im Mund hatten. Die Russen bekamen meistens den Mund nicht zu, wenn sie seine Fragen hörten. Hätte ein anderer Ausländer oder ein Russe die Chuzpe solcher Fragen besessen, hätte er seine Knochen in Null Komma nichts zwischen den frisch getünchten Wänden der Tscheka aufsammeln können. Aber dieser Typ »Delegierter der Dritten Internationale« war eine Art »Sesam, öffne dich«.

Ich wurde, was ihn anbetraf, immer misstrauischer. »Sie werden uns gemeinsam erschießen«, dachte ich. Die Hast, mit der sich dieser Mann bewegte, ging haarscharf an grundverdächtig vorbei und war nicht frei von Angst. Er tat alles, damit man ihn für einen Spion halten konnte, und ich weiß nicht, warum ich glaubte, dass dieser Typ damals seinen Kopf aufs Spiel setzte.

Der eigentliche Grund war nicht seine anbiedernde Art, die in der Welt wohl einzigartig ist. Es war ja bekannt, dass die Kommissare geheime Befehle von Moskau erhalten hatten und über seine Fehltritte hinwegsahen. Morgens stellten sie ihm einen Wagen vor die Tür, sie beglichen seine Hotelrechnung, sie bezahlten ihn mit fünfzehn Millionen Rubel monatlichem Salär, Tabak und Seife waren auch inklusive. Er kam erst spät aus den Federn, dafür steckte er bis tief in die Nacht in jedes Krankenhaus, in jede Kaserne, in jedes Büro, in die Schulen und jede Verteidigungsanlage seine Nase. In den Krankenhäusern befragte er die Ärzte und die Verletzten zu Medikamenten und Epidemien; in den Fabriken wollte er alles über die Produktivität und die Sabotage hören. Ihm fiel auch noch die letzte Frage ein, die man in Russland nicht stellen sollte.

Hin und wieder traf er auf einen Kommissar, der überhaupt keinen Spaß verstand und plötzlich juckende Füße bekam. Am Ende war noch ich der Trottel, da er mich wegen der frechen Fragen in die Schranken wies; aber ich ließ jede Kritik an mir abtropfen:

»Ich bin nur der Dolmetscher. Der Kamerad ist Delegierter der Dritten Internationale.«

»Richtig.« Galano kannte nur Hochmut, deshalb sagte er: »Ich bin Delegierter der Dritten Internationale, ich habe einen Anspruch darauf, es zu erfahren. Wo ist das Problem?«

Nächtelang hockte er auf den Meetings herum, die die bolschewistischen Bosse abhielten, und selbstverständlich mischte er sich in die Diskussionen ein. Für jedes Wort, das er nicht verstand, stieß er mich mit dem Ellenbogen, damit ich es schleunigst übersetzte. Ich sollte ihn in den Zirkus und im Theater einführen. Er brüskierte jeden mit seinem Delegiertenstatus der Dritten Internationale, lief dreist durch die Bühnenbilder und klapperte eine Künstlerinnengarderobe nach der anderen ab und legte dabei keinen anderen Habitus an den Tag als die eitlen Galane in den Theatern der bourgeoisen Länder. Als echter Spanier brach dieser Kamerad Galano jeder Künstlerin das Herz, die auf ihn hereinfiel und schlief am Ende mit einer von ihnen.

Kurz vor seiner Abreise musste ich bei der Tscheka antanzen; sie wollten mit mir über den Delegierten der Dritten Internationale reden. Also in Wirklichkeit wollten sie, dass ich redete. Allem Anschein nach stellten sie sich vor, dass ich diskret ein kleines bisschen spionierte. Zu keiner dieser Verdächtigungen, derer sie wegen Kamerad Galano in Panik gerieten, kam etwas über meine Lippen, auch nicht andeutungsweise, denn Bolschewik hin oder her, dieser Fremde war Spanier, und einen Spanier denunzieren, niemals. Ich konnte mich des Eindrucks nicht erwehren, dass der Kamerad Galano nicht mehr so erwünscht war wie am ersten Tag.

Ungeachtet dessen trug er eifrig in sein Mäppchen ein und legte sogar einen Zahn zu, nervös schrieb er jedes Wort mit. Er setzte es sich in den Kopf, die Front zu besuchen, und ich regelte die Formalitäten, also fuhren wir hin. Noch während einer der Schlussattacken der Weißen trampelte er wie Don Pedro in seine Hütte mitten in eine Versammlung der Kommissare und Kommandanten der Roten Armee, die nicht weniger als den Rückzug aus Kiew studierten, der angesichts des bevorstehenden Durchbrechens der Weißen unabwendbar schien. Sie hatten mehrere Landkarten über dem Tisch ausgebreitet und hielten, darüber gebeugt, einer nach dem anderen bedeutsame Reden. Kamerad Galano, mit einer Selbstherrlichkeit, dass einem die Zacken aus der Krone fielen, schnappte sich einen Stuhl, lümmelte sich mit aufgestützten Ellenbogen über die Karten und ließ alle an seinen Gedanken teilhaben.

Zuerst wagte niemand, etwas zu sagen. Seine Dreistigkeit machte sprachlos. Doch irgendwann, als die Strategien wieder hin und her gingen, wollte einer der Kommandanten es genauer wissen und stellte ihn zur Rede:

»Und du, wer bist du? Was hast du hier zu suchen?«

»Ich bin der spanische Delegierte der Dritten Internationale.«

»Hier hast du gar nichts zu vermelden. Und jetzt darfst du gehen.«

»Mich interessiert, alles zu erfahren.«

»Das nicht.«

»Das auch«, konterte Galano in heftigem Ton. »Die spanischen Proletarier sind vorbereitet und warten auf die Revolution, mich hat die revolutionäre Strategie zu interessieren.«

»Sollen die Spanier die Strategien gefälligst selbst erfinden, wir hatten auch keine Lehrer: Zuerst muss man die Revolution gemacht haben, danach kommt die Strategie.«

»Die Revolution rollt bereits und wird mit eurer Unterstützung siegen. Sie müssten jetzt schon losgeschlagen haben«, grölte Galano.

In diesem Moment begriff ich, was für ein Aufschneider dieser Trottel war, und mit welcher Blasiertheit er seine Umgebung in seinen Lügensumpf reinziehen wollte. Bei all den

Unwahrheiten, die er über Spanien und die spanischen Revolutionäre verbreitete, wurde er nicht einmal rot. Die Kriegsmarine, jeder Einzelne, vom Admiral bis zum Schiffsjungen, alle waren Bolschewisten; die spanischen Kommunisten hatten bereits die Rathäuser besetzt; ein bestens ausgebildetes kommunistisches Heer stand in Spanien bereit ... Ich war erschüttert.

Die bolschewistischen Militärs hörten sich seine Lügen mit offenkundiger Ungeduld an. Dann setzten sie dem unzusammenhängenden Geschwätz über die spanische Revolution ein Ende und stellten ihrerseits konkrete Fragen zum Kommunismus, zur Dritten Internationale, über die Regierung in Moskau. Kamerad Galan begann zu schlingern, und jedem wurde spätestens hier klar, dass er sich nicht auskannte. Einer der Kommandanten erhob sich genervt und griff ihn kurzerhand am Kragen, riss ihn von seinem Stuhl und sagte in einem unmissverständlichen Ton, sodass auch er es begriff:

»Verschwinde, wenn du nicht willst, dass wir dich hier alle zusammen füsilieren. Ein Schmierenkomödiant bist du!«

Er schien in sich zusammenzufallen und wurde kleinmütiger, aber er war noch lange nicht besiegt und ging mir tagelang mit seinem Frontbesuch auf den Wecker. Er begleitete mich zu den Parteibüros, wo wir nichts erreichten, und verlor nach und nach den Glauben an den Bolschewismus. Völlig überraschend machte er sich auf den Weg nach Moskau.

Damit enden auch meine direkten Kenntnisse. Nach einiger Zeit traf ich den Kommissar, der mich als Dolmetscher an die Seite von Kamerad Galano gestellt hatte, und erkundigte mich nach ihm.

»Was ist aus Kamerad Galano geworden?«

Er machte ein ernstes Gesicht und antwortete:

»Er war ein Spion, ein Betrüger. Man hat ihn in Moskau erschossen.«

Ich war mir nicht sicher. Nach allem, was ich später über ihn hörte, stimmte mein Eindruck, dass Kamerad Galano, der sich zu Anfang als enthusiastischer Bolschewik präsentierte, bei den sowjetischen Führern an Glanz verloren hatte und er aus mir nicht bekanntem Grund in Ungnade fiel. Er konnte, wie ein Kommissar einmal erwähnte, sehr gut ein bourgeoiser Spion gewesen sein, und in diesem Fall wäre es logisch, dass er erschossen wurde: Aber ich habe keine Beweis dafür.

Ich wüsste gerne, wer dieser Kamerad Galano wirklich war, und wie die Geschichte für ihn ausging. Vielleicht gibt es in Spanien jemand, der etwas weiß.

Casanellas, Agent

Ein anderer Spanier, von dem ich berichten kann, war der sagenhafte Casanellas. Er stand eines Tages vor der Tür und stellte sich als Spanier vor, der gehört hatte, dass ich auch Spanier sei, und der das Verlangen hatte, mich auf ein Gespräch unter Landsleuten zu besuchen. Ich empfing ihn, wie man bei uns Freunde empfängt, und so redeten wir eine ganze Weile gemütlich zurückgelehnt über Russland und Spanien im Allgemeinen. Obwohl mir dieser Spanier vom ersten Moment an, ich weiß nicht, vielleicht wegen seiner seltsam klingenden spanischen Muttersprache, etwas suspekt war, verlor ich mich in Höflichkeiten und war aufrichtig ergriffen, in diesen Breiten und inmitten all dieses Horrors einen Landsmann vor mir zu haben. Er tat und sagte alles nur Erdenkliche, um sich als Spanier zu erkennen zu geben, und obwohl er mir seinen wirklichen Namen, Ramón Casanellas, nicht nannte, denn er sah den Zweifel hinter meiner Stirn, ließ er mich mit aller Deutlichkeit wissen, wer er war.

Wenn man viele Jahre fern von seiner Sprache Mühsal um Mühsal kennengelernt hat und plötzlich einen Landsmann zum Reden vor sich hat, redet man ganz leicht mehr, als einem sonst einfallen würde. Die einfache Tatsache, Spanier zu sein, machte uns, Tausende Meilen entfernt von der Heimat, zu Brüdern. Wie einen Bruder empfing ich Casanellas.

Er beklagte sich bitter über Russland. Es laufe doch alles

aus dem Ruder, er glaubte sich betrogen, und so wie die Dinge stehen, entspräche der Kommunismus nicht seinen Hoffnungen, die ihn von Barcelona hergeführt hätten, hier könne man nicht in Freiheit leben ...

»Nicht?«, mit seinem seltsam amerikanischen Akzent wollte er mir ein Ja abringen.

Ich, der ich bereits alle meine Zurückhaltung aufgegeben hatte, bestätigte seinen schlechten Gesamteindruck und griff auf meine vielzähligen persönlichen Erlebnisse zurück. Ich berichtete von den tragischen Verlusten, die sie mir zugefügt hatten, von den gesetzlosen Verfolgungen, deren Ziel ich gewesen war, der Willkür, der ich durch die Kommissare während des Bürgerkriegs ausgesetzt war ... Von Bruder zu Bruder erzählte ich ihm unter Tränen und ohne Zurückhaltung jedes Detail meiner Bestrafungen. Ich kann heute von Glück reden, dass ich mich darauf beschränkte, ihm mein Leid zu klagen, und über die erlittenen Ungerechtigkeiten unter den Weißen wie Roten jammerte, ohne mich im Wortlaut gegen das Regime auszusprechen, denn, ich sage es zum wiederholten Mal, Politik interessiert mich nicht. Casanellas schien mir indes an einer aufrichtigen Beurteilung des bolschewistischen Regimes interessiert.

»Wie sieht's bei dir aus?«, fragte er mich. »Was denkst du über die Diktatur des Proletariats?«

Ich atmete tief ein und wollte schon über alles reden, was mir einfiel, ihm meine Version des Bolschewismus darlegen, als ich beiläufig aufschaute und Sole bemerkte, die sich vorsichtig hinter Casanellas gestellt hatte und mich mit vielsagendem Blick fixierte, ihre weit aufgerissenen Augen deuteten auf unseren Landsmann vor ihr. Mir stockte im Moment der Atem, und ich brachte nur noch unsortierte Worte heraus, aber da Sole mit einer Augenbewegung insistierte und mich mit einem minimalen Kopfschütteln vor einer Dummheit bewahren wollte, erhob ich mich unter einem erfundenen Vorwand und ging ins angrenzende Zimmer, in das Sole diskret vorausgegangen war.

»Was ist mit dir? Warum diese Zeichensprache?«

»Dieser Spanier ist ein Agent, der dich reinlegen will«, zischelte sie. »Merkst du nicht, wie er dich aushorcht?«

»Komm schon, sei nicht so ängstlich!«, erwiderte ich. »Ständig siehst du Geister und bildest dir was ein. Er ist ein tadelloser, spanischer Revolutionär, den ich gut kenne. Wie soll er ein Agent sein!«

»Ich gebe dir Brief und Siegel drauf, dass er von der Tscheka ist oder ein Spitzel. Glaub mir; der führt hier sein Schmierenstück auf. Wirf ihn raus; er ist einer dieser ›Würste‹.«

In Russland hießen die militanten Kommunisten, die offiziell oder inoffiziell im Dienst der Tscheka standen, »Würste«. So, wie die von der »Geheimen« allgemein nur die »Ochsen« hießen. Man erkannte sie gleich, da sie nach der Entwaffnungswelle gegen Ende des Bürgerkrieges die Einzigen waren, die Pistolen tragen durften. Diese unter der Bluse versteckte Pistole gab ihnen den Namen.

Sole deutete vorsichtig in Casanellas Richtung. Ich drehte mich vorsichtig um und sah von dort aus tatsächlich, wie eine sorglos eingesteckte Pistole seine Bluse ausbeulte.

Inzwischen im Bilde über die wahren Absichten, die diesen charmanten Landsmann zu mir führten, setzte ich mich wieder zu ihm und begann nun meinerseits, ihm Fangfragen zu stellen. Eine Weile mochten wir uns so gegenseitig abgeschätzt haben, er derjenige, der mich aushorchen wollte, ich derjenige, der ihn in eine Falle lockte. Es war eine traurige Scharade, diesen Mann einerseits so fürchten zu müssen, andererseits wie einen Bruder zu empfangen, der meine Sprache sprach. Aber ich beabsichtigte, ihn verfänglich und zügellos werden zu lassen, ihn zu ein paar Fehltritten zu verleiten, die mit dem Bolschewismus unvereinbar waren, bis ich mich als der Beleidigte aufspielen konnte, in dessen Ohren der hehre Bolschewismus und der ehrwürdige Lenin höchstselbst verunglimpft wurden, und aus meinem Sessel aufsprang und ihn überbetont zur Rede stellte:

»Kamerad! Es tut mir weh, diese Worte mit meinen Ohren

hören zu müssen. Wenn du ein schlechter Bolschewik bist, wenn du der sowjetischen Regierung misstraust, komm nicht hierher in mein Haus. Darum bitte ich dich. Ich habe hier während der Revolution und des Bürgerkrieges einiges erleiden müssen, aber ich bin ein glühender Verehrer der Diktatur des Proletariats, das die Welt von seiner Geißel befreien muss, und ich werde es nicht zulassen, dass jemand, auch du nicht, mein Landsmann, schlecht über die Revolution redet. Verlass mein Haus, wenn du nicht willst, dass ich dich als Feind der Regierung der Werktätigen und Landarbeiter denunzieren soll.«

Er machte ein beschämteres Gesicht als es eine Heilige aufsetzen könnte. Plötzlich merkte er auf, blinzelte mir bedeutungsvoll zu und sagte:

»Mach dir keine Gedanken. Ich habe das über die Bolschewiki nur gesagt, um zu sehen, wie du tickst. Jemand hatte mir gesagt, du seiest ein bourgeoises Schwein, ein Spekulant, ein Konterrevolutionär, und ich war gewillt, dir die Maske vom Gesicht zu reißen.«

»Du kommst hierhin, um mich zu testen, ah, das verstehe ich«, erwiderte ich und klopfte ihm mit einer freundschaftlichen Geste auf die Schulter. »Ich mag die Militanten! Das ist es, was uns fehlt. Ich sehe, obwohl du Spanier bist, einen wahren Bolschewik vor mir.«

Bleich und misstrauisch schaute er mir ins Gesicht. Er stammelte ein paar Ausflüchte.

»Das ist die Pflicht jedes Revolutionärs. Wir müssen die Feinde der Revolution, Russen oder Spanier, entlarven. Wenn du, wie man mir sagte, ein Reaktionär gewesen wärst, hätte ich dich ohne den geringsten Skrupel zur Tscheka geschleift.«

»Und die Tscheka hätte dir meine Gesinnung bestätigt. Gut gemacht Kamerad! Das ist es, was die Regierung der Werktätigen und Landarbeiter braucht: tüchtige Agenten, die ihre Arbeit ohne Skrupel zu verrichten wissen. Du bist ein ganzer Kerl!«

Ich verabschiedete ihn höflich. Aber ich wollte ihm tunlichst nicht die Hand reichen. Ob Bolschewik oder Bourgeois, gewisse Dinge sollte ein Mensch nicht machen. Und wenn man es doch tut, bleibt die Gewissheit: Der Letzte wird ihm die Hand nicht reichen.

Und das war es dann.

25.
»Onkel! Onkel!«

Der Bürgerkrieg war zu Ende. Das völlig zerriebene weiße Heer verließ das russische Staatsgebiet unter dem Schutz der Alliierten und verteilte sich über ganz Europa. Die Bolschewiki blieben die alleinigen und unangreifbaren Herrscher. Die Kugeln der Revolution, dieses Lotterieungeheuers, hatten uns nicht getroffen.

Unser einziger Wunsch hieß, raus aus Russland, so schnell wie möglich. Aber die Bolschewiki hatten die Grenzen hermetisch abgeriegelt. Als Schlupfloch kam nur noch Odessa infrage. Auf einer Art Erkundungsfahrt reiste ich ohne Sole voraus, die in Kiew wartete. Äußerlich unterschied ich mich damals nicht mehr von einem *rabotji*: Russisch sprach ich fließend, mein Benehmen war das eines unverschämten Bolschewiken mit stacheligem Bart und, was mich noch authentischer machte, waren mein schmutziges Jackett aus Sackleinen, die gebogenen, spitzen Stiefel und die Beinkleider aus groben Säcken.

In Odessa suchte ich sofort den *clown* Armando auf, Zereps früheren Partner; er war inzwischen Kommissar einer staatlichen Saline geworden und hatte seinen Beruf an den Nagel gehängt, *clowns* waren seinerzeit wenig gefragt. Neben seiner Arbeit, die ihm die Sowjets entlohnten, bestritt er seine Einnahmen hauptsächlich aus seinem Schwarzmarkgeschäft mit Salz. Sowie ich eintraf, verabredeten wir, das Geschäft mit dem gestohlenen Salz eine Nummer größer aufzuziehen. Er unterschlug es, und ich brachte es zu den Bauern im Umkreis von Odessa und tauschte es gegen Mehl.

In der Stadt fand man keine Nahrungsmittel. Der Hunger

war allgegenwärtig. Nichts, keine einzige Kartoffel und kein Scheffel Getreide, kam aus dem Umland, die Leute starben buchstäblich an Hunger. Ein Pfund Weißbrot kostete auf dem Markt siebenhunderttausend Rubel, und hundertfünfzigtausend das Pfund Schwarzbrot; das Pfund Maismehl wechselte für dreihunderttausend den Besitzer, und fünf Kilo Brennholz für vierhunderttausend; ein Pfund Pferdefett siebenunddreißigtausend und zwei Eimer Wasser fünfundzwanzigtausend. Und der Preis für eine Zitrone sagte am Ende alles: Eine Million Rubel; im Jargon des Schwarzmarktes zählte man demnach auch in Zitronen: Dies kostet zehn Zitronen; das hundert Zitronen; in Zahlen also zehn Millionen oder hundert Millionen Rubel.

In Odessa liefen viele oft tagelang ohne einen Bissen im Mund durch die Straßen, bis sie entkräftet umfielen. Die mickrigen Brotstände der Juden auf dem Markt waren von Stacheldraht und Panzerblech ehemaliger Autos umzäunt. Trotzdem gelang es den von Magenkrämpfen Gepeinigten immer wieder, sich über die Barrieren zu werfen. Und da es undenkbar war, dass Offizielle jeden Mundräuber bestrafen konnten, der bei der geringsten Unachtsamkeit der Verkäufer seine Hand ausstreckte, solidarisierten sich die Händler mit dem bestohlenen Kollegen und prügelten zusammen auf den verfressenen Lump ein, bis dieser seine Beute wieder ausspuckte; mit Ausnahme des bestohlenen Bäckers selbst, der die kurze Zeit, die ihm blieb, dem armen Dreckssack das Brot aus dem Mund zu schlagen, nicht verlieren wollte, sondern direkt auf seine Zähne losging, denn die Erfahrung hatte gezeigt, dass die leeren Bäuche die Schläge wegstecken, während sie ängstlich ihre Beute kauten. Entscheidend war, das Brot so schnell als möglich herunterzuwürgen, auch wenn sie einen halbtot schlugen. Und deshalb achtete der Bäcker vor allem darauf, dass der Dieb die Beute nicht herunterbekam, solange die anderen auf ihn eintraten. Es war ein Kampf um Sekunden; was der eine wollte und der andere nicht.

Ich hielt mich dank des mitspielenden Armando mit dem

Verkauf des gestohlenen Salzes an die Bauern über Wasser, und lernte ein bolschewistisches Pärchen kennen, das mich zusätzlich unter seine Fittiche nahm. Sie waren ein anmutiges Pärchen. Er war Offizier im Dienste des zaristischen Heeres und hatte Geld besessen: Eine gute Partie; sie war ein hübsches Mädchen vom Lande gewesen, bildhübsch sogar, aber ohne Manieren. Der Offizier hatte sich Hals über Kopf in sie verliebt, und sie hatten zum Verdruss seiner aristokratischen Familie, der ihre bescheidene Herkunft stets missfiel, geheiratet. Es schien, als habe sie im alten Regime viel ertragen müssen, aber ihre Zeit der Rache kam mit dem Bolschewismus. Ihr Mann, der eher unkompliziert als versessen war, wenn auch etwas schusselig, arrangierte sich mit der Revolution und trat gutgläubig in die Dienste der Bolschewisten ein, seine Frau hingegen, die schon immer eine Gegnerin der Aristokratie und aller Privilegien gewesen war, verwandelte sich in eine völlig heruntergewirtschaftete Großfürstin. Sie gaben ein herrliches Bild ab. Der Offizier ertrug tapfer, aber auch resigniert, alle Widrigkeiten der Revolution. Seine Frau hingegen spielte die ehemalige Großfürstin und wetterte gegen die sowjetischen Kanaillen. Und sie ließ es jeden wissen, der ihr auf der Straße begegnete. Sie kostete seinen Rang als Kommissar und den Spaß der kommunistischen Führer, die Überlegenheit einer Klasse durch den Dreck zu ziehen, voll aus. Zu ihrem Vorteil. Das ganze Haus war vollgestellt mit Nippes, den sie auf den Schwarzmärkten zwanglos erstand, denn als Frau eines Kommissars genoss sie fast Immunität, und so spazierte sie in der Zeit der großen Hungersnot von Odessa wie eine geschminkte Puppe und in der Mode des Empire durch die Masse der Elenden und Siechenden. Zu allem Überfluss setzte sie unter Gebrauch aller Offiziere, die nicht bei drei auf den Bäumen waren, ihrem Mann auch noch die Hörner auf. Armer Offizier! Aber all die braven Bolschewiki können von Glück reden, dass sie sich nicht gegenseitig an ihren Hörnern erkennen. Damals trieb der leere Bauch von Odessa jedes brave Fräulein aus gutem Hause auf die Straße, bereit zu allem, wenn es nachher nur zu beißen gab. Und während die hochwohlgeborenen Cousinen der Großfürstin beim ersten *mujik*, der sie einlud, direkt ihren Stör mit Tomate bekamen, versteht es sich von selbst, dass sich die Frau des Offiziers in der Rolle der Grande Dame etwas mehr Stil und wählerische Unterhaltung gönnte. Der arme Offizier wusste über alles Bescheid, aber es wäre gelogen, so sehr er auch in diese Frau verliebt war, dass ihm alles gleichgültig war.

Ich fiel in die Gunst dieser Madame Bolschewique, und im Tausch gegen Tanzstunden, gegen Tatsachenberichte aus Paris, dem dortigen Künstlerleben und dem Allerlei nebenher, der zu ihrem Stil passte, protegierte sie mich und half mir, den Kampf gegen den Hunger zu bestehen.

Als Sole nach Odessa folgte, protegierte sie mich gleich ein bisschen weniger.

Proletarische Kunst

Armando brachte mich mit den Artisten zusammen, die sich aus praktischen Gründen des Lebenserhalts gewerkschaftlich organisiert hatten und auf eigene Kappe ihr Programm auf die Bühne brachten. Sechstausend Mitglieder hatte die Gewerkschaft. Das heißt übersetzt, sechstausend Hungerknochen, die mit der Erlaubnis und der tatkräftigen Unterstützung der sowjetischen Stellen eine Bühne auf dem Marktplatz von Odessa errichteten und dort auftraten. Was sie erhielten, war ein Platz, der ineinander zu stürzen drohte. Das Publikum schaute sich Vorstellungen stehend an; lediglich vorne bei der Bühne gab es zwei bis drei Sitzreihen. Man nannte es das Theater Manesch, und es war weit und breit der einzige Ort, an dem man auftreten konnte. Der Direktor hieß, wie konnte es anders sein, Kudriadski, der berühmte Kudriadski, der mir sagte, wenn Sole nach Odessa käme, fänden wir bei ihm Arbeit. Ich holte Sole nach, und tatsächlich traten wir im Manesch auf; aber da die Artisten so zahlreich waren, bekamen wir nicht jeden

Abend einen Auftritt und auch nur spät. Trotzdem musste man jeden Tag hingehen, um zu schauen, ob man auf der Liste stand. Die Artisten teilten das Geld nach dem Katalog des Kiewer Prüfungstribunals unter sich auf. Wir erhielten pro Tag etwa zwanzigtausend Rubel, womit wir uns nicht einmal ein Brot kaufen konnten.

Die Gewerkschaft organisierte auch Exkursionen zu den Dörfern und Nachbarstädten. Zwei Waggons waren dafür zugeteilt; einer entsprach mit viel Fantasie einer Bühne, im anderen reisten wir zusammengepferchten Artisten. So fuhren wir von Dorf zu Dorf, im Schlepptau immer die sowjetischen Propagandisten. Im besten Fall traten wir im Wartesaal des Bahnhofshäuschens auf; wenn es dergleichen nicht gab, auch direkt auf dem Bahnsteig vor den Waggons. Und nachher gestatteten sie uns, Mehl, Butter, Eier und Hühner zu tauschen und mitzunehmen. Dergleichen konnte man in Odessa nicht finden, wo die Leute ausgemergelt und fast nackt durch die Straßen geisterten. Wir müssen damals wirklich erbärmlich ausgesehen haben. Sole trug eine Art weißen Talar, der fast durchsichtig war, den ich ihr aus einem Bettlaken erfunden hatte. Ich war schon etwas feiner: Zehn Millionen Rubel spendierte ich mir für eine maßgeschneiderte Joppe aus echtem Mehlsackleinen und war damit wie ein Dandy unterwegs.

Industriekapitän

Nach langem Grübeln hatte ich endlich eine Geschäftsidee. Keine leichte Sache, weil die Bolschewisten eigene Geschäfte höchst selten zuließen; aber gegen meine Erfindung fiel ihnen kein triftiger Einwand ein. Damals liefen die Leute fast alle ohne Schuhe herum. Weder gab es Leder, um welche herzustellen, noch gab es Besitzer der Abermillionen, die man an Rubel für ein Paar bezahlen musste. Ich dachte, mit den alten Teppichen aus den bourgeoisen Häusern, die man weder für Anzüge verwenden noch als Tagesdecke überwerfen konnte, sei eine Art Espadrille oder Pantoffel herstellbar, womit man zu geringen Kosten wenigstens besohlt gehen konnte. Also ging ich für ein Vorgespräch zu einem jüdischen Schuhmacher, dessen einziges Leder die Haut auf seinen ausgehungerten Knochen war und den man seit Jahren mit keinem Paar Stiefeln beauftragt hatte. Im Handumdrehen gründeten wir einen »Trust zur Einführung und Verbreitung der Espadrille in Russland«. Trotz des Bolschewismus um mich herum blieb mir aber nichts anderes übrig, als mich in das Geflecht des kapitalistischen Regimes zu begeben und ging zu einem anderen Juden auf ein Gespräch, der die Anfinanzierung der industriellen Fertigung aufbrachte: hundert Millionen. Mit diesem Kapital kauften wir die Wandteppiche und geknüpften Teppiche aus den bourgeoisen Palästen auf. Mein Geschäftspartner, der Schuhmacher, fertigte aus diesen Geweben stabile und ansehnliche Espadrillen, und ich trug sie auf den Markt. Fünfzehn Rubel bezahlte ich für die Verkaufserlaubnis, aber dafür musste ich von drei Uhr früh bis abends draußen auf den Füßen stehen, teilweise bei zwanzig Grad unter null. Es ging aufwärts mit uns, im ersten Monat erwirtschafteten wir zehnmillionenfünfhundertneunzigtausend Rubel. Aber das kommunistische Regime hatte mich nicht umsonst aus dem Krallen des Kapitalismus befreit, und so schmolz mein Anteil als Gesellschafter auf knapp über achtzigtausend zerhackte Rubel, was nicht annähernd eine Zitrone war. Ich habe das Kassenbuch dieses Trustes zur Einführung der Espadrille in Russland aufbewahrt, der sicher eine der ersten Teilhabergesellschaften industriellen Ausmaßes nach der bolschewistischen Sintflut darstellte.

Die sinnlose Grausamkeit

Als wären Hunger und Typhus nicht genug, litten wir in Odessa unter einer anderen Plage, die hinsichtlich der Sterblichkeitsrate mit den erstgenannten in Rivalität stand: die Tscheka.

In Odessa war die Tscheka so grausam und blutrünstig, wie sie es schon in Kiew gewesen war, allerdings ohne die mildernden Umstände des Bürgerkrieges und ohne das Gegengewicht des Weißen Terrors, was die Grausamkeit vielleicht hätten rechtfertigen können. Die Tscheka hatte sich auf einem Kriegsschiff eingerichtet, auf dem berühmten Kreuzer *Almas*, der mitten in der Bucht vor Anker lag. Dieses Boot hatte bereits eine böse Geschichte und war in ein schwimmendes Gefängnis umgebaut worden, zu dem die Handlanger der Tscheka die Gefangenen rüberbrachten. Der Kommissar der Tscheka von Odessa war seinerzeit ein Matrose, der ebenso blutrünstig und grausam war wie die Matrosen, die ihren bestialischen Teil zur Revolution beigetragen hatten, nur war er auch ein Geisteskranker, ein cholerischer Geisteskranker, dem es Freude bereitete, die Gefangenen mit seinen eigenen Händen umzubringen, dessen er sich nach der Tat brüstete. Ein Monster in Gestalt eines Menschen, dessen bloßer Name bei den Menschen Panik auslöste. Es hieß, er würde jeden Tag mehrfach willkürlich die Pistole ziehen und aus nächster Nähe auf die ihm hilflos ausgelieferten Gefangenen feuern, die er verhörte. Er war riesig, kräftig und gut aussehend. Skurril waren seine Macken. Zum Beispiel stellte er seine Uhr immer eine halbe Stunde vor, und jeden, der ihm über den Weg lief, fragte er nach der Uhrzeit, doch wenn sie ihm die exakte Uhrzeit nannten, reagierte er wie eine angestochene Bestie:

»Du kommst zu spät! Jeder in Russland erlaubt es sich, zu spät zu kommen! Stell deine Uhr vor, wenn du nicht willst, dass ich dich ins Gefängnis stecke!«

Er verliebte sich in eine Schauspielerin, und lungerte Stunde um Stunde in ihrer Nähe herum. Die Schauspielerin hatte Angst, wagte es aber nicht, ihn zurückzuweisen. Einem ihrer Brüder, der ihm mutig bedeutete, ihr nicht länger nachzusteigen, drückte er den Revolver an die Brust und sagte:

»Hau ab! Und wehe, ich sehe dich noch einmal wieder. Ich bringe dich nicht sofort um, weil du ihr Bruder bist, und ich liebe sie so sehr, dass ich ihr den Kummer ersparen will, dich getötet zu haben.«

Man begreift sofort, dass sich unter diesen Umständen keine Frau ziert. Er hatte überdies auch etwas Reizvolles an sich und mitunter etwas Joviales und Vergnügliches in seinem Wesen. Aber er war komplett geisteskrank. Seine Krankheit ließ ihn nicht schlafen; es hieß, er sagte über sich selbst, dass er kein Mensch sei, weil er seit Monaten kein Auge zugetan und seinen Kopf an keine Lehne gelegt hatte.

Seine Grausamkeiten waren so außermenschlich, dass man entschied, ihn aus dem Weg zu räumen, was an sich schon gegen ihn sprach, weil man bei der Tscheka niemanden so ohne Weiteres wegen Grausamkeit rausschmiss. Fast alle bei der Tscheka waren Abnorme aus Leidenschaft oder wenigstens kranke Bestien ohne Berufung, Barbaren, die von nichts als ihren groben Instinkten geleitet wurden. Einmal entkam ihnen ein Fakir, der als Spekulant eingekerkert worden war, er arbeitete beim Zirkus, aber um zu entkommen, hypnotisierte er den wachhabenden Kommissar und fertigte sich während des schlafwandlerischen Zustands in aller Seelenruhe samt Stempel die Urkunde, mit der er sich selbst in die Freiheit entließ. Nichts für ungut: Diese Idioten setzten gleich eine dienstliche Anweisung auf, der zufolge in Zukunft Fakire im Gefängnis von jeweils fünf Kommissaren bewacht werden mussten.

Und solche Menschen entschieden unwiderruflich über das Leben Tausender. Exekutionen, täglich. Aber in Odessa wurden die zum Tode Verurteilten nicht erschossen, sondern vom Kreuzer *Almas* mit einem Strick um den Hals oder am Bein lebendig ins Meer geworfen. In einem Café hörte ich einmal, dass ein Taucher dort gewesen war und am Grund der Bucht einen ganzen Wald von Ertränkten vorgefunden hatte, die je nach Länge der Stricke wie Bojen im Wasser trieben.

Doch nüchtern betrachtet, verblassten diese menschengemachten Horrorszenarien und Gewaltorgien angesichts der Geißel des Hungers. Sie tötete mehr Menschen als die Tscheka.

In Odessa gab es nichts, absolut gar nichts, was man zum Essen in den Mund stecken konnte. Die wenigen Lebensmittel, die eintrafen, wurden von den Bolschewiki beschlagnahmt und in die Restaurantkooperative gebracht, die Arbeitern vorbehalten waren. Das Essen kostete eintausendfünfhundert Rubel und bestand aus einer Suppe, die nichts anderes war als dreckiges Wasser mit einer Handvoll *krupa*, nebst einem Klumpen jenes widerlichen Teiges, den sie Brot nannten. Jeden Rubel meiner Einnahmen aus dem Espadrillengeschäft gaben Sole und ich in solchen Restaurantkooperativen aus. Wir aßen vier bis fünf Portionen auf einmal; damit hielten wir es mehrere Tage ohne Nahrung aus, wenn ich aber erkannte, dass wir schneller als gedacht verhungerten, holte ich eine meiner Goldmünzen hervor und versetzte sie auf dem Schwarzmarkt; so gewannen wir eine Woche. Eine Libra in Gold brachte zwischen fünfzig und siebzig Millionen.

Wer keine derartigen Reserven besaß, verhungerte. Ich erinnere mich, wie wir in Odessa ankamen und uns mit fünfzehn oder zwanzig Artisten regelmäßig im Künstlerzirkel eines Cafés trafen, ein paar waren Russen, die meisten Ausländer. Wir bestellten nichts – wie auch? –, der Mindestverzehr kostete hunderttausend Rubel, so viel wie wir in einer Woche verdienten. Wir trafen uns dort, um uns gegenseitig unseren Kummer zu beichten, aber auch, um uns Hoffnung zu machen. Aber mit der Zeit verlangte der Hunger seine Opfer; wöchentlich, täglich. Eines Tages hörten wir, dass unser Kamerad, der Seiltänzer, der einige Tage nicht zum Zirkel gekommen war, in seinem Loch verendet war; an einem Tag hieß es, die rumänische Sängerin sei vom Typhus geholt worden; tags drauf, dass der polnische Tänzer sich umgebracht habe. Fast unmerklich starb auf diese Weise einer nach dem anderen weg, sodass wir am Ende zu viert übrig blieben: Armando, Zerep, Fernández und ich. Drei Spanier und ein Italiener. Wir waren die letzten, die das Elend vor sich hatten.

Anfangs gab es Aufstände der Hungernden, aber wenn sie durch die Straßen zogen, nahmen die roten Garden sie aus dem Hinterhalt aufs Korn und jagten sie in ihre Löcher zurück, wo sie gefälligst still auf den Tod durch Auszehrung zu warten hatten, und in der Tat, dieser Tod war angenehmer als der Tod durch eine Kugel im Bauch. Damals begriff ich endgültig, wie unwahr es ist, dass man mit einer hungernden Bevölkerung Revolution machen kann.

Wenn man hungert, ist man zu nichts in der Lage. Nicht einmal zum Protestieren. Odessa war damals eine Stadt ohne Stimmen, die sanfteste Stadt der Welt. Die Leute hauchten ihr Leben in einer Elendsbaracke ohne eine Geste des Zorns aus.

Ich werde mich, solange ich lebe, an das Bild einer ausgemergelten Frau erinnern, die ein Kind in den Armen hielt. Ich sah sie auf meinem Weg mehrere Tage in einem Hauseingang unseres Viertels hocken. Am ersten Tag, als ich sie wahrnahm, bettelte sie bei den Passanten noch nach Brot, ihr Kind räkelte sich weinend in ihrem Schoß. Am nächsten Tag streckte die entkräftete Frau nicht einmal ihren Arm mehr nach den Menschen aus, die an ihr vorbeiliefen; so blieb es zwei, drei Tage. Eines Morgens begriff ich, dass sich die Frau überhaupt nicht mehr rührte. Sie war in ihrer sitzenden Haltung an Auszehrung gestorben. Der Junge war in den steifen Armen seiner Mutter zum Gefangenen geworden und schrie. Als ich am nächsten Tag vorbeikam, jammerte auch das Kind nicht mehr.

Wenn ich heute darüber nachdenke, wundert mich, wie ich diesem ausweglosen und vorhersehbaren Ende dieser stillen Tragödie so unbeteiligt zuschauen konnte. Warum habe ich diesen kleinen Wurm nicht aus den kalten Armen seiner toten Mutter befreit und verhindert, dass er starb?

Ah! Niemand weiß, bis zu welchem Äußersten uns der Überlebensinstinkt führt, wie groß der Egoismus ist. Niemand kennt seine Egoismen, solange sie nicht geweckt werden, und wer die Illusion hegen möchte, er hätte unter diesen Umständen besser gehandelt als ich – nämlich nicht weggeschaut –, den versetze ich in die Straßen Odessas dieser endlosen Jahre des Hungers, als Hunderte, von ihren Familien verlassene Kinder, von Hunger oder Typhus geschwächt, in die Hauseingänge gekauert auf den Tod warteten. Einige von ihnen, die als Jungen und mit ausgeprägtem Überlebenswillen auf die Welt gekommen waren und nicht siechend starben, sprangen instinktiv irgendwelche Leute an, klammerten sich an ihre Beine und versuchten mit ihren Zähnen ein Stück herauszubeißen. Die meisten lagen nur still da, schauten durch ihre unschuldigen Äuglein in die vorbeilaufende Welt, ohne auch nur halbwegs von der Herzlosigkeit Notiz zu nehmen, von anderen Menschen umgeben zu sein, so als befänden sie sich bereits an dem Limbus des Lebens und hätten diese Welt nur noch nicht verlassen. Nur wenn sie Schritte hörten, streckten sie ihre Fingerchen aus und riefen mit der herzzerreißenden Süße einer schwachen kindlichen Stimme:

»Onkel! Onkel!«

26.
Die Flucht

Ich weiß nicht, aber ich glaube, ein scheußlicheres Massensterben als jenes von Odessa im Sommer 1921 hat es nicht gegeben. Der Hunger und der Typhus rafften täglich Tausende hin, denen man nicht einmal ein Grab schaufeln konnte. In den Hospitälern lagen so unzählige Kranke, dass man zwei in ein Bett stecken musste; wenn sie starben, schichtete man sie zu Scheiterhaufen auf, zwei längs, zwei quer, und verbrannte sie.

Der Hunger war so groß, dass sich die Leute wie Schakale über ein zusammengebrochenes Pferd warfen und im wahrsten Sinne des Wortes binnen fünfzehn Minuten nur noch das Gerippe übrig ließen, was eine Schar Aasgeier nicht besser hätte erledigen können.

Der Winter war ein einziger Horror, aber erst als wärmere Tage kamen und der Schnee schmolz, trat die darunter liegende ganze Fäulnis zutage, offenbarte sich uns das Ausmaß der Tragödie. Während der Wintermonate wurde der, der an Typhus gestorben war, von seinen Familienangehörigen aus dem Haus geschleift, und kaum lag er auf der Straße, beeilten sich die Straßenkinder, ihn auszuziehen; auf die Kadaver fiel Schnee und damit wurden sie unter dem riesigen Leichentuch unsichtbar; aber als die Schmelze und der Frühling kamen, begannen die Leichen in den Straßen Odessas buchstäblich aufzublühen. Oft gab es hinter den Häusern oder in den Straßen Gräben, über die das Schmelzwasser abfloss, und dort, in diesen Gräben, lag oft über Monate das faulende Aas der Angehörigen.

Wie nicht anders zu erwarten, verschärfte sich die Typhusepidemie mit der zunehmend drückenderen Hitze. Um dieser

Stadt zu entkommen, liefen Sole und ich runter zum Strand und verbrachten den Tag in der Sonne liegend. Wir erhielten die Erlaubnis zum Baden im Meer – ja, sogar eine Sondererlaubnis für das Baden im Meer benötigte man von den Bolschewiki –, und ich glaube, allein die Sonne und das Baden hielt uns den Typhus vom Leib. Nachts krochen wir in unser Loch in Odessa zurück. Wir besaßen keine Krume Brot, die wir in den Mund hätten stecken können, und kein noch so trauriges Licht, um uns zu leuchten. Wir lebten von der Luft wie ein Fähnchen.

Bourgeoise Ökonomie und kommunistisches Regime

Niemand, egal wie viele Millionen er verdiente, konnte mit dem Wenigen einer *mamaliga* auskommen, einem Brei aus Maismehl, Wasser und Pferdefett, den es manchmal gab. Sole und ich traten hin und wieder im Zirkus Manesh und in anderen kleineren Theatern auf; aber die zwanzig- oder dreißigtausend Rubel, die sie uns für einen Auftritt gaben, reichten gerade für eine Mahlzeit. Wir tanzten im Theater Oreol, im Lira, im Vodevil, im Zirkus Gisner, im Kino Gometa und im Club Lenin; und trotzdem, wenn ich nicht zusätzlich das Salz verkauft hätte, Zigaretten, die Teppichschuhe und manchmal einen selbst gebauten, tragbaren Blechofen, dann wären wir wie die anderen Artisten verhungert. Und selbst dies rettete uns nicht; wir gingen nur deshalb nicht unter, weil wir regelmäßig unsere Reserven an die Juden verscherbelten und jeden Preis akzeptierten. Ach, die schönen Steinchen!

Allerdings war ich schon immer ein sorgfältiger und aufgeräumter Stratege, die Liste meiner Ausgaben und Einkünfte aus dieser Zeit bewahre ich heute noch auf. Vielleicht ist die Auflistung der Dinge von Interesse, die ich während unserer letzten Tage in Odessa verkauft habe:

20 Francs in Gold, 96.000 Rubel
20 Francs Papiergeld, 35.000 Rubel
1 Handtuch – neu, 10.000 Rubel
6 Seifenstücke, 1.500.000 Rubel
1 schwarzes Sakko, 20.000 Rubel
3 Sack Salz zu 11 Kilo, 119.500 Rubel
1 Bettlaken – alt, 33.000 Rubel
1 goldener Justierer, 240.000 Rubel
1 Fell, 35.000 Rubel
2 Kisten Machorka-Tabak, 450.000 Rubel
1 Münze zu 5 Rubel in Gold, 200.000 Rubel
1 Goldmünze Alexander III., 650.000 Rubel
1 Handvoll Kartoffeln, 65.000 Rubel
1 Paar alte, gebrauchte Stiefel, 199.000 Rubel
Sohlenleder, das Paar, 85.000 Rubel
1 Damenhandtasche und 75 gr. Silber, 596.000 Rubel
1 Schilling, 2 Mark, 225.000 Rubel
1 schwarze Hose, 750.000 Rubel
1 Siegelring, 500.000 Rubel
1 Münze zu 3 Rubel in Gold, 750.000 Rubel
1 Ring ohne Stein, 250.000 Rubel
1 Koffer, 250.000 Rubel
1 Paar Handschuhe, 100.000 Rubel
1 Deckchen aus Manilahanf, 350.000 Rubel
1 spanische Münze zu 3 Duros, 1.400.000 Rubel
1 Uhr, 150.000 Rubel
1 Zigarettenetui, 3.000.000 Rubel
1 Suppenteller – 2 Gabeln – 3 flache Teller – 1 Vase, 232.000 Rubel
1 Frack, 250.000 Rubel
2 Rubel in Gold, 1.500.000 Rubel

Dank dieser Dinge auf der Liste, dank der Öfen, der Teppichschuhe und unserer Auftritte konnten wir unter der Geißel des Hungers überleben. Wurde es auswegloser, fuhren wir wieder mit den Waggons auf die Dörfer, jene Exkursionen mit den

Propagandisten, die die Bolschewiki immer noch nicht aufgegeben hatten. Ich möchte allerdings zusätzlich zur vorgenannten Liste nicht die Abertausend Rubelchen unterschlagen, die ich auf diesen Exkursionen anderen beim Poker abgenommen habe, beziehungsweise beim *einunddreißig*, das in Russland Siebzehn und Vier hieß.

Solidarität der Menschheit

Es kam der Zeitpunkt, an dem wir alle Hoffnung endgültig verloren, aus diesem Inferno lebend herauszukommen. Hatten die Kugeln der Revolution etwa einen Bogen um uns gemacht, damit wir uns am Ende in die schweigende Schlange der Verhungernden stellten? Die Leute starben zermürbt. Die Bolschewiki, die Tscheka, der Hunger, der Typhus, sie waren uns gleichgültig geworden. Im ganzen Süden Russlands und vor allem in Odessa wäre kein lebender Mensch mehr anzutreffen gewesen, wenn sich die zivilisierte Menschheit nicht plötzlich für diese unübersehbare Katastrophe zu interessieren begonnen hätte, die so entsetzliche Dimensionen angenommen hatte, dass die Menschheit trotz aller im Großen Krieg erlittenen Abstumpfung sich empörte und den Hungernden entgegeneilte.

Nach und nach traf Hilfe aus Europa und Amerika ein. Die erste Delegation war die Frankreichs. Als sie eintraf, erlaubten die Bolschewiki die Errichtung einiger Zelte für ihre Landsleute. Sie brachten auch Lebensmittel, verteilten sie aber nur unter den Franzosen. Ich ging zu ihnen, damit sie uns halfen, aber da ich kein Franzose war, wollten sie nichts für mich tun.

Kurz darauf kamen die Amerikaner. Sie verlegten sich auf die Notversorgung der Kinder, aber sie machten keine Unterschiede hinsichtlich der Nationalität. Das besondere Problem der Kinder, die ihre Eltern durch den Krieg, die Revolution oder in den Bürgerkriegen verloren hatten, war unbeschreiblich. Die Kinderbanden, die in Lagern oder auf der Straße zu wirklichen Wegelagerern verkommen waren, erwiesen sich als höchst gefährlich. Aber zu Tausenden starben die ganz Kleinen. Die Bolschewiki verordneten jeder Familie per Dekret ein verlassenes Kind; aber nicht anders als all die anderen Dekrete blieb es wirkungslos. Auch uns verordneten sie ein Kind, das wir Gott weiß wie durchbekommen hätten, aber sie schafften es nicht einmal, es uns zu vermitteln.

Ich lief von einer Stelle zur nächsten, ohne überhaupt angehört zu werden. Für die Bolschewiki war ich ohne Rechte, ein Spanier war eine Art Parier, der sterben durfte, mehr nicht, oder den man erschlagen durfte, ohne dass es jemanden kümmerte. Nach und nach trafen andere Delegationen ein, die ihre Schutzbefohlenen einsammelten und betreuten. Jedes Land versuchte, seine Leute aus dem Chaos dieses Landes zu retten. Nur Spanien schickte niemanden.

Die Italiener schickten große Boote mit Weizen und Mais, die auf den Märkten frei gehandelt wurden, und dies nur deshalb, weil die Bolschewiki an die Lebensmittel der Hilfsnationen nicht rankamen. Ich ging zu den Italienern und bat um Aufnahme, wurde aber auch dort abgewiesen.

Mir kam zwangsläufig der Gedanke, dass ich meine Nationalität ablegen und Schutzbefohlener eines anderen Landes werden musste, um unsere Rettung aus Russland wahrscheinlicher zu machen. Für alle Zeiten kein Spanier mehr zu sein, kam allerdings für mich nicht infrage; ich musste nur an falsche Pässe kommen, und so erinnerte ich mich der ausländischen Pässe, die ich in der Tscheka in Kiew entwendet hatte, und schon mit wenigen beherzten Kratzern tauschte ich den Namen des glücklosen Inhabers mit meinem. Alsdann gab es einen Juan Martinez, Italiener, der zur italienischen Delegation gehen konnte, die ihn aus den Klauen des Bolschewismus befreite.

Die Sache war nicht so einfach, wie es anfänglich schien, denn in sämtlichen Verzeichnissen über Ausländer in Odessa und Kiew und in jedem sowjetischen Archiv tauchte ich als Spanier auf. Zunächst musste ich den Leiter der Ausländerregistratur bestechen, damit er mir einen Registerauszug vollständig kopierte, aus dem ich als Juan Martinez, Italiener, hervorging; ihn zu bestechen war nicht schwierig, denn einmal, als ich Brennholz von irgendwoher stahl, war ich ihm, der dieselbe Idee hatte, begegnet, und da ihn ganz ohne Zweifel die einzig mögliche Strafe dafür erwartete, hielten wir zwei Diebe solidarisch zusammen. Geknüpft an eine Motivationshilfe von mehreren Millionen Rubel, war er mir in dem Umfang zu Diensten, dessen ich ihn benötigte.

Nahezu untauglich waren meine Papiere der sowjetischen Passstellen, die ich zur Beantragung des Visums und der Ausreise vorlegen musste, denn aus ihnen ging wiederum hervor, dass ich Spanier war; ich musste sie schließlich vernichten und gegenüber der Tscheka den Verlust anzeigen und um Rückgabe bitten, falls man sie finden würde. Sie waren überraschenderweise nach Monaten nicht abgegeben worden, weshalb sie mir bereitwillig ein Duplikat ausstellten, auf dem meine neue Identität schwarz auf weiß zu lesen war: Nationalität Italiener. Diese amtliche Fälschung hatte wie erwähnt Monate in Anspruch genommen, aber versehen mit allen erforderlichen Siegeln ging ich wieder zur Tscheka und beantragte als dazu berechtigter Italiener das Visum und die Erlaubnis zur Einschiffung Richtung Italien auf der Grundlage der diplomatischen Vereinbarungen, die zwischen der UdSSR und der römischen Regierung ausgehandelt worden waren.

Der Kommissar, der mich vorließ, verwies mich nach eingehender Prüfung der Papiere an den Hafenkommissar Masquetti, denn aus seiner Hand erhielt man die Reisedokumente. Masquetti seinerseits verneinte, dass er es alleine entscheiden könne. Ich musste also rauf zum obersten Chef der Tscheka von Odessa, wohin mich Masquetti höchstselbst begleitete.

Zu meinem Unheil war der damalige oberste Chef der Tscheka von Odessa der Kamerad Jakoblewa, jenes Schwein, das seinen eigenen Vater wegen mangelnder Liebe zum Bolschewismus erschossen hatte. Als ich sein Büro betrat, war ich schon so gut wie tot. Jakoblewa unterhielt sich angeregt mit seiner Sekretärin, einer blonden Stenotypistin und hätte eher das Erscheinen eines Hundes als meines wahrgenommen.

»Was will der?«, fragte er Masquetti nach einer Weile.

»Abhauen.«

»Hrm«, grummelte Jakoblewa. »Wir dürfen nicht so viele Leute rauslassen. Wer bist du? Wo hast du dich aufgehalten?«

Masquetti und Jakoblewa flüsterten sich kurz etwas zu. Mir fiel sofort sein fahl werdendes Gesicht auf. Jakoblewa drehte sich daraufhin zu mir und sagte trocken:

»Du gehst nicht. Das Visum wird dir nicht bewilligt.«

»Aber warum nicht?«

»Ich halte es für besser. Du bist viel in Russland rumgekommen, du hast zu viel gesehen.«

»Aber was soll ich hier tun.«

»Mach, was du willst. Ich habe dir gesagt, du gehst nicht.«

»Ich bin Künstler, hier kann ich mich nicht ernähren, wenn ihr mich nicht ausreisen lasst, wird mir nichts anderes übrig bleiben, als zu rauben und zu morden.«

»Du wirst dich fügen, wie alle sich fügen.«

»Nein!«, schrie ich. »Bevor ich wie ein Hund sterbe, werde ich mich zu wehren wissen.«

Sole hielt mir die Hand vor den Mund und zog mich von da fort. Ich war kurz vorm Durchdrehen. Ich war zum Sterben verurteilt, mein Schicksal lautete, in Russland an Hunger und Ekel zu verrecken, weil ich »zu viel gesehen hatte«.

Aufgebracht berichtete ich den Genossen der Gewerkschaft der Zirkusartisten von meinem Erlebnis mit Jakoblewa. Ein Kamerad, den ich als hart gesottenen Bolschewiken kannte, mischte sich ein:

»Unmöglich. Wenn du Opfer amtlicher Willkür des Chefs der Tscheka geworden bist, geh zum Volksanwalt und zeige es an. Er wird dich verteidigen. Warum, wenn nicht dafür, haben wir die Revolution?«

Ohne mir große Hoffnungen zu machen, suchte ich den Volksanwalt auf, und anders als ich es erwartete, nahm er sich meiner Sache an und formulierte eine Anklage. Die Durchführung hatte zeitlich eigene Regeln, aber schon nach einigen Wochen des Wartens zeichnete sich die baldige Hauptverhandlung zum »Vorgang Nummer 148« ab, mein Verfahren in der Sache gemäß Auslieferungsabkommen als italienischer Staatsbürger.

Ich hatte elf Zeugen zur Verhandlung mitzubringen, die an Eides statt erklärten, dass ich Juan Martinez, Italiener, Künstler und etcetera pp sei ... wie dieser behauptet. Sieben konnte ich vorweisen; aber ich nannte die Namen derer, die fehlten, nicht, ohne darauf hinzuweisen, dass es nicht mein Verschulden war, wenn diese nicht erscheinen wollten. Während der Verhandlung lief mir der kalte Schweiß den Rücken runter, denn zur Troika der Richter gehörte einer, der genau wusste, dass ich kein Italiener war, sondern Spanier aus Spanien. Es handelte sich um den Künstleragenten, der meinen ersten Vertrag in Russland gegengezeichnet hatte. Während der ganzen Verhandlung grollte er mit wütendem Blick. Meine Panik war ihm nicht verborgen geblieben, sodass er in einer Verhandlungsunterbrechung auf mich zukam und unauffällig rüberzischelte:

»Warum hast du mich nicht informiert? Verlass dich auf mich.«

Das Tribunal gab meiner Klage statt, im Tenor hieß es, dass ich einen Anspruch auf Erteilung eines Visums hätte. Ich weinte vor Freude. Ich durfte Russland verlassen! Das Warten hatte ein Ende! Ich war am Boden zerstört, aber glücklich. Wir waren unvorstellbar abgemagert; und ich behaupte, nicht vom Kohldampfschieben, sondern vom tagtäglichen Hungern waren meine Ohren gewachsen.

Ich musste noch eintausendfünfhundert Rubel für das im Prozess verwendete Papier bezahlen; aber nie wieder habe ich etwas so bereitwillig bezahlt.

Das Adiós eines Freundes

Mit dem sicheren Urteil in der Tasche blieb mir nur noch, geduldig auf meine Verschiffung zu warten. Ich war so ungeduldig, fortzukommen, dass ich Sole rief, unseren nahezu leeren Koffer schulterte und wir zum Kai runter liefen, wo wir sechs Tage auf herumliegenden Ballen schliefen und auf die Ankunft des Schiffes warteten, das uns aus Russland rausbrächte. Während dieser Tage versorgten uns Armando und der Zerep mit Essen, so großzügig wie die Hungerknochen es vermochten. Antonio wich während der letzten Stunden nicht von unserer Seite. Er war ein feiner Kamerad!

Sehnlichst warteten wir auf das Einlaufen unseres Schiffes, bis schließlich ein italienisches, das mit Getreide beladen war, anlegte; und als die Matrosen erkannten, dass dort am Kai ein Italiener campierte, der auf seine Passage in die Heimat hoffte, kamen sie mit Schokolade, Keksen, Butter und anderen Lebensmitteln. Sie waren nicht gerade wenig verwundert, wie wenig Italienisch ich als Italiener sprach; aber schließlich waren meine Papiere in Ordnung, und als ich erzählte, ich sei im Alter von fünf Jahren von Italien fort, war alles klar. Doch einer von denen sprach Französisch und wurde mit seiner Fragerei lästig wie ein Schwatzweib; ich musste ihm die Geschichte von meiner Geburt in Neapel auftischen, von meinem Vater, der Italiener mit spanischen Wurzeln war, von der Emigration wegen der Arbeitslosigkeit und ich weiß nicht welche Lügen noch. Er führte mich aufs Schiff und zeigte auf ein Porträt Mussolinis, das er zwischen die Garibaldis und Trotzkis gehängt hatte. Zum ersten Mal im Leben hörte ich von diesem Mussolini.

Schließlich legte ein kleineres Schiff, die *Anastasia*, am Kai an, das uns nach Konstantinopel bringen sollte. Wir zogen den Koffer zum Zollamt, wo wir uns einer so peniblen Durchsuchung unterziehen mussten, als hätten wir etwas zwischen den Ohren versteckt. Bedauerlicherweise hatte ich tatsächlich nichts, was ich aus Russland hätte mitnehmen können und was ich nicht mit reingebracht hatte. Meine wahrlich vom Munde abgesparten Steinchen hatte ich hergeben müssen, um nicht zu verhungern. Noch auf dem Kai verkaufte ich die letzten beiden: eine Krawattennadel und ein Zigarettenetui; zwei Beutestücke, von denen ich mich nur schwer trennen konnte. Beschwerlichkeiten gingen in Russland nie aus, am Zoll bekam ich Ärger, weil ich meine Instrumente und Kostüme nicht hergeben wollte; die Sache musste mit einer Bescheinigung der Artistengewerkschaft geregelt werden, die mir attestierte, dass es für den Lebensunterhalt unerlässliche Dinge seien.

Bevor wir aufs Schiff gingen, umarmte ich Zerep ein letztes Mal, den Herzensfreund, den treuen Kameraden in Stunden der Pein und der Not. Er blieb am Kai und winkte Adiós, bis wir uns aus den Augen verloren. Armer Zerep! Unser Leidensweg war hier zu Ende; aber wie lange sollte seiner noch dauern? Ich habe ihn nie wieder gesehen; aber er war dieser Hölle entkommen, kürzlich habe ich über Ecken erfahren, dass er sich in Amerika ein Bein gebrochen hat, wie nicht anders zu erwarten war, im Zirkus.

Die Bolschewiki kamen für eine letzte Durchsuchung an Bord. Ein Kommissar, der mich von einem Auftritt her kannte, sagte mit leichter Verwunderung in der Stimme:

»Wie? Die Kastagnetten hauen schon ab?«

»Nein, Genosse, wir arbeiten in Konstantinopel nur zwei, drei Wochen, kommen dann aber zurück.«

»Na okay, bis dann. Lass nicht solange auf dich warten!«

»Bis bald«, antwortete ich.

Doch als er sich abwandte, konnte ich die eine Geste nicht unterdrücken, die an meinem festen Entschluss, niemals mehr einen Fuß dorthin zu setzen und ihm nie wieder ins Gesicht zu sehen, keinen Zweifel aufkommen ließ.

Gegen Abend zogen sie die Brücke hoch, und der Kahn setzte sich in Bewegung. Der Hafen war nachts abgesperrt, und entsprechend der Anweisungen der sowjetischen Stellen musste unser Schiff bis sechs Uhr früh in der Mitte der Bucht vor Anker liegen.

Die Schmuggelware

Kaum war es dunkel geworden, ging ich an Deck und begann, unruhig auf und ab zu laufen. Mein sehnlichster Wunsch war, dass Schiff möge sich in Bewegung setzen. Eine seltsame Unruhe befiel mich im letzten Moment. In der Ferne betrachtete ich die Lichter der Stadt Odessa, und es schien mir wie ein Aberwitz, dass ich dort herausgekommen war, dass ich mich dieser Welt der schlimmsten Alpträume, aus denen ich sechs Jahre lang nicht ergewacht war, entreißen konnte. War es Realität? War es ein Traum? Als ich innehielt mit den Erinnerungen an all die Erlebnisse der letzten sechs Jahre, verglich ich sie mit einem Roman, mit bloßer Einbildung. Ich schaute auf die Wellen, und irgendwann glaubte ich, die andere sei die irreale Welt: Europa, Frankreich, Spanien, Madrid, die Calle Leganitos, wo ich groß geworden war. War dies alles nicht um vieles ferner als dieses rastlose, dieses verinnerlichte Leben der Revolutionswirren, des Bürgerkriegs, der Hungersnot? Was war in der Welt sonst noch geschehen in diesen sechs Jahren? Wird sich noch jemand an mich erinnern? Mich überwältigte plötzlich das Gefühl von Sanftheit bei dem Gedanken, was ich alles zurückließ. Es war beschlossen. Ich hatte es schon nicht mehr geglaubt; aber es war endgültig vorbei. Es tat mir seltsamerweise leid, unwahrscheinlich leid, Russland zu verlassen. Ich wusste, ich würde es nie wiedersehen. Das abrupte Ende dieser sechs intensiven Jahre zerriss mir das Herz. Ich fuhr zurück in die Freiheit, in das Wohlstandsleben eines Bourgeois, in das Leben unter zivilisierten Menschen, die keinen Grund kennen, für ihr Weiterleben den Nächsten zu erschlagen oder stehlen zu müssen; ich fuhr in eine freundlichere Welt, eine besonnenere, in der die Menschen sanftmütiger sind, beziehungsweise ihre Bosheit besser zu verbergen wissen. Das Ungewisse machte mich schwermütig!

Ein leises Kraulen im Wasser, das von Skulls zu kommen schien, holte mich aus meinen abschweifenden Gedanken zurück. Ich lehnte mich über die Reling und sah ein kleines Boot, das sich leise näherte. Vom Schiff ließ irgendjemand eine Leiter herunter. Zwei Männer kletterten hinauf und reichten dem Kapitän wie zum Glückwunsch die Hand. Als ich sah, was vor sich ging, zog ich mich in einen dunklen Winkel zurück und konnte lediglich hören, was sie redeten:

»Erledigt?«

»Erledigt.«

»Habt ihr es dabei?«

»Ja.«

»Wie viel Karat?«

»Viele.«

»Fahren wir sofort los?«

»Sofort.«

Die Kessel kamen hörbar unter Druck, und das Schiff nahm Fahrt auf. Der Kapitän und die zwei späten Passagiere wollten gerade auf eine Treppe zusteuern, als sie mich im Schatten entdeckten. Der Kapitän trat auf mich zu:

»Du hast alles mitbekommen, he?«

»Es war nicht zu vermeiden, Kapitän.«

»Nur zu, ist mir schon egal.«

»Sie haben Brillanten geschmuggelt, habe ich Recht?«

»Du weißt es doch schon. Es wird dir nichts nützen. Wenn du früher was mitbekommen hättest, wärst du ohne mit der Wimper zu zucken über Bord gegangen. Jetzt, wo uns die Bolschewiki nichts mehr können, ist es mir egal.«

»Ich werde schweigen wie ein Grab.«

»Schweige, rede, ist einerlei. Komm mit runter, nun weißt du schon, wie es hier läuft, und hebe ein Gläschen mit uns, feiern wir den Coup.«

Wir gingen alle in die Kapitänskajüte. Er zog sofort eine Flasche Cognac hervor, und wir stießen an. Diese zwei Kanaillen, die noch im Kostüm ihrer Roten Armee steckten, hatten Russland gerade um viele Millionen in Brillanten und Preziösen erleichtert; sicher der eingestrichene Gewinn aufwendigster Spekulationen und Schwarzmarktgeschäfte.

Wir hielten die Gläser zum Toast noch vor uns, als ein Matrose hereinplatzte und sagte:

»Kapitän, die Küstenwache der Bolschewisten hat uns entdeckt und verfolgt uns.«

Der Kapitän stürmte sofort auf seine Brücke, wir alle hinterher. Achtern waren in der klaren Nacht zwei dunkle Punkte auszumachen, die näher kamen. Es handelte sich um Betankungsboote der Bolschewiki, die uns einholen sollten. Der Kapitän befahl volle Kraft voraus. Wir machten vierzehn Knoten.

»Achtung!«, rief der Kapitän. »Sie werden gleich auf uns schießen.«

27.
Auferstehung

Unser Schiff machte mehr Knoten als die sowjetischen Tankboote, und schon bald hatten wir sie auf Distanz. Als sich die Bolschewiki ausrechnen konnten, dass die *Anastasie* ihnen entkam, gaben sie mehrere vergebliche Schüsse auf uns ab. Nach zehnminütiger Wettfahrt waren wir schon außer Reichweite ihrer Waffen und wenig später hatten wir die Hoheitsgewässer der Union der Sozialistischen Sowjet Republiken verlassen. Adiós Bolschewiki! Wartet nicht auf mich!

Wir kehrten in die Kajüte des Kapitäns zurück, der uns noch einmal auf einen Cognac einlud. Die beiden Rotgardisten hatten auf ihrer Flucht mehrere Gürtel mit Brillanten und Edelsteinen erbeutet, die als verlassener Schatz auf dem Tisch liegen geblieben waren; die Anteile des Kapitäns, ihre und die des Lotsen. Während sie über ihre jeweiligen Anteile debattierten, bereitete ich für uns alle einen türkischen Mokka zu. Auf dem Tisch lag ein märchenhafter Schatz, der in *Tausendundeinernacht* nicht größer hätte sein können. Diese glitzernden Steine waren die Überreste einer ganzen Aristokratie und Großbourgeoisie, die sich über Jahrhunderte hinweg geplagt hatten, an diese Steine zu kommen und sich auf Kosten unbeschreiblicher Grausamkeiten an ihren Untertanen ihre Macht einverleibt hatten.

Diese Handvoll Licht, die ihren Glanz in allen Regenbogenfarben an die blasse Kajütenwand versprühte, war das einzige Überbleibsel einer riesigen Katastrophe der russischen Aristokratie und Großbourgeoisie. Alles andere war untergegangen. Die Kugeln der Bolschewiki hatten die Alabasterhälse der schönen Damen durchschlagen, an denen diese märchenhaften

Juwelen leuchteten, hatten die hochmütigen Schultern der mit Gold und Brillanten dekorierten Fürsten zerschmettert, hatten die raffgierigen Hände der Bankiers, die sich so gerne mit einzigartigen Juwelen schmückten, zerfetzt. Und da gingen sie hin, die Steine, deren Gleiß auf andere, wieder zarte Dekolletés, auf andere, wieder weiße und eitle Busen anderer Aristokraten und anderer Bourgeoisen im Okzident wartete, für die die Stunde der Sühne noch nicht geschlagen hatte.

Gegen Mitternacht überraschte uns ein plötzliches Unwetter. Unser kleines Schiff war im Strudel des Zyklons mehrere Stunden der Kraft der Wellen ausgesetzt, die es in die Höhe jagten und in die Tiefe zogen und in jedem Moment ganz zu verschlucken drohten. Die Schiffsmannschaft und allen voran der unbeugsame Kapitän der *Anastasia*, stemmte sich tapfer gegen den Sturm. Die Frauen, die sich an Bord befanden, brachte man in den Kielraum, ich blieb an Deck, aber sie vertäuten mich, damit mich die Wellen nicht mitrissen. Der Sturm wütete vergeblich, das Schiff kämpfte gegen ihn an, bis seine Wut gebrochen war, etwa zu diesem Zeitpunkt erschien eine männliche Gestalt an Deck, die sich verzweifelt an die Reling klammerte. Wie wir später erfuhren, war er ein Rotgardist, der sich bei der letzten Durchsuchung an Bord von seiner Patrouille abgesetzt hatte. Eine Unachtsamkeit seiner Kameraden hatte er kurz entschlossen genutzt, um sein Gewehr über Bord zu werfen und in ein Rettungsboot der *Anastasia* zu klettern, wo er sich versteckte; bis er überzeugt war, dass Schiff werde sinken oder eine Welle ihn ins Meer spülen. Als der Sturm am heftigsten schien, kroch er aus seinem Versteck, und als der Wind nachgelassen hatte, brachten sie ihn vor den Kapitän, der ihn zur Rede stellte. Er war ein Bolschewik, der mit dem Bolschewismus gebrochen hatte und der sein Leben aufs Spiel gesetzt hatte, um in ein zivilisiertes Land zu fliehen. An der Brust trug er die rote Kokarde der Sowjets. Der Kapitän drohte, ihn über Bord zu werfen, allen Kapitänen fällt anfangs nichts anderes ein, dann schickte er ihn aufs Zwischendeck.

Am nächsten Tag legten wir in einem bulgarischen Hafen

an, dessen Namen ich gerade nicht erinnere. Die beiden Rotgardisten gingen dort mit ihrem Schmuggelgut von Bord. Zwei Tage später landeten wir vor der türkischen Küste. Man ließ uns nicht direkt nach Konstantinopel rein sondern hieß uns, Prinkipo anzulaufen, wo die Alliierten ein Lazarett für alle Schiffe, die aus Russland kamen, errichtet hatten. Kaum hatten wir den Anker gesetzt, kamen die Interalliierten Kommissionen, um die *Anastasia* zu inspizieren. Zuerst kamen die Engländer, die gleich wieder von Bord gingen, als sie erkannten, dass kein Engländer auf dem Schiff war. Danach kamen die Franzosen und die Italiener, und mit ihnen begannen die Verhöre. Nahezu niemand, der aus Russland herausgekommen war, hatte letztendlich die Nationalität, die er bei seiner Ausreise zu haben behauptete: Ein Armenier kam als französischer Staatsbürger, ein polnischer Jude hatte sich zum Belgier erklärt, und wir kamen als Italiener über die Grenze.

In Prinkipo mussten wir von Bord; wir wurden gleich in ein Hospital gebracht, wo sie uns unsere Kleidung abnahmen, uns badeten, uns die Haare schoren, uns entwesten und desinfizierten. Jeder Widerstand war zwecklos, das Haar war bis auf die Kopfhaut runter, am Leib trug ich eine italienische Uniform. Mit militärischem Drill stellten wir uns am Nachmittag in einer Reihe auf, ein italienischer Offizier erschien und rief mich heraus. Ich trat zwei Schritt vor und sagte:

»Sie werden verzeihen, ich bin kein Italiener.«

»Was erzählen Sie da?«

»Richtig, was haben Sie gedacht! Ich bin Spanier. Ein Spanier, nichts Geringeres! Können Sie das zur Kenntnis nehmen?«

»Aber Ihre Papiere weisen Sie als Italiener aus, und Sie befinden sich hier unter der Obhut des italienischen Staates.«

»Meine Papiere sind verloren gegangen oder ins Meer gespült worden.«

»Dann werden Sie nach Russland zurückgeschickt.«

»Herrgott, nein. Kommen Sie, Sie wissen ja nicht ... Das spanische Konsulat in Konstantinopel wird Italien die Kosten meiner Repatriierung erstatten.«

Sie mussten einlenken und entschieden, dass wir mit der *Anastasia* nach Konstantinopel weiterfuhren; aber man ließ uns nicht von Bord, bis das spanische Konsulat sich für zuständig erklärte, die Kosten übernahm und die anfallenden zehn Libra aushändigte, die Italien für meine Repatriierung in Rechnung stellte. Wenn Spanien nicht bezahlt hätte, hätten sie mich nach Odessa zurückgebracht.

Als die *Anastasia* vor Istanbul den Anker setzte, und wir nicht ausschiffen durften, solange wir keine Genehmigung der Interalliierten Kommission in den Händen hatten, die mir nur eine Bürgschaft meines Landes erwirken konnte, sandte ich eine Nachricht an das Konsulat, in der ich meine Situation schilderte und bat, ausgelöst zu werden. In Erwartung der Bürgschaft meines Konsulats verpflegten sie uns am ersten und am darauf folgenden Tag, aber als am dritten Tag niemand erschien, um uns abzuholen, erklärten sie, die kostenlose Verpflegung ende hier und binnen drei Tagen brächte man uns nach Russland zurück. Ich sandte abermals eine Nachricht, und diesmal erhielt ich Antwort, dass sie meine Identität nicht anerkannten und keine Staatsbürger aufnähmen, die heimlich reisten, und dass sie mich gerne nach Russland zurückbringen dürften. Panik stieg in mir auf; sollte es möglich sein, dass Spanien mich fallen ließ? Man informierte uns, dass wir am nächsten Tag nach Odessa zurückgebracht würden. Am folgenden Abend versteckte ich mich an Deck und nutzte die erste Gelegenheit, unbeobachtet von den Wachen über die Reling ins Meer zu springen, zum Kai zu schwimmen und zu Fuß zum Konsulat zu rennen, das sich am Taksim-Platz befand. Der Portier wollte mich nicht passieren lassen, aber ich täuschte eine Bewegung nach links und kam rechts an ihm vorbei, stürmte die Treppe hinauf und stand wie ein Wirbelwind mitten im Büro des Konsuls.

Der Konsul war gerade mit seinen Beamten in ein Gespräch vertieft, und als sie mich die Tür öffnen und hinter mir wieder schließen sahen, erschraken sie. Ich muss wie ein entkommener Geisteskranker ausgesehen haben. Noch bevor ich einen Laut herausbekam, stürzten sie sich auf mich, und mithilfe des

Portiers versuchten sie vereint, mich aus dem Büro zu zerren. Ich schrie, ich trampelte, krallte mich an den Möbeln und Ecken fest, damit sie mich nicht hinauswarfen.

»Wer zum Teufel sind Sie«, schrie der Konsul.

»Ein Spanier, der die Hilfe Spaniens braucht.«

»Wir kennen Sie nicht.«

»Doch, Sie kennen mich. Und ich kenne Sie. Sie da sind Herr weiß ich nicht, und sie sind Herr weiß ich auch nicht. Und du, bist du nicht der Sohn des Fernández, erster Dolmetscher des Konsulats?«

Der mit diesen Worten angesprochene Konsul stutzte. Dieser zerlumpte Kerl, so wird er gedacht haben, wusste ihm gewissen Andeutungen zu machen, er wollte mit mir reden. In einer Ecke des Zimmers fragte ich ihn:

»Erinnerst du dich, was du in der Kirche Santa María in den Armen gehalten hast? Was ist aus ihr geworden? Was weißt du über sie?«

Er sah mich mit aufgerissenen Augen wie benommen an.

»Martínez«, rief er aus.

»Juan Martínez, richtig. Erkennst du mich jetzt?«

»Das ist unmöglich. Juan Martínez ist in Russland verschollen.«

»Jetzt ist er wiederauferstanden. Ich bin Juan Martínez.«

Alle schauten auf mich, als sei ich ein Geist. Sie glaubten offenbar, das Abbild der gequälten Seele vor sich zu sehen.

Wieder richtig essen lernen

Der Konsul, sein Name war Juan Estrada, steckte mir etwas Geld zu und stellte mir eine Bürgschaft zur Vorlage bei der Interaliierten Kommission aus. Als ich an Bord der *Anastasia* zurückkam, schäumte der Kapitän vor Wut. Ich hielt ihm triumphierend die Genehmigung vor Augen und zahlte, was ich ihm schuldete und griff mir die verängstigte Sole und unseren Koffer. Wir quartierten uns in ein Hotel ein, und ohne uns überhaupt zu waschen, begaben wir uns in eines der besten Restaurants von Galata.

Sole und ich liefen wie Bettler umher. Soles Kleid, das aus einem zerschlissenen Laken zusammengeheftet war, ließ alles erkennen; ich trug einen grün gefärbten Sack als Jacke und schwarze Lappen, die ich wie Gamaschen um die Waden gewickelt hatte, einem entflohenen Sträfling gleich. Wir durchquerten das luxuriöse Restaurant erhobenen Hauptes und ließen uns in zwei prächtige Samtsessel fallen. Der *maître* kam mit den Speisekarten herbei und ich stellte mir ein Menü für meinen pantagruelischen Appetit zusammen: Suppe, Fisch, Gemüse, Kalbfleisch, ein gebratenes Huhn für jeden, Wein, Brot, viel Brot. Der *maître* erkundigte sich:

»Wie viele sind Sie?«

»Zwei«, antwortete ich unbeeindruckt.

Er zuckte mit den Achseln und machte kehrt, um uns all das heranzuschaffen, was wir bestellt hatten. Uns bei den Händen haltend, weinte Sole vor Freude, all diese strahlenden Kristallkelche vor uns, die weiße Tischdecke, die bequemen Stühle, deren Samtbezug wir streichelten, und dieser sorgsam gebohnerte Parkettboden. Sie servierten das Essen, und wir stürzten uns wie die Bestien darauf; doch nach dem dritten Löffel trieb uns die Suppe Schweißperlen auf die Stirn und stieg in uns ein solcher Brechreiz hoch, dass wir aufgeben mussten. Der Löffel fiel uns sprichwörtlich aus der Hand, wir fühlten uns bereits wie die Presswürste und starrten nur noch auf den Essensberg, den die Kellner nach und nach auftrugen. Wir mussten schnell bezahlen und gehen, bevor wir auch nur gekostet hatten. Dieses Natürliche des genussvollen Essens war uns verloren gegangen. Wir hatten es verlernt.

Das Normalste wie kauen war uns abhandengekommen, der ganze Habitus, und nicht einmal den Geruch von Essen konnten wir ertragen. Uns wurde übel, schlechtes Gewissen gesellte sich dazu. Wir mussten uns nach und nach herantasten und versuchten es anfangs mit Brühe, etwas Obst, einem leicht bekömmlichen Fisch …

Drei Tage später machte ich mich auf die Suche nach Arbeit. Im Petits Champs ließ man mich beim ersten Anlauf nicht einmal durch die Tür. Schließlich sprach ich mit dem Direktor, der immerhin sagte:

»Bringen Sie Ihr Kostüm mit, und wir werden sehen, ob ich Sie auf die Bühne lassen kann.«

Ich hatte meinen Bolero im ganzen Strudel der letzten Jahre nicht verloren, doch im Lazarett von Prinkipo wurde das Kostüm bei der Desinfektion des Koffers auseinandergerissen, der Rest verbrannt. Es fiel kaum auf, und schon sechs Tage nach meiner Rückkehr aus Russland stand ich, als sei es das Normalste, auf einer Bretterbühne und tanzte einen Bolero. Wir beide waren allerdings so schwach auf den Beinen, dass wir am ersten Tag nur eine Aufführung geben konnten. Unseren Freunden aus alten Tagen, die gekommen waren, um uns zu sehen, kamen die Tränen. Aber wir waren längst in unser Element zurückgekehrt.

Ein mitfühlender Spanier namens Malé überließ mir Kleidung, damit ich auf die Straße treten konnte, und gab mir Lebensmittel für uns. Zur Überbrückung erhielten wir auch Essen von der spanischen Caritas in Konstantinopel. Als ich die Gage für die erste Woche einstrich, legte ich mir erst einmal einen schwarzen Anzug zu, der meine Laune enorm steigerte. Zwei Monate später waren wir wieder die Alten.

Das Glück war auf unserer Seite. Der Erfolg ließ nicht auf sich warten, und bei Jahresende starteten wir eine triumphale *tournée* durch Griechenland und scheffelten so viel Geld, dass ich in Esmirna für lediglich zwanzigtausend Drachmen ein Theater pachtete und Unternehmer wurde.

Endlich waren wir zu Geld gekommen und reisten durch die Welt; doch unsere größte Sehnsucht blieb Spanien. Kaum schwammen wir im Erfolg, juckte es uns, den Staub der heimischen Erde zu spüren. Ich schrieb an meinen Vater, der über viele Jahre keine Nachricht von mir erhalten hatte, und schickte ihm Geld. Ich hatte ihm nicht früher geschrieben, weil ich ihm weder Geld schicken konnte noch anderes als unser Unglück hätte berichten können, und ich wollte vor meiner Familie nicht wie ein Versager dastehen, sie sollte sich keine Sorgen machen. Für nichts in der Welt wäre ich in meinem Zustand nach Russland in Madrid eingelaufen. Was hätten die Leute über mich gesagt! Aber jetzt, mit meiner protzigen Goldkette, mit meinem Dreiteiler, konnte ich mich angemessen bei der Puerta del Sol zeigen lassen und im Café Levante wie ein gemachter Mann Platz nehmen. Und so reisten wir nach Spanien.

Aber es dürfte bekannt sein, dass es für Künstler in Spanien keinen Platz gibt, und so bin ich, nachdem ich auf der Calle de Alcalá mit Angebereien nur mickrige paar Peseten losgeworden bin, nach Paris abgereist, wo man die Kunst zu schätzen weiß, und wo wir Künstler richtig mit Geld herumschleudern können. Hier in Paris verdiene ich mir mein Leben auf ehrliche Weise mit meinen Kastagnetten. Juan Martínez, rue Lepic, 110. Wenn Sie einen Freund brauchen, finden Sie ihn dort, einen richtigen, hören Sie!

Was Martínez verschweigt

Hinter Martínez wahrheitsgemäßen wie mitreißenden Schilderung seines Lebens verbirgt sich eine andere Version, die der bemitleidenswerte Flamencotänzer beharrlich verschweigt. Nicht durch ihn weiß ich davon, ich erfuhr von ihrer Existenz über einen Dritten, der die Geschichte zufällig gehört haben wollte. Er selbst erwähnt sie nie in seiner Schilderung. Ein wirklicher Fortsetzungsroman, herzzerreißend und schmerzend, einer von jener Kategorie, die Pförtnerinnen eher in Ohnmacht fallen lassen als diese grausamen Kriegs- und Revolutionsgeschichten, die, wenn sie stimmt, auf einem Blatt stünde zwischen den subtilen Liebesromanen einer Carolina Invernizio und denen eines Luis de Val. Lesen Sie selbst:

Als Sole und Martínez 1916 nach Russland flohen, hatten sie eine Tochter gehabt; diese war in der Kirche Santa Maria zu Konstantinopel durch den ersten Dolmetscher des spanischen Konsulats getauft worden. Doch als wahre Künstler, die auf den Brettern der Welt ein Leben mit Höhen und Tiefen durchleben und von einem ins andere Land reisen, entschieden sie, das Mädchen von einer Amme aufziehen zu lassen, die eine gute Frau zu sein schien und in einem kleinen Dorf in Italien lebte. Pünktlich jeden Monat wiesen Juan und Sole, wo auch immer sie sich gerade aufhielten, und mussten sie es sich auch vom Munde absparen, die Summe Geld an, die das Kind ohne jeglichen Mangel würde aufwachsen lassen. Und wie intensiv diese ihres Lebens glücklichen Tänzer ihr riskantes und abenteuerliches Leben fortsetzten, ist bekannt; doch niemals verloren sie dabei ihr größtes Ziel und ihre Hoffnung aus den Augen und dachten immerzu an das kleine italienische Dörfchen, wo zwischen Hühnern und Häschen ihre Tochter aufwuchs, die an vielen Tagen ihr einziges Licht gewesen war.

Aber die Welt war verrückt geworden. Der Krieg hatte die unglücklichen Künstler auf seine unerbittliche Weise zersiebt und sie am Ende in das Auge seines Strudels geworfen. Sie stürzten direkt in das russische Schicksalsjahr 1917, die Revolution brach los, dann holte sie der Bürgerkrieg ein und schließlich die Geißel des großen Hungers. Verängstigt und ohne Kontakt zur Außenwelt kämpften sie gegen dieses Chaos an. Nach sechs langen Jahren spülte sie das Meer zurück, und sie richteten den Blick wieder auf das Dorf in Italien, wo sie ihren Schatz zurückgelassen hatten, und mussten feststellen, dass er fort war. Die Dorfbewohnerin, der sie ihr Kind anvertraut hatten, war gestorben, und im Dorf konnte man ihnen nur berichten, dass man das Mädchen in ein Hospiz gebracht hätte; ihr Name fand sich tatsächlich unter den Zugängen; aber sie war nicht dort. Was war aus ihr geworden? Zunächst konnten sie nichts über sie erfahren. Als sie aber insistierten, erhielten sie die knappe Antwort: Die Kleine war gestorben.

Sollte dies die Wahrheit sein? Niemand konnte Licht ins Dunkel bringen und erklären, wann, unter welchen Umständen und wo die Kleine gestorben war. Juan und Sole ließen nicht locker und forschten nach ihrer verschwundenen Tochter, bis sie auf einen alten Priester trafen, der sie auf eine Fährte brachte. Sie war von einer reichen Dame aus dem Kinderhospiz befreit und adoptiert worden, sie hatte allerdings aus Furcht, die Eltern könnten eines Tages erscheinen und sie ihr fortnehmen, die notwendigen Papiere fälschen und das Mädchen als ihr leibliches aus den Listen austragen lassen.

Die von Sorge gequälten Eltern ließen sich nicht entmutigen und suchten nach der besagten Dame; diese, sich ihres Vergehens bewusst, hatte es aber verstanden, ihre Herkunft zu verwischen. Als sie sie fanden, konnten sie nichts ausrichten. Sole glaubte, ihre Tochter einmal erkannt zu haben. Sie war eine galante junge Frau, der keine andere glich, sie fuhr einmal in einem prächtigen Auto an ihr vorbei. Mehr als eine flüchtige

Vision war es nicht gewesen. Die falsche Mutter wusste die Kleine vor ihren Blicken zu verbergen. Sie sahen sie nie wieder.

Der Einzige, der die Wahrheit hätte sagen können, dieser alte Priester, der sie vielleicht als Beichtgeheimnis in sich trug, starb kurz darauf, und den unglücklichen Eltern, den beiden traurigen Tänzern, die jede Hoffnung verloren hatten, ihr Kind zurückzuerhalten, blieb nichts anderes, als weiter durch die Welt zu reisen und die Annahme aufrechtzuerhalten, es habe ein glückliches und gesegnetes Leben, und wie dankbar sie als Eltern sein durften, ihr das Leben geschenkt zu haben.

*

Dies ist die vollständige, wahre Lebensgeschichte des Meistertänzers Juan Martínez. Hübsch nicht? Zuletzt beschleicht mich der Zweifel, ob dieser verschwiegene, unbedeutende Teil der Geschichte der verlorenen Tochter nicht weit interessanter gewesen wäre als all diese schrecklichen Kriegs- und Revolutionsschilderungen, die Juan Martínez in gewissenhaft historischer und hervorragender Detailkenntnis hier ausgebreitet hat.

Wer weiß, die Pförtnerinnen mögen recht haben, und in dem Schundroman über die verlorene Tochter verbirgt sich für ihre Eltern die wahre Süße dieser Schilderung, mehr noch als in allen Horrorgeschichten dieses Krieges und dieser Revolution, die so unmenschlich waren, dass niemand sie für glaubwürdig hält! Offenbar ist es besser, das menschliche Maß niemals zu überschreiten.

»Für beide Kontrahenten erschießungswürdig«

Ein Nachwort

Wir schreiben das Jahr 2015. Die Welt schwelgt in Bildern, aber ohne die Sprache gelingt es nicht ansatzweise, Bilder zu verinnerlichen. Einerseits sind unsere Überzeugungen sehr bildlastig, andererseits sind Bilder zu obsessiv und spracharm; verantwortlich zu machen ist dafür hauptsächlich der sprachentfremdete Journalismus; eine Welle der Bestialität entdeckt parallel die Mechanik, wie Bilder und Sprache besetzt werden können – und man hat festzustellen, dass sich ohne Bestialität die Bilder nicht mehr als Information verfangen und sich auch nicht mehr ablösen, sie werden unsterblich. Manche dieser Bilder werden zu Brandmalen, und einige solcher Bilder aus dem Spanischen Bürgerkrieg brachten es zur Unsterblichkeit. Die Strukturen der Gewalt am Beispiel des Spanischen Bürgerkriegs – er dauerte von 1936 bis 1939, aber seine Weichenstellungen reichen deutlich bis in die 20er Jahre zurück – sind hierzulande keine gelebte Erinnerung, die Ereignisse sind selbst heute unter vielen Romanisten ein Gemenge aus konfabulierter Prosa, die wenigsten kommen dabei hinter einer trivialen Psychologie des Gerechten, das gegen das Ungerechte kämpft, hervor. Nicht selten enden politische Mimesis und Reflexe in einer Literatur, die den politischen Fokus zu vernebeln versteht und den Blick vom Grauen ablenkt.* Für viele sind

* Ken Loach's epischer Film »Land and Freedom« (1995), obwohl von ihm ein starker Impuls ausgehen wollte, scheitert doch an den Bildern, so schockierend sie sind, ist man nur ansatzweise über die Grausamkeit dieses Stellvertreterkrieges im Bilde. Der Film ist dennoch die

daher die Ereignisse vor der Diktatur Primo de Riveras (1923) bis zum Ende der Zweiten Republik (1936–1939) die Schicksalsjahre, und für wenige der Bürgerkrieg der vermeidbare Exzess, der einen ganz anderen Konflikt widerspiegelte, den Kampf zweier totalitärer Modelle um eine frei gewählte Republik. In zahlreichen Romanen sind allerdings dieses Schicksal und dieser zivile Exzess wie umgestellt; distanzierte Sichtweisen fanden lange kein Gehör. Für die Verteidiger der Spanischen Republik mag ein auf Spanisch, Englisch und Französisch verlesener Aufruf stehen, den der Cellist Pablo Casals während eines Konzerts in Barcelona am 17. Oktober 1938 über das Radio an die Weltöffentlichkeit richtete: »Machen Sie sich nicht des Verbrechens schuldig, dem Mord an der Spanischen Republik tatenlos zuzusehen. Wenn Sie es zulassen, dass Hitler in Spanien siegt, werden Sie die nächsten sein, die seinem Wahnsinn zum Opfer fallen werden. Der Krieg wird ganz Europa, wird die ganze Welt erfassen. Kommen Sie unserem Volk zu Hilfe!«

Es ist Autoren wie Manuel Chaves Nogales zu verdanken, dass wir, wenn auch mit einer zeitlichen Distanz von mehreren Jahrzehnten, nicht die Besinnung verlieren und glauben, der Spanische Bürgerkrieg sei ein roter Teppich der damaligen literarischen Hautevolee gewesen, die Casals Hilfeschrei im Parkett eines Konzertsaales vernahm und in angemessenem Habit eines Interim-Revolutionärs die republikanische Sache vertrat; vergleichbar mit den aktuellen Bürgerkriegen reden wir mit vorsichtigen Schätzungen über ein Mehrfaches an Toten in einem kleineren Zeitraum, über grässliche Massaker an zehntausenden Zivilisten binnen weniger Tage, über Konzentrationslager und Deportation, über Tausende martialische Söldner aus Deutschland und Italien. Für Hitler und Mussolini einTestlauf. Mit der nachhaltigen Neutralität Spaniens im Zweiten Weltkrieg zog und zieht das Land noch heute einen

gelungenste wie disparate Darstellung der Frontlinien, die sich bisweilen durch die Familie zogen.

Schleier des Schweigens vor dieses Proszenium der bevorstehenden Katastrophe – als sei es nicht dabei gewesen.

Wie aus dem Off erscheint heute dieser 1897 in Sevilla geborene Manuel Chaves Nogales, der mit seinem Verständnis des Berufes eine besonders integre Form des Journalismus prägte. Jung schon einer der führenden und hoffnungsvollen Köpfe der liberalen Presse Spaniens und wie kaum ein Zweiter vernetzt mit politischen Amtsträgern und vielen herausragenden Künstlern und Persönlichkeiten seiner Zeit, schien seine Zukunft verheißungsvoll und wie zwangsläufig erfolgreich. Die Zeitung »Ahora«, so heißt es in den Annalen, gründete sich quasi um ihn herum, es war die Zeit des rasenden Reporters, der gekabelten Beiträge, der hinausgezögerten Satzumbrüche, der permanenten Aktualität. »Ahora« erschien bald in einer Auflage von 150.000 Exemplaren. Das große Ganze noch zu erkennen, die Strömung zu spüren, die Stimmen zu interpretieren, dazu war Chaves Nogales ganz besonders in der Lage. Ein enorm fleißiges Talent, zu jedem Anlass stilvoll gekleidet – er legte besonderen Wert auf eine gewisse Grandezza, und immerhin strich er etwa das Zehnfache eines normalen Journalistengehaltes ein, das ihm seine Verschwendungslust ermöglichte. Aber das hohe Salär nutzte er auch, um seine Töchter, Josefina und Pilar, schon in jungen Jahren in vornehme englische Internate zu schicken.

Chaves Nogales' Aufstieg begleiten Hunderte von Namen, viele würden dem deutschsprachigen Leser heute kaum etwas sagen, aber er sei versichert, bis auf Pablo Picasso, zu dem sich derzeit noch keine persönliche Verbindung markieren lässt, sind *alle* dabei. Undenkbar allerdings, dass sie sich nicht wahrgenommen haben: Neben Picasso war der Stierkämpfer Juan Belmonte – hierzu weiter unten mehr – über Jahrzehnte einer der größten Namen seiner Zeit und Chaves Nogales sein Biograf.

1920 verliebte sich Manuel in die Sevillanerin Ana Pérez Ruiz, die er kurz darauf heiratete. Aus der Verbindung gingen neben den zuvor genannten Mädchen noch der einzige Sohn Pablo und das dritte Mädchen, Juncal, hervor.

Viel werden sie von ihrem Vater nicht gehabt haben, denn obwohl »extrem familienversessenen«, wie er beschrieben wird, war er ständig verreist. Was aus dem Leben der Familie bekannt ist, stammt überwiegend aus den Schilderungen und Anekdoten, die Pilar, seine Erstgeborene, hinterlassen hat. In Interviews benutzt sie oft die Wendung, »wie wir uns zuhause erzählen …«. Das Mädchen Juncal soll der Vater kaum gekannt haben. Es war die Zeit, in der sich – wenn ich es einmal so ausdrücken darf – das Denken schloss, und es nur Wenige gab, die sich dieser Strömung so entgegenwarfen wie dieser getriebene und helle Kopf, der schließlich in Europa nur noch einen Ort fand, an dem er nicht sofort den kommunistischen oder faschistischen Henkern ausgeliefert worden wäre: England. In London starb er 47-jährig, doch hätte er, will man Pilar glauben, wohl weitergelebt, wenn er gewusst hätte, dass der Krieg bald endet.* Dass er so früh starb, damit hatte man nicht rechnen können. Zwei Tage vor dem Einmarsch der Nazis in Paris gelang ihm noch die Flucht auf einem Torpedobootzerstörer, mit dem in letzter Sekunde viele hochrangige Franzosen der Deportation entgingen. Seine Familie hatte er in Paris zurücklassen müssen. Zuvor hatte er sie in sein Exil nach Frankreich noch nachholen, sie aus dem faschistischen Spanien befreien können. Aber Frankreich ergab sich widerstandslos und »überließ alle freiheitsliebenden Menschen ihren Henkern«. Vor seiner Flucht aus Paris war es Manuel Chaves Nogales, *der dabei war*, irgendwie gelungen, das fertige Manuskript über den Niederfall Frankreichs nach Montevideo zu befördern. Dort oder in Buenos Aires wollte er auch seine Familie wieder zusammenführen. Er verstand es offenbar, an

* Seine Tochter Pilar äußerte diese verständliche Hoffnung in einem Interview. Man mag Zweifel haben, dass Manuel Chaves Nogales mit dem Ende des Weltkrieges *seinen Konflikt* als beendet betrachtet hätte.

jedem Ort ein funktionierendes Netzwerk zu etablieren; so arbeitete er in Paris für mehrere Tageszeitungen, er fand auch schnell sein Auskommen in den englischen Pressehäusern und der BBC, er hätte es auch in Südamerika gefunden.

Chaves Nogales' Biografie ist zu entnehmen, dass er in den letzten Tagen vor seiner Flucht *nach* Paris im Jahr 1937 die neun kurzen Novellen beendete, die noch im selben Jahr in Südamerika unter dem Titel »A sangre y fuego« erschienen, sangre für Blut und fuego für das Stoßfeuer und den Flächenbrand, und bis zum heutigen Tag das hellste Licht in der bis in unsere Tage dunkel gehaltenen Geschichte Spaniens darstellen. Bezeichnenderweise lautet der Titel der zweiten englischsprachigen Ausgabe nicht »Heroes and Beasts of Spain« (New York, 1937), sondern hoffnungsvoller »And in the Distance a Light« (London, 1938).

Ab 1933/34, der Optimismus, das Rückrat der Zweiten Spanischen Republik, wurde soeben auf dem Grat zwischen putschenden Militaristen und der gegründeten faschistischen Falange (Phalanx) gebrochen, wird Chaves Nogales erkannt haben, welchen Schatz an Erfahrungen, Berichten und Interviews er durch sein starkes Interesse an den Hintergründen des zaristischen und sowjetischen Russland, an den Hintergründen des deutschen Alltags unterm Hakenkreuz, auf seinen ausgedehnten journalistischen Reisen durch Europa angesammelt hatte, und wofür er diesen Schatz eintauschen konnte. Allein über Russland schrieb er drei Bücher*, ein weiteres widmete er dem nationalsozialistischen Deutschland**; aber er bot auch Eugeni Xammar, einem katalanischen Korrespondenten, der seit 1922 direkt aus Deutschland berichtete, eine publizistische

* »La vuelta a Europa en avión. Un pequeño burgués en la Rusia roja« (Madrid, 1929); »La bolchevique enamorada« (»El amor en la Rusia roja« (Barcelona, 1930); »Lo que ha quedado del imperio de los Zares« (Madrid, 1931), in Rio und Lissabon 1935 unter dem Titel »As Ruinas do Império Russo« aufgelegt.

** »Bajo el signo de la esvástica« (Ed. Almuzara, 2012).

Heimat in seiner liberal-republikanischen Zeitung »Ahora«; zuvor, ab 1929, Xammar geriet politisch zunehmend unter Druck, schrieb dieser für seinen Chefredakteur Chaves Nogales im »Heraldo de Madrid«. In Spanien konnte man dank einer noch existierenden liberalen Tagespresse genau erfahren, welch teuflische Saat Hitler über Europa zu verstreuen plante: Am 23. Juni 1933 kündigte die in Sevilla erscheinende »Liberal« einen Vortrag des intimen Kenners der russischen, italienischen und deutschen Diktaturen unter dem Titel »Wie man eine Republik beseitigt – Zwischen russischem Kommunismus und deutschem Faschismus« an, den Chaves Nogales für einen Vergleich des von den Nazis überrannten München und des gefährdeten Sevilla nutzte.

1934 erschienen die 27 Kapitel des vorliegenden Buches in einer Abfolge von 27 Wochen in der »Estampa«. Selten konnte man einem Buch – die Fortsetzungen zu je 4 Seiten im Zeitungsformat erlebten mehrere Auflagen als Buch – mehr Wirkung in seiner Zeit wünschen als diesem, das seinen Lesern vor Augen führte, wie ihre Zukunft nach einer totalen Auslöschung der Republik aussehen könnte. Und Chaves Nogales sparte nicht an Details und Verweisen auf das Spanien, das in einem tiefen sozialen Konflikt stand, beispielsweise auf das Massaker an den Anarchisten Asturiens 1934, das er offenbar tagesaktuell und geschickt in die Erinnerungen des Meistertänzers einzuflechten wusste.

Es herrschen so viele Dogmen über den Nutzen der Geschichte, ihre Auslesbarkeit, ihre Verwertbarkeit; aber vielfach ist die Geschichte ein Zeitstrahl, das Ereignis mit sich auf der Höhe, aber ihr Nutzen hinterherhinkend. Allein diese Konfusion, die die Gegenwart vorantreibt und den Leser der wöchentlichen Feuilletons mitzureißen wusste, stellt dieses Buch als ein nicht zu überlistendes Zeugnis dar,* denn mit dem Ereignis auf der

* Die spanische Tageszeitung »ABC« wiederholte 1983 (Sevilla) und

Höhe zu sein, überragt die ideologische Zersetzbarkeit der Geschichtsdeutung. Mit nichts Geringerem als der Ilias des Homer verglichen, dessen Darstellung des Trojanischen Krieges von keiner Geschichtsschreibung zu überlisten wäre, sind die Erinnerungen des Meistertänzers Juan Martínez Synthese und Teilnahme zugleich. Selbst die Auflösung des Rätsels der Gegenwart anhand einer historischen Schilderung dürfte dauerhaft missglücken, wenn doch die erzählende Sprache – an die Materie eines Blatt Papiers, eines Pergaments, eines Papyrus gebunden – der Geschichte zur Gegenwart verhalf. Und so ist der Schreiber der Einzige, der das kulturelle Gewicht der Imagination der Schilderung festsetzen kann.

Wenn man Gegenwart messen könnte oder herausfinden wollte, was Geschwindigkeit in den 20er und 30er Jahren bedeutete, sollte man auf die drahtlose Telegrafie schauen, auf Hertz und die fleißige Post. Heute mag das banal klingen, aber man versuche einmal, ganze Bücher im Nu über Zeitungen zu veröffentlichen, ja, man versuche einmal, in diesem Rhythmus zu schreiben! In Chaves Nogales' Werk, seien es die Spitzen eines Arbeitstages oder die Breiten der Reportagen, spürt man ein inhärentes doppelseitiges Format, das Schlüssigkeit und Takt erzwingt. In seiner Biografie kann man seinen großen Fleiß als Herausgeber mitverfolgen, wenn er zum Beispiel der seinerzeitigen literarischen Eminenz, seinem Freund und Mitstreiter gegen die Monarchie und die Falange, Miguel de Unamuno,* ein Wort aus seinem Beitrag abringen möchte – Unamuno, so liest man, solle das Wort »feige« hinsichtlich der Abdankung (oder Flucht) König Alfonso III. fortlassen – und plötzlich scheint hier die Zensur überlistet, denn Chaves Nogales rang um das eine Wort mit dem großen Autor in einem offenen Brief an ihn, stellte sein Ringen als Herausgeber klar,

2002 (Barcelona) die Erscheinungsfolge als Reminiszens und ehrte damit »den größten spanischen Journalisten des 20. Jahrhunderts«.

* Miguel de Unamuno proklamierte als Rektor der Universität zu Salamanca am 14. April 1931 die Zweite Republik.

stellte Unamunos zensierten Beitrag klar, klärte über die Haltung seiner Zeitung auf. Alfonso III. taucht in Juan Martínez' Bericht zweimal auf, einmal als schwerreicher Fürst Obolienskij, der Juan ein Empfehlungsschreiben an dessen Freund, König Alfonso III., aufdrängt, und später als Fürst auf der Flucht vor den Roten Garden, der Juan ein unvorstellbares Vermögen anvertrauen will, das er außer Landes zu bringen beabsichtigt, und es ihm im Bruchteil einer Sekunde wieder fortnimmt, um selbst binnen weniger Augenblicke an seinem Plan zu zerschellen. Solch eine Integrität gegenüber seiner Zeitung und seinen Mitstreitern überwiegt jedes Beteuern, es versucht zu haben. Dem aufmerksamen Leser wird das Arsenal zeitgeschichtlicher Kommentare nicht entgehen, die Manuel Chaves Nogales seinem schelmischen Meistertänzer in den Mund legt, der nicht müde wird, von sich zu behaupten, er habe es nicht mit der Politik – notorisch unterstrichen von einer abschätzigen Handbewegung. Schon die Einleitung, mit der die Fortsetzung in der »Estampa« angekündigt wurde, heizte die Spannung bei den Lesern an. Es handle sich um einen wahren Abenteuerroman oder vielmehr um einen »Roman über wahre Abenteuer«, war da zu lesen, »seine Erzählung überrage die literarischen Erschaffungen aus dem Reich der Fantasie«. Ein geglückter Versuch, den irritierten Leser noch im letzten Moment zu verwirren, aber ein kluger Schachzug, war Chaves Nogales bei seinen Lesern doch als Reporter in politischen Themen bekannt. Er musste sein Buch der Literatur widmen, auch wenn es bereits nach wenigen Sätzen zum Bericht wird – das Ergebnis eines ebenso langen wie verblüffenden *Interviews*. Was in der Literatur gang und gäbe ist, das ist einem Journalisten ohne Anschwingen nicht möglich: Ein Trapezkünstler zwischen basalen Fakten und fingierten Emotionen zu sein. Und so schwanken sämtliche Kommentatoren und Zeitgenossen Chaves Nogales', das Rätsel von Troja vor Augen, die Homerische Frage im Hinterkopf, sichtbar hin und her, ob es diesen pikaresken Tänzer Juan Martínez gegeben hat und vielleicht sogar seine beachtenswert wortkarge Sole, obwohl die viel interessantere Frage lautet, ob es die Schilderung und die Ereignisse hinter den Schilderungen gegeben hat. Einmal abgesehen von ihrem erdrückenden Wahrheitsgehalt. Wer diesen Bericht des Juan Martínez, der dabei war, möglicherweise über die Klippe der basalen historischen Fakten treiben möchte, befasse sich zunächst einmal mit dem im Vergleich hierzu intellektuell eher langweiligen Anastasia-Betrug, der die Welt in Atem hielt und dann angesichts der Unwahrheit verpuffte; selbst Chaves Nogales widmete der *Überlebenden* der Auslöschung der Zarenfamilie durch die Tscheka einen Artikel und verfrachtet die Sache gleich ins Ressort der Sensationspresse, bemühte die damals so beliebte Erklärung der »spirituellen Seelenwanderung«.

Chaves Nogales gelang eine erstaunliche Donquijoterie, ein weit erfolgreicheres Meisterstück der Eskamotage. Einmal zurück in das Jahr 1928, irgendeine Litfaßsäule in Berlin, eines der erfolgreichsten Bücher dieser Zeit erscheint als Fortsetzung in der Berliner Illustrierten. Der ehemalige Offizier Georg Vittorin, gerät darin, irregeführt von einem Trugbild, in die Wirren des bolschewistischen Terrors des Nachkriegsjahres 1918/19. Trauben Lesehungriger bevölkerten die Litfaßsäulen und lasen Ungeschminktes von den Gräuel der Bolschewisten. Wollte man es größer fassen und es das Genre des Kriegsheimkehrers ohne Heimat nennen, böten sich zuallererst Joseph Roths »Flucht ohne Ende« an, überhaupt ließe sich das Phänomen des nachhallenden Kriegsromans ausweiten, aber auch Isaak Babels »Geschichten aus Odessa« oder Feuchtwangers »Moskau 1937« müssen sprachlich wie wahrheitsbezogen irgendwann passen. Sie waren nicht die Trapezkünstler, die zwischen Bericht und Emotion schwingen konnten. Um nur Einige zu nennen: Ilja Ehrenburg, John Dos Passos, Remarque, Kisch, Hemingway, Wittgenstein (Tagebücher), Orwell, Malraux, Aragon, so schön das alles literarisch ins Bild gesetzt ist, was sie im Eindruck des Krieges und dem Zerfall der Reiche und der Psyche über die größte Nation geschrieben haben, die sich da auf den Leichenbergen seiner Bevölkerung moralisch verstümmelte und hegemonial anschwoll, sie standen stets auf einer Seite. Unamunos definitiver Bruch mit dem *Unbürgerlichen Krieg*, der keinen Sieger erzeugen konnte, an dessen Seite man sitzen wollte, lässt daher an den bekanntesten Satz über Chaves Nogales denken, den ausgerechnet seine Familie über ihn zu sagen wusste: »Er war für beide Kontrahenten erschießungswürdig«.

Aber niemand der zuvor Genannten stand hinter dem sprechenden Namen Georg Vittorins, es war der brillante Erzähler Leo Perutz, und auch wenn ihm so etwas wie »Der Kurier des Zaren« von Jules Verne vor Augen geschwebt haben mochte, an den ich bei den landschaftlichen Schilderungen dachte, war ihm doch ein vergleichbarer feuilletonistischer Coup wie Chaves Nogales gelungen. Es war die Zeit, in der die Welt, wie man sie nicht sah, in der Tageszeitung oder der Revue begriffen wurde, und es lag an der Integrität des journalistischen Berufes, wie diese Welt gezeichnet wurde. Insbesondere auch das Landschaftliche, das Manuel Chaves Nogales so gerne wie auch so nüchtern zu beschreiben wusste, wo steht in Juan Martínez' Inferno ein Baum, der nicht abgeholzt, der nicht verheizt wurde, der Leser wird nur einen finden, nur einen einzigen Ort mit einem Baum in einem Land, das mit seinen Wäldern identifiziert wird. Und den einzigen Verbliebenen möchte man gar nicht kennen, diesen Baum der Lebenden inmitten eines dantesken Höllenszenarios, das seinesgleichen in der Literatur sucht.* Juan Martínez beteuerte einmal, alles was der Tscheka nachgesagt werde, sei wahr und verharmlosend, und doch vermied er es, in diesem Bild einen Keller tiefer zu gehen. Auch als Übersetzer hatte ich den Limes meiner Sprache kennengelernt und wusste, nachdem ich mich bei russischen,

* Wer dennoch findig werden möchte, ziehe Horacio Castellanos Moyas »Insensatez« oder Rigoberta Menchús »Autobiografie« hervor oder verfolge die Wandlung des Menschen in die Gattung einer Bestie von Nanking.

ukrainischen Übersetzern, schließlich bei allen ansprechbaren Übersetzern und Autoren erkundigte, nicht, wie ich Dinge ohne Namen benennen sollte, jedenfalls nicht mit *unsagbar*, dieses Wort kommt nicht vor bei Chaves Nogales, *unbeschreiblich*, dazu habe ich mich zweimal hinreißen lassen, das eine Mal, als Meistertänzer Juan Martínez in seinem *realen* Leben als erfinderischer Schuhfabrikant in Odessa seine Erzählung noch nicht gekannt hatte, es wurde vom Autor virtuos ans Ende gesetzt und erinnert unverkennbar an Melvilles Ismael; das andere Mal in der Episode mit Kindern, die aus lebenden Menschen einen Bissen herausreißen. Ansonsten bleibt uns Manuel Chaves Nogales nichts schuldig. Der Ausweg der vermeintlichen Sprachlosigkeit angesichts der Gewalt heißt, der vermeintlichen Übertriebenheit zurück in die Realität zu folgen, nicht in die Emotion, nicht in die Temperierung; mit dem Text in die Hölle hinabzusteigen, bedeutete, auf dem Boden zu bleiben – oder die Realität auf den Boden wieder hochzuziehen: Holodomor (*Голодомор*) konnte kein Wort des Meistertänzers sein, allein Chaves Nogales konnte die Eskalation Mitte der 30er Jahre gekannt haben, die dieses Wort erschuf. Und doch ist *Tod durch Verhungernlassen* die wiederkehrende Systematik des Krieges gegen das eigene Volk. Es wurde weiter oben erwähnt, Chaves Nogales habe ein ganzes Arsenal historischer Kommentare geöffnet. Es ist allerdings unmöglich, die Belastbarkeit zu behaupten, wenn sich die Methode nicht erklärt – Homer kannte ja auch schon den Ausgang und die List, um nicht zu sagen, jeder kennt inzwischen die Charakterverteilung –, Chaves Nogales ist gerade deshalb so glaubwürdig, weil er den Geschichtsverlauf verschieben kann und dadurch seinen Protagonisten und seine Begleiterin retten konnte: Juans Freundschaft mit Mischa, dem Leiter der Kiewer Tscheka, zum Beispiel. Ihr haften Attribute und bekannte Marotten an, die eindeutig auf Stalin verweisen – die täglichen Hinrichtungslisten etwa –, aber Chaves Nogales hat keinen Entschlüsselungsroman geschrieben, das historische Fundament ist vielmehr auf die Figuren verdichtet wie es sich über alle verteilt, in

Petljuras Figur die tiefste Niedertracht der Pogrome, daran erkennt man ihn genau, ja auf Nebenschauplätzen glaubt man sogar, »Dem Spieler« zu begegnen, man wird erinnert an die berühmten Saufszenen der Romane Dostojewskijs und Tolstois, und selbst die Szene des Attentats auf Lenin (1918) ist nachgestellt, jedoch mit Trotzki, denn Lenin redete nach dem Attentat nicht mehr öffentlich, aber Chaves Nogales ließ ihn vermutlich sogar in seinem Rolls Royce vorfahren, Trotzki aber aussteigen. Dem Kommentar seiner Tochter Pilar zufolge ist der »Meistertänzer« doch ein Schlüsselroman, sie lässt uns aber nicht an ihren intimen Kenntnissen teilhaben.

Uns ist bekannt, dass Manuel Chaves Nogales für seine Recherchen viel gereist war, mitunter sind seine Reisen der eigentliche Vorwand, den Status quo einer Gesellschaft aufzuzeichnen, die von Rabat bis Moskau dieselben Fragen plagten. Mit der Junker D 582 der Lufthansa* flog er 1928 in 19 Stationen durch Europa, Russland und den Kaukasus. Seine Reportagen, über die Badekultur am Wannsee, über die niemals blendende Stadt Venedig, tauchen uns mitten in das Leben, wir landen begeistert mit ihm auf dem Aerodrom des Lido und verlassen es, nachdem wir uns die Tirade eines Venezianers haben anhören müssen, der seine Stadt am liebsten einreißen würde, und steigen aufgeklärter wieder in die Junker. Aber einige Tage sind wir mit ihm noch in Mailand und »werden faschistisch begrüßt, schauen uns faschistische Aufmärsche an, faschistische Fußballspiele«. Auch diese Reportagen haben den Atem dieser Doppelseite in der Zeitung, der für »Juan Martínez«

* Manche zeitgenössische Fotografien und Zeitungsartikel berichten wohl zu Recht auch von anderen Fluggesellschaften wie der IBERIA, ein deutsches Flugzeug ist es allemal; offenbar hat er bei seinem Besuch in Deutschland auch die Junker-Werke besucht. Wenn er geahnt hätte, dass ausgerechnet sein Lieblingsflugzeug für die brutale Unterwerfung der Zweiten Republik stehen wird. In Hemingways Film »The Spanish Earth« (1937) wird explizit eine deutsche Junker vom Himmel geholt.

formbestimmend ist, Doppelseite, innen und außen, vier ganze Seiten, das entspricht auch heute noch einem Bogen. Der Untertitel dieser Fortsetzung: »Ein Bourgeois im roten Russland«, deutet auf einen Fokus hin, der nicht durch den Proporz der zählbaren Seiten seiner Reisereportagen bestätigt wird. Neben seinen Chroniken des Spanischen Bürgerkrieges,* neben der Analyse des europäischen Bürgertums, das – besorgt um seinen Besitzstand, nicht um die Hegemonie und den Wert einer demokratischen Verfassung –, dabei war, sich jede Legitimation der Republik und der Tradition ohne Gegenwehr aus der Hand nehmen zu lassen, sich Hitler zu ergeben, bevor er die Hauptstadt Europas erreichte, gemeint ist Frankreich,** war Russlands totalitärer Alltag der neuralgische Moment in seinem Denken; er wollte es verstehen und bereiste es daher. Eine ganze Prozession berühmter Dichter bereiste Russland und schrieb darüber. Aber was aus dem Munde des Venezianers wie eine Tirade klang, wollte niemand so in Worte fassen, war es doch offenbar, wie gründlich und erbarmungslos die Bolschewiki ihr Land zerstörten, man nannte gar nicht erst die Zahl der Toten, man erfuhr, wie viele noch lebten. Nach Adam Riese waren mehr als 30.000.000 fort, einfach ausgelöscht. »Bah! Einer mehr, was soll's!«, pflegte die Tscheka zu sagen, berichtete Juan Martínez. Manuel Chaves Nogales verstand Russland, weil er es kannte, aber dies konnte angesichts der Lebenswirklichkeit nicht genug sein, er musste begreifen, was vor sich ging, nicht allein das große politische Parkett, sondern wie unnachgiebig sich eine zivilisatorische Katastrophe, erdacht in den grässlichsten Terrorphantasien, an den einzelnen Menschen verging. Liest man sich nur weit genug in das Werk

* »A sangre y fuego. Héroes, Bestias y Mártires de España. Nueve novelas cortas de la guerra civil y la revolución« (Santiago de Chile, 1937), s. o.

** »La Agonia de Francia« (Montevideo, 1941), spanische Ausgabe des Originals, die englische Übersetzung hieß »The Fall of France« (nicht nachweisbar erschienen).

des Sevillaners, entdeckt man, dass nicht alles von dieser Reise in »Juan Martínez« untergebracht wurde. Das Flair eines Wochenmarktes in Moskau taucht wiederum an anderer Stelle auf, in seiner pittoresken Biografie des Stiertöters Juan Belmonte,* im vorliegenden Buch hätte es keinen Platz gefunden. Umgekehrt flossen Fragmente aus anderen, ferneren Recherchen als den russischen, in dieses Manuskript ein, sofern sie einem komplexeren Verstehen der Zeit dienlich waren. Ein im Mai 1934 in einem marokkanischen Wüstencamp geführtes Interview mit einem Sultan hatte er mit sicherer Hand in die kurze Beschreibung des Kampfes zwischen Laizismus und Islamismus am Vortag des Großen Krieges versetzt; wie anders kann man im vorliegenden Buch ein Kapitel »Vor Mustafa Kemal« nennen, in dem dieser nicht vorkommt und ihn doch jeder entdeckt.

Noch ein Wort zur Quellenlage: Die vielversprechendste Spur zur Klärung der Frage, wie er so verblüffend präzise historische Details in seinem Roman einweben konnte, legte er selbst: Für sein Buch »Was vom Zarenreich übrig geblieben ist« führte er Dutzende Interviews mit exilierten Russen, die in Paris gestrandet waren und errang das Vertrauen Kerenskijs und des bedeutungslosen Thronfolgers des ermordeten Zaren, der in der Bretagne lebte. Aber abgesehen von diesen in der Geschichte wie natürlich herausragenden Persönlichkeiten, stellt Chaves Nogales die zwecklose Nostalgie einer ganzen

* Manuel Chaves Nogales, der nach eigenem Bekunden nie einen Fuß in eine Stierkampfarena gesetzt hatte, verfasste auf Wunsch Belmontes dessen Biografie. Das Werk wurde geehrt als eine der besten je in Spanien erschienenen Biografien. Wie »Die Erinnerungen des Meistertänzers Juan Martínez, der dabei war«, erschien die Biografie im wöchentlichen Feuilleton der »Estampa« (Juni–Dezember 1935), später als »Juan Belmonte, matador de toros« (Madrid 1935), das Buch erlebte viele Auflagen und Übersetzungen und dürfte Chaves Nogales' erfolgreichstes Buch sein. Das Buch erscheint unter dem Titel »Juan Belmonte, Stiertöter« bei Matthes & Seitz Berlin.

russischen Gesellschaft vor, zu der er offenbar auf jeder Ebene tiefen Zugang gefunden hatte, die im barbarischen Nationalismus, obwohl tief verfeindet, den gemeinsamen Ausweg aus dem bedrohlichen Sozialismus erkannten, der dem Zarismus den Todesstoß gegeben hatte – durch alle Schichten hindurch, ob Täter oder Opfer.

Ob eine genauso belegbare Spur zu unserem pikaresken Helden Juan Martínez führt oder zur Schreibmaschine eines hinreißenden Prosoden ... Sie ist jedenfalls noch nicht aufgedeckt. Kolportiert wird indes bis in *seine* Biografie hinein, dass Chaves Nogales den Flamencotänzer Juan Martínez aus Burgos selbst kannte. In den 30er Jahren soll er in den Pariser Cabarets rund um Pigalle mit seiner Partnerin aufgetreten sein. Mit diesem verband ihn mutmaßlich eine große moralische Integrität und seine Vorliebe für das Pokerspiel. Er soll es auch gewesen sein, der ihm seine Revolutionserlebnisse zwischen 1916 und 1922 quasi diktiert hat. Eines ist jedenfalls unbestreitbar; dieser Meistertänzer Juan Martínez hat an den »10 Tagen, die die Welt erschütterten«, die der amerikanische Schriftsteller John Reed in seinem weltberühmten, gleichlautenden Roman über die Oktoberrevolution ganz anders beschrieb, eine einzige »hartnäckige Pokerpartie« gespielt. Chaves Nogales widmete diesem Buchtitel ein ganzes Kapitel: »Was ich in Moskau während der zehn Tage erlebte, die die Welt erschütterten«. Ein Schelm im Schelm. Denn würde man sich nicht gerühmt haben, auf einer der Barrikaden aus John Reeds Heroenepos gestanden zu haben, wenn dem nicht so gewesen war?

Frank Henseleit

Die Arbeit des Übersetzers wurde unterstützt
durch die Kunststiftung NRW.

Erste Auflage Berlin 2015

Göhrener Str. 7 | 10437 Berlin
info@matthes-seitz-berlin.de
Titel der Originalausgabe: *El maestro Juan Martínez
que estaba allí* (1934)
Die Übersetzung folgt dem Text der 10. Auflage (2010)
der 2007 bei Libros del Asteroide, Barcelona,
erschienenen Ausgabe.

Umschlaggestaltung: Falk Nordmann, Berlin
Druck und Bindung: Friedrich Pustet, Regensburg
ISBN 978-3-95757-141-0

www.matthes-seitz-berlin.de

James Gordon Farrell
DIE BELAGERUNG VON KRISHNAPUR
Aus dem Englischen von Grete Osterwald,
mit einem Nachwort von Pankaj Mishra
400 Seiten, gebunden mit Schutzumschlag
und Lesebändchen

Indien 1857: George Fleury, ein junger Angehöriger der britischen Oberschicht, reist zu dem isolierten britischen Außenposten Krishnapur. Von dort soll er über den positiven Einfluss von Zivilisation und Fortschritt auf das rückständige Indien berichten. Gerüchte von Unruhen und Aufständen erreichen die Stadt, das Land ist in Aufruhr, doch die Vertreter der Britischen Ostindien-Kompanie halten Tea Time, fest überzeugt von ihrer militärischen und moralischen Überlegenheit. Als sie tatsächlich unter Belagerung geraten, kämpfen sie in einer zunehmend verzweifelten Lage nicht nur um ihr Leben, sondern auch um jeden Rest von viktorianisch geprägtem Anstand und Würde. Der historische Aufstand der indischen Sepoy-Soldaten Mitte des vorletzten Jahrhunderts bildet den Hintergrund dieser brillanten, von absurdem britischem Humor durchzogenen Erzählung um den wackeren George Fleury.

»Sehr britisch dies alles! Und das reine Lesevergnügen!«
Ernst Osterkamp, *Frankfurter Allgemeine Zeitung*

Paul Westheim
HEIL KADLATZ
Mit einem Nachwort von Christian Welzbacher
260 Seiten, gebunden mit Schutzumschlag

Paul Westheims satirischer Klassiker »Heil Kadlatz«, 1936 als Fortsetzungsroman im »Pariser Tageblatt« erschienen, erzählt in rasantem Tempo den aufhaltsamen Aufstieg des Nationalsozialismus am Beispiel des ehrgeizigen Hausmeisters Kadlatz, der buchstäblich über Leichen geht, um am Ende selbst unter die Räder zu geraten: Westheim zeichnet in spannungsreichen, von ironischen Spitzen sprühenden Szenen ein von Großmannssucht, Spießbürgerlichkeit und Selbstgerechtigkeit grundiertes Berliner Sittenbild um 1933, das ein pointiertes Erklärungsmuster für das »neue« Deutschland bot – und Hoffnung auf das baldige Ende des Nationalsozialismus weckte.

»Kadlatz hätte nicht Berliner Portier sein müssen, wenn es ihn schließlich nicht doch herausgetrieben hätte aus seiner Loge, um zu sehen, was los war. Es gehörte ja sozusagen zu seinen beruflichen Obliegenheiten zu wissen, was im Haus, vor dem Haus und um das Hausherum vor sich ging.«

Matthes & Seitz Berlin